DROEMER

ANDREAS WAGNER

WIE TREIBGUT IM FLUSS

Roman

DROEMER

Besuchen Sie uns im Internet:
www.droemer-knaur.de

FSC
www.fsc.org
MIX
Papier | Fördert gute Waldnutzung
FSC® C014496

Originalausgabe April 2024

Redaktion: René Stein
Covergestaltung: SO YEAH DESIGN, Gabi Braun
Coverabbildung: © Jon Bilous,
All rights reserved 2023 / Bridgeman Images
Satz und Layout: Adobe InDesign im Verlag
Druck und Bindung: GGP Media GmbH, Pößneck
ISBN 978-3-426-28393-6

2 4 5 3 1

Für meine Oma.

ERSTER TEIL

BEDRÄNGNIS UND SEHNSUCHT

WIRBEL

Aus der Tiefe tauchen Wirbel an die Oberfläche. Sie erscheinen aus dem Nichts, sind nichts als Wasser in Bewegung. So unergründbar wie unvorhersehbar winden sie sich ineinander, umeinander. Und miteinander reiten sie über die seichten Wellen, tanzen den Fluss hinab, bis sie aus meinem Blickfeld verschwinden, um immer neuen Strömungen Platz zu machen, die aus der gleichen Tiefe emporsteigen und sich immer gleich und doch immer verschieden auf ihren flussabwärts gerichteten Weg machen. Ich hebe meinen Blick und sehe ihnen nach, bis sie in der Entfernung unsichtbar werden.

Damals gab es noch keine Frachter, Tanker oder Flusskreuzfahrtschiffe. Keine Müllverbrennungsanlage auf der anderen Uferseite, kein Chemiewerk stromabwärts, nicht die Hochhäuser der Millionenstadt stromaufwärts.

Der Fluss floss, wie er fließen wollte. Der Rhein war ein freier Strom, heute ist er fast überall begradigt und in Form gebracht. So auch hier. Damals gab es keine Mauer, keine Promenade, nur Kieselstrand. Das Ufer war dort, wo der Fluss es angelegt hatte, nicht die Menschen. Es gab auch noch keine Brücke, die existiert erst seit hundert Jahren. Eine Fähre querte den Fluss. Wenn es einmal einen Anlass gab, auf die andere Rheinseite zu gelangen, war man dem Fährmann ein paar Münzen schuldig. Da brauchte es schon einen sehr guten Grund. Man fuhr nicht einfach so zum Vergnügen hinüber. Wenn es so etwas überhaupt gab: Vergnügen.

Lewin ruft.

Ich wende dem Fluss meinen Rücken zu und sehe in Richtung Spielplatz, der hier, ganz idyllisch, direkt am Rhein unter alten Linden liegt. Lewin hat zum fünfundzwanzigsten Mal nach mir gerufen. Er steht zum fünfundzwanzigsten Mal oben auf dem Klettergerüst und winkt. Und gleich wird er wieder hinunterrutschen – zum fünfundzwanzigsten Mal. Und dann wird sich sein Spiel wiederholen. Zum sechsundzwanzigsten Mal, zum siebenundzwanzigsten Mal. Ich zähle mit. Was soll ich sonst machen? Anders als die meisten anderen Väter und Mütter habe ich mir vorgenommen, nicht die ganze Zeit auf mein Telefon zu glotzen. Außerdem bleibt es eh stumm. Keine Nachricht, kein Anruf. Es ist ernüchternd, das mit jedem Blick auf den Bildschirm immer wieder feststellen zu müssen.

Ich bin auch keiner dieser Wochenendväter, die in übertriebener Lautstärke mit ihren kleinen Prinzen oder Prinzessinnen toben und spielen. Eine Lautstärke, die jedem klarmacht, dass hier pädagogisch und familiär vermeintlich alles bestens läuft. Bei mir läuft nicht alles bestens. Bei mir läuft nicht einmal alles normal. Dabei wäre ich so gerne ein ganz normaler Vater.

Ich drehe mich wieder zum Fluss, schon allein, damit Lewin nicht sieht, dass mir schon wieder die Tränen kommen. Und auch, weil es so schön einfach ist, in eine Geschichte zu fliehen, die nicht die eigene ist.

Vor zweihundertachtzig Jahren, genauer gesagt an einem Tag Ende Juni 1741, müssen sie hier vorbeigesegelt sein: die Auswanderer, die Flüchtlinge, die Glücksritter. Sie kamen aus dem Hunsrück, von irgendwo südlich der Mosel. Aus drei oder vier Dörfern hatten windige Anwerber sie zusammengesammelt. Wohlstand hatte man ihnen versprochen, Land im Überfluss, vor allem aber religiösen Frieden. Sie waren allesamt evangelisch: lutherisch, calvinistisch. Erst einmal egal, jedenfalls nicht katholisch, wie alle anderen in ihrer Heimat. Sie waren ausgegrenzt und unterdrückt worden. Die Reformation hatte im Hunsrück keine tiefen Wurzeln geschlagen. Ein paar zarte Pflänzchen waren sie. Eine Handvoll in jedem Ort. Sie hatten keine Kirchen bauen dürfen, keine eigenen Schulen. Selbst zu einem harmlosen Gebet, zu einer Bibelstunde hatten sie sich heimlich treffen müssen. Und niemand wollte mit den ketzerischen Familien etwas zu tun haben. Diskriminierung würde man das heute nennen. Heute könnten sie vor ein Gericht ziehen und auf Gleichbehandlung klagen. Aber damals gab es kein Recht, so zu sein, wie man sein wollte. Wenn man nicht so war, wie es verlangt wurde, blieben einem nur zwei Möglichkeiten: Entweder man passte sich zähneknirschend an, oder man packte seinen spärlichen Besitz und verschwand.

Wir wissen kaum noch etwas von diesen Menschen. Aber eines wissen wir sicher: Sie waren Menschen wie wir. Alte, Kinder, junge Mütter und Väter. Und wie wir wollten sie leben und glücklich sein dürfen. Sie alle hatten eine Mutter und einen Vater, einen Anfang und ein Ende. Sie alle hatten ein Gesicht, und sie alle hatten einen Namen. Und wie es im Dialekt ihrer Heimat üblich war, stellten sie den Familiennamen vor den Rufnamen.

Der Martini Peter war niemand, den man verbiegen konnte. Selbst wenn er es gewollt hätte, selbst wenn er dem Wohle seiner jungen Familie zuliebe seine Überzeugungen hätte aufgeben und sich wieder dem Papsttum unterwerfen wollen, er hätte es nicht gekonnt. Er war zu stur und vielleicht auch einfach zu naiv.

Peters Familie stammte aus dem Hunsrück, sie war seit

Generationen dort sesshaft. Seit Adam und Eva, wie man zu sagen pflegte, und manche glaubten wohl, dass es wirklich so war. Zumindest aber seit einer Ewigkeit. Eine Ewigkeit war die Zeitspanne, die die älteste noch lebende Generation aufgrund von Erzählungen der Vorfahren geradeso überblicken konnte. Sie ging vielleicht zurück bis zu den Großeltern der Großeltern, auf keinen Fall weiter. Und nach diesen Maßstäben war Peters Familie seit einer Ewigkeit eine Hunsrücker Bauernfamilie.

Evangelisch waren sie noch keine Ewigkeit. Peter wusste, dass sein Großvater damals der Erste im Dorf gewesen war, der sich von einem der durchreisenden Wanderprediger hatte überzeugen lassen und den neuen Glauben angenommen hatte. Peters Mutter und ihre Geschwister waren dann die Ersten in der Familie gewesen, die evangelisch getauft worden waren. Darauf waren sie stolz gewesen, auch wenn es nicht ihre Leistung war, und auch wenn Stolz eigentlich eine Sünde darstellte. Und ein Sünder wollte man auf keinen Fall sein, jetzt, da man begriffen hatte, dass man von der Gnade des Herrn abhing und von seiner Güte. Jetzt, da man verstanden hatte, dass sich die Güte Gottes im Fleiß seiner Kinder zeigte, wollte man sich ja nicht mehr auf die faule Haut legen und den Eindruck erwecken, vom Herrn mit weniger Arbeit beschenkt worden zu sein.

Von klein auf bestand Peters Leben aus Arbeit. Arbeit als Zeichen der Gnade, Arbeit als Mittel gegen Müßiggang, und sowieso: Arbeit als Notwendigkeit im Überlebenskampf.

In einem heißen Sommer in seiner Kindheit – eine der beiden Kühe, die die Familie noch ernährte, hatte man im Frühjahr schlachten müssen, weil der Winter ungewöhnlich lang, das Heu des Vorjahres knapp wie immer, die Schneedecke besonders wehrhaft und das frische Gras unerreichbar gewesen waren – wurde Peter mit seinem jüngeren Bruder zur Arbeit auf die Wiese oberhalb des Dorfes geschickt. Der Vater hatte Heu gemacht, und ihre Aufgabe lautete nun, das frisch gemähte Gras zu wenden, damit es in der Sonne trocknen und später auf dem Heuboden nicht verfaulen konnte. Die Jungen waren ganz allein am Hang, ohne die gestrengen Blicke der Eltern. Sie wussten um ihre Aufgabe, um die überlebenswichtige Bedeutung der Ernte, aber sie waren schließlich noch Kinder. So ließen sie einen Moment lang den anstrengenden Gedanken an die bevorstehende Beschwerlichkeit dahinziehen. Einen kurzen Augenblick nur. Ein kleines bisschen Kind sein. Der Bruder rief irgendetwas. Peter lachte und schubste ihn zum Spaß. Und dann sprangen sie, gestützt auf ihre Heugabeln, über das aufgereihte, frisch geschnittene Gras. Und dann stürzten sie sich in das weiche, warme Heu. Und dann bewarfen sie einander damit, wälzten sich darin und umeinander, bis ihre Haare und ihre Kleidung voller Halme und Dreck waren und ihre kleinen Herzen vor Vergnügen rasten. Schließlich lagen sie glückselig auf dem Boden, und wenn einer der beiden wieder zu Atem gekommen war, packte er den anderen, und sie rannten erneut einander nach, sprangen über die Heureihen, bergauf und bergab. Es war genauso anstrengend wie die Arbeit, die sie hätten tun sollen, aber die Arbeit war eintönig gewesen und fad. Und vor allem mussten sie sie erledigen, von Wollen konnte keine Rede sein.

Die dunklen Wolken sahen sie nicht. Und auch den heraufziehenden Donner nahmen sie nicht wahr. Erst als die ersten, dicken Tropfen ihnen auf die Köpfe prasselten, bemerkten sie, dass ein heftiges Gewitter auf das Dorf zuzog.

Von Westen her verdunkelte sich der Himmel. Es begann zu stürmen, und von jetzt auf gleich peitschte den beiden Jungen der Regen beinahe waagerecht ins Gesicht. Plötzlich schoss ihnen durch den Kopf, was ihre Aufgabe gewesen war. Wie dumm waren sie gewesen, einfach zu spielen? Aber jetzt war an Arbeit nicht mehr zu denken. Peter nahm seinen Bruder bei der Hand und rannte mit ihm zur Eiche auf der Nachbarwiese. Regen und Sturm rangen miteinander um das Heu. Entweder es würde in Form matschiger Klumpen auf den Boden gepresst, oder die federleichten Halme wehten davon. Wie auch immer: Die komplette Heuernte würde vernichtet werden. Es war eine Katastrophe, und Peter und sein Bruder befanden sich plötzlich mittendrin.

Zu der Eiche durften sie eigentlich nicht, stand sie doch auf der Wiese vom katholischen Färber Hans. Und die hatten sie, die Evangelischen, nicht zu betreten. Aber was machte das jetzt? Sie brauchten doch Schutz. Und die Eiche versprach wenigstens etwas von dem peitschenden Regen abzufangen. Der Donner wurde ohrenbetäubend, der Regen so dicht, dass die Dächer des Dorfes unterhalb der Wiesen schon nicht mehr zu sehen waren. Alles verschwand im nassen Dunkelgrau. Und dann verschwand sogar die Dunkelheit. In immer kürzeren Abständen erhellten Blitze die Szenerie. Peter sah plötzlich den Schatten der Kirchturmspitze vor dem weißen Nichts.

Er zitterte. Sein Bruder schrie bei jedem Blitz. Bei jedem erneuten Donnerschlag blieb ihr Herz beinahe stehen.

»Mein Gott«, schrie der Bruder. Es war kein Schrei des Entsetzens, sondern ein Gebet. Und auch Peter suchte Zuflucht beim Herrn. Am Vorabend hatte die Mutter den beiden Jungen doch erst die Geschichte vorgelesen, wie Jesus den Sturm stillt. *Da erhob sich ein groß Ungestüm im Meer.*

Peter hatte die Worte der Mutter noch im Ohr. Was hatten die Jünger gerufen?

»Herr, hilf uns! Wir verderben«, schrie Peter in den dröhnenden Regen.

»Hilf uns«, rief jetzt auch sein Bruder noch schriller als der Ältere. »Wir verderben.«

Die beiden Jungen waren beide von oben bis unten durchnässt. Sie sahen einander an. Blasse Todesangst stand ihnen im Gesicht.

»Was hat er gesagt?«, fragte der Bruder.

»Was?«, schrie Peter.

»Was der Herr gesagt hat«, schrie der Bruder jetzt. Seine Stimme wurde vom Donnergrollen beinahe gänzlich übertönt.

Peter schüttelte ratlos den Kopf. Was sollte der Herr gesagt haben? Er hat den Sturm und das Meer bedroht, und da wurde es ganz still.

»Hat er nicht gesagt«, schrie ihm der Bruder ins Ohr, »gehe hin und sündige fort nicht mehr?«

»Was?«

»Ja, das hat er doch gesagt.« Sein Bruder war überzeugt, So wie ein Ertrinkender überzeugt ist, dass ihn der Strohhalm, nach dem er greift, trägt. »Gehe hin und sündige fort nicht mehr!«

Wie konnte der Bruder so dumm sein, fragte sich Peter. Er warf alles durcheinander. Das waren die Worte, die Jesus zur Ehebrecherin gesagt hatte, die die Leute hatten steinigen wollen.

»Nein«, brüllte Peter.

»Doch! Gehe hin!« Der Bruder rannte los, quer über die vom Gewitter verwüstete Wiese hinab ins Dorf.

Peter sah ihm einen Moment lang nach, dann stürzte er hinterher. Beinahe war der Bruder schon in der Regenwand verschwunden, da fiel Peter ein, dass sie die Heugabeln hatten liegen lassen. Er stoppte, rutschte aus, berappelte sich und rannte erneut den Berg hinauf, dorthin, wo sie ihre Gerätschaften hatten fallen lassen, als sie sich unter die Eiche geflüchtet hatten.

In dem Moment, als er jetzt in Richtung des Baumes sah, ging ein gewaltiger Blitz nieder, begleitet von einem Donner wie ein Kanonenschlag. Alles um ihn herum verschwamm in gleißendem Licht. Peter presste die Augenlider zusammen. Es warf ihn auf den matschigen Boden. Als er wieder aufblickte, war die Eiche, unter der die beiden Jungen noch vor wenigen Augenblicken gestanden hatten, nicht mehr wiederzuerkennen, sondern in der Mitte gespalten. Die eine Hälfte stand noch aufrecht da. Die andere hing seitlich abgespreizt. Rauch stieg aus dem geborstenen Stamm empor. Der Baum qualmte aus jedem Blatt.

Zu Hause nahm die Mutter sie in den Arm. Ihre Sorge war unermesslich gewesen. Und als die Jungen nun erzählten, was passiert war, dass sie den Herrn angefleht hatten, und dass der Herr ihnen geantwortet hatte, sie sollten gehen, und dass sie deshalb vom Blitz verschont worden waren, der die katholische Eiche getroffen hatte, da wussten sie, dass sie einem Wunder beigewohnt hatten. Der Herr selbst hatte sie errettet. Dazu brauchte es keine Heiligen, keine Nothelfer, keinen Priester und schon gar keinen Papst. Sie konnten selbst zu ihrem Herrn beten. Das bedeutete es, evangelisch zu sein.

Am Abend bekamen sie dennoch Schläge vom Vater. Denn sie hatten sich seiner Anweisung widersetzt und waren ungehorsam gewesen. Sie hatten sich dem Spiel, dem Müßiggang hingegeben, anstatt ihre Arbeit zu tun. Gehorsam und Arbeit. Das durfte nicht infrage gestellt werden. Auch das bedeutete es, evangelisch zu sein.

Man kann sich kaum vorstellen, dass diese Menschen derselben Spezies angehört haben wie wir. Ihre Leben waren so anders als unsere. Sie waren in ihrem Leben höchstens mit dem Ochsenkarren gefahren, Elektrizität kannten sie nur in Form von wundersamen Blitzeinschlägen. Die meisten von ihnen konnten nicht einmal richtig lesen und schreiben. Sie sprachen eine Sprache, die mit unserem heutigen Hochdeutsch nicht viel gemein hat. Wenn sie, was den allerwenigsten je passierte, einmal auf jemanden trafen, der aus einem anderen Teil dessen stammt, was wir heute Deutschland nennen, waren sie kaum in der Lage, sich miteinander zu verständigen.

Sie waren unfassbar anders als wir. Und dennoch waren sie alle einzigartige Individuen der Gattung Mensch. Menschen wie du und ich.

Genau wie ich hatte auch der Martini Peter seine Träume. Genau wie ich sehnte er sich danach, sein Glück zu finden. Genau wie ich mich um Lewin sorge, wuchs auch er zu einem Menschen heran, der sich um das Wohl seiner Familie sorgte.

Wenn ich Peter und all die anderen Hunsrücker nun vor meinem inneren Auge hier auf dem Rhein an mir vorbeiziehen sehe, dann sind sie nicht einfach nur Teil einer anonymen Masse, nicht einfach nur eine Zahl: drei Dutzend Familien. Ein Mensch ist nie einfach nur eine arme Seele, ein Mensch ist nie einfach nur ein Flüchtling.

Ein Mensch hat immer auch einen Namen: Martini Peter, geboren 1714 in einem kleinen Dorf in einem engen Tal mit von Dürren geplagtem Boden irgendwo zwischen Mosel, Nahe und Rhein. Er war noch nicht einmal fünfundzwanzig Jahre alt, als der Anwerber zum ersten Mal an seine Haustür geklopft hatte. Fünfzehn harte und entbehrungsreiche Jahre waren vergangen seit dem Wunder, seitdem der Blitz in die Eiche eingeschlagen hatte. Fromm war er geworden, überall sah er jetzt die Zeichen Gottes. Seine Frau Catharina hatte er vor vier Jahren geheiratet. Ihr Vater war aus dem Nachbardorf gekommen, um beim Schreiber Hans die Sau decken zu lassen. Aus einer Laune heraus, wie er später stets beteuert hatte, hatte er seine Tochter mitgenommen. Aber Peter wusste, dass es keine Laune, kein Zufall gewesen war. Denn in der Nacht zuvor hatte er – ohne sie zu kennen – von Catharina geträumt. Catharina war lutherisch. Das war kein großes Problem. Immerhin war sie nicht katholisch. Jetzt war sie schwanger mit dem dritten Kind. Keines hatte bislang überlebt.

Man sagt das so einfach daher: Keines hatte bislang überlebt. So als wäre es normal, dass ein Kind stirbt und dann noch eines. Nur weil es damals so häufig war, muss es dennoch ein grausamer Schmerz gewesen sein. Ich sehe Lewin an, mein Kind, und will mir nicht einmal vorstellen, wie es sich anfühlen würde, wenn ihm etwas zustieße. Warum sollte es für die Menschen damals anders gewesen sein, nur weil es kaum eine Familie gab, die alle Kinder durchbrachte? Was für eine erbarmungslose Welt.

TREIBGUT

Die Anwerber waren geschickte Leute. Sie durchkämmten die ärmsten Dörfer der ärmsten Landstriche und fragten auf den Dorfplätzen, vor den Kirchen, auf den Friedhöfen – überall dort, wo sich viele Menschen aufhielten – nach den angesehensten Familien, nach den ehrbarsten Männern im Ort. Und dann klopften sie an die Türen all der Häuser, die ihnen niemand genannt hatte. Denn dort fanden sie mit großer Regelmäßigkeit diejenigen vor, die außer den Dächern über ihren Köpfen und ihren erbärmlichen Habseligkeiten nichts zu verlieren hatten, noch nicht einmal so etwas wie Ehre oder den Ruf.

Peter hatte misstrauisch in die Sonne geblinzelt, als eines Mittags der Anwerber vor der Tür stand. Es klopfte selten an seiner Tür, und noch seltener bedeutete es etwas Gutes. Der Fremde, der ihm jetzt gegenüberstand, versuchte sich in einem freundlichen Lächeln. Peter wusste, wann jemand es gut mit ihm meinte und wann nicht. Hier hatte er so seine Zweifel. Aber der Mann war beeindruckend gut gekleidet, wie ein Städter, vermutete Peter. Dabei hatte er noch nie jemanden zu Gesicht bekommen, der aus der Stadt kam. Peter war in seinem Leben noch nicht über das übernächste Dorf hinausgekommen, und für Stadtbewohner gab es ebenso wenig Anlass, eines der Bauerndörfer im Hunsrück zu besuchen.

»Guten Tag«, sagte der Fremde, und es klang, als müsste er sich um jede Silbe bemühen. »Mein Name ist Franklin Rutherford.«

Noch nie hatte Peter jemanden mit einem englischen Akzent reden hören.

Rutherford blickte an Peter vorbei in den dunklen Flur. Der Eindringling machte ihm Angst. Wie um sein spärliches Hab und Gut zu beschützen, richtete Peter sich ein Stück weit auf und versuchte den Blick auf seine Armut zu verstellen.

»Was wollen Sie?«, fragte Peter.

»Ich komme aus Pennsylvanien«, sagte Rutherford.

Peter sah ihn fragend an.

»Amerika.«

Peter hob eine Augenbraue.

»Aus der Neuen Welt.«

»Aus der Neuen Welt?« Peter musterte Rutherford von oben bis unten. Sein Hut hatte einen Schnitt, wie er ihn noch nie gesehen hatte. Sein Mantel war aus schwerem Stoff, die Weste rot und glänzend, und die Knöpfe blitzten golden. Alles an diesem seltsamen Mann wirkte edel und sauber. Nur seine Lederstiefel waren vom rotbraunen Staub der unbefestigten Dorfstraße verdreckt.

Peter saß bereits in der Falle. Rutherford wusste zu beeindrucken. Und er wusste, dass es für einen ersten Schritt nicht viel mehr brauchte. Er drückte Peter ein kleines, dünnes Blatt Papier in die Hand. PENNSYLVANIEN stand dort in fetten Großbuchstaben. Rutherford deutete darauf und las es Peter vor. Dann tippte er auf das Bild darunter. Eine Lithografie, ein Kupferstich, was auch immer. Jedenfalls: weites Land. Weites, grenzenloses Land. Auf der Rückseite eine Landkarte. Berge, Wälder, Flüsse. Grenzen wie mit dem Lineal gezogen. Darunter viel zu viele Worte für Peter, aber das spielte keine Rolle, die erste Saat war gesät. Viel mehr musste nicht gesagt werden. Rutherford erwähnte noch die anderen Männer, die er hier im Dorf besucht und mit einer dieser Broschüren bedacht hatte: den Windisch Karl, den Schankweiler Jacob, den Hans Adam und den Grewer Hermann. Die evangelischen Familien. Das begriff Peter sofort.

In den nächsten Wochen und Monaten tauchte Rutherford immer wieder auf. Catharina war skeptisch gewesen, als Peter ihr das Bild von der Neuen Welt gezeigt hatte, das er von dem Anwerber bekommen hatte. Aber Peters Sehnsucht war geweckt worden, und die Meinung einer Frau galt da wenig. *Rotefutt* nannte sie den Fremden. Sie gab sich wenig Mühe, seinen Namen korrekt auszusprechen. Am liebsten hätte sie ihn ganz vergessen. Mehr als einmal bat sie Peter, dem Anwerber keine Beachtung mehr zu schenken. Peter müsse doch begreifen, dass er hier auf den Hunsrück gehöre, dass er dort seinem Tagwerk nachgehen müsse, wo der Herrgott ihn hingestellt hatte. Aber Peters Sehnsucht in die Ferne wuchs von Tag zu Tag. Und mit ihr wuchs Catharinas Verzweiflung. Noch wollte sie sich nicht in ihr Schicksal fügen. Noch wollte sie nicht akzeptieren, dass sie nicht darüber zu entscheiden hatte, was ihr Mann für sie bestimmte. Sie haderte, flehte Gott im Gebet um Hilfe an, aber nirgends war Hoffnung. Rutherford kam jetzt Woche für Woche, und Woche für Woche ließ Peter ihn herein. Jedes Mal brachte der Anwerber weitere Bilder und gedruckte Broschüren. Es ging alles seinen Gang. Rutherford erzählte in blumigen Worten von den Erleichterungen, die das Leben als Kolonist in Pennsylvanien mit sich bringen würde. Dann las er Briefe vor: Grüße, die andere Auswanderer aus der Neuen Welt in die Alte sandten. Paradiesisch schien es zuzugehen dort drüben auf der anderen Seite des Ozeans. Weite, Wohlstand und Freiheit. Danach verlangte es Peter. Ihn und die anderen: den Windisch Karl, den Schankweiler Jacob, den

Hans Adam und den Grewer Hermann. Und noch zwanzig oder dreißig weitere in drei oder vier anderen Dörfern der Gegend.

Im Hunsrück zu bleiben, würde bedeuten, sich weiter dem ewigen Kreislauf aus Missernten, viel zu hohen Steuern, Unterdrückung und Krieg auszusetzen. Pennsylvanien verhieß das Gegenteil. Peters Entscheidung war gefallen. Und Catharina hatte dazu zu schweigen.

Eines Morgens ging sie hinaus in den Stall. Wie jeden Morgen melkte sie die Kuh, stellte der Katze, die schon auf sie wartete, ein Schälchen mit warmer Milch hin und brachte die Kanne ins Haus.

»Die Katze braucht die Milch nicht«, hatte Peter immer geraunt, wenn er sah, dass sie das Tier verwöhnte. »Sorg lieber für uns als für die Katz!«

Immer hatte sie diesen Satz im Ohr, wenn sie dem kleinen Mäusefänger ein paar Schlucke zu trinken abgab. Jetzt holte Catharina eine große Schüssel, so eine, in der sie nur sonntags die Kartoffeln servierte, aus der Anrichte. Die Milchkanne nahm sie wieder mit in den Stall.

»Sorg lieber für uns!«, zischte sie, als sie der verwunderten Katze die große Schüssel vor die Nase setzte und mit warmer Milch bis oben hin befüllte. Sie zischte es zu Peter, obwohl der nicht da war, weil es sich für sie nur gehörte, ihm Widerworte zu geben, wenn er es nicht hören konnte. Die Katze saß eingeschüchtert da und sah Catharina nach, als sie aus dem Stall verschwand. Catharina hätte zerbersten können vor Wut und Ohnmacht. Sie hielt es nicht mehr aus. Sie musste weg von hier. Einfach weg. Aber wohin sollte sie gehen? Und eigentlich wollte sie doch nichts anderes als hierbleiben. Hier in ihrem Haus, mit ihrem Mann, mit ihrem Kind und denen, die noch kommen würden. Sie war zerrissen, wie ein altes Kleid, aus dem man Putzlappen machen wollte.

Während sie noch dachte, wohin sie wollte, rannte sie schon aus dem Dorf hinaus. Ihre Schritte trugen sie die Wiesen hinab zum Bach. Hier hatte sie als Kind schon gespielt, als das Leben noch unbeschwert zu sein schien, als die Sorgen der Eltern noch fern und unerkannt waren. Das war lange her. Jetzt war sie selbst erwachsen. Und das Wesen des Erwachsenseins schien zu sein, dass man sich tagein, tagaus sorgte.

Catharina sah die glatten Felsen an der gegenüberliegenden Seite des Bachs. Die graue Wand leuchtete in der Sonne. Ihr kamen die Schnecken in Erinnerung, die sie als Kinder hier gefunden hatten. Zu Dutzenden saßen die Tiere nach Regentagen hier und wärmten sich am Felsen auf. Die Kinder hatten sie von der Wand gepflückt und mit Wucht auf den Boden geschleudert.

Sie hatten dabei gejubelt und gegrölt und geglaubt, das Richtige zu tun. Denn ihre Eltern hatten es ihnen gesagt. Schon damals hatte Catharina gespürt, dass es falsch war, derart erbarmungslos gegen die wehrlosen Wesen vorzugehen. Jedes Mal, wenn das Haus eines der armen Tiere am Boden zerplatzte, spürte sie einen Stich in ihrem Herzen. Aber mitgemacht hatte sie dennoch. An der Felswand saßen auch jetzt einige Schnecken, die sich in ihren Häusern verkrochen hatten. Catharina watete durch den Bach. Dass ihre Schuhe nass wurden, bemerkte sie gar nicht. Die Böschung auf der anderen Seite schien steiler zu sein als damals. Dafür waren die Schnecken kleiner, als sie sie in Erinnerung hatte. Vorsichtig nahm sie eines der Tiere von der Wand. Als Kind hatte sie sie gepflückt wie reife Äpfel. Jetzt ging sie behutsam vor, fast schon liebevoll. Sie sah der Schnecke in ihrer Hand dabei zu, wie sie sich langsam aus ihrem Haus drückte, sich selbst entfaltete und nach und nach ihren Körper und ihre Fühler ausstreckte. Das kleine Geschöpf betrachtete sie mit seinen winzigen Äuglein auf den Fühlern. *Tu mir nichts,* schien es zu sagen, wie es dort jetzt so unter seinem Häuschen hing, das Catharina zwischen Daumen und Zeigefinger hielt.

»Es tut mir leid«, sagte Catharina, und sie wusste selbst nicht, was sie damit meinte. War es eine Entschuldigung für das Leid, das sie als Kind den Vorfahren dieses niedlichen Tierchens angetan hatte, oder sagte sie es doch nur, weil sie die Schnecke vor sich aus dem Schlaf riss?

»Hast du Hunger, kleine Schnecke?«, fragte sie jetzt leise. Und dann bildete sie mit ihrer Schürze eine Tasche und legte das Tier hinein. Sie ließ den Blick an der Wand entlangschweifen. Da waren noch viel mehr Schnecken. Sie waren beinahe eins mit dem Felsen, es waren zwei, vielleicht drei Dutzend insgesamt. Sie juchzte, als sie sie mit größter Vorsicht von der Wand nahm und in ihrer Schürze verstaute.

Es war ein großes Gekrieche, als sie mit den Schnecken im Gepäck die Wiesen hinauf ins Dorf durchquerte. Mehr als einmal musste sie anhalten, um die Tiere, die nicht wussten, wie ihnen geschah und unaufhaltsam übereinander und durcheinander glitten, wieder hinunterzuschieben, damit sie nicht aus ihrer Schürze purzelten.

Sie näherte sich dem Haus vom Garten her. Alle zum Tal abgewandten Höfe hatten schmale Gemüsebeete, die zum steilen, schattigen Hang abfielen und wie alles, was die Bauern bestellten, nur kärglichen Ertrag abwarfen. Wie oft hatte Catharina sich auf diesen paar Fußbreit Boden abgemüht, um ein wenig Kohl oder Bohnen ernten zu können? Es war immer ein Kampf gewesen. Ein Kampf mit dem mageren Boden, dem spärlichen Licht und dem gefräßigen

Ungeziefer. Jahrelang hatte sie ihr Dasein insgeheim verflucht. Sie hatte mit ihrem Schicksal gehadert und gerungen. Jetzt, wo Peter kurz davorstand, den letzten Rest, der ihr hier noch blieb, zu verschleudern und gegen eine vage Hoffnung auf dieses ferne Pennsylvanien einzutauschen, spürte sie etwas, das sie bislang nicht kannte. Es fühlte sich warm und leicht an. Es war eine kleine Freiheit, die einzige Freiheit, die sie hatte: Sie konnte sich entscheiden loszulassen, was sie nicht behalten konnte, oder sich krampfhaft daran festklammern.

Catharina lächelte das glückliche Lächeln der vorübergehend Gleichgültigen, als sie sich vor die frischen Pflänzlein in das Frühlingsbeet kniete und ihre Schürze öffnete.

»Hier, meine Kleinen«, sagte sie zu den Schnecken. »Fresst euch ruhig satt und kugelrund. Es hat ja doch keinen Wert mehr für mich. Nichts von alledem werde ich noch ernten können, wenn es nach Peter geht. Und es geht ja immer nach ihm.«

Sie setzte ein Tier nach dem anderen in die Reihen zwischen den kleinen Trieben, die sie eigentlich hätte hegen und pflegen und zur Reife bringen sollen und wollen. Und nun, in einem Jahr, das hätte sein können, wie jedes andere, sollte plötzlich alles anders sein, und jeder Setzling sollte vergeblich gesetzt worden sein? Nur weil auf einmal dieser *Rotefutt* vor der Tür gestanden hatte? Sie konnte es nicht begreifen. Tränen folgten ihrem Lächeln. Es war ein Hin und Her, ein Auf und Ab der Gedanken und Gefühle.

Durch ihre tränenverschwommenen Augen hindurch sah sie den Schnecken dabei zu, wie sie die Stängel und Blätter erklommen und begannen, an ihnen zu nagen. Sie musste lachen und weinen zugleich. Alles war so sinnlos. Es war ein Wahnsinn. Und sie konnte nichts gegen diesen Wahnsinn unternehmen. Peter würde sie und das Kind ihrer Heimat entreißen und an das andere Ende der Welt verpflanzen. Es war unbegreiflich. Wie sollte sie da noch heil im Kopf bleiben? Das Gemüse an die Schnecken zu verfüttern, war noch das Vernünftigste, das sie tun konnte. Sie hätte auch den ganzen Hof niederbrennen können. Dann wäre vielleicht nicht mehr genug Geld da gewesen, um die Überfahrt zu zahlen.

Was wusste sie schon? Alles war aussichtslos und alle Hoffnung dahin. Es dämmerte schon, und die Schnecken – das sah sie erst jetzt – waren längst schon wieder unter den Büschen verschwunden.

Catharina erschrak. Wie lange saß sie jetzt hier? Sie musste zurück. Sie würde der Nachbarin erklären müssen, wo sie den ganzen Tag gewesen war. Sie hatte der alten Frau das Kind gegeben, bevor sie am Morgen in den Kuhstall gegangen war. Nur für eine Stunde oder zwei.

Aber die Nachbarin fragte nichts. Catharina sah in ihrem Blick, dass sie mehr verstand, als sie ihr hätte erklären können – oder dass sie gar nichts mehr verstand. Was machte das schon für einen Unterschied?

Es wurden Tage festgelegt, Verträge geschlossen, Tiere geschlachtet, Notwendiges von Verzichtbarem getrennt, Hausrat verscherbelt, schließlich dann das ganze Haus und der ganze Hof versteigert.

Im Juni 1741 fanden sich drei Dutzend Familien im kleinen Bacharach ein und begaben sich, verteilt auf drei Kähne, auf ihre Reise in die unfassbar weit entfernte Neue Welt. Auf dem Rhein kamen sie an Koblenz und Bonn vorbei. Als sie Köln passierten, sahen sie zum ersten Mal in ihrem Leben den damals noch unfertigen Dom. Schwer zu sagen, ob das Fragment einer Kathedrale auf die Durchreisenden aus dem Hunsrück imposant wirkte oder ob sie, die protestantischen Flüchtlinge, trotz ihres eigenen Elends das auf ewig unvollendete Werk verspotteten, dessen halb fertiger Turm schon seit Jahrhunderten von einem verrottenden Kran anstelle eines Kreuzes gekrönt wurde.

Jetzt stehe ich hier ein paar Rheinkilometer weiter stromabwärts. Der längst und doch niemals fertiggestellte Dom auf der anderen Seite des Flusses lugt unter der Brücke hindurch. Zwischen Lewins achtundzwanzigstem und neunundzwanzigstem Rufen sehe ich hinaus auf die Strömung. Weit draußen, in dessen Mitte, treibt ein großer Ast vorbei. Die gleichen Wellen wie vor zweihundertachtzig Jahren, die gleichen Wirbel, das gleiche Wasser. Dieselbe Sehnsucht. Hier sind sie entlanggefahren: die schwer beladenen Kähne der Glückssucher aus dem Hunsrück. Wie Treibgut im Fluss.

Wenn ich jetzt die Augen schließe und sie hier vorbeiziehen sehe, ahne ich die Zuversicht, die Hoffnung, die Vorfreude, die sie damals gespürt haben müssen. Und ihre Ängste und Sorgen. Ihre Verzweiflung.

»Komm, wir gehen nach Hause«, antworte ich Lewin, als er zum vierunddreißigsten Mal nach mir ruft.

ZUGVÖGEL

Ein warmer Frühsommertag. Die meiste Zeit verbrachte Peter damit, an Deck zu stehen, sich die Sonne auf den Nacken scheinen zu lassen und in die Weite zu starren. Zwei Dinge waren ihm in seinem Leben bislang völlig fremd gewesen: nichts zu tun zu haben und kilometerweite Horizonte. Nun bot sich ihm beides, und er genoss es. In seiner Heimat reichte der Blick immer nur bis zum gegenüberliegenden Hang. Und stand man einmal oben auf einem der Berge des Hunsrücks, erschwerte der dichte Wald eine weite Aussicht. Zeit, den Blick schweifen zu lassen, gab es ohnehin kaum. Es war immer etwas zu tun.

Berge hatte Peter nicht mehr gesehen, seit sie bei Königswinter das Siebengebirge hinter sich gelassen hatten. Seitdem hatte sich der breite Strom nur noch durch Flachland geschlängelt. Fast wie in Pennsylvanien, hatte Peter gedacht. Fast wie auf dem Bild von Rutherford. Es kribbelte in seinem Bauch. Noch konnte er nicht ahnen, dass er in seinem Leben nie wieder einen Berg sehen würde.

Seit zwei Tagen waren sie jetzt auf dem Rhein unterwegs. Die Hälfte sei geschafft, hatte der Kapitän ihm gestern Abend nach dem Anlegen zugeraunt, dann liefen sie in Rotterdam ein. Dann würden ihre Wege sich trennen, und er würde wieder stromaufwärts fahren, mit frischen Waren beladen, hoffentlich.

Mit welchem Schiff die Gruppe dann weiterfahren wollte, hatte der Kapitän wissen wollen.

Peter zuckte mit den Schultern.

»Habt ihr etwa noch keine Überfahrt gekauft?«, fragte der Kapitän.

»Mister Franklin Rutherford aus Pennsylvanien kümmert sich um alles.«

»So, so.«

»Wir werden jedenfalls mit einem sehr schönen, großen Passagierschiff fahren«, sagte Peter. Das war es schließlich gewesen, was der Anwerber Franklin Rutherford ihm und den anderen versprochen hatte.

Der Kapitän schmunzelte und wandte sich kopfschüttelnd ab. Es blieb Peter verborgen, ob er sich mit ihm freute oder ob er ihn, den armen Bauern, innerlich verhöhnte.

Bei Hochwasser ist Schenkenschanz eine Insel. Jetzt ist kein Hochwasser. Ich bin heute Morgen mit Lewin in das kleine Örtchen kurz hinter Kleve gefahren. Ich wollte mit eigenen Augen sehen, wo die Flüchtlinge aus dem Hunsrück damals gestrandet sind. Aber zum einen hat der Rhein seinen Verlauf in den letzten Jahrhunderten entscheidend verändert, und zum anderen bin ich jetzt damit beschäftigt, auf den Wiesen außerhalb des Ortes Lewin hinterherzulaufen, der sein Interesse an Gänsen entdeckt hat und ihnen unablässig nachjagen will. Die Tiere sind scheu und schreckhaft. Jedes Mal, wenn wir uns auf dem Wirtschaftsweg zwischen den umzäunten Wiesen einer Schar auf weniger als vielleicht vierzig oder fünfzig Meter nähern, werden die ersten Exemplare nervös, flattern schnatternd auf und reißen schließlich alle anderen mit sich. Und dann geschieht das Schauspiel, das Lewin begeistert glucksen lässt: Zweihundert, dreihundert, fünfhundert Vögel – was weiß ich, wie viele – stemmen ihre von den saftigen Wiesen der Rheinauen wohlgenährten Körper in die Luft. Welche Masse mag das sein, die hier vor uns staunenden Menschlein in die

Höhe steigt? Eine Tonne? Schwer wie ein Hubschrauber, denke ich, und von ähnlicher Lautstärke. Es klingt wie in Hitchcocks berühmtem Film. Aber die Vögel haben zum Glück Angst vor uns, nicht andersherum.

Lewin will immer weiter den Weg entlanglaufen, immer weitere Gänse aufscheuchen. Aber ich möchte in die entgegengesetzte Richtung, zurück zum Parkplatz und hinein in den kleinen Ort. Ich fürchte, der Junge wird seine komplette Energie verbraucht haben, bevor wir durch das Hochwasserschutztor treten und durch die Gassen der alten Grenzanlage laufen können. Und dann wird er quengeln und nach Hause wollen.

Schließlich gehe ich vor. Und er folgt mir. Manchmal macht mir das Angst. Er wird mir immer folgen, denke ich. Dabei will ich doch gar nicht, dass er wird wie ich.

Am Ortseingang studiere ich die Infotafeln, die für interessierte Radwanderer, die im Sommer wohl in Scharen über Schenkenschanz herfallen, aufgestellt wurden. Früher, als der Rhein hier noch in seinem alten Bett floss, lag Schenkenschanz als befestigter Grenzort zwischen Preußen und Holland genau an der Stelle, an der sich der Rhein von seinem Namen verabschiedet und sich in die breite Waal und den schmalen Nederrijn teilt. Der Nebenstrom zog nördlich am Dorf vorbei, der Hauptstrom nahm südlich seinen Weg in Richtung Nordsee. Durch Versandung, Deichbau und das Anlegen von Kanälen ragt die überschaubare Ansammlung von Häusern bei normalem Pegelstand mittlerweile wie eine einsame Insel zwischen grünen Wiesen empor. Die Änderung des Strömungsverlaufes hat die ehemalige, strategisch wichtige Festung, die einst mit Belagerung und Kanonenbeschuss zu kämpfen hatte, in einen Zustand friedlicher Bedeutungslosigkeit versetzt. Wie schön.

Gegen Nachmittag des vierten Tages ihrer Reise erreichten die Schiffe Schenkenschanz. Die Grenzsoldaten bedeuteten den Kapitänen anzulegen. Peter besah sich das Schauspiel aus sicherer Entfernung vom Heck des Schiffes. Er verstand kein Wort, das die Grenzer und Kapitäne miteinander wechselten. Weder Niederländisch noch die Dialekte dieser Gegend ergaben für ihn einen Sinn. Und in der aufgeregten Geschwindigkeit, in der die Worte nun gewechselt wurden, hatte Peter sowieso keine Chance, ihren Inhalt zu begreifen. Aber er spürte, dass es Probleme gab. Der Grossart Michael und der Conrad Friedrich wurden hinzugerufen. Schon vor der Abfahrt in Bacharach hatten sie sich als die heimlichen Anführer der Auswanderer herausgestellt. Sie hatten in gewitztem Tonfall mit den Schiffern gesprochen, ihr Blick war wach, und Peter hatte begriffen, dass sie gescheit waren, gescheiter als er selbst. Aber was er jetzt in ihren Augen sah, was er an Wortfetzen aufschnappte, die sie den anderen Männern auf den Schiffen zuriefen, beunruhigte ihn. Fehlende Papiere. Keine Passage. Umkehr.

Es dauerte, die Stunden rannen zäh dahin. Als die Sonne sich im Westen schon dem Horizont näherte, war die Unruhe auf die ganze Gruppe übergesprungen. Von einem Schiff zum anderen wurden Gerüchte und vermeintliche Gewissheiten herübergerufen. Kinder weinten in den Armen ihrer verzweifelten Mütter. Schließlich wurde es den Grenzern zu bunt, und sie beorderten den Grossart Michael und den Conrad Friedrich zusammen mit den drei Kapitänen an Land.

Erst in der Nacht, in deren Verlauf niemand mehr ein Auge zumachte, kamen sie zurück an Bord der Schiffe und verkündeten den Familien, in welcher Situation sie sich befanden: Aufgrund der verheerenden Lage in Rotterdam und Amsterdam hatte die holländische Regierung die Einreise nur noch denjenigen erlaubt, die Dokumente über ihre sofortige Weiterreise über den Atlantik vorweisen konnten. Die Hafenstädte waren bereits überfüllt von Ausreisewilligen, die aus sämtlichen verarmten Fürstentümern des Kontinents herbeigeströmt waren. Der Krieg zwischen Spanien und England hatte den Schiffsverkehr über den Ozean beinahe zum Erliegen gebracht, und Tausenden von Flüchtlingen waren beim monatelangen Warten auf eines der wenigen Schiffe bereits sämtliche Ersparnisse ausgegangen. Sie drohten jetzt auf den Straßen der wohlhabenden Städte zu verelenden. Die vermögenden und einflussreichen Kaufleute sahen ihren Wohlstand in Gefahr, wenn noch mehr von diesen armen Seelen ihre Städte überschwemmen sollten. Deshalb hatte man erwirkt, dass das Problem an die Außengrenzen des Königreiches zu verlagern sei und niemand mehr ohne Papiere einreisen durfte.

»Aber Rutherford?«, fragte einer der Auswanderer in die aufsteigende Nacht hinein. Seine Frage blieb so unbeantwortet wie unvollendet.

»Was hat das zu bedeuten?«, fragte Catharina ihren Peter.

»Ich weiß es nicht«, sagte Peter. Dabei hatten sie beide begriffen, was das bedeutete. Die Weiterreise war unmöglich. Sie waren gescheitert. Peters Traum drohte zu platzen, bevor er und seine Familie einen Fuß auf fremden Boden gesetzt hatten. Der Traum, in den er alle Hoffnung und auch sein ganzes Vermögen gesetzt hatte, schien kein gutes Ende zu nehmen.

»Peter«, sagte Catharina nur und schüttelte kaum merklich den Kopf. Und Peter verstand alles, was in diesem Wort lag: die ganze Enttäuschung, die ganze Wut, das ganze Ausgeliefertsein. Er verstand es. Und er konnte dagegen nichts tun. Er hatte diesen Weg gehen müssen. Warum sah sie ihn jetzt so an, als sei das alles seine Schuld? Er konnte doch nichts dafür. Er war doch seiner Sehnsucht genauso ausgeliefert.

»Sei still!«, blaffte er zurück.

Catharina senkte den Blick und sprach kein Wort mehr mit ihm.

Sie sprach kein Wort mit ihm am nächsten Tag, als die Männer sich versammelten und beratschlagten, ohne zu einem Ergebnis zu kommen, was zu tun sei.

Sie sprach kein Wort mit ihm am übernächsten Tag, als die Kapitäne ihrer Unruhe Ausdruck verliehen und ankündigten, die Passagiere müssten dann eben hier von Bord gehen und den vollen Fahrtpreis entrichten.

Sie sprach für lange Zeit kein Wort mit ihm. Warum auch? Es änderte ja nichts. Ihre Stimme galt nichts. Da konnte sie genauso gut schweigen. Sie saß nur da mit ihrem Kind und ihrer Verzweiflung. Und sie beobachtete alles. Sie verstand, dass ihre Chancen auf ein glückliches Leben in der Neuen Welt von Tag zu Tag schwanden. Sie hatte es sich zwar nie gewünscht, aber im Hunsrück alles hinter sich lassen müssen. Es konnte kein Zurück mehr geben. Wohin hätten sie sollen? Es musste irgendwie weitergehen. Ob sie das wollte oder nicht. Nach Amerika auszuwandern, war ihre einzige Chance.

Abends, wenn die Tage und damit das Ausgeliefertsein auf dem Schiff, das nicht mehr weiterfuhr, kein Ende nahmen, saß sie da mit dem hungrigen Kind auf dem Arm und starrte in die Strömung des Flusses auf der anderen Seite der Reling.

Die Männer hatten entschieden, nicht von Bord zu gehen. Sie wollten sich nicht irgendwo an der Grenze aussetzen lassen. Ohne Land. Ohne Besitz. Ohne die Hoffnung, die Träume noch zu erfüllen. Jetzt saßen sie hier auf den Schiffen fest, und nichts bewegte sich.

Mildtätige Menschen aus dem benachbarten Dorf hatten von der Not der Flüchtlinge gehört und ihnen Brot und Milch für ein paar Tage vorbeigebracht. Aber es reichte kaum für alle, und niemand wusste, für wie lange sie sich ihre Vorräte würden einteilen müssen.

Mehr als einmal war Catharina aufgestanden, hatte das Kind an der Reling hochgehoben und sich vorgestellt, wie sie es einfach hinabgleiten lassen würde in die Fluten, und wie sie selbst dann still hinterherstürzen würde. Aber dann hatte sie Angst vor dem Sterben bekommen und vor dem Gericht Gottes. Und überhaupt: Das arme Kind konnte doch noch weniger als seine Mutter dafür, in welcher Lage sie sich hier befanden. Wenn Peter sie schon in diese Ausweglosigkeit gezwungen hatte, konnte sie wenigstens versuchen, es dem Kind erträglich zu machen.

Irgendwann verloren die Kapitäne die Nerven. Auf einem der anderen Schiffe hatte einer von ihnen aus heiterem Himmel begonnen, die Habseligkeiten der Passagiere in den Rhein zu werfen. Es gab eine Meuterei, und den Hunsrückern gelang es, den Kapitän und seine Mannschaft zu überwältigen. Spätestens jetzt war klar: Hier saßen längst nicht mehr alle im selben Boot.

Gerichte wurden angerufen, Regierungen und Ämter angefleht, und irgendwann, nach Wochen des Ausharrens, war entschieden: Die Auswanderer mussten von Bord gehen und die Schiffe freigeben. Ansonsten würde man sie mit Waffengewalt dazu zwingen und sie ins Gefängnis werfen.

Noch während die Flüchtlinge ihre hektisch an Land geschleppten Gepäckstücke zu sortieren versuchten und die

Kapitäne ebenso hastig die Anker lichteten und umkehrten, machten sich der Grossart Michael und der Conrad Friedrich auf den Weg nach Kleve. Schon längst hatten sie einen Plan gefasst für den Fall, dass sich ihre Weiterreise durch Holland tatsächlich und endgültig als unmöglich erweisen sollte. Sie hatten vor, im Namen der verhinderten Auswanderer um Land zu bitten, das man ihnen hier am Niederrhein zur Verfügung stellen sollte.

Als sie nach über vier Wochen in das Elend ihrer vor den Toren von Schenkenschanz lagernden Familien zurückkehrten, hatten sie tatsächlich eine Urkunde im Gepäck, die ihnen mit sofortiger Wirkung und zu vergünstigten Zinsen Land zur Erbpacht garantierte. Sie waren geschwächt, enttäuscht, krank, verarmt und manche von ihnen dem Tod näher als dem Leben. Aber jetzt hatten sie wieder eine Zukunft. Der Herr hatte ihnen erneut eine Aufgabe gegeben: Nicht weit von hier entfernt sollten sie die Heide urbar machen.

Dieses Inseldorf ist wirklich winzig. Nicht einmal hundert Menschen leben noch hier, erklärt eine weitere Infotafel im Ort. Dazu ein paar Bilder, die aus den Achtzigerjahren stammen und doch aussehen, als wären sie mindestens dreißig Jahre älter.

In der Mitte steht eine Kirche, ebenfalls winzig. Nach wenigen Minuten haben Lewin und ich das Dorf durchquert. Am hinteren Ortsausgang ein weiteres Hochwasserschutztor und eine Infotafel, die von der letzten großen Flut vor beinahe zwanzig Jahren berichtet. Alle Frauen und Kinder hatten das Dorf verlassen müssen, nur die heldenhaften Männer waren geblieben, um die aufgeweichten Schutzwände mit Sandsäcken zu stabilisieren. Wie der Plot eines antiquierten Actionfilms. Auf dem Foto, das die Evakuierung zeigt, springen fröhlich lachende Kinder von der Fähre, wohlgenährte Frauen tragen Picknickkörbe und winken einander zu. Ausflugsstimmung.

Einige der Frauen, so berichtet die Tafel, hätten sich nach Einbruch der Dunkelheit heimlich von ihren Männern in Motorbooten vom »Festland« abholen lassen, um nicht auch nur eine einzige Nacht von ihnen getrennt zu sein. Wie schwer es manchen Leuten doch fällt, ihre Freiheit zu genießen, denke ich. Oder ist das Liebe?

Mein Blick fällt auf eine geschlossene Kneipe. Einen kurzen Moment stelle ich mir vor, wie es sich anfühlen würde, hier der neue Pächter zu sein. Es reizt mich. Im Sommer ein paar Touristen, die auf ein Radler vorbeikommen, bevor sie ihre Tour durch die niederrheinische Weite fortsetzen. Ansonsten Einheimische. Einige, ganz wenige, alte, aussterbende Einheimische.

Ich bin von meinen eigenen Gedanken angewidert. Was sollte ich in diesem Dorf? Ich würde sterben. Ich ertrage diesen Mief nicht und auch nicht die Enge innerhalb der Mauer. Ich würde den ganzen Tag nur an der Hochwasserschutzwand stehen und über die Wiesen schauen wollen. Und außerdem habe ich Lewin, zumindest in Teilzeit. Wie sollte das gehen?

Ich zucke zusammen. Lewin ist weg. Ich sehe ihn nirgendwo. Hektisch blicke ich die Straße auf und ab. Zum Glück fahren hier keine Autos. Es dürften Autos fahren. Aber es fahren keine Autos. Hier lebt nur eine Handvoll Menschen, und das Dorf liegt am Ende einer vier Kilometer langen Sackgasse. In der halben Stunde, seit wir das Fluttor am Parkplatz passiert hatten, ist kein einziges Auto durch die Straßen dieses Ortes gefahren. Vom Straßenverkehr droht also kaum Gefahr. Allzu weit kann Lewin auch nicht weg sein. Ich versuche mich zu beruhigen. Ich werde ihn finden. Dieses Dorf ist schließlich nicht viel mehr als ein Heuhaufen, und Lewin ist zwar noch kein Schulkind, aber er ist deutlich größer als eine Stecknadel.

Dennoch, links von mir, rechts von mir: kein Lewin. In den Seitenstraßen, auf dem Friedhof an der Kirche: kein Lewin. Auf dem Deich an der Südseite, an der Mauer im Norden: kein Lewin.

Langsam werde ich doch nervös. Und ich ärgere mich über mich selbst. Ich höre die vorwurfsvolle Stimme seiner Mutter in meinem Kopf: *Nur weil du nicht aufgepasst hast. Nur weil du nicht in der Lage bist, Verantwortung zu übernehmen. Nur weil dir deine persönliche Freiheit wichtiger ist als alles andere. Nur wegen Sarah!*

Sarah war eine Affäre. Nicht der Grund für das Ende, sondern der Auslöser. Symptom, nicht Ursache. Es ist längst schon wieder vorbei. Und trotzdem will ich nicht zurück zu Lewins Mutter, was sie aber nicht begreifen will. Selbst jetzt geht mir das nicht aus dem Kopf. Dabei sollte ich mich jetzt doch um Lewin sorgen.

Wo ist er? Ich laufe ziellos durch das Dorf. Ich bin im Tunnel, höre und sehe das Auto kaum, das in Schrittgeschwindigkeit an mir vorbeifährt. Schneller durch die enge Gasse zu fahren, wäre undenkbar. Ausgerechnet jetzt taucht tatsächlich ein Auto auf, denke ich und bedeute dem Fahrer, noch langsamer zu fahren. Er begreift nicht, was ich von ihm will, und starrt mich fragend an, während er seine Fahrt ungerührt fortsetzt. Ich folge dem Wagen mit meinem Blick. Als er um die Ecke verschwunden ist, höre ich ein Klirren. Ich renne hinter dem Auto her. Es biegt ungerührt in eine Einfahrt ab.

Da sehe ich Lewin. Unversehrt. Gott sei Dank, denke ich, keine Vorwürfe von seiner Mutter, weil ich nicht auf ihn aufgepasst habe und er deshalb einfach verschwunden ist. Bleibt also nur noch die Anklage, ich hätte durch meinen Egotrip mit Sarah unsere Familie zerstört.

Die Szenerie wirkt surreal: Lewin steht auf einem kleinen Platz vor dem letzten Haus am hinteren Hochwasserschutztor an einer Art winzigem Flohmarktstand. Ein winziger Junge an einem winzigen Flohmarktstand in einem winzigen Dorf. Meine riesige Angst zerfällt zum Glück. Zu Lewins Füßen glitzert und blinkt ein Scherbenhaufen. Sein Blick ist gesenkt. Und auch die blonde Frau mit dem praktischen Kurzhaarschnitt, die hier wohl die Verkäuferin spielt, starrt wie gebannt auf das, was einmal eine Blumenvase oder ein ähnlich großes Gefäß aus Glas gewesen sein muss.

»Lewin«, rufe ich und erwecke damit die Szenerie zum Leben. Die Frau sieht mich an, Lewin dreht sich um und beginnt sofort zu weinen.

»Was ist denn passiert?«, frage ich und versuche dabei fürsorglich und liebevoll zu klingen und nicht wie ein verantwortungsloser Trennungsvater, der sein Kind nicht im Auge behalten kann und es anbrüllt, wenn deshalb etwas Schlimmes passiert. Es gelingt mir nicht. Seit der Trennung gelingt es mir einfach nicht mehr. Dabei war ich nie so ein Vater, der nicht in der Lage war, sich liebevoll um sein Kind zu kümmern. Ich war auch vorher viel für ihn da, auch ohne seine Mutter. Ich war schon immer mit ihm auf dem Spielplatz, im Zoo, bei der Kinderärztin. Ich war in Elternzeit – und zwar länger als die üblichen zwei Alibimonate, die sich ein moderner Vater gern nimmt. Ich war es, der ihn im Kindergarten eingewöhnt hat. Ich war immer ein guter Vater. Aber seit ich seine Mutter verlassen habe, sehe ich mich selbst nur noch als Trennungsvater, und ich spüre, dass auch alle anderen mich so sehen.

»Das macht doch nichts«, sagt die Flohmarktfrau, aber es klingt wie ein Vorwurf im Gewand einer Beschwichtigung.

Lewin verkriecht sich hinter meinen Hosenbeinen. Seine linke Hand krallt sich an meinem Oberschenkel fest. Seine rechte steckt in einem für seine Größe völlig überdimensionierten Baseballhandschuh, in dem er ein abgegriffenes Buch balanciert: *Heimische Vogelarten*.

»Das macht wirklich nichts«, sagt die Frau. Dieses Mal klingt es freundlicher.

»Was war das? Was hat er kaputt gemacht?«, frage ich. Und dieses Mal klinge auch ich etwas mehr nach dem, was ich sein will.

»Ach, nur so eine Flasche.« Sie deutet auf zwei weitere Exemplare. Ich überlege, wie man so etwas nennt. Barflaschen? Whiskyflaschen mit Glasverschluss? Mir fallen nur komplizierte Bezeichnungen ein.

Mein Gegenüber kann Gedanken lesen. »Eine Karaffe«, sagt sie.

Ich streichle über Lewins weiches Haar. Er beruhigt sich etwas.

»Was bin ich Ihnen schuldig?«, frage ich.

»Ach, lassen Sie nur.«

»Nein, bitte«, sage ich, »ich nehme sie alle drei. Die beiden hier und den Scherbenhaufen auch.« Zur Not werde ich eben Alkoholiker und ertränke mein Elend in Hochprozentigem, denke ich. Dann kann ein kleiner Grundstock an Karaffen nicht schaden.

»Gut«, sagt die Verkäuferin, »fünf Euro.«

Ich fische nach meinem Portemonnaie.

»Und den Baseballhandschuh auch?«, fragt sie.

Ich sehe hinab zu Lewin. »Ja, den Baseballhandschuh auch.«

»Dann zehn. Er gehört meinem jüngsten Sohn, aber er spielt nicht mehr damit.«

Wow, denke ich. Ich schätze sie nur unwesentlich älter ein als mich. Aber sie hat schon einen jüngsten Sohn, der nicht mehr mit einem Baseballhandschuh in Erwachsenengröße spielt. Mein einziger Sohn ist noch mindestens zehn Jahre davon entfernt, diesen Handschuh auszufüllen.

Ich sehe die Frau etwas zu lange an. Ich versuche mir vorzustellen, wie das wohl ist, wenn man es geschafft hat, die Kinder großzuziehen, und dann zufrieden vor seinem denkmalgeschützten Haus in einem klitzekleinen Dorf steht und Flohmarkt spielt. Ob das wohl immer ihr Traum war?

»Zehn Euro!«

»Ja, klar«, sage ich, und gebe ihr den Schein.

»Das Buch schenke ich dir«, sagt die Frau zu Lewin.

»Danke«, sage ich stellvertretend, denn Lewin ist schon wieder mit den Gedanken woanders.

Am Himmel kreischt es.

»Gänse!«, ruft er und zeigt mit dem Vogelbestimmungsbuch im Baseballhandschuh nach oben.

Wir blicken hinauf. Lewin, ich und die Frau aus dem Dorf.

»Ja, die üben schon seit Tagen«, sagt die Frau. »Dann weiß man, dass es Frühling wird. Sie kreischen und fliegen und landen und fliegen und landen. Und irgendwann sind sie einfach weg.«

ZU DEN TIEREN

Die Winter waren das Schlimmste. Die Aussiedler hatten nichts als die Zusage für ein Stück Land, ihr dürftiges Hab und Gut und den Rest ihres Ersparten, der ihnen nach der unvollendeten Schiffsreise über den Rhein noch geblieben war. Sie waren Bauern gewesen, und sie wollten auch wieder Bauern sein. Aber Bauern, die ein Jahr lang nicht gesät und geerntet haben und auch keine Vorräte aus vorangegangenen Jahren hatten anlegen können, waren keine Bauern, sondern Habenichtse. Bestenfalls Tagelöhner.

Mit den wenigen Münzen, die sie noch bei sich trugen und die sie eigentlich dringend für die Beschaffung von Geräten und Baumaterial benötigt hätten, mussten sie die Bauern rund um Kleve und Goch entlohnen, die sie wie Tiere in ihren Ställen hausen ließen. Für die spärlichen Reste, die man ihnen zukommen ließ, mussten sie ausgeben, was sie für ihre Zukunft gebraucht hätten. Sonst wären sie im Hier und Jetzt verhungert.

Tagsüber gruben sich die Männer durch den hart gefrorenen Boden der Gocher Heide. Sie fällten Bäume, zogen Sträucher und Wurzeln aus dem Grund, legten Wege an, steckten Grundstücke ab. *Die Wüste wird zum Acker werden.* Das war die selbst gewählte Prophezeiung. Von Woche zu Woche nahm die Hoffnung Gestalt an. Aber im gleichen Maße wuchsen auch die Zweifel der Männer, wie sie diesen sandigen Boden urbar machen sollten.

Catharina und Peter waren im Nebengebäude eines Bauernpaares südlich von Kleve untergekommen. Morgens melkte Catharina die Kühe, tagsüber saß sie im Heuboden und flickte Laken oder reparierte Reisigbesen. Dafür ließ man Peter, sie und das Kind kostenlos dort wohnen. In der Nacht mussten sie sich eine Schlafstätte im Stroh bei den Kühen suchen. An jeder anderen Stelle der Scheune wären sie erfroren.

Wie Maria und Josef und das Christuskind, dachte Catharina. Aber sie sprach es nicht aus, denn sie wollte sich das ganze Ausmaß ihres Elends nicht eingestehen.

Wie Maria und Josef und das Christuskind, dachte auch Peter. Aber auch er sprach es nicht aus. Denn er wollte nicht wahrhaben, dass es seine Schuld war, dass sie nun fern der Heimat im Kuhmist lagen und beinahe erfroren.

Die Grippe ging um. Catharina bekam Schüttelfrost, Peter einen schlimmen Husten. Aber die Arbeit erlaubte keine Unterbrechungen wegen solch unbedeutender Kleinigkeiten wie einer tödlichen Krankheit. Peter mühte sich gemeinsam mit den anderen Männern weiterhin auf der Heide ab. Catharina versorgte das Vieh. Ihr Kind lag im Stroh. Wenn sie sich nicht mehr auf den Beinen halten konnte, legte sie sich zu dem Kind und versuchte, es mit frischer, warmer Milch zu füttern. Aber seit mehr als zwei Tagen trank es kaum noch etwas, doch Catharina bemerkte es nicht. Sie selbst war viel zu schwach, um Angst zu haben. Es entging ihr, dass auch das Kleine von Stunde zu Stunde weniger Lebenskraft in sich trug. Alles war jetzt wie in einem Nebel. Auch Peter bekam kaum etwas mit. Am Abend fielen sie stumm in ihr Lager. Vielleicht hofften beide, dass es nun einfach zu Ende ging mit ihnen. Der Herr würde sie still zu sich nehmen. Daheim im Hunsrück würde man glauben, sie hätten es geschafft. Niemand würde ahnen, dass sie es nicht einmal bis nach Holland gebracht hätten und sie ihr Leben in der Kälte des niederrheinischen

Winters ausgehaucht hätten. Sie fieberten und zitterten sich durch die Nacht. Nur das Kind schien ruhig zu schlafen.

Auch am nächsten Morgen riefen die Kühe nach Catharina. Erst als sie sich wieder vom Melken zurück in ihr Lager geschleppt hatte – Peter ackerte trotz Schüttelfrost auf dem Feld –, nahm sie das tote Kind auf den Arm. Sie drückte den kalten Körper an ihren. Zum Weinen war sie zu hilflos. Sie konnte selbst kaum noch atmen. Warum nur konnte ihr eigenes, sinnloses Leben kein rasches Ende nehmen? Die Kühe waren besser dran als sie. Selbst die Ratten, sie sich nachts auf der Suche nach Nahrung quietschend durch Catharinas und Peters Schlaflager jagten, hatte der Herrgott nicht so sehr gestraft wie sie.

»Noch eines«, sagte Peter nur, als ihm Catharina am Abend das leblose Kind hinhielt.

Am nächsten Tag schaufelten der Grewer Hermann, der Schankweiler Jacob und Peter drei Gräber. Am Vortag war nicht nur das Kind gestorben; auch die Frau vom Grewer und der älteste Sohn vom Schankweiler, ein starker Junge von vierzehn Jahren, hatte die Grippe dahingerafft. Niemand war sicher. Der sandige Boden war noch immer hart gefroren. Die Männer schwitzten und keuchten. Genauso gut hätten sie ihre eigenen Gräber schaufeln können.

Die beiden großen Gruben hatten sie schon ausgehoben, da sagte der Grewer Hermann zum Peter: »Wenigstens ist jetzt nur noch ein kleines Grab zu schaufeln.«

Ohne groß nachzudenken hob Peter seinen Spaten. Woher hatte er noch diese Kraft? Er ließ das schwere Gerät mit aller Wucht auf den Grewer Hermann krachen. Peter schrie vor Wut. Herrmann ging zu Boden, blutete aus dem Kopf. Drei Männer mussten ihn nach Hause tragen. Er erwachte erst zwei Tage nach der Beerdigung seiner Frau und war nie mehr in der Lage, den rechten Arm zu bewegen. Und was ihm passiert war, wusste er auch nicht mehr.

Peter wurde nicht belangt. Niemand klagte ihn an oder warf ihm vor, den Grewer Hermann beinahe getötet zu haben. Es war egal. Man hatte sie zu den Tieren gesperrt. Jetzt waren sie selbst Tiere geworden. Die Armut, die Flucht, die Seuche und ihr ganzes Versagen hatten sie zu ausgehungerten Wölfen werden lassen. Das Ende würde furchtbar werden. Aber das Ende kam und kam nicht.

Der Winter hatte sie beinahe getötet, aber ihre harte Arbeit hatte Früchte getragen. Im Frühjahr hatten die Hunsrücker Bauern am Niederrhein alle eine kleine Parzelle, die bewirtschaftet werden konnte. Die Männer und Frauen brachten Saatgut aus, jäteten, was dort wachsen wollte, aber nicht sollte, und werkelten derweil an ihren zunächst noch behelfsmäßigen Höfen herum. Es blieb auch weiterhin keine Zeit zum Verschnaufen. Jetzt musste die Grundlage geschaffen werden, um im Winter nicht erneut auf Almosen angewiesen im Kuhmist lagern zu müssen. Die Wüste war tatsächlich zum Acker geworden. Aber auf dem Acker wartete nichts als Schufterei.

Peter hatte damit begonnen, einen einfachen Holzschuppen zu bauen. Bis sie ein richtiges Haus haben konnten, würden sie dort wohnen und schlafen können. Mitten auf den Acker hinter dem Schuppen hatte er eine kleine Eiche gepflanzt. Sie sollte ihn an den Baum erinnern, unter dem er damals im Hunsrück zusammen mit seinem Bruder dem Herrn begegnet war.

Hauptsächlich aber musste dringend neues Ackerland gewonnen werden. Denn es war klar: Selbst wenn der Herrgott sie belohnen sollte und die erste Ernte besser ausfallen würde als vermutet, würde es für die Siedler kaum reichen, mit den Reserven über den Winter zu kommen.

Man hoffte auf ein Wunder, betete um Hilfe, aber die Ernte wurde schlecht. Erneut mussten viele der Bauern mit ihren Familien hungern und frieren. Erneut würden sie bei den Alteingesessenen betteln müssen. Erneut würden Kinder und Hoffnungen begraben werden.

Aber als Peter jetzt an einem warmen Frühsommerabend neben Catharina am Feuer vor dem Schuppen saß und in den orangen gefärbten Himmel sah, ahnte er davon noch nichts. Hätte er es gewusst, er hätte aufgegeben. Er wäre noch in derselben Nacht aufgebrochen und in sein Dorf im Hunsrück zurückgekehrt. Hätte man ihn ruhig verlachen und verspotten sollen, er hatte keine Kraft mehr für einen Winter wie den letzten. Aber er hatte noch immer eine Hoffnung in sich, und Hoffnung ist trügerisch. Es schien jetzt alles darauf hinzudeuten, dass es besser werden würde. Peter und Catharina mussten jetzt nicht mehr bei den Kühen frieren. Catharina verdingte sich zwar noch immer auf dem fremden Hof, auf dem sie im letzten Jahr untergekommen waren, aber der eigene Besitz nahm Formen an. Das Dorf, das durch ihrer Hände Arbeit entstand, war etwas komplett Neues. Es war nicht vergleichbar mit dem Heimatort im Hunsrück. Dort hatten die Häuser dicht gedrängt und schief durcheinandergewürfelt gestanden. Die tiefen Dächer, die hohen Giebel. Es hatte auf Peter immer so gewirkt, als zögen die alten Gemäuer die Schultern hoch und duckten sich vor den Blicken der anderen.

Hier war der Blick weit, der Horizont Kilometer entfernt. In der Ferne konnte man die Schwanenburg von Kleve sehen und den Doppelturm der großen Kirche inmitten der Stadt. Die Höfe, die sie hier anlegten, hielten Hunderte Meter Abstand voneinander. Das Dorf, das sie hier wachsen ließen, hatte nichts gemein mit dem, was sie aus dem Hunsrück kannten. Vielmehr versuchten sie hier ihren

Traum von Amerika auf niederrheinischem Boden zu verwirklichen: Es galt eine Kolonie zu errichten, kein Dorf wachsen zu lassen. *Die Wüste wird zum Acker werden.*

»Es war ein Fehler«, sagte Catharina an jenem Abend, die erst seit einigen Wochen wieder mit Peter redete. Die Trauer um das Kind hatte sie ihm gegenüber erneut sprachlos werden lassen. Wie schon auf dem Schiff hatte sie sich zurückgezogen, sich schweigend in ihr Schicksal gefügt. Erst als mit der Zeit der Schmerz kleiner wurde, fand sie wieder spärliche Worte.

»Es war ein Fehler.« Mehr zu sagen, war sie nicht imstande. Nur vier Worte, aber sie waren so viel mehr als nur das. Sie waren eine eigene Meinung, ein mutiges Widersprechen.

Peter sah sie erstaunt an. Catharina hielt seinen Blick aus.

»Wo wären wir denn, wenn wir nicht aufgebrochen wären?«, fragte Peter.

Catharina schwieg. Aber es war kein zurückgezogenes Schweigen mehr, sondern ein forderndes.

»Es war doch nicht gut in der alten Heimat. Das weißt du doch, Catharina.«

»Aber das Kind.« Catharinas ungeübte Stimme klang rau.

»Die Kinder sind uns auch auf dem Hunsrück gestorben«, sagte Peter leise.

»Was ist dann jetzt besser?« Catharina hob ihr Kinn und fixierte ihren Mann. Sie wollte es wirklich wissen.

»Die Zukunft ist jetzt besser, Catharina.«

Catharina sah ins Feuer. Sie hatte ihren Herd zurückgelassen, um am Feuer zu sitzen, und Peter redete von einer besseren Zukunft.

»Bald, Catharina, bald.«

»Es war falsch, dass du diesem Anwerber Glauben geschenkt hast. Er hat dich verführt. Er hat doch alle nur verrückt gemacht, dieser Satan.« Die Worte prasselten jetzt aus ihr heraus. »Und jetzt sitzen hier alle, die noch übrig sind nach den ganzen Plagen, und müssen so hart arbeiten wie nie zuvor.« Catharina musste an die Geschichte von Adam und Eva denken. Die Vertreibung aus dem Paradies. Gott hatte sie mit Arbeit und Plagen gestraft, weil sie sich von der Schlange hatten verführen lassen. War es nicht genauso?

Nein, es stimmte schon: Was sie hinter sich gelassen hatten, war alles andere als das Paradies gewesen. Aber gefunden hatten sie es auch nicht.

»Es war falsch, du hast recht«, sagte Peter. »Wir haben den Ort, den wir uns erträumt hatten, nicht erreicht.« Jetzt sah auch Peter Catharina zum ersten Mal nach der ganzen Zeit wieder in die Augen. »Es war falsch, und es war dennoch das Richtige.«

DIE HITZE KLEBT AM BERG

Solange ich denken konnte, verbrachten wir unsere Sommerferien in Italien. Jahr für Jahr wohnten wir in der immer gleichen Hotelanlage unweit des Gardasees, schleckten seltsam echt schmeckendes Zitroneneis vor den immer gleichen Strandbädern und aßen abends unsere Pasta in den immer gleichen Restaurants. Saskia und Mutter lagen unzureichend eingecremt in der Sonne, die ihren Rücken verbrannte. Christian und Vater saßen, mit Schlapphut und Poloshirt, auf mitgebrachten Klappstühlen daneben und lasen – Christian Comics und Vater seine dicken Bücher mit grauem oder moosgrünem Leineneinband.

Ich – damals noch im Kindergartenalter oder jünger – turnte dazwischen herum, planschte im warmen, flachen Wasser und wunderte mich darüber, dass alles hier so anders war als zu Hause: die Sprache, das Geld, das Essen. Selbst das Wasser fühlte sich weicher an als daheim.

Schon vor meiner Geburt hatten meine Eltern mit meinen Geschwistern hier alljährlich eine vertraute Art der Exotik genossen, die zwar jedes Mal aufs Neue reizvoll, aber niemals angsteinflößend war. Der Gardasee musste der Sehnsuchtsort meines Vaters gewesen sein. Auch sämtliche Klassenfahrten, die er begleitete, führten ihn dorthin.

Dennoch fuhren wir im Sommer vor meiner Einschulung zum allerersten Mal nicht nach Italien, sondern in den Chiemgau. Später fragte ich mich, was dazu geführt hatte. Jahrelang hatte ich geglaubt, mein Vater hätte eine Vorahnung gehabt, und er hatte lieber auf heimischem, deutschem Boden sterben wollen als auf der anderen Seite der Alpen in einem fremden Land, in dem womöglich niemand seine letzten Worte würde verstehen können.

Erst als wir Jahrzehnte später unser ehemaliges Elternhaus ausräumten, erzählte mir Saskia mit gespielter Beiläufigkeit von der Affäre unseres Vaters mit seiner Kollegin. Wie und warum Mutter davon erfahren hatte, konnte jetzt, nachdem auch sie gestorben war, niemand mehr sagen. Aber meine Schwester wusste, dass er jahrelang mit seiner Geliebten zusammen die Abschlussfahrten nach Italien begleitet hatte und unsere Mutter deshalb nie wieder an diesen Ort hatte fahren wollen.

Also verbrachten wir jenen Sommer in Oberbayern statt in Oberitalien. Und statt Sonne, die uns am Gardasee zuverlässig gebraten hatte, prasselte zwei Wochen lang beinahe täglich Regen auf uns nieder. Wir bezogen eine Ferienwohnung in einem Komplex, der einem ehemaligen Biathlonstar nach dem Karriereende ein Auskommen sicherte, und gingen uns gegenseitig auf die Nerven. Während Saskia über Kleinigkeiten und Nichtigkeiten derart in Erregung geriet, dass sie für die nächsten Stunden motzend und schimpfend zwischen Sofa und Etagenbett hin und her stapfte, bettelte Christian, noch von pubertären Wirrungen verschont und angetrieben von kindlichem Ehrgeiz, um die nächste Wanderung. Sein Ziel war die goldene Wandernadel, und selbst der hartnäckigste Regen konnte ihn von diesem Vorhaben nicht abbringen. Einmal setzte sich unsere Mutter sogar mit ihm ins Auto und fuhr ihn durch den strömenden Regen zu einer abgelegenen Schutzhütte in zwanzig Kilometern Entfernung, damit er dort seinen Wanderpass stempeln konnte.

Ich wollte, dass die Sonne scheint. Ich wollte warmes, weiches Wasser, das mich umschließt und trägt. Ich wollte Zitroneneis und viel zu viel Olivenöl im Essen. Ich wollte in Italien sein und nicht in diesem verregneten bayrischen Kaff. Sicher verlor ich das eine oder andere Mal die Nerven und schrie und stampfte wie besessen auf, oder ich heulte vor Verzweiflung in mein Kissen. Wutanfälle und grundloser Trotz waren meine ständigen Begleiter. Es ist ein Segen, dass ich mich nicht mehr an jede Einzelheit erinnern kann.

Von all dem Irrsinn ihres Nachwuchses unbeirrt, harrten unsere Eltern tagelang mit uns aus, saßen und lasen stumm auf dem überdachten Balkon und setzten sich nur dann zu uns in die klamm müffelnde Wohnung, wenn die Bindfäden allzu schräg niedergingen und ihre Hosenbeine nass und kalt wurden.

Es war ein furchtbarer Urlaub. Katastrophal, wie man so sagt. Niemand ahnte, dass die wahre Katastrophe noch kommen würde.

Am ersten Tag nach der langen Regenzeit packten unsere Eltern uns in den Familienkombi und fuhren mit uns zur Talstation einer Seilbahn. Wir standen staunend unten am Fuß des Rauschbergs und sahen der aufsteigenden Gondel nach, die immer kleiner wurde und schließlich in der Höhe verschwand. Ich war unsicher, ob ich auch in eine dieser Gondeln einsteigen wollte, um dann irgendwo zu verschwinden. Ich klammerte mich an das Hosenbein meines Vaters und traute mich nicht, zu sagen, dass ich lieber nicht mitfahren wollte.

Saskia meckerte nicht, sondern stand – für ihre pubertierenden Verhältnisse Zustimmung signalisierend – zwar mit verschränkten Armen, aber immerhin schweigend da. Christian drängte, denn oben wartete ein Wanderstempel.

Unsere Mutter kam mit Tickets in der Hand vom Kassenhäuschen zurück, und bevor ich meinen Zweifel, meine Verzweiflung hätte deutlich machen können, wurde ich auch schon in eine der beiden Gondeln geschoben.

Meine Panik setzte ein, als ich die Kabine betrat. Der Boden schwankte mit jedem zusteigenden Passagier. Meine Hände gruben sich in die Oberschenkel meines Vaters. Er nahm meine verkrampften Fäuste, löste meine Finger und legte sie um eine metallene Haltestange.

»Das wird lustig«, sagte er.

Ich sah ihn an, sah sein Lächeln, das sich hinter seinem dunklen Vollbart nie verstecken konnte, und versuchte, mich zu beruhigen.

»Alles ist gut, Niklas.« Mein Vater musste meine schweren Atemzüge bemerkt haben. Sie wurden immer tiefer und schneller. Dabei waren wir noch nicht einmal losgefahren.

»Komm her«, sagte mein Vater und schob mich mit seiner großen Hand zum Fenster. »Hier kannst du rausgucken.« Da stand ich nun. Die Nase an eine bodentiefe Scheibe gepresst, einen halben Zentimeter entfernt von der Stelle, an der sich in wenigen Augenblicken ein tödlicher Abgrund auftun sollte. Ich spürte, dass der Tod mit in der Gondel fuhr. Und ich hatte Angst.

Als sich die Seilbahn in Bewegung setzte, stieß ich einen kurzen Schrei hervor. Dann noch einen, als es über unseren Köpfen rumpelte und ruckelte. Und dann konnte ich nicht mehr mit dem Schreien aufhören.

Saskia zischte, und Christian raunte: »Sei doch einfach leise.«

Aber ich konnte nicht. Ich starrte aus dem Fenster in die zunehmende Tiefe. Alles ging unfassbar schnell. Waren wir eben noch über einem matschigen, grünen Tümpel, so bewegten wir uns jetzt schon in schwindelerregender Höhe über den Felsen.

»Du immer mit deinen Wutanfällen.« Christian war genervt.

Aber das hier war keine Wut. Es war keiner meiner berüchtigten Anfälle. Es war schiere Angst. Meine Schreie mussten aus mir heraus. Ich konnte sie nicht zurückhalten. Ich schrie mit jedem Atemzug, immer lauter, immer greller.

»Jetzt beruhigen Sie doch das Kind!«, echauffierten sich andere Fahrgäste. »Ruhe«, rief einer und sah dabei noch nicht einmal in meine Richtung.

»Also wirklich«, schnaufte eine Frau. »Unverschämt.« Ihre silbernen Dauerwellen zappelten mit jeder Welle der Empörung. Ich versuchte mich darauf zu konzentrieren und starrte sie an. Aber die Angst war stärker als jeder Gedanke. »Haben Sie denn das Kind nicht im Griff?«, raunte die Frau. Ihr Mann mit grauem Filzhut knurrte Unverständliches hinzu.

Ich ließ mich nicht beruhigen, weder die Hand auf meiner Schulter noch gutes Zureden meines Vaters half. Die Blicke meiner Geschwister taten ihr Übriges. Ich hatte Angst zu sterben. Zum ersten Mal in meinem Leben verspürte ich blanke Todesangst.

»Es tut mir ja leid«, beteuerte meine Mutter halb seufzend, halb keifend in Richtung der Empörten. Alles war eng, laut, feindselig und viel zu hoch.

»Guck nicht nach unten«, sagte mein Vater, der als Einziger in der Gondel noch in der Lage war, mit ruhiger Stimme zu sprechen. Ich schaute nach oben, sah das Drahtseil, diesen dünnen Zwirn, der die Gondel hielt, und schrie nur noch lauter.

Heute weiß ich, dass die Fahrt nach oben lediglich sechs

Minuten dauert. Aber sechs Minuten in Panik fühlten sich an wie Jahre. Irgendwann vergrub mein Vater mein Gesicht an seinem Bauch.

»Ist gut«, brummte er, während meine Mutter weiter von der Dauergewellten bearbeitet wurde.

»Eine scheuern würde ich dem Blag«, hörte ich die Alte rufen.

»Jawohl«, bellte ihr Mann.

»Es tut mir ja leid«, wiederholte Mutter verzweifelt.

Meine Schreie wurden leiser, ich bekam kaum noch Luft, hyperventilierte. Aber jedes Ruckeln der Gondel führte unweigerlich zu einem erneuten Aufschrei. Ich wollte mich aus Vaters Umklammerungsgriff lösen. Ich wollte um mich schlagen, boxen und treten. Aber er hielt mich ganz fest, bis ich am Ende zu schwach war, um noch ein Geräusch von mir zu geben.

»Na endlich«, raunte die Alte, als die Seilbahn an der Bergstation stoppte und sie ihren Mann hinter sich her durch die Tür der Gondel zog. Alle glotzten mich beim Aussteigen an: Rentner, Eltern, Kinder. Nur meine eigenen Geschwister würdigten mich keines Blickes.

»Du bist so peinlich«, zischte Saskia mir ins Ohr, als wir draußen waren. Ihr Gesicht war rot angelaufen, so als hätte auch sie die Luft angehalten. Dann lief sie Christian hinterher, der sich bereits auf die Suche nach dem Stempel für seinen Wanderpass gemacht hatte.

»Kinder«, rief unsere Mutter und folgte ihren beiden Erstgeborenen in Richtung Berghütte.

Ich blieb mit meinem Vater zurück und musste erst einmal Luft holen. Erschöpft saß ich schweigend auf einem Felsbrocken am Wegesrand. Nachdem ich aufgehört hatte zu schluchzen und meine Tränen und mein Speichel eine klebrige Kruste in meinem Gesicht hinterlassen hatten, nahm mich mein Vater an der Hand, zog mich hoch und ging mit mir den Schotterweg entlang.

Auf der Terrasse des Ausflugslokals trafen wir Mutter und meine Geschwister bei Kaffee und Limonade. Aus der hinteren Ecke starrte mich die Alte aus der Seilbahn an. Wir schleuderten einander hasserfüllte Blicke zu. Mein Vater bestellte mir eine Limo und sich selbst ein großes Bier.

Wir spazierten ein wenig auf dem Gipfelplateau umher und verbrachten den Nachmittag bei klarer Luft und unfassbarer Aussicht. Mit festem Boden unter den Füßen wirkte sie im besten Sinne atemberaubend. Die Dörfer und Städtchen unten im Tal waren ausgekippte Legosteine in Rot und Weiß. Beängstigend hingegen wirkte das Podest, von dem die Drachenflieger starteten. Sie liefen von einer schräg am Hang angebrachten Holzkonstruktion – einer Art Veranda mit Gefälle – direkt auf den Abgrund zu. Zwei, drei schnelle Schritte, dann trug der Drachen, und die waghalsigen Männer schwebten wie Adler durch die Luft. Ich wollte ihnen für immer zusehen. Sie sahen so frei und glücklich aus. Und gleichzeitig war es das Letzte, was ich mir für mich selbst vorstellen wollte.

»Wir müssen los«, sagte meine Mutter irgendwann, doch niemand reagierte. Erst jetzt sah ich, dass mein Vater genauso gedankenverloren wie ich selbst dastand und den Drachenfliegern hinterherschaute.

»Kommt ihr?«, meine Mutter klang ungeduldig. »Wir müssen zurück zur Seilbahn.«

Das Wort versetzte mir einen Schlag in die Magengrube. Allein der Gedanke daran, erneut in dieser Zelle eingeschlossen zu sein, die hoch über den scharfen Felsen an einem seidenen Faden hing, verursachte mir Bauchkrämpfe. Bis hierher hatte ich verdrängt, dass es auch wieder eine

Talfahrt würde geben müssen. Und es gab keine Hoffnung, dass sie leichter zu ertragen sein würde als die Fahrt hinauf.

Ich wollte es nicht. Ich wollte nicht schon wieder der kleine, peinliche Bruder sein, der Sohn, der von seiner Mutter mit Ignoranz gestraft wird und nur an der Hand seines Vaters zu beruhigen war, aber es ging nicht anders. Ich musste schreien. Und ich schrie wie am Spieß. Sogar die letzten Drachenflieger unterbrachen ihre Starts und glotzten mich an.

»Bitte nicht schon wieder«, seufzte meine Mutter. Aber nichts half.

Ich weiß nicht, wie lange wir so dastanden. Mutter, Vater, Saskia, Christian. In der Mitte ich und meine schreiende Verzweiflung. Touristengrüppchen zogen mit Sicherheitsabstand an uns vorbei in Richtung der Bergstation. Die letzte Gondel würde bald fahren, und dass sich das Gipfelplateau langsam leerte, machte alles nur noch unerträglicher.

Irgendwann durchbrach mein Vater die Sprachlosigkeit: »Ich gehe mit ihm zu Fuß runter.«

»Gut«, sagte Saskia und verschwand in Richtung Seilbahn. Christian schloss sich ihr an.

»Aber das sind fast tausend Höhenmeter«, gab meine Mutter zu bedenken.

»Bergab.« Mein Vater zuckte mit den Schultern. »Halb so wild. Wir kommen schnell voran. Oder, mein Junge?« Er legte seine schwere Hand auf meine Schulter und zog mich an sich heran.

Ich nickte und bekam keinen Ton heraus.

Meine Mutter nickte auch. »Ich komme euch, soweit es geht, mit dem Auto entgegen«, sagte sie, während sie kehrtmachte und meinen Geschwistern folgte. Dann drehte sie sich noch einmal um und rief meinem Vater zu: »Ob das unbedingt nötig ist?« Kopfschüttelnd lief sie davon.

Es war der letzte Satz, den mein Vater von der Frau hörte, mit der er sein halbes Leben verbracht und mit der er drei Kinder in die Welt gesetzt hatte.

Wir kamen tatsächlich schnell voran. Der Weg war gut ausgebaut und verlief konstant abschüssig. Eine Wanderautobahn. Jeder Schritt war ein kleiner Sprung in die Tiefe. Ich genoss es, wie mein kleiner Körper mit jedem Stoß, der in ihn fuhr, all die Panik, die Angst, die Scham einfach abschüttelte. Ich verfiel in einen monotonen Rhythmus. Beinahe lief ich den Berg hinab. Mein Vater hatte Mühe, mir zu folgen.

»Warte doch«, lachte er, und ich lachte zurück.

Aber ich wartete nicht. Ich war gefangen in dem Tempo, das der Berg meinem Körper diktierte.

Mein Vater rannte hinter mir her. Wann immer ich mich umdrehte, sah ich, wie auch sein Körper bebte und mit jedem Schritt wie ein Gummiball den Berg hinabhüpfte. Aber nach einer Weile lächelte er nicht mehr, wenn ich ihn ansah.

Wir waren durch einen dichten Fichtenwald gekommen. Als er abrupt endete und wir an einer Felswand entlang durch die nachmittägliche Sonne liefen, traf die Hitze uns wie ein Schlag.

»Warte«, rief mein Vater. Er klang heiser. »Du bist mir einfach zu schnell.«

Ich stoppte.

Mein Vater setzte sich auf einen Findling am Wegesrand und atmete schwer. »Warum haben wir kein Wasser mitgenommen?«

Ich hatte keine Antwort. Oben hatte zwar die Sonne geschienen, aber selbst über Tag war es dort nicht so heiß wie jetzt hier weiter unten am späten Nachmittag. Ich sah meinem Vater dabei zu, wie er nach Luft rang. Nur langsam kam er zur Ruhe. Es war ein bisschen so wie vorhin oben auf dem Gipfel. Aber jetzt war es mein Vater, der erschöpft auf dem Stein saß, und ich war gezwungen, bei ihm zu warten. Mehr konnte ich nicht tun. Es gab kein Wasser, und seit wir oben am Gipfel losgegangen waren, hatten wir niemanden mehr getroffen, der hätte behilflich sein können. Warum hatte er sich ausgerechnet in die pralle Sonne gesetzt und nicht zweihundert Meter weiter oberhalb im Wald oder weiter unten, hinter der Biegung im Schatten des Felsvorsprungs?

Mit einem Taschentuch wischte er sich den Schweiß von der hohen Stirn. Es war triefend nass. Mein Vater sagte keinen Ton. Lange saß er so da. Irgendwann drängte ich zum Aufbruch. Mir war heiß, und ich wollte laufen und meinen Körper durcheinanderschütteln lassen.

Vater blickte hinauf in die Felswand, und dann sagte er: »Die Hitze klebt am Berg.«

Ich habe diese letzten Worte nie jemandem verraten. Als man mich später fragte, was passiert sei, was er gesagt habe, erzählte ich nur das mit dem Wasser. Ich erzählte, es sei ihm zu schnell gewesen, zu anstrengend und er habe Durst gehabt. Ich erzählte, dass er versucht hatte aufzustehen. Zumindest hatte es so ausgesehen. Sein Körper hatte sich ganz seltsam aufgerichtet. Verdreht irgendwie. Ich hatte Angst bekommen. Dann musste er sich übergeben, und alles stank nach Bier und Magensäure. Ich musste beinahe auch kotzen. Und dann war er einfach neben den Stein gerutscht, auf dem er gesessen hatte, und mit offenen Augen liegen geblieben. In seinem Erbrochenen.

Ich wusste sofort, dass er tot war. Aber ich wusste nicht, was das heißt: tot zu sein. Wer weiß das schon?

Niemand erfuhr, was seine letzten Worte gewesen waren. Es war nicht so, dass ich sie für unbedeutend hielt. Im Gegenteil: Sie waren etwas zwischen uns, das ich behalten konnte. Keiner wusste davon, also musste ich es auch nicht teilen.

Erst nach Stunden kam die Bergrettung. Sie zogen mich von meinem Vater weg, setzten mich in einen Geländewagen und brachten mich zu meiner Familie, die jetzt keinen Vater mehr hatte.

SORGT EUCH NICHT

Nach zwei Jahren stand bereits die erste, aus sechs Häusern bestehende Siedlung. So nüchtern kann man es in der Chronik nachlesen. Aber was das wirklich bedeutete, muss man sich vorstellen: Zwei Jahre lang hatten die Aussiedler aus dem Hunsrück kein richtiges Dach über dem Kopf gehabt, die meisten von ihnen sogar noch länger. Mehr als vier Jahre hatte es gedauert, um für alle eine Lebensgrundlage zu schaffen. Pfalzdorf nannte sich die neue Siedlung, wenn auch die Aussiedler geografisch gesehen nicht aus dem Gebiet der heutigen Pfalz stammten. Dennoch waren sie einst dem Fürsten der Kurpfalz untertan gewesen, einem der zahllosen deutschen Kleinstaaten. Irgendwann in der Zeit ihrer Ansiedlung hatten sie diese Fremdbezeichnung übernommen und über Generationen hinweg weitergegeben. Ihre Nachkommen tragen sie bis heute mit Stolz.

In der Wiege quakte das Kind.

»Hörst du?«, sagte Peter. »Der Junge ist bei bester Gesundheit. Du wirst sehen, wir werden ihn durchbringen.«

»Ja, wir werden sehen«, flüsterte Catharina. Noch immer konnte sie Peters Zuversicht auf eine bessere Zukunft nicht teilen. Für immer würde ihr Leben eines bleiben, das sie nicht gewollt hatte. Und für immer – das wusste sie – musste Peter das Gute zu sehen versuchen. Sonst wäre ja doch alles umsonst gewesen.

Catharina und Peter waren erst Anfang dreißig, aber ihre Bewegungen, ihre Gesichtszüge, die Haut auf ihren

Händen ließ vermuten, dass sie doppelt so alt hätten sein können.

Catharina sah Peter schweigend an. Sie brauchten kaum noch Worte, um die immer gleichen Diskussionen zu führen.

»Das hat der Herrgott so gewollt«, sagte Peter. »Und du wirst schon sehen: Er wird für uns sorgen. Hast du nicht gehört, was der Prediger gesagt hat: Sorgt euch nicht. So steht es schon in der Bibel. Seht die Vögel. Sie säen nicht, sie ernten nicht. Sie sammeln nicht in den Scheunen. Und euer himmlischer Vater nährt sie doch.«

»Dieser Prediger ist ein seltsamer Mensch.«

Jetzt schwieg Peter. Er wusste, dass er es Catharina in dieser Sache niemals recht machen würde.

Die Pfälzer waren allesamt Protestanten. Sie waren vor religiöser Unterdrückung geflohen und strebten danach, ihre Religion frei ausüben zu können. Aber jetzt, da sie schon seit einigen Jahren in ihren neuen Höfen lebten, trat ans Tageslicht, was bislang verborgen geblieben war: Die konfessionellen Gräben verliefen nicht nur zwischen ihnen, den Protestanten auf der einen Seite und den Papstgetreuen auf der anderen. Sie trennten auch die Reformierten von den Lutheranern. Neid und Begehrlichkeiten wuchsen. Die Lutheraner genossen zunächst das Privileg, sonntags nach Kleve zur lutherischen Kirche fahren zu können. Wogegen die Reformierten schon bald in einem wohlhabenden Freiherrn einen Gönner fanden. Er vermachte ihnen einen Großteil seines Vermögens, mit dem sie ihren eigenen Prediger bezahlen konnten.

Catharina war lutherisch, Peter reformiert. Im Hunsrück, wo man beide bedrängte und bedrohte, hatte das keine große Rolle gespielt, aber hier förderte die neue Freiheit plötzlich auch neue Grenzen zutage.

Rund zehn Jahre nach ihrer Ansiedlung entstanden im kleinen Dorf der Pfälzer zwei prächtige Bauten. Im Laufe der Jahre waren neue Siedler aus der alten Heimat hinzugekommen. Der Erfolg der Gescheiterten hatte sich bis zu den weniger Wagemutigen herumgesprochen, die sich zunächst nicht für eine Überfahrt nach Pennsylvanien hatten begeistern lassen. Dennoch lebten noch immer kaum mehr als dreihundert Menschen in Pfalzdorf. Aber sie hatten jetzt zwei Kirchen.

Vielleicht war es diese merkwürdige innere Konkurrenz, die die Pfälzer Siedler so stark machte. In Abgrenzung zu den Lutheranern legten die Reformierten besonders großen Wert auf die Wahrung ihrer eigenen Form des Glaubens. Und umgekehrt galt das Gleiche. Gemeinsam – und das einte letztlich auch Catharina und Peter – grenzten sie sich von den erzkatholischen Bauern in den Dörfern ringsum ab. Man blieb unter sich. Die Hilfe, die sie in den ersten Jahren von den Menschen am Niederrhein erfahren hatten – oder die sie sich mit ihren letzten Ersparnissen hatten erkaufen müssen –, war nun nicht mehr vonnöten. Man war zwar noch immer neu hier. Und man hatte ganz von vorne beginnen müssen. Aber die Pfälzer wussten, dass der Herrgott sie niemals im Stich lassen würde.

Wann immer er den wachsenden Baum in seinem Garten ansah, erinnerte sich Peter an das erschreckende und zugleich wundersamste Erlebnis seiner Kindheit, als er mit seinem Bruder Zuflucht unter der alten Eiche gesucht hatte und der Blitz sie beinahe erschlagen hätte. Es war der Moment, in dem er begriffen hatte, dass es keinen Fürsprecher brauchte, keine Schutzheiligen. Er konnte selbst mit seinem Gott sprechen. Und Gott mit ihm. Die Pfälzer waren fromme Leute. Sie lebten im Vertrauen auf ihren Gott allein. Sie hatten keinen Papst nötig. Heimlich verachteten sie die, die in einer Sprache, die nicht einmal sie selbst verstanden, ihre Gebete heruntermurmelten, als wären es heidnische Beschwörungsformeln. Dass sie anders waren als die Katholischen, das war es doch, was sie hierhergebracht hatte. Und Gott hatte sie überleben lassen.

»Wir sind nicht bis hierher gekommen, um uns darüber zu entzweien, wie lange in der Kirche gepredigt wird und welche Lieder gesungen werden«, sagte Peter zu seiner Frau. Es sollte noch eineinhalb Jahrhunderte dauern, bis sich diese Erkenntnis bei allen durchgesetzt haben würde und beide Kirchen zu einer Gemeinde vereinten.

Die kleine Parzelle hinter dem Haus war Catharinas eigenes Reich. Ein schmales Stück Garten, in dem sie bestimmen konnte, was wuchs, was zu gedeihen, was zu verschwinden hatte. Ein paar Schritte brauchte es nur, um das komplette Beet in jede Richtung abzuschreiten, aber Catharina hatte es von Peter mit einem eng gesteckten Zaun aus schmalen, langen Holzspelten umhegen lassen und ihm zu verstehen gegeben, dass er nach dem Aufstellen des Zauns im Garten nicht mehr erwünscht war. Es war ganz und gar ihr Reich, nicht im rechtlichen Sinne natürlich, aber ihr Mann wusste, dass er hier nichts zu sagen hatte. Nichts und niemand hatte diesen Garten zu betreten. Kein Huhn, kein Kaninchen und schon gar kein Mann.

Im ersten Frühling bestand die Kunst darin, an Setzlinge und Samen zu kommen. Jeden Sonntag nach der Kirche tauschte sie mit den anderen Frauen, was ihre Männer ihnen von den Märkten in den Städtchen mitgebracht hatten oder was sie von den alteingesessenen Landfrauen bekommen hatten. Schon im ersten Jahr war Catharinas Garten reich an Kräutern und Blumen aller Art. Im Laufe der Zeit kamen auch Zwiebeln, Kohl und allerlei anderes Gemüse hinzu, das den eintönigen Speiseplan ein wenig vielseitiger machte. Im dritten Jahr steckte ihr eine der später hinzugekommenen Frauen ein Paar Samenkörner einer Pflanze zu, die sich als außergewöhnliche Mode jener Zeit von Italien den Rhein hoch und mit den neuen Familien bis an den Niederrhein ausbreitete. Und im Sommer dieses Jahres biss sie zum ersten Mal in ihrem Leben – erst zaghaft, dann genussvoll, schließlich gierig – in eine Tomate. Es sollte noch Jahre dauern, bis Peter das erste Mal eine Tomate zu Gesicht bekäme. Er würde sie Catharina vom Markt mitbringen und als das Neueste vom Neuesten anpreisen. Bis dahin sollte Catharina längst eigene Sorten gezüchtet haben: fleischige, dunkelrote und kleine leuchtend gelbe Früchtchen, die sie zwar mit den Frauen der Siedlung gegen anderes Gemüse tauschte, aber vor Peter erfolgreich geheim hielt. Es wurde, war und blieb ihr Paradies, ihr eigener Garten Eden. Wenn sie von den Tomaten kostete, war sie wie Adam, Eva und Gott selbst in einer Person. Solche Gedanken waren zwar mit Sicherheit schwerste Blasphemie, aber in ihrem Stückchen Land galten noch nicht einmal die Gebote der Heiligen Schrift. Hier galt nur, dass ihre eigene Parzelle ihr ein winziges, eingezäuntes Stückchen Freiheit gab.

SCHIEFLAGE

Wir hatten einen Wellensittich namens Tiffy. Wie Tiffy aus der *Sesamstraße*, dieser seltsame rosa Vogel, der aussah, als hätte man ihm ein Ballettröckchen über den Kopf gestülpt. Aber unsere Tiffy war gelb. Kanarienvogelgelb. Eigentlich wäre Bibo der passendere Name gewesen, wie der kanarienvogelgelbe Vogel aus der *Sesamstraße*. Aber Bibo hieß schon der Wellensittich unserer Tante.

Ich war noch nicht geboren, als Tiffy zu meiner Familie kam. Sie war einfach immer da.

Und Tiffy war eine miserable Fliegerin. Vermutlich konnte sie schlecht sehen. Wenn wir sie im Wohnzimmer freiließen, flatterte sie unkoordiniert umher und verhedderte sich meist irgendwann mit ihren hakeligen Krallen im Vorhang vor der Terrassentür. Deshalb stellte sie irgendwann den Flugbetrieb vollständig ein. Sie saß im offenen Türchen ihres Käfigs und plapperte Zusammenhangloses vor sich hin. Sie hatte einige immer wiederkehrende Phrasen aufgeschnappt, als sie noch jung war. Noch Jahre nach dem Tod meines Vaters hörten wir gelegentlich, wie der Vogel mit seiner Stimme sprach.

»Hallo, Tiffy«, sagte der Wellensittich dann, und jedes Mal stellten sich mir die kleinen Härchen im Nacken auf, wenn ich unvermittelt die perfekt imitierte Klangfärbung der Stimme des Vaters hörte und für einen kurzen Moment dachte, er steht nun einfach wieder da vor dem Käfig, vornübergebeugt, und streckt dem Vögelchen seine Nase entgegen. Aber er stand nie da.

Meine Mutter erschrak regelmäßig, wenn Tiffy mit der

Stimme meines Kindergarten-Ichs rief: »Papa kommt, Papa kommt!« Dann warf sie dem Vogel einen Blick zu, der erkennen ließ, dass sie den gelben Federbausch lieber tot als lebendig gesehen hätte.

Als kleiner Junge hatte ich so oft freudig gegluckst, wenn mein Vater von der Arbeit kam und den Schlüssel in der Tür herumdrehte: »Papa kommt, Papa kommt.« Aber Papa kam nicht mehr.

Manchmal, ganz selten nur, fast so, als hebe sie sich diesen Satz für ganz besondere Gelegenheiten auf, sagte Tiffy mit dem liebevollen Brummton meines Vaters: »Mein kleiner Wurm«, und beinahe konnte ich seine Hand spüren, die über meinen Kopf strich. Das hatte er zu mir gesagt, nur zu mir. Und es war kein Wunder, dass Saskia und Christian zischten und versuchten, den Vogel zum Schweigen zu bringen, wenn mein Vater durch ihn zu mir sprach. Zu ihnen sprach er nie.

Wellensittiche werden acht, vielleicht zehn Jahre alt, bis sie sterben, aber nicht so Tiffy. Sie saß halb blind und zunehmend wohl auch taub in der Tür ihres Käfigs und wackelte im Halbschlaf vor und zurück.

Eines Tages fiel sie vor Schreck – Christian hatte am Esstisch neben dem Fenster, an dem der Vogelkäfig stand, laut geniest – aus dem offenen Käfig und landete reglos auf dem Boden. Meine Geschwister wollten sie schon im Garten begraben, aber ich bettelte meine Mutter an, mit ihr zum Tierarzt zu fahren. In mir keimte noch Hoffnung, doch insgeheim fürchtete ich, sie nicht mehr lebend wiederzusehen.

Aber Mutter kehrte mit ihr zurück. Tiffy hatte sich das Becken gebrochen und war geschient worden. Ein Holzstäbchen – so eines, das einem der Arzt in den Rachen schiebt, um die Mandeln zu kontrollieren, hatte man mit einer Mullbinde bäuchlings am Vogelkörper befestigt. Flügel und Beine waren am Körper festgebunden. Tiffy war nur noch eine Wellensittich-Wurst, und wir mussten sie jetzt mehrmals täglich umlagern, immer zwischen Wasser- und Futternapf hin und her.

Nach einer oder zwei Wochen befreite sie sich schließlich selbst aus ihrem Verband und saß noch jahrelang stumm und senil wippend in der Tür ihres Käfigs.

Tiffy hatte längst aufgehört zu plappern, die Stimme meines Vaters war endgültig verstummt. Aber dennoch blieben wir insgeheim in Kontakt. Denn die einzigen Laute, die Tiffy noch von sich gab, konnte man hören, wenn ich mir mit dem alten Nagelknipser meines Vaters im Bad die Fingernägel schnitt. Dieses hohe Klicken war wohl das einzige Geräusch, das sie noch wahrnehmen konnte. Meine Geschwister und meine Mutter schnitten sich die Nägel mit der Schere, und so antwortete Tiffy nur mir bei jedem Knipsen quer durch das Haus mit einem hoffnungsvollen »Tschilp«.

Ich weiß nicht, wie und wann Tiffy starb. Ich war wohl nicht zu Hause gewesen. Wahrscheinlich hatte unsere Mutter sie tot gefunden und im Garten vergraben, den Käfig und alles, was an den Vogel erinnerte, verschwinden lassen. Sie erwähnte es mit keinem Wort.

Dass Tiffy nicht mehr da war, fiel mir irgendwann später auf. Ich weiß nicht, wie viel später. Vielleicht erst Tage oder Wochen nach ihrem Tod. Ich saß am Tisch, machte meine Hausaufgaben, und plötzlich sah ich, dass ihr Platz auf der Fensterbank leer war. Mir wurde klar, dass ich sie auch am Vortag, als ich mir die Nägel geschnitten hatte, nicht gehört hatte. Vielleicht war sie sogar schon länger verschwunden. Womöglich seit Wochen. Hatte ich sie einfach vergessen?

Ich sah meine Mutter an, die auf dem Sofa saß und strickte. Saskia saß an sie geschmiegt daneben und häkelte Socken. Alles war so normal. Ich hatte Angst zu fragen, wo denn Tiffy sei. Ich hatte Schuldgefühle, weil ich sie nicht gefunden, nicht begraben und ihren Tod noch nicht einmal bemerkt hatte. Und was würde meine Mutter von mir denken, wenn der Vogel schon seit Wochen tot war und ich jetzt erst danach fragte?

Ich schwieg und trug meinen Teil dazu bei, dass Tiffy zum Familiengeheimnis wurde, dass sie sich einreihte in die Unausgesprochenheiten und Heimlichkeiten, die unser aller Leben nach dem Tod des Vaters bestimmten.

Christian hatte seine Wandernadel nicht bekommen. Noch Jahre später ließ er mich wortlos wissen, dass ich dafür verantwortlich war. Es war sein Blick, der genügte. Diese Ernsthaftigkeit um seine zusammengepressten Lippen, diese hochgezogene Braue, die mir klarmachte, dass alles meine Schuld war: die anstrengende Seilbahnfahrt, der Panikanfall auf dem Rauschberg, der Herzinfarkt unseres Vaters und die verpasste Wandernadel.

Wenige Wochen nach Vaters Tod hatte Mutter Vaters Arbeitszimmer ausräumen und streichen lassen und richtete dort, in der kleinen Stube über der Garage, ein Zimmer für mich ein. Christian hatte endlich sein eigenes Zimmer bekommen sollen.

Ich fühlte mich abgeschoben, aber ich spielte mit. Die Schuldgefühle hatten sich bis tief ins Mark gefressen. Ich war verantwortlich für diese ganze Situation. Das glaubte ich zu wissen. Nein, das wusste ich. Das wussten alle. Meine Buße bestand darin, dass ich für den Rest der Zeit meine Bedürfnisse zu verbergen hatte. So viel war klar.

Der Tabakgeruch, der auch mit der Renovierung nicht aus dem Arbeitszimmer meines Vaters zu vertreiben gewesen war, gab mir Trost. Wenn ich abends noch wach im Bett lag, ließ ich im Halbdunkel seine Möbel wiederauferstehen. Und dann konnte ich meinen Vater fast ein bisschen sehen, wie er dort am Schreibtisch saß und Geschichtsklausuren korrigierte, für immer eine brennende Zigarette im Kristallaschenbecher neben sich.

Christian begann, Schiffsmodelle zu bauen. Panzerkreuzer, Flugzeugträger. Er verbrachte Tage in seinem Zimmer damit, die vorgefertigten Plastikteile aus dem Rahmen zu trennen, zusammenzukleben und anzupinseln. Ich durfte ihm dabei nicht zusehen, niemand durfte das. Manchmal, wenn er noch nicht aus der Schule zurück war, schlich ich mich heimlich in sein Zimmer, das noch vor wenigen Monaten das gemeinsame gewesen war, und bewunderte die Modelle, die seine Regale füllten. Ich wagte kaum, sie zu berühren. Nur einmal hob ich eines der Schiffe vorsichtig an und stellte es hastig wieder ab. Es war so leicht und zerbrechlich.

Am nächsten Tag schloss Christian seine Tür ab, bevor er das Haus verließ. Er hatte bemerkt, dass ich in seinem Zimmer gewesen war. Aber er sagte nichts. Er drehte den Schlüssel um, ließ ihn in seinen Schulranzen fallen und würdigte mich keines Blickes.

Zum Geburtstag bekam Christian einen Bausatz für ein großes Sportbootmodell mit Funkfernsteuerung. Wenn er in seinem Zimmer verschwand und sich für den Bruchteil einer Sekunde die Tür einen Spaltbreit öffnete, konnte ich sehen, dass er sein Kinderzimmer in eine Werkstatt verwandelt hatte. Der Schreibtisch war jetzt seine Werkbank. Überall standen Dosen mit Leim und Lacken, und der Boden war übersät mit Einzelteilen, die auf Zeitungspapier trockneten und auf den nächsten Bearbeitungsschritt warteten.

Im Frühjahr kam er heraus und hielt ein schnittiges, weißes Boot in den Händen. Es war so groß wie ein Baby, und er lächelte stolz.

»Wo willst du es fahren lassen?«, fragte ich ihn beim Abendbrot.

»Im Stadtpark«, antwortete er, ohne mich anzusehen.

»Auf dem kleinen Teich?«

»Wo sonst?«, fragte er und blickte mich mit hochgezogener Augenbraue an, so als wäre es jetzt auch noch meine Schuld, dass das Modell nicht hochseetüchtig war.

»Kann ich mitkommen?«, fragte ich.

»Auf gar keinen Fall«, blaffte Christian. Ich schien etwas Undenkbares ausgesprochen zu haben.

Aber wie sich herausstellte, hatte unsere Mutter keine Zeit, unsere Schwester keine Lust und keiner seiner raren Freunde Interesse. Er ließ mich noch ein wenig quengeln, und dann nahm er mich doch mit.

Christian trug das Modell vor sich her wie der Priester die Monstranz an Fronleichnam. Ich folgte ihm in weihevollem Schritt und durfte seinen sorgfältig gepackten Rucksack schultern, der mir viel zu groß war. Heute denke ich, dass dies eigentlich eine Sache zwischen Vater und Sohn hätte sein sollen. Diese ganze Modellbaugeschichte. Das hätte Christian nicht alleine durchziehen sollen. Er hätte einen Vater haben sollen, der ihm dabei half. Einen Vater, der ihm sagte, wie stolz er auf ihn war, und der jetzt mit ihm unterwegs war, um das gemeinsam gebaute Boot zu Wasser zu lassen. Stattdessen war der bedauernswerte Christian mit seinem kleinen Bruder unterwegs, der vierten oder fünften Wahl unter den Lebenden. Er hatte keinen Vater mehr. Und ich war schuld.

Ich fürchte, Christian dachte genauso. Wahrscheinlich hatte ihm die Bastelei an den Modellen Trost bereitet, ihn zumindest von seiner Trauer abgelenkt. Aber bestimmt hatte er, wann immer er ein fertiges Modell in den Händen hielt, gewünscht, es seinem Vater zeigen zu können.

»Papa wäre bestimmt stolz auf dich und dein Boot«, sagte ich, als er das Modell auf dem mitgebrachten Gestell aufbockte.

»Halt die Klappe«, sagte er nur. Ich könnte schwören, er hatte Tränen in den Augen.

Es war das letzte Mal, dass ich ihm gegenüber unseren Vater erwähnte.

Christian setzte die Batterien ein und überprüfte alle Funktionen des Bootes. Er schien eine Checkliste durchzugehen. Ich traute mich kaum zu atmen.

»Halt das am Heck fest«, befahl er mir, nachdem er das Boot vorsichtig ins Wasser gesetzt hatte. »Du musst es ganz gerade halten. Hinten. Hast du verstanden?«

Ich nickte. Ich lag flach auf dem Bauch am Rande des Ufers und hielt einen Arm ausgestreckt, mit dem ich das Boot an der geforderten Stelle festhielt. Christian trat ein paar Schritte zurück und überprüfte noch einmal die Funktionstüchtigkeit seiner Fernbedienung.

»Wenn ich ›Los!‹ sage, lässt du los«, wies er mich an.

Ich nickte erneut.

»Los!«, rief er.

Ich spürte, wie das Boot anzog, wie es sich aus meinem Griff löste, aber etwas stimmte nicht. Es wollte nicht geradeaus fahren, sondern driftete nach rechts.

»Warte«, sagte ich zögerlich und viel zu leise.

»Los!«, brüllte Christian.

Vor Schreck ließ ich das Modell aus meiner Hand schießen. Der winzige Schiffspropeller wirbelte eine Wasserfontäne auf. Die grüne Suppe, die nach Entenkacke roch, spritzte mir ins Gesicht. Ich hörte Christian schreien. Es waren unartikulierte Laute. Erschrecken. Entsetzen. Als ich meine Augen öffnete, sah ich, wie das Modell seine Kreise inmitten des Tümpels zog. In einer immer enger werdenden Spirale drehte es sich um sich selbst. Ich sah zu meinem Bruder und wusste, dass er keinerlei Kontrolle mehr über das Schiff hatte. Er stand mit offenem Mund da und fuchtelte wie verrückt an den kleinen Hebeln der Fernsteuerung herum. Nichts schien zu helfen. Dann sah ich zurück zum Boot. Ich sah, wie es Schlagseite bekam, langsamer wurde, für einen kurzen Moment kieloben trieb und dann wie ein Stein versank.

Christian gab einen Laut von sich, als wäre er gerade selbst ertrunken. Er fixierte die Stelle, an der sein Boot versunken war. Sein Brustkorb bebte, dann bewegte er sich langsam auf den Teich zu. Als er an mir vorbeiging, hielt er mir die Fernsteuerung hin, und ich griff zu. Christian starrte nach vorn. Er blinzelte nicht einmal. Er ging einfach ins Wasser, als wäre es das Selbstverständlichste der Welt.

Selbst als er in der Mitte des Teichs angekommen war, ging ihm das Wasser nicht einmal bis zur Hüfte. Der Tümpel war viel flacher, als ich gedacht hatte. Dennoch musste Christian komplett untertauchen, um das gesunkene Modell zu bergen. Er brauchte drei Anläufe, dann hatte er es endlich gefunden.

Als er aus dem Wasser watete, traute ich mich nicht, ihm in die Augen zu sehen. Ich wusste auch so, dass er weinte. Er stapfte direkt auf mich zu. Ich musste zwei Schritte zur Seite gehen, sonst hätte er mich umgerannt. Ich sah ihm dabei zu, wie er alles wieder im Rucksack verstaute. So vorsichtig er vorhin bei den Vorbereitungen gewesen war, so unkontrolliert stopfte er nun die Batterien und das Gestell in die Tasche. Selbst das Schiffsmodell lag nun einfach mit Schlagseite im Gras.

Mit zusammengepressten Lippen kam er auf mich zu und riss mir die Fernsteuerung aus der Hand. Während er die Teleskopantenne zusammenschob, sah er mich mit seinen verheulten Augen an, und ich wusste, dass er das, was er mit der Antenne tat, am liebsten mit mir gemacht hätte.

»Ich habe dir gesagt, du sollst es gerade halten«, flüsterte er, und es klang bedrohlicher, als wenn er mich angeschrien hätte.

Ich wollte antworten, dass ich nichts dafür konnte, dass das Boot schon Schieflage gehabt hatte, als ich es noch festhielt, dass ich ihn hatte warnen wollen. Aber die Worte kamen nicht aus mir heraus. Ich blieb stumm am Ufer stehen und sah ihm nach, wie er triefend nass davonstapfte.

Die Havarie des Bootes reihte sich ein in die Kette der Dinge, die ich mir zuschulden hatte kommen lassen. Das stand fest.

Nach dem Tod unseres Vaters hatte meine Schwester beschlossen, ihre Pubertät abzubrechen. Grundlose Wut, Stimmungsschwankungen und jegliche Form des Aufbegehrens fanden ein jähes Ende. Ich sah ihr verblüfft dabei zu, wie sie, obwohl sie sieben Jahre älter war als ich, wieder hinter mich zurückfiel. Sie schien sich in ein Kleinkind zurückverwandeln zu wollen, ließ Mutter keinen Augenblick aus den Augen und tat alles, was sie für notwendig hielt, um ihr zu gefallen. In den Monaten vor Vaters Tod hatte sie kaum einen Tag zu Hause verbracht, weil sie lieber mit Freundinnen unterwegs war, statt sich den Regeln der Familie zu unterwerfen. Jetzt war es undenkbar, dass sie das Haus verließ, wenn es nicht unbedingt nötig war. Sie half ungefragt im Haushalt mit, umsorgte unsere Mutter, fragte nach, wie es ihr ging, und erntete dafür Lob und Anerkennung von der gesamten Verwandtschaft.

Noch vor Kurzem hatte sie alle oft mit viel zu lauter Musik genervt, die aus dem Kopfhörer ihres Walkmans drang. Heute saß sie brav neben Mutter und machte Handarbeiten. Und wenn ich einmal zu laut durch den Flur trampelte oder ein Buch auf dem Esstisch liegen ließ oder mir beim Abendessen die größte Kartoffel nahm, wies sie mich zurecht. Aber sie klang dabei nicht wie die große Schwester, die sie eigentlich hätte sein sollen, sondern wie das arme kleine Ding, das immer das Nachsehen hatte. Flehentlich blickte sie unsere Mutter an, damit diese meinem Tun ein Ende bereitete und Saskia zu ihrem Recht verhalf.

Saskia und unsere Mutter drohten, auf symbiotische Art und Weise miteinander zu verwachsen. Mutter schien zu genießen, dass ihr Saskia in dieser schweren Zeit beistand. Wer sollte es ihnen übel nehmen. Sie gaben einander Wärme.

Sogar nachts wollte Saskia nicht mehr von ihr weichen. Es verging kein Abend, an dem sie nicht noch einmal aus ihrem Bett aufstand, leise aus dem Zimmer schlich und im Ehebett Unterschlupf fand.

Mir wurde erst im Nachhinein klar, wie fragil unsere Familie damals war. Mein Vater war aus heiterem Himmel gestorben. Niemand gab uns die Sicherheit, dass unsere Mutter uns nicht mit derselben schockierenden Plötzlichkeit verlassen konnte. Saskia hing an ihrem Rockzipfel, um sie zu überwachen, um zu verhindern, dass auch sie einfach verschwand. Christian beschäftigte sich lieber mit anderen Dingen, um nicht Gefahr zu laufen, dass ihm so etwas Vergängliches wie eine Familie etwas bedeuten könnte. Und ich? Ich weiß es nicht. Schon immer hatte ich einen besseren Blick für die Menschen um mich herum als für mich selbst. Mutter, Saskia, Christian. Ich selbst komme in meiner Aufzählung nicht vor, wenn ich an meine Familie denke.

Und dann war da noch meine Oma, die seit dem Tod ihres Mannes, den ich nie als meinen Opa bezeichnen kann, weil er vor meiner Geburt starb, in einem Zimmer im Erdgeschoss unseres Hauses wohnte. In der entfernten Stadt, in der sie bisher gelebt hatte, wollte sie nicht mehr bleiben, so allein, ohne Mann. Deshalb hatte ihr Sohn, mein Vater, sie bei sich und seiner Familie aufgenommen. Und jetzt war auch er tot, ihr Sohn, und seither trug sie Schwarz. Wochenlang saß sie fast ausschließlich in ihrem Zimmer und magerte ab. Oft saß ich bei ihr. Wir glotzten auf den Fernseher und sagten kein Wort. Dann begann sie zu gehen. Sie ging jeden Morgen nach einem spärlichen Frühstück aus dem Haus und kam erst am Nachmittag zurück. Sie lief über die Felder und Dörfer. Jeden Tag. Damals schien es mir normal.

Es war noch vor der Zeit, in der ich zu ihr fand, in der wir uns in unserer Trauer verbanden.

Meine Mutter und meine Oma wechselten praktisch nie mehr ein Wort miteinander. Vielleicht war mit meinem Vater so etwas wie die Brücke zwischen beiden eingestürzt. Vielleicht machten sie einander Vorwürfe. Ich weiß nur: Ich empfand die Sprachlosigkeit im Haus erdrückend. Und natürlich gab ich mir auch die Schuld daran, dass die beiden verbliebenen Erwachsenen im Haus nicht in der Lage waren, einander beizustehen. Sie waren durch ihre gemeinsame Trauer getrennt.

BRASILIEN GIBT ES NICHT

Peter war ein guter Protestant. Er war das Haupt seiner Familie. Er sorgte für Catharina und seine beiden Kinder. Das heißt, er war ihnen Ernährer, Erzieher, und er brachte ihnen die Bibel nahe. Jeden Sonntag las er ihnen daraus vor. Das Lesen hatte ihm zeit seines Lebens Mühe bereitet. Aber jetzt war es wirklich notwendig. Er hatte seine Kinder im rechten Glauben zu erziehen. Und er kämpfte darum, die Buchstaben in Wörter, die Wörter in Sätze und Sätze in ganze Geschichten zu verwandeln.

Der Sohn, Johannes, benannt nach Calvin, dem großen Reformator, war nun schon sechs Jahre alt. Seine kleine Schwester, die Peter als Zugeständnis gegenüber seiner Frau nach der Angetrauten Martin Luthers genannt hatte, hörte folglich auf den Namen Katharina. Mit K. Sie war fast noch ein Säugling.

Nach der Zeit des Elends im Hunsrück – nach all dem Hunger, der Armut, der Ausgrenzung – war in Peters Leben endlich so etwas wie Ruhe eingekehrt. Noch immer musste das Überleben durch harte Arbeit erkämpft werden. Aber das war das Los des Menschen, den der himmlische Vater aus dem Paradies verdammt hatte. Das wusste Peter aus der Bibel. Wann immer der Pflug in der Furche ächzte und brach oder eine Kette am Geschirr seines Pferdes riss, dachte Peter daran, dass sich darin das Wort Gottes erfüllte. Und es erfüllte ihn mit Trost, dass er sich im Plan seines Schöpfers wiederfand. In der Mittagshitze hockte er unter dem kleinen Baum, der Eiche, die er auf sein Feld gepflanzt hatte. Eines Tages, dachte er, würde sie so groß und mächtig werden wie jene katholische Eiche, die ihm ihr Vorbild gewesen war. Aber noch war sie so winzig, dass sie Peter kaum überragte, und ihr Schattenwurf war schmal wie ein Strich. Dennoch saß er am liebsten hier. Denn der Stolz auf das, was noch kommen würde – durch seiner fleißigen Hände Arbeit und durch Gottes Hilfe –, nahm ihm ein wenig von der Last der Hitze. Und dann genoss er einen kurzen Augenblick die Ruhe. Aber niemals zu lang. Denn wann immer er nur still dasaß, sei es in der sommerlichen Mittagspause oder im Winter am abendlichen Feuer, spürte er etwas in sich aufbrausen: einen innerlichen Sturm, der aus der Ferne heranzog, der alles durcheinanderwirbeln und forttragen wollte. Dann suchte er sich schnell wieder etwas Arbeit, einen Rechen, den es zu flicken galt, oder Hufe, die beschlagen werden mussten. Die Ruhe, die nun mehr und mehr in Peters Leben einkehrte, beunruhigte ihn. Aber sie währte nicht lang.

»Pass doch auf, Johannes!«, hatte Peter seinem Sohn noch hinterhergerufen, als er sich mit dem alten Gaul an der Leine zwischen Wohnhaus und dem angrenzenden Gerätehaus hindurchzuschieben versuchte. Johannes hatte immer mithelfen wollen. Schon seit er vier Jahre alt gewesen war, hatte er mit dem Vater auf dem Acker arbeiten wollen. Und wenn es keine Arbeit gab, die leicht genug war für das Kind, dann spielte der Junge, er sei ein Bauer auf dem Feld. Er kannte nichts anderes, nur Arbeit. Peter erfüllte es mit Stolz und Zuversicht. Er würde einmal einen tüchtigen Erben haben, dem er vermachen konnte, was er sich und seiner Familie aufgebaut hatte.

Aber Pläne und Wünsche können zerspringen wie ein Glas, das man in einem unachtsamen Moment aus den Fingern gleiten lässt. Peters Traum von einem frommen und fleißigen Erben wurde an der steinernen Wand des Gerätehauses zerquetscht.

»Pass doch auf, Johannes!«

Aber wie sollte der Sechsjährige aufpassen, wenn sich das alte Pferd mit all seiner Kraft seinen Weg bahnte. Peter sah von hinten alles mit an. Aber tun konnte er nichts. Es ging zu schnell, und der Gaul mit seinen nervösen Hinterläufen war im Weg. Johannes versuchte sich noch gegen die Flanke des Hengstes zu stemmen, aber das Pferd presste den Schädel des Jungen gegen die Wand. Etwas knackte. Ein entsetzliches Geräusch. Peter schrie den Namen des Jungen. Das Pferd machte einen Satz davon. Johannes blieb liegen.

Drei Tage und Nächte kämpfte der Junge mit dem Tod. Am ersten Tag bescheinigte der herbeigerufene Arzt, dass Johannes nie wieder richtig würde sehen können. Das Pferd hatte seine rechte Gesichtshälfte zerdrückt. Catharina betete, Peter verzweifelte.

»Was soll ich mit einem Kind anfangen, das nicht sehen kann?«, fragte er seine Frau. »Was soll er arbeiten?«

»Nichts ändert sich«, sagte Catharina nur. Es war keine Antwort auf seine Frage. Es gab keine Antworten. »Nichts ändert sich. Nichts wendet sich zum Guten.«

Am zweiten Tag verlor Johannes endgültig das Bewusstsein. Der Arzt sprach von einer Entzündung und davon, dass der Junge nie mehr der Alte sein würde. Catharina verfluchte das Pferd.

»Was kann das Pferd dafür?«, rief Peter.

»Irgendjemand muss doch schuld sein«, flüsterte Catharina.

Im Stall stampfte der alte Hengst, so als wollte er ihr recht geben.

»Er ist besessen, der Gaul«, presste Catharina hervor.

»Lass doch das Pferd in Ruh, Catharina, ist das jetzt deine Sorge?«

»Was interessieren dich auf einmal meine Sorgen?« Catharina erstach ihn beinahe mit ihrem Blick.

Am dritten Tag starb Johannes, und im Stall fand Peter den leblosen, blutüberströmten Hengst. Er konnte es Catharina nicht verübeln. Es stimmte ja: Nichts änderte sich. Das Leben schien ein einziger Fluch. Pläne zerbarsten. Kinder starben. Mühsal und Trauer waren, was ihr Dasein bestimmte.

Manchmal kamen Gedanken in Peter auf. Zunächst nahm er sie kaum wahr. Sie kamen über die Ackerfurche angekrochen und setzten sich in seine Ohren. Peter hörte sie, wischte sie weg, verfluchte sie als teuflisch und sündig. Aber sie kamen wieder. Bei Tag und in der Nacht, und sie hörten nicht auf zu flüstern, zu brabbeln und zu schreien. Und irgendwann war Peter bereit, zumindest die Frage, die diese Gedanken ihm stellten, zuzulassen: Wenn das Gottes Plan für ihn war, wie konnte er dann noch Gutes über seinen Herrgott denken?

Den ersten Schnaps seines Lebens kippte der fromme Peter mit dem Pferdehändler im Hauer Dorfkrug.

»Ich trinke nicht«, hatte Peter gesagt, mehr aus Gewohnheit, denn aus Überzeugung.

»Was gilt ein Geschäft, wenn man es nicht besiegelt?«, fragte der Kaufmann, der im Ort Station gemacht hatte und im Gasthaus logierte. »Los, einen auf das Geschäft und einen gegen die Sorgen.«

Peter folgte den Anweisungen des Mannes. Er bewunderte das Auftreten des Händlers. Er war wohlgenährt, gut gekleidet, prächtig gelaunt. Noch immer ließ sich der Bauer von solchen Männern beeindrucken. Außerdem sprach er Peters Sprache. Beinahe jedenfalls. Er kam, wie er erklärt hatte, aus der Gegend um Kaiserslautern. Und außerdem wusste er, wie er sprechen musste, um ein gutes Geschäft zu machen.

Peter hatte sich Geld geliehen. Drei Nachbarn hatten ihr Erspartes zusammengekratzt, damit er den alten Gaul ersetzen konnte. Sie waren Schicksalsgenossen und Glaubensbrüder. Man half einander, auch wenn es riskant war: Wenn Peter das Geld am Ende nicht würde zurückzahlen können, wären sie alle dem Ruin nahe. Es war eine stolze Summe, die er mit sich trug. Nichts war für einen Bauern von größerem Wert als ein Pferd. Aber er hatte zäh mit dem Händler gerungen. Und am Ende blieb fast ein Viertel der Münzen übrig, die er sich geborgt hatte.

»Komm, noch einen.« Der Pferdehändler schenkte nach. Und nach dem vierten oder fünften Glas begann Peter ungefragt zu erzählen. Er erzählte vom Hunsrück und von Pennsylvanien, von dem Elend und der Armut der Vergangenheit und dem Traum von einem besseren Leben, von der Zukunft, die es nie gegeben hatte.

»Ach, Pennsylvanien«, raunte der Händler. »Was will man denn da? Da habt ihr es hier doch wirklich nicht schlechter angetroffen.«

Peter klebte an seinen Lippen. »Wirklich?«

»Ja, sicher. Da habe ich schon so viel Schlimmes gehört.«

»Was denn?«, fragte Peter.

Der Kaufmann winkte ab. »Indianer. Überall Indianer, die einem das Leben zur Hölle machen. Und im Winter ist es bitterkalt. Wer nicht schnell genug Fuß fasst, erfriert.«

Peter spürte die ungewohnte, wärmende Wirkung des

Schnapses. Niemals hätte er sich sonst auf ein solches Gespräch mit einem Fremden eingelassen. Aber jetzt war ihm egal, dass er den Mann kaum kannte.

»Was ein Glück, dass man euch übers Ohr gehauen hat«, rief der Händler und hielt sich lachend den Bauch.

Seine Worte hallten in Peter nach. Ob der Anwerber damals die Flüchtlinge bewusst auf eine Reise ohne Aussicht auf Erfolg geschickt hatte, oder ob auch er selbst nichts von der Unpassierbarkeit der holländischen Grenze gewusst hatte? Peter hatte keine Ahnung. Er hatte sich, ohne den Plan des Schöpfers zu hinterfragen, in sein gottgegebenes Schicksal gefügt. Was auch immer den Pfälzern zugestoßen war, es war Gottes Wille. Aber von Glück zu sprechen, wie es der Kaufmann hier tat, wenn auch nur im Überschwang, das ging zu weit.

»Auch hier haben viele die erste Zeit nicht überlebt«, getraute sich Peter zu sagen. »Letzte Woche erst ist mein Junge gestorben. Wir haben es hier doch auch nicht besser!«

»Das habe ich auch nicht gesagt«, prustete der Händler in einer Lautstärke, die von Mitgefühl nichts erahnen ließ. »Pfalzdorf oder Pennsylvanien macht wohl keinen Unterschied. Verreckt wird überall.« Der Pferdehändler schlug Peter hart auf die Schulter, aber der spürte keinen Schmerz mehr, sondern fiel beinahe vom Stuhl. Sein Gegenüber rückte ihn zurecht. Dann sah ihm der Mann tief in die Augen, zog seinen Stuhl ganz nahe an Peters heran, sah sich um, ob auch niemand in der Wirtschaft etwas mitbekam. Und dann flüsterte er Peter etwas ins Ohr, das sich wie ein gut gehütetes Geheimnis anhörte: »Brasilien.«

»Was?«

»Brasilien«, raunte er erneut. »Da solltet ihr hin!«

»Verreckt man da nicht?«, fragte Peter ehrfürchtiger, als er es hatte klingen lassen wollen.

Der Kaufmann lachte erneut in ohrenbetäubender Lautstärke. Peter sah ihn von unten an. Dieser Mensch machte wirklich was her. Wie er über Peters Unsicherheit, ja selbst über den Tod seines Sohnes einfach hinwegging und lachte, das hatte auf Peter eine Wirkung, der er sich nicht entziehen konnte.

»Brasilien ist das Paradies«, sagte der Händler jetzt wieder in vertraulichem Flüsterton. »Im Sommer ist es warm. Im Winter ist es noch wärmer. Überall bunte Vögel und süße Früchte im Überfluss, deren Namen du noch nicht einmal kennst.«

Der Händler machte eine Pause. Dann hob er den Zeigefinger und rückte noch einmal näher an Peter heran. Seine Lippen klebten nun beinahe an Peters Ohrmuschel.

»Und das Beste: Zur Begrüßung schenken sie jedem einen eigenen Affen!« Er schlug mit der flachen Hand auf die Tischplatte, dass es nur so schepperte. Peters Oberkörper wurde nach oben katapultiert. Der Pferdehändler lachte sein schallendes Pferdehändlerlachen.

Dann hielt er plötzlich inne. Vielleicht war es Peters Blick, der ihn wieder ernst, beinahe nüchtern werden ließ. Vielleicht hatten ihn Skrupel befallen, diesem armen Bauern Flausen in den Kopf zu setzen. Peter tat ihm leid. Sicherlich. Aber Peter war schon längst wieder von der Sehnsucht ergriffen. Es war genauso wie damals bei diesem Anwerber gewesen, der ihn nach Pennsylvanien hatte locken wollen. Da war dieses Kribbeln im Bauch, und der Schnaps hatte dieses Gefühl noch verstärkt.

»Das erzählt man sich halt so«, sagte der Pferdehändler.

»Wie?«, fragte Peter verdattert. Er wollte mehr hören. So viel war klar. Aber der Kaufmann wiegelte plötzlich ab.

»Was weiß ich?«, raunte der Händler, und dann zog er Peter vom Stuhl, stellte ihn auf zwei Beine, klopfte Unsichtbares von seinen Oberarmen und schob ihn in Richtung Tür.

»Los, hier draußen steht dein neuer Gaul. Jetzt geh nach Hause!«

Ein Jahr war vergangen seit Johannes' Tod. Ein Jahr lang war Peter immer wieder im Dorfkrug gewesen. Der Pferdehändler war seitdem nicht mehr in der Gegend gesehen worden, aber Peter hatte den Schnaps für sich entdeckt und herausgefunden, dass sich jeder Schmerz, jeder quälende Gedanke und jedes Verlangen mit seiner Hilfe betäuben ließen. Den Nachbarn, die ihm das Geld für den Kauf des neuen Pferdes geliehen hatten, hatte er verschwiegen, dass er viel weniger zahlen musste als erwartet. Es war eine furchtbare Sünde, das Geld zu versaufen, das sie mühsam zur Seite gelegt hatten. Sein Frevel betrübte ihn zutiefst. Aber der Schnaps war stärker als sein Gewissen.

Catharina hatte aufgehört zu fragen, warum er schon wieder nach Hau hatte gehen müssen. Sie musste gespürt haben, dass er Ausreden erfand, und natürlich roch sie den Alkohol, den er ausdünstete, wenn er spät in der Dunkelheit wieder nach Hause kam. Aber sie sagte nichts.

Monatelang hatte Peter von Brasilien geredet. Das winzige Samenkorn, das der Pferdehändler in ihn gepflanzt hatte, war zu einem Dickicht geworden. In seiner Fantasie hatte sich ein wildes, buntes Bild aufgebaut, reich an Farben, arm an Sorgen. Die tollsten und abenteuerlichsten Kreaturen krochen durch seine Gedanken. Warmes Licht, alle Farben des Regenbogens in den Federn der Papageien. Früchte, süß wie Birnen, groß wie Kürbisse, gefärbt wie die untergehende Sonne. Er gab den Tieren Namen. Amazonaspferd. Feuerspecht. Blaunasenschwein. Und auch die essbaren Köstlichkeiten an den Bäumen und Sträuchern, die er vor Augen hatte, während er in der Wirklichkeit den sandigen Boden des Niederrheins beackerte, belegte er mit den absonderlichsten Bezeichnungen. Honigapfel. Zuckerkirsche. Goldene Affenpflaume. So muss es Adam gegangen sein, den der Schöpfergott damit beauftragt hatte, aller Kreatur einen Namen zu geben. Peter war der erste Mensch. Der erste Mensch im Reich seiner eigenen Fantasie. Sein Garten Eden lag in seinem Kopf, und der Schnaps befeuerte die Vorstellungskraft. Und ohne Schnaps wuchs die Sehnsucht nach dem selbst erdachten Paradies. Dann brauchte er wieder mehr. Es war ein Kreislauf. Eine Spirale nach unten.

Er versteckte Flaschen, die er vom Markt mitgebracht hatte, im Gerätehaus. Er nahm sie mit auf das Feld. Unter der Eiche, die noch immer mickrig war und mit seinen eingebildeten brasilianischen Gehölzen nicht mithalten konnte, kippte er jetzt auch schon mittags sein Zauberwasser.

Wann immer Catharina bemerkte, dass Peter nach Schnaps roch, dass er die Flaschen, die sie alle fand, vor ihr zu verstecken versucht hatte, sich durchschaubare Ausreden für seine Fahrten nach Hau überlegte, da spürte sie einen Stich in ihrem Herzen. Es war kein rechtschaffenes Leben, das ihr Mann dort führte. Das gottesfürchtige Kind in ihr sorgte sich um sein Seelenheil. Aber die zunehmend pragmatische Frau, die ihm in diesem irdischen Leben in die niederrheinische Wüste hatte folgen müssen, ahnte, dass es für sie und ihre Katharina mit K besser sein würde, wenn er seine Verrücktheit, sein sinnloses Streben im Alkohol ertränken würde. Zu oft hatte sie ihn in letzter Zeit von allerlei Früchten und Tieren reden hören. Und sie hatte in seinem Blick gesehen, dass Brasilien in seinem inneren Auge real geworden war, wie zuvor auch schon Pennsylvanien. Aber Pennsylvanien war in Wirklichkeit nur eine Idee geblieben, und Brasilien, so betete Catharina, sollte es auch bleiben.

Noch immer blieb ihr Garten ihre eigene persönliche Zuflucht. Aber je größer, je beweglicher und verständiger die kleine Katharina wurde, desto mehr erfreute sie sich daran, ihrem Mädchen die Dinge nahezubringen, die sie dort wachsen ließ. Noch konnte sich die Kleine die Namen der Blumen nicht merken oder gar verstehen, was die verschiedenen Leiden zu bedeuten hatten, gegen die die Heilpflanzen halfen. Noch schmeckten ihr nicht einmal die Tomaten, noch verzog sie ihr Gesicht und sortierte mit ihrer Zunge die kleinen Kerne aus, um sie gleich darauf auszuspucken. Aber Catharina sah in dem Kind eine Verbündete. Zumindest eine zukünftige Verbündete. Ihr wollte sie zeigen, welches Wunder sie sich hier, umringt vom engen Zaun, geschaffen hatte. Sie würde es hoffentlich begreifen. Bei Peter bestand keine Hoffnung. Bei ihm wucherten die Wunder in Gedanken. Catharina genügte ihr Stückchen Erde innerhalb des Zauns. Für Peter schien selbst alles außerhalb des Zauns noch zu klein.

Katharina schien gerne bei ihrer Mutter im Garten zu sitzen. Sie hatte Freude daran, Unkraut herauszuzupfen – und alle anderen Pflanzen auch. Aber die Mutter blieb geduldig, und wenn sie einmal nicht die Zeit hatte, nach ihr zu sehen, gab sie ihr kleine Aufgaben außerhalb der umhegten Parzelle und warf hin und wieder einen Blick in ihre Richtung.

Eines Tages schickte sie die Kleine drüben neben der Hecke, am Graben zwischen den Feldern, den die Männer zur Entwässerung gezogen hatten, nach Kieselsteinen suchen, die sie als Umrandung für die kleinen Beete auslegen wollte.

»Such nur die schönsten Steine«, hatte Catharina gesagt. »Die runden, hellen.«

»Ja«, hatte die Kleine gesagt. Viel mehr konnte sie noch nicht sprechen.

Immer wieder sah Catharina nach dem Mädchen. Wie gut sie doch jetzt schon alleine laufen konnte! Und wenn die Mutter das Kind einmal nicht mehr sah, dann rief sie nach ihr, und die kleine Katharina antwortete brav und mit glockenheller Stimme: »Ja.«

Schließlich kam das Mädchen zurück, und in ihrer Schürze schleppte sie einen riesigen Haufen Kiesel an. Mit aller Mühe hielt sie den Stoff zusammen, und Catharina sah den Stolz im Blick ihrer Tochter.

»Fein gemacht! Leg die Steinchen hier in einer Reihe entlang ab«, sagte sie zur Kleinen und widmete sich wieder den Beeren, die sie pflückte, ohne ihre Tochter oder die Steine richtig anzusehen. Das Mädchen hockte sich hin und tat wie ihr geheißen.

Hin und wieder gluckste sie, und Catharina dachte, es läge daran, dass sie so viel Freude dabei empfand, die Steine aufzureihen. Aber irgendwann mischten sich Ausdrücke des Erstaunens in ihre Stimme.

»Schau«, sagte sie immer wieder. Aber Catharina war zu vertieft in ihre eigenen Gedanken.

»Ja, ja, meine Kleine«, sagte sie nur, wie um sie zu beruhigen.

Erst als sie alle Beeren abgeerntet hatte, drehte sie sich zu ihrer Tochter um, und dann fiel ihr vor Schreck der Korb mit den Früchten aus der Hand.

Die Steine, die die kleine Katharina gesammelt und zur Umrandung der Beete aufgereiht hatte, bewegten sich. Langsam krochen sie davon, unter die Kräuter und über den schmalen Weg. Die große Catharina stand einen Augenblick wie erstarrt da und versuchte zu begreifen, was sie vor sich sah. Dann begriff sie.

»Schnecken«, schrie sie laut auf, und in ihrem Kopf kamen Bilder, die sie längst vergessen geglaubt hatte. Der Bach im Tal im alten Hunsrückdorf. Die Schnecken an der Felswand, die sie als Kinder auf den Boden geworfen hatte, um sie sterben zu sehen. Und dann die Exemplare in ihrer Schürze, denen sie später, als alles aufgegeben war, ihren alten, kargen Garten überlassen hatte.

Die kleine Katharina starrte die große Catharina mit weit aufgerissenen Augen an. Und als ihre Mutter auf die niedlichen Steine, die sie eben am Kanal gesammelt hatte, einzutrampeln begann, und es nur so knirschte und matschte, da begann sie entsetzlich zu schluchzen. Und dann schrien beide vor Wut und Entsetzen. Und am Ende lagen beide erschöpft auf dem Weg im Garten.

Im Herbst sprach sich herum, dass der Pferdehändler wieder kommen würde. Peter brauchte zwar kein Pferd, aber er wollte mehr wissen über dieses ferne Land im Süden, das in seinem Kopf Gestalt angenommen hatte.

Als Peter den Händler zum ersten Mal wiedersah, durchströmte ein warmes Gefühl seine Adern. Mit leuchtenden Augen stürzte er auf den Mann zu, der an einem Tisch an der hinteren Wand des Gasthauses saß und seine Papiere sortierte. Als er Peter erblickte, wischte er ihn mit einer Geste fort, die ihm bedeuten sollte, er habe zu tun. Aber Peter ließ sich nicht verscheuchen. Er stand nur da, mitten im Gastraum, die Mütze vor sich in den Händen knetend, und sah den Pferdehändler an, wie es sonst nur Verliebte tun.

Nach einer Weile blickte der Kaufmann von seinen Unterlagen auf. Er sah Peter in die Augen, senkte aber sofort wieder den Blick und schüttelte den Kopf. Dann stand er auf, ging zum Wirt an den Tresen und forderte ihn auf, Peter einen Schnaps zu geben.

»Pass auf meine Sachen auf, ja? Ich muss den Dingen ihren Lauf lassen.«

Peter verstand nicht, aber er nickte eifrig, kippte seinen Schnaps hinunter und ließ den Blick nicht von den Papieren, die ausgebreitet auf dem Tisch des Händlers lagen.

»Also, was ist?«, fragte der Pferdehändler, als er wieder vom Plumpsklo im Hof zurückkam und Peter mit einer schnellen Handbewegung einen Platz anbot. »Gibt es Probleme mit dem Pferd? Für eine Beschwerde ist es zu spät. Es ist über ein Jahr her, dass du …«

»Nein, nein«, unterbrach ihn Peter.

Der Händler sah ihn erstaunt an.

»Entschuldigung.« Peter sah auf den dunklen Dielenboden.

»Was dann?«, fragte der Kaufmann.

Peter beugte sich nach vorn. So, wie es sein Gegenüber genau an dieser Stelle auch getan hatte, im letzten Jahr, als er von dem fernen Land erzählt hatte. Er sah sich um, dass auch niemand anders in der Nähe war. Seine Lippen kamen ganz nah an das Ohr des Pferdehändlers.

»Es geht mir um Brasilien«, flüsterte Peter.

Der Kaufmann lehnte sich zurück und wandte den Blick ab. Er sah aus dem Fenster, kniff die Augen zusammen. »Ich habe es befürchtet. Was habe ich dir da bloß für Flausen in den Kopf gesetzt?«

»Bitte«, flehte Peter, »Ihr müsst mir mehr davon erzählen! Wann immer ich über mein trübes Feld laufe, denke ich an die bunten Farben, die Wärme in Brasilien. In meinem Kopf fliegen die buntesten Vögel, Affen turnen durch die Bäume. Kein Apfel kann mithalten mit dem süßen Geschmack der Träume auf meiner Zunge.«

»Hör auf mit diesem Geseier!«, rief der Pferdehändler. »Du hast doch keine Ahnung.«

»Eben«, sagte Peter. »Deswegen bin ich hier. Ich muss mehr wissen. Wie ist es dort? Wie komme ich dort hin? Was muss ich tun? Bitte, sagt es mir!«

»Hör auf jetzt! Hast du getrunken?«

»Ihr habt mir eben einen Schnaps …«

»Aber das war nicht dein erster heute.« Der Pferdehändler sah Peter durchdringend an.

»Nein«, sagte Peter kleinlaut.

»Ich dachte, du bist einer von diesen frommen Bauern, die nicht trinken. Ist das etwa auch meine Schuld? Brasilien und der Schnaps?«

Peter zuckte mit den Schultern. Wie ein Schuljunge, der nicht wusste, warum man mit ihm schimpfte. Er sah, wie der Kaufmann sich erhob und sich vor ihm aufbaute. Peter blickte zu ihm hinauf. Und dann traf ihn die flache Hand des Pferdehändlers mit aller Wucht an der Wange. Peter stürzte zu Boden. Entsetzt sah er den Händler an, der jetzt breitbeinig über ihm stand.

»Hör mir zu!«, zischte er, »ich bin Kaufmann. Ich verkaufe den Leuten Pferde und alles, was man sonst noch dafür braucht. Verkaufen ist mein Leben. Und dazu gehört es, den Menschen Geschichten zu erzählen und ihre Gedanken zum Fliegen zu bringen.«

Er trat Peter mit der Spitze seines Stiefels in die Hüfte. Peter jaulte auf.

»Hör mir zu! Hör mir verdammt noch mal zu!«, rief der Händler. »Ich lasse nicht zu, dass du wegen meiner närrischen Geschichten dein Leben zugrunde richtest. Vergiss die Affen, die Papageien, die Früchte, die Sonne! Der Alkohol tut dir nicht gut! Hör sofort auf damit, ja?«

Peter nickte. Aus Angst vor den Tritten des Mannes.

»Du hörst damit sofort auf, verstanden? Hast du nicht Frau und Kinder?«

»Eine Tochter hat der Herr mir gelassen«, antwortete Peter zaghaft.

»Dann sei ihr gefälligst ein guter Vater und kein Säufer!« Der Pferdehändler stampfte auf wie damals der alte Hengst, der den armen Johannes getötet hatte.

Peter nahm die Arme vor das Gesicht. »Ja, ihr habt ja recht.« Peter schrie vor Angst. »Ich höre auf damit.«

»Und noch was.« Der Pferdehändler sprach mit Bestimmtheit. »Und noch was, Bauer aus Pfalzdorf, merk dir, wo dein Platz ist. Für dich gilt ein für alle Mal: Brasilien gibt es nicht.«

Aber Brasilien gab es doch. Was einmal im Kopf ist, verschwindet nicht einfach so wieder. Genau wie der Alkohol. Der Nachmittag in der Hauer Dorfwirtschaft, die Worte des Pferdehändlers, seine Schläge und Tritte hatten Wirkung gezeigt. Aber sie hielt nicht lange an. Zehn Tage lang hatte Peter keinen Tropfen angerührt. Zehn Tage lang hatte er versucht, sich Brasilien aus dem Kopf zu schlagen. Aber sich vorzunehmen, nicht an etwas zu denken, wenn es gleichzeitig nichts anderes gibt, was die leere Stelle in den Gedanken auszufüllen vermag, war zu schwer. Noch immer flatterten die außergewöhnlichsten Kreaturen durch seinen Kopf. Der Pferdehändler mochte recht haben: Peter gehörte an seinen Platz. Nur woher sollte der Fremde wissen, wo dieser Platz war? Vielleicht war er ja doch jenseits des Ozeans. Wenn nicht in Pennsylvanien, dann doch vielleicht in Brasilien.

Nach der langen Erntezeit saß er abends mit dem Schankweiler Jacob beim Feuer auf dem Feld. Und sie waren froh, dass sie genug eingefahren hatten, um die Familien über die kalte Jahreszeit zu bringen. Und sie redeten allerlei. Und dann erzählte der Schankweiler Jacob von seinem Sohn. Sein ältester war damals im ersten Winter am Niederrhein gestorben, und der zweitälteste wollte jetzt weiterziehen. Nach Brasilien. Da wurde Peter ganz still, und er ging nach Hause. Aber anstatt sich zu seiner Catharina zu legen, ging er in das Gerätehaus. Er hatte noch eine Flasche in einem Korb versteckt. Vor Catharina und vor sich.

Er wusste selbst nicht mehr, was er betäuben wollte. War es die Schwere des Lebens am Niederrhein oder war es das Verlangen nach dem Leben in der Ferne? War es die Trauer über seine gestorbenen Kinder? Oder war es die Angst davor, dass er niemals das Glück finden würde, nach dem er sich so sehnte, dass die Sehnsucht immer Sehnsucht bliebe und nie Erfüllung würde?

RANDNOTIZ

Mehr und mehr Siedler verließen Pfalzdorf. Zunächst waren weitere Familien aus dem Hunsrück nachgekommen. Aber als die Kinder der ersten Siedler erwachsen wurden und eigene Höfe hätten errichten können, stellte sich heraus, dass die einst eilig geschlossenen Verträge zur Urbarmachung der Gocher Heide ein entscheidendes Problem beinhalteten: Die Höfe der Siedler waren aufgrund der Erbpachtregelung nicht teilbar. Jeder Besitz durfte nur an einen Nachkommen vererbt werden, oder wie in Peters und Catharinas Fall an die einzige Tochter. Wer mehr als ein Kind hatte, musste alle anderen wegschicken. So schafften es manche Familien dann doch in der zweiten oder dritten Generation noch in die Neue Welt – nach Pennsylvanien, nach Brasilien oder in andere Kolonien. Wieder andere Siedlerkinder gründeten in Ostfriesland ein neues Pfälzerdorf, oder sie entschieden sich wohl oder übel für ein Leben als Tagelöhner auf einem der großen Höfe oder einer der überall im Land aus dem Boden sprießenden Fabriken, Kohleminen oder Stahlwerke.

Wer blieb, trat ein besonderes Erbe an. Denn die Nachkommen jener gescheiterten Aussiedler aus dem Hunsrück sollten im Laufe von Generationen etwas etablieren und weitergeben, das in dieser Art nahezu einzigartig war: Als Bewahrer ihres protestantischen Glaubens sorgten sie über Jahrhunderte dafür, dass es zu keiner nennenswerten Mischung mit der sie umgebenden katholischen Bevölkerung des Niederrheins kam. Sie hatten nicht nur schnell eigene Gotteshäuser gebaut, sondern auch eigene Schulen, und da sie weitestgehend selbstständig und unabhängig als Bauern lebten, waren sie – nachdem sie sich einmal in der Gocher Heide etabliert hatten – nicht mehr auf die Hilfe der Alteingesessenen angewiesen. Sie konnten ganz unter sich bleiben. Und das taten sie. Ganz nebenbei entstand auf diese Weise eine Insel, eine Sprachinsel, auf der der Dialekt des Hunsrücks umgeben von niederrheinischem Platt bis heute erhalten blieb.

Mit steigender Anzahl der Erben, die auf keiner der bestehenden Parzellen in Pfalzdorf unterkommen konnten, und die gleichzeitig nicht willens waren, die riskante Auswanderung über den Ozean auf sich zu nehmen, wuchs auch der Wunsch, an Ort und Stelle weiteres Land urbar zu machen. Unweit von Pfalzdorf entstanden mit Louisendorf und Neulouisendorf zwei weitere Siedlungen, die den Hunsrückern und ihren Nachfahren eine Heimat bieten sollten. War Pfalzdorf zwar auch schon mit einer gewissen Systematik angelegt worden, aber letztlich aus der Bescheidenheit und Demut der Gestrandeten entstanden, sollte Louisendorf eine Demonstration des menschlichen Triumphes über die Natur und die ganze Erde darstellen. Der Grundriss des Ortes orientierte sich – wie schon bei den Römern und ihrem Weltreich – an nichts Geringerem als den Himmelsrichtungen. Alle Straßen, Gräben, Grenzen liefen entlang rechtwinkliger Linien, die nicht in der Natur, sondern ausschließlich am Reißbrett gezogen worden waren. Das Zentrum sollte ein weitläufiger Platz bilden, an dem die vier schnurgeraden Hauptstraßen des Ortes zusammenliefen und in dessen Mitte einmal die Kirche des neuen Ortes entstehen sollte. Catharina erlebte die Planungen für die neuen Dörfer noch mit. Nie waren sie und die anderen Gründerväter dem Traum von Amerika so nahe gewesen wie in den Planungen dieser rechtwinkligen

Siedlung. Und gleichzeitig stellte der Bau weiterer Höfe eine tiefere Verwurzelung der verhinderten Auswandererfamilien an einem Ort dar, den sie nie hatten besiedeln wollen.

Katharina blieb das einzige überlebende Kind von Peter und Catharina. In ihr vereinten sich die gegensätzlichen Sehnsüchte ihrer Eltern. Sie heiratete den zweiten Sohn der Familie Hans, der ohne sie Pfalzdorf hätte verlassen müssen, und übernahm zusammen mit ihm den Hof, den ihre Eltern aus dem Nichts aufgebaut hatten. Den Garten ihrer Mutter übernahm sie erst, als sie selbst schon beinahe erwachsene Kinder hatte und Catharina, seit Jahren schon Witwe, eines morgens nicht mehr erwachte.

Es ist schon tragisch. Da blickt man wie Peter oder Catharina mit derartiger Bedeutungsschwere auf das eigene Leben, auf die eigenen Wünsche, Ängste, Schmerzen. Nichts ist einem wichtiger als das eigene Schicksal und das derer, die man liebt. Peters Sehnsucht nach dem Neuen bedeutete ihm so viel, dass er dafür sogar seine Familie aus ihrer alten Heimat riss und mit ihr in eine ungewisse Zukunft aufbrach. Catharinas Sehnsucht nach Geborgenheit und Sicherheit wog derart schwer, dass sie in Kauf nahm, Peter und sein Seelenheil an den Wahnsinn oder zumindest den Alkohol zu verlieren.

Und am Ende ist man dann nur noch eine Witwe, die eines Morgens nicht mehr erwachte, oder in Peters Fall einfach nur noch ein nicht mehr existenter Mensch, von dem man noch nicht einmal die Sterbedaten oder die Todesursache kennt. Die Zeit macht jeden am Ende zu nicht viel mehr als einer Randnotiz der Geschichte. Ihre Kinder und Enkel werden sich noch an ihre Namen erinnert haben, und dann verwittern irgendwann die Inschriften auf den Grabsteinen. Und dann ist man endgültig verschwunden. Und all das, was man jemals tun oder lassen wollte, gleich mit.

Was bleibt, ist eine beinahe biblische Kette von Generationen – Paul, Sohn der Catharina. Helene, Tochter des Paul. Joseph, Sohn der Helene. Helene, Mutter der … und so weiter – an deren sechster oder siebter oder achter Stelle ein Mensch steht, der eines Nachts seinen ersten Schrei tut und von da an in den Traditionen und der Sprache der Vorfahren erzogen wird.

ZWEITER TEIL

SEHNSUCHT UND SCHULD

DER REIFEN ROLLTE SO SCHÖN

Änni tat ihren ersten Schrei in einer milden Spätsommernacht im Jahre 1909. Sie war der Spross einer Familie, deren Vorfahren sich einhundertfünfzig Jahre zuvor als Flüchtlinge in der Ödnis des Niederrheins hatten niederlassen müssen und es geschafft hatten, die Wüste zum Acker werden zu lassen. Ihre Ahnen waren wagemutig und fromm gewesen. Das hatte sie von klein auf gelernt. Sie waren vor der Unterdrückung durch die Katholischen geflohen. Nach Amerika hatten sie fahren wollen, aber Gott hatte anderes mit ihnen vorgehabt.

Man sprach lieber vom Plan des Allmächtigen als davon, dass man windigen Anwerbern auf den Leim gegangen war. Und man betonte den eigenen, stets gottesfürchtigen Arbeitseifer, der all das ermöglicht hatte. Die Almosen, die Duldung, die Unterstützung durch die Alteingesessenen erwähnte man bestenfalls am Rande. Man war stärker in der Abgrenzung, das hatte die Zeit sie gelehrt.

Sonntags besuchte Änni mit ihren Eltern und ihren beiden großen Brüdern die Kirche im Dorf. Die Brüder gingen schon zur Schule. Ebenfalls im Ort. Die Eltern arbeiteten auf dem Hof. Es gab keinen Grund, Pfalzdorf zu verlassen. Und wenn der Vater sie doch einmal auf den Markt mitnahm, nach Goch oder gar nach Kleve, dann war das ein beinahe schon zu großes Abenteuer. Zu viele Menschen, zu viele fremde Menschen. Städter, Katholiken. Und dann sprachen sie so fremdartig. Änni konnte sie kaum verstehen. Ihre Nachbarn sprachen wie sie und wie ihre Eltern. Aber schon im Nachbarort klang beinahe jedes Wort, das sie aufschnappte, als wollten sie dort das Schnattern der Gänse nachahmen.

Sie wohnte in Pfalzdorf. Hier hatten auch schon ihre Großeltern gelebt und dieselbe Sprache gesprochen wie nun sie selbst. Ihre Tante und ihr Onkel wohnten mit der alten Großtante in Louisendorf. Zwei weitere Onkel und Tanten und ihre Cousinen in Neulouisendorf. Die zerstreuten Höfe dieser drei weitläufigen Ortschaften waren ihre Insel. Das wusste Änni von klein auf. Hier wimmelte es von Erwachsenen und Kindern, die sprachen wie sie und die hießen wie sie.

Der Reifen rollte so schön. Den ganzen Sommer über hatte sie geübt. Und jetzt endlich hatte sie den Dreh raus. Jetzt endlich hatten ihre kleinen Händchen verstanden, wie sie den Holzstab halten musste, wie sie ihn sanft, aber bestimmt von unten gegen den alten Fassreifen schlagen musste, damit der Reifen gerade und gleichmäßig über die Straße rollte.

Es war ein seltsamer Tag. Alle hatten sich sonderbar verhalten. Es war Sonntag, trotzdem waren sie nicht in der Kirche gewesen. Sie hatten aber dennoch früh aufstehen müssen. Denn der Vater, das hatte er ihnen am Vorabend erzählt, musste ganz früh am Morgen schon in Hau am Bahnhof sein, weil er eingezogen würde. Änni hatte nicht verstanden, was das bedeuten sollte: eingezogen. Aber sie hatte schnell begriffen, dass es sich dabei um etwas handelte, das die Mutter in Angst und Schrecken versetzte, die Brüder hingegen mit Stolz erfüllte. Mutter hatte mit feuchten Augen im Halbdunkel in der hinteren Ecke der Stube gesessen, als der Vater erzählt hatte, dass er an die Front müsste. Und die Jungs hatten sich ihre Holzgewehre geschnappt, waren hinausgelaufen und hatten johlend »Franzacken« erschossen, die sich im Spiel hinter der Hecke zu befinden schienen.

»Unser Vater wird Soldat«, hatten sie dabei den Nachbarn zugerufen, die mit dem Pferdewagen vorbeifuhren. »Er kämpft für das Vaterland.«

In der Nacht hatte Änni dann ihre Mutter lachen, beinahe schon kichern hören. Dafür hatte einer ihrer Brüder bitterlich geschluchzt. Diese Gefühle machten ihr Angst. Alles war so wirr, so unklar. Sie hatte keine Ahnung, wie sie das, was jetzt passierte, finden sollte. Und niemand schien zu wissen, wie man ihr begreiflich machen konnte, was es bedeutete, dass der Vater in den Krieg ziehen würde.

Früh am Morgen hatte der Onkel ihn dann mit dem Einspänner abgeholt. Es war alles so schnell gegangen. Die Kinder hatten sich nebeneinander in ihren besten Kleidern aufstellen müssen – die Jungs im Anzug, Änni im weißen Kleid mit der dunkelblauen Schürze. Im dunklen Haar dazu die rote Schleife. Das hatte die Mutter so angeordnet. Und dann hatte die Mutter ihr plötzlich doch noch die Schleife aus dem Haar gelöst. Wie würde das denn aussehen? Blau und weiß und rot. Und dann hatte Änni auf einmal mit offenem Haar dagestanden, und dann hatte der Vater plötzlich auf dem Kutschbock gesessen, und das schnelle, braune Pferd war losgetrabt. Dabei hatte sie dem Vater doch noch zeigen wollen, wie schön der Reifen jetzt rollte. Aber das wollte nun niemand mehr sehen.

Als der Vater mit dem Onkel vom Hof gefahren war, waren alle auseinandergestoben, wie eine Gruppe Hühner, in die der Hund kläffend hineinlief. Die Brüder waren davongerannt, um auf Bäume zu klettern. Einer nach links, einer nach rechts. Und die Mutter hatte laut aufgeheult, und als

Änni sie mit weit aufgerissenen Augen ansah, fing sie sich ganz schnell wieder und lächelte ihre kleine Tochter an. Aber ihre Augen blieben traurig. Das sah Änni. Und dann verschwand die Mutter hinter dem Haus in ihrem kleinen Gemüsegarten.

Änni nahm den Fassreifen und den Stab und ließ den Reifen rollen. Es passierte ganz von allein. Und das Beste daran war, dass man sich so sehr auf den Reifen konzentrieren musste, dass einem gar kein anderer Gedanken in die Quere kommen konnte. Sie lief die Straße in Richtung Hau entlang und musste den Reifen um einen frischen, noch dampfenden Haufen Pferdeäpfel herummanövrieren. Das Pferd des Onkels hatte einen letzten Gruß vom Vater dagelassen.

Sie lief am Imland-Hof vorbei und bis zur Wegkreuzung. Das war die Grenze von Pfalzdorf. Dahinter lag Hau. Wie vor Schreck kippte der Fassreifen zur Seite, drehte sich unter scheppferndem Klirren und blieb schließlich liegen. Änni blickte über die Grenze ihres Dorfes, ihrer Insel hinaus. Der nächste Hof gehörte bereits zum Nachbarort und somit zum Land derer, mit denen man nichts zu tun hatte.

Änni kehrte um. Vorbei am Imland-Hof, vorbei an den Pferdeäpfeln, so weit der Reifen rollte. Vorbei am eigenen Hof. Vorbei an Wiesen und Feldern, dem nächsten Hof, wieder Wiesen und Feldern und dem übernächsten Hof. Änni spürte kaum, wie sehr sie außer Atem war. So sehr freute sie sich daran, dass der Reifen so schön lief. Als er wieder hinfiel, richtete sie ihn wieder auf und drehte um. So ging es hin und her, her und hin. Und dabei vergaß sie alles. Nicht nur die Zeit.

Irgendwo auf Höhe des elterlichen Hofes kam ihr der Onkel mit dem Einspänner entgegen, mit dem er am Morgen den Vater abgeholt hatte. Änni widmete ihre ganze

Aufmerksamkeit dem Reifen. Sie lächelte den Onkel an, ohne hinzusehen, und so entging ihr sein trauriger Blick. Alle waren so traurig. Änni lief und lief. Immer dem Reifen hinterher. Und als er dieses Mal nicht an der Ortsgrenze umkippte, sondern weiterrollte, rannte auch Änni ohne großes Nachdenken hinter ihm her.

Der Reifen lief so schön. Sie konnte ihn doch nicht einfach anhalten, wo er jetzt so schön lief. Und wenn man sich ganz auf das Spielzeug konzentrierte, bemerkte man keinen Unterschied: Die Straße war dieselbe. Die Bäume am Wegrand waren dieselben. Es roch nach Erde und Kühen. Genau wie in Pfalzdorf. Aber das hier war schon Hau. Das katholische Hau. Sie atmete katholische Luft ein, die gar nicht anders zu sein schien als die evangelische.

Übermütig gab sie dem Reifen neuen Schwung und lenkte ihn geschickt über die Straße. Sie musste jetzt richtig schnell laufen, um mit dem Spielgerät mithalten zu können. Sie hechelte und jauchzte vor Vergnügen, als es passierte. Es kam aus heiterem Himmel. Änni hatte den Stein nicht gesehen, und als sie ihn, den Stein, den katholischen Stein bemerkt hatte, war es schon zu spät gewesen. Da war sie mit der Fußspitze schon dagegengestoßen, hatte das Gleichgewicht verloren und war vornübergekippt. Den Stab hatte sie im letzten Moment noch losgelassen. Dann war sie unsanft auf den Handflächen und Knien gelandet. Alles hatte sie sich aufgeschürft. Alles tat weh. Aber sie wusste sofort, dass sie hier in der Fremde keine Tränen zu vergießen hatte. Niemand würde sie kennen. Niemand ihr helfen. Wahrscheinlich würde man nicht einmal ihre Tränen verstehen können. Schließlich sprachen sie hier eine andere Sprache.

Änni kniff die Augen nur kurz zusammen. Dann blickte sie auf und sah dem Reifen hinterher, der wie im Schneckentempo seinen Weg fortsetzte, bis er immer mehr ins Schwanken geriet und schließlich rechts am Straßenrand hinter einer Hagebuttenhecke verschwand. Unter Schmerzen richtete sie sich auf und griff nach dem Holzstab. Sie konnte nicht anders, als sich ihre blutigen Hände an ihrem guten Sonntagskleid abzuwischen. Sie hielt sich ihre Knie, als sie losrannte. Das Kleid war, wie sie jetzt feststellte, nicht nur blutverschmiert, sondern auch an zwei Stellen aufgerissen. Das würde zu Hause richtig Ärger geben, dachte sie. Aber dennoch blieb keine Zeit für Verzweiflung. Sie musste sofort ihrem Reifen hinterher. Wer wusste, wie weit er noch gerollt war, nachdem er aus ihrem Blickfeld verschwunden war.

Sie humpelte mehr, als dass sie lief. Und als sie das Ende der Hecke erreicht hatte, sah sie, dass es sich bei der Abbiegung, die der Fassreifen entlanggerollt war, um eine Hofeinfahrt handelte. Eine katholische, eine Hauer Hofeinfahrt. Und noch viel schlimmer: Vor ihr stand plötzlich ein Mädchen. Ein katholisches, ein Hauer Mädchen. Es schien in etwa in ihrem Alter zu sein. Wie sie selbst, stand auch die andere im strahlenden Sonntagskleid da. Ihre Haare waren blonder, glatter, ihr Gesicht vielleicht etwas rundlicher. Die Augen leuchteten blau, fast schon silbern. Das Kleid des Mädchens war, im Gegensatz zu ihrem eigenen, intakt und sauber. Aber davon abgesehen, hatte Änni gleich das Gefühl, in ihr Gegenstück gerannt zu sein. Es war vom ersten Moment an so, als sähe sie ihren eigenen Abdruck vor sich. Sie blieb wie versteinert stehen. Auge in Auge mit dem schweigenden, seltsam vertraut wirkenden Fremdling. Es war für ein Kind ihres Alters und ihrer Zeit selbstverständlich keine Besonderheit, auf eine Gleichaltrige zu treffen. Aber irgendetwas war hier anders.

Keines der Mädchen wusste, was es sagen sollte. Selbst

wenn es nicht nur die Überraschung gewesen wäre, die ihnen die Sprache verschlagen hätte, wäre es ihnen schwergefallen, einander zu verstehen. Solange sie noch nicht die Schule besuchten, in der sie Hochdeutsch lernen sollten, hätten sie keine gemeinsamen Worte.

Der Reifen hatte sie zufällig zusammengeführt. Aber was heißt schon Zufall, wenn man doch in der Kirche immer hört, dass der Herrgott alles fügt? Der Reifen war dem katholischen Mädchen zugefallen, und jetzt hielt sie ihn in den Händen, als wäre er ihr eigener.

Änni starrte das Mädchen an. Sie spürte alles auf einmal. Angst, Wut, Schmerz und Neugier. Vor allem aber wollte sie ihr Spielzeug wiederhaben.

»Gib den Reifen her!«, zischte sie.

Ihr Gegenüber zeigte keine Regung.

»Jetzt gib ihn her!«

Das andere Mädchen zog die Augenbrauen hoch.

Änni machte einen raschen Schritt auf sie zu und riss ihr den Fassreifen aus der Hand. Dann lief sie davon, so schnell es ihre aufgeschürften Knie zuließen.

WAS AUCH IMMER ES WAR

Ich muss zehn oder elf Jahre alt gewesen sein, als meine Oma mich auf jenen Ausflug mitnahm. Auf keinen Fall älter. Denn von dem, was meine Großmutter antrieb, begriff ich noch nichts.

Wir waren früh an einem Samstagmorgen aufgebrochen. Oma hatte alles in ihren Wanderrucksack gepackt: Wasser, Brote, Schokolade. Mit ihrem Rucksack sah sie nicht aus, wie man sich eine alte Frau vorstellte, die sie zweifelsohne war. Der alte olivgrüne Stoffsack mit den Lederriemen verlieh ihr etwas Burschikoses, fast schon Soldatisches. Ich hatte nichts zu tragen, dennoch drohte ich schon auf der ersten Etappe, dem Fußweg zum S-Bahnhof im Nachbarstädtchen, schlappzumachen. Meine Mutter hätte uns mit dem Auto fahren können, aber Oma hatte darauf bestanden, die Strecke zu gehen.

»Wir werden heute noch genug laufen«, hatte sie gesagt. »Da kommt es auf die paar Meter mehr oder weniger nicht an.«

Mit der gleichen Begründung hätte sie auch zulassen können, dass die Schwiegertochter sie und ihren Enkel zum Bahnhof bringt. Aber wenn sich eine Vorstellung in ihrem Sturkopf eingenistet hatte, blieb sie dabei.

Also brauchte ich die ersten Stücke Schokolade schon, bevor wir den Vorortzug nach Düsseldorf bestiegen. Wir waren durch dampfende Feld- und Waldwege gelaufen. Die morgendliche Frühlingssonne hatte noch tief gestanden. Aber meine Oma hatte für den Tag einen Plan, und der schien mit einem trödelnden Kind nicht umsetzbar. Sie hielt mir die Schokolade mit einer gewissen Strenge hin. Sie tat es nicht, um mir etwas Gutes zu tun, sondern um mich, ihren fußfaulen Enkel, voranzutreiben. Es war mir egal, Hauptsache Schokolade.

Der Düsseldorfer Hauptbahnhof war riesig. Der Zug, in den wir umstiegen, dafür umso winziger. Die Bahnhöfe, die wir so zahlreich auf der Strecke den Niederrhein entlang passierten, waren schmale, zweigeschossige Zweckbauten einer vergangenen Zeit. Gemessen an der weiten Halle des Düsseldorfer Bahnhofs waren es klitzekleine Häuschen, die an der Seite des einzigen Durchgangsgleises lagen.

An einem Ort, der aus nicht viel mehr als dem alten, halb verfallenen Bahnhofsgebäude zu bestehen schien, stiegen wir aus. Bedburg-Hau las ich auf dem verwitterten Schild. Meine Oma blieb beinahe eine Ewigkeit am Gleis stehen. Der Zug war längst weitergefahren, die Handvoll Fahrgäste, die mit uns in diesem Nest ausgestiegen waren, hatten schon den Bahnsteig geräumt. Aber Oma stand noch immer mit dem Rücken zum Gleis und ließ den Blick über das unansehnliche Backsteingebäude schweifen. Ich betrachtete sie stumm, wie sie stumm den alten Bahnhof betrachtete.

»Was ist?«, fragte ich schließlich irgendwann, aber bekam keine Antwort. Es wurde schnell klar, dass es bei diesem Ausflug in die alte Heimat meiner Großmutter nicht darum gehen würde, mir die Orte ihrer Kindheit zu zeigen oder gar zu erklären. Sie wollte sie lediglich betrachten. Und aus einem mir nicht einleuchtenden Grund wollte sie anscheinend, dass ich ihr dabei zusah.

»Ach, komm«, sagte Oma irgendwann, seufzte und setzte sich mit raschen Schritten in Bewegung. Sie war eine alte

Frau. Aber ich hatte dennoch Mühe, mit ihr Schritt zu halten. Ihre Schokolade half mir.

Wir gingen eine Landstraße entlang. Irgendwann bogen wir zwischen zwei alten, geduckt aussehenden Hofanlagen ab und kamen schließlich an eine Kirche, die so etwas wie das Zentrum des Ortes zu sein schien. Wenn man bei einem derart zersiedelten Gebiet von einem Ort und einem Zentrum sprechen konnte. Immerhin lag hier neben der Kirche mit dem kleinen Friedhof und ein paar weiteren Höfen und Häusern auch eine winzige Gaststätte. Hier trank ich eine wunderbar schmeckende Fanta, während meine Oma ununterbrochen aus dem Fenster des Gasthauses starrte und auf den gegenüberliegenden alten Friedhof sah. Ich versuchte, ihrem Blick zu folgen, aber außer ein paar grauen, verfallenen Steinen gab es für mich dort nichts zu sehen.

Die Tür der Kirche, an deren Klinke meine Oma nach der kurzen Rast halbherzig rüttelte, blieb verschlossen. Ich nahm keinerlei Enttäuschung bei ihr wahr. Beinahe schien sie erleichtert darüber, das Gebäude nicht betreten zu können.

Sie setzte sich erneut in Bewegung, ich trottete hinterher. Wir passierten weitere, weit auseinanderliegende Höfe, liefen im Schatten einer Allee.

»Wie klein doch die Häuser sind«, sagte Oma plötzlich. »Und wie groß die Bäume.«

Es war einer der wenigen vollständigen Sätze, die sie während des gesamten Tages sprach. Jedenfalls war es einer von zwei Sätzen, die mir bis heute in Erinnerung geblieben sind.

An den meisten Höfen, die wir im Laufe des Tages sahen, marschierte meine Oma teilnahmslos vorbei. Sie ging in gleichmäßig schnellem Tempo, ich immer einige Schritte hinter ihr. Unser Proviant, Brote, Wasser und vor allem Schokolade nahmen wir im Gehen zu uns. Wir gingen, um voranzukommen, nicht um uns die Gegend anzusehen. Meine Oma gab die Schlagzahl vor, und ich folgte ihr, so gut ich konnte. Vielleicht hatten wir beide gewusst, dass ich nicht quengeln würde, dass ich ihr auf diesem Marsch nicht zur Last fallen würde. Ich würde überhaupt nie mehr quengeln und meine unbedeutenden Bedürfnisse in den Vordergrund schieben. Ich hatte meinen Vater auf diese Weise verloren. Das wusste ich. Das wusste sie.

Bei zwei Höfen bemerkte ich, dass meine Oma das Tempo verlangsamte. An den ersten erinnere ich mich genau. Es war der letzte Hof von Hau. Ich sah sie schräg von hinten an, und wenn ich es nicht besser gewusst hätte, hätte ich meinen können, in den Augenwinkeln dieser selbstdisziplinierten Frau eine Träne sehen zu können. Ich sah, wie sie zu den alten Mauern hinüberschielte, wie sie in verlangsamtem Gang einen Blick in die Toreinfahrt warf. Und während ich ihrem Blick folgend den Hof nach Besonderheiten absuchte, die das Interesse meiner Oma hätten auf sich ziehen können, war sie schon längst wieder in ihrem gewohnten Tempo vorangeschritten.

Wir überquerten eine Hauptstraße. Die meisten Wege, auf denen wir liefen, waren bessere Feldwege: schnurgerade, schmale Straßen ohne seitliche Markierungen oder Gehwege. Wenn uns – was selten passierte – ein Auto entgegenkam oder überholte, sprangen wir in die Randstreifen der Felder. Die Einheimischen fuhren auf ihren Pisten, so schnell sie konnten.

An einem der nächsten Höfe wiederholte sich, was ich eben bei Oma wahrgenommen hatte. Ihr Gang verlangsamte sich. Ihr Blick wich von einem sturen Geradeaus ab, und ich glaubte, das innere Beben, das ganz tief in ihr tobte, wahrnehmen zu können. Die ganze Zeit über hatte sie keine Zeichen von Erschöpfung gezeigt, aber jetzt atmete sie schwer.

Ich wollte sie fragen, was los sei, was mit diesem Hof, der doch aussah wie alle anderen, anders sei. Aber noch bevor ich meinen Mut zu dieser offensichtlichen Überschreitung der Grenzen meiner Großmutter aufgebracht hatte, war sie schon wieder weitergelaufen. Und ich war mir ohnehin sicher, keine Antwort von ihr zu bekommen.

Wir gingen. Wir gingen weiter und weiter. Über gerade, schmale Straßen, durch Felder und Weiden. Unter Bäumen oder in der prallen Frühlingssonne. Oma ging den Weg, den sie offensichtlich gehen musste. Und ich folgte ihr mit dem guten Gefühl der Gewissheit, ihr – mit der Hilfe ihrer Schokolade – folgen zu können. Ich war nicht mehr der kleine Junge, der von allem viel zu schnell überfordert wurde. Ich konnte durchhalten.

Am Nachmittag erreichten wir den Ort, von dem ich heute weiß, dass er Louisendorf heißt. Nach einer endlosen Aneinanderreihung frei stehender Höfe im platten Land war der Mittelpunkt des Ortes beinahe so etwas wie ein Dorf, wenn auch eines mit einem besonderen Grundriss. Die vier Straßen des Ortskernes, alle schätzungsweise so lang wie zwei Fußballfelder, lagen rechtwinklig zueinander angeordnet. Und in der Mitte des Quadrates, das sie bildeten, thronte, fast schon etwas einsam, die von Bäumen umringte Kirche.

Wir liefen gegen den Uhrzeigersinn um das Quadrat herum. An den Ecken führten diagonal über das innen liegende Feld verlaufende Wege in die Mitte zur Kirche hin. An einer der Ecken sagte meine Oma plötzlich zu mir:

»Lauf und zähl die Bäume, die um die Kirche herumstehen!« Das war der andere Satz, den sie an dem Tag sagte.

Ich hatte keine Ahnung, warum ich diese Aufforderung bekam, aber ich tat, wenn auch etwas unsicher, was sie mir aufgetragen hatte. Für einen kurzen Moment kam eine Erinnerung an das Gefühl in mir auf, das ich verspürt hatte, als man mir das Märchen von Hänsel und Gretel vorgelesen hatte. Ich war Hänsel und Gretel, und meine Oma waren die Eltern, die ihre ahnungslosen Kinder im Wald zurückgelassen hatten. Hatte sie mich hierhergelockt, um mich nun an diesem merkwürdigen Ort auszusetzen? Ich war ihr treu den ganzen weiten Weg gefolgt, und jetzt auf einmal dieser nach einem Vorwand klingende Auftrag? Mit einer kindlichen Mischung aus Naivität und Misstrauen ging ich langsam den Weg in Richtung der Kirche. Ich blickte mich immer wieder zu meiner Großmutter um. Irgendetwas in mir hatte Angst, nicht mehr zu ihr zurückzufinden, zudem ich, anders als Hänsel und Gretel, weder Brotkrumen noch Steine bei mir hatte. Sie blieb stumm an der Ecke des Weges stehen, an der sie mich losgeschickt hatte, und zeigte keine Regung.

Ich erreichte den Platz inmitten des Quadrates: die Kirche, die von einem perfekten Ring aus einer von mir nun zu zählenden Anzahl von Linden umschlossen war. Ich versuchte meine Oma aus der Entfernung nicht aus den Augen zu lassen, was mir natürlich nicht gelingen konnte. Ich musste mich auf das Zählen der Bäume konzentrieren und außerdem die Kirche einmal umrunden. Somit würde ich sie zwangsläufig aus dem Blick verlieren. Aber meine Augen versuchten, so gut es ging, sich an dem kleinen Menschlein am Ende der Diagonalen festzuhalten, während ich meinem Auftrag nachkam.

Und was ich dann zu sehen glaubte – nein, ich bin mir sicher, was ich dann sah –, begriff ich lange Zeit nicht. Und auch heute ist mir nicht ganz klar, was meine Oma tat.

Aber ich sah sehr deutlich, dass sie, als sie dachte, ich sähe sie nicht, ihren Rucksack absetzte, ihn hastig öffnete, etwas herausnahm und damit rasch zu einem der Höfe lief. Das, was sie da aus ihrem Rucksack genommen hatte, war weiß und nicht viel größer als die Papiertüten, in denen sie die Brote verpackt hatte. Aber das war kein Brot. Ich glaubte – und glaube es heute mehr denn je –, es war ein Brief. Sie lief damit zu einem der an der Straße vor den einzelnen Höfen stehenden Briefkästen und zögerte merklich – das sah ich jetzt, da ich mich bereits mit der Zahl im Kopf auf dem Rückweg befand. Ich sah es ihr selbst auf die Entfernung an. Sie schien einen kurzen Augenblick lang jede Kraft verloren zu haben, und das Kuvert schien einfach nicht in den Briefschlitz fallen zu wollen.

Ich ging immer schnelleren Schrittes auf sie zu. Irgendwann bemerkte sie mich, rannte so schnell, wie ich sie niemals hatte rennen sehen, auf die Ecke zu, an der sie mich losgeschickt hatte, steckte den Brief zurück in den Rucksack, der dort auf sie gewartet hatte, und warf ihn sich hastig über die Schultern.

»Vierunddreißig«, sagte ich, und es klang eher wie eine Frage als eine Antwort. Und meine Oma wirkte daran weder interessiert, noch schien sie sich überhaupt zu erinnern, welchen Auftrag sie mir erteilt hatte.

Stumm ging sie los, und ich folgte ihr, wie ich es schon den ganzen Tag getan hatte. Den Rest des Weges fragte ich mich, was Oma hatte tun wollen und doch nicht getan hatte.

Erst zu Hause sollte ich wieder sehen, was ich aus der Entfernung in Louisendorf in ihren Händen gesehen hatte. Wir waren schweigend zurück zum Hauer Bahnhof gelaufen. Ein endlos langer, anstrengender Rückweg. Aber ich hatte durchgehalten. Wie anstrengend der Weg auch für meine Großmutter gewesen sein musste, wurde mir erst im Zug klar. Sie hatte ihre Schuhe ausgezogen, ihre geschwollenen Füße auf dem gegenüberliegenden Sitz abgelegt und war sofort eingeschlafen.

Am S-Bahnhof, zu dem wir am Morgen noch hatten gehen müssen, erlaubte sie mir, meine Mutter anzurufen, damit sie uns abholte.

Zu Hause dann, es war schon dunkel, ich war todmüde, winkte sie mich noch kurz in ihr Zimmer. Sie öffnete ihren schweren Schrank und nahm aus dieser einen ganz besonderen Blechdose eine dieser ganz besonderen Pralinen, die immer ein bisschen nach Weihnachten schmeckten.

»Hier, weil du so gut mitgelaufen bist.«

Ich nahm die Köstlichkeit und stopfte sie mir in den Mund. Und dann folgten meine Augen ihrer Hand. Und ich bin überzeugt, genau das sollten sie tun. Sie hatte mir – wie schon den ganzen Tag – etwas zeigen wollen, ohne es mir zu zeigen. Sie griff in den Rucksack, den sie auf dem Stuhl abgestellt hatte, nahm ein Kuvert heraus, ging damit zum Schrank und hob vorsichtig von ganz oben eine Schachtel herunter, die mir noch nie aufgefallen war. Sie war unscheinbar braun und vielleicht gerade deshalb ab diesem Moment besonders geheimnisvoll. Sie nahm den Deckel ab, und dann ließ sie, was auch immer es war, in der Kiste verschwinden, stellte sie zurück und verschloss den Schrank.

EIN REH WAR DAS NICHT

Meine Oma – eine halbe Ewigkeit bevor sie zu meiner Oma wurde, Jahrzehnte bevor ihr Mann starb, Jahre bevor sie eine neue Heimat fand, nicht mehr lange vor dem Tod ihrer Mutter und nur einen Augenblick bevor sie auf Änni traf – stand wie versteinert da. Sie hatte mit Kreide Hinkelkästchen auf den Boden gemalt und war gerade von der Drei auf die Vier und die Fünf gesprungen, als aus heiterem Himmel und scheppernd ein verbeulter Fassreifen um die Ecke der Hofeinfahrt gelaufen kam. Er blieb direkt vor ihren Füßen liegen. Sie nahm ihn breitbeinig, wie sie nun dastand, in die Hand. Und noch überraschender als der Reifen tauchte in der Einfahrt auf einmal ein fremdes Mädchen auf.

Es schien in etwa in ihrem Alter zu sein. Wie sie selbst, stand auch die andere im strahlenden Sonntagskleid da. Ihre Haare waren dunkler, ihr Gesicht vielleicht etwas schmaler. Ihr Kleid war erschreckenderweise zerrissen und blutverschmiert. Aber davon abgesehen hatte Josephine, meine Oma, gleich das Gefühl, gerade ihrem Gegenstück begegnet zu sein, das wie versteinert vor ihr stand. Auge in Auge mit dem schweigenden, seltsam vertraut wirkenden Fremdling.

Josephine starrte das Mädchen an. Sie war völlig überrumpelt von dem Eindruck, der sich ihr bot.

»Geff dä Räfen herr!«, zischte die Fremde.

Josephine verstand kein Wort.

»Weile gewwen herr!«

Welche Sprache sprach dieses Mädchen? Wo war es auf einmal hergekommen? Warum hatte Josephine ihr Gegenüber noch nie zuvor gesehen? Aber es blieb keine Zeit für diese Fragen.

Ohne Vorwarnung machte die andere plötzlich einen raschen Schritt auf sie zu und riss ihr den Fassreifen aus der Hand. Dann lief sie humpelnd davon.

Josephine blieb wie angewurzelt stehen. Aber nur kurz. Zu plötzlich und zu vergänglich war dieser Moment gewesen. Sie konnte ihn doch nicht einfach vorbeiziehen lassen. Hastig blickte sie sich um. Aber da war niemand, nicht die Schwester, nicht der Vater oder die Mutter und auch nicht die Familie des Onkels, auf dessen Hof sie lebten.

Niemand außer ihr hatte das Mädchen gesehen, das plötzlich hier aufgetaucht war und so merkwürdig geredet hatte. Niemand würde bemerken, wenn sie nun ein paar Schritte auf die Straße hinaustrat, was ihr eigentlich verboten war. Aber sie musste doch sehen, wohin das Kind verschwunden war! Sie lugte vorsichtig um die Ecke. Noch nie hatte sie ohne die Begleitung ihrer Mutter oder ihrer großen Schwester den Hof verlassen.

Linker Hand sah sie nun das Mädchen im wehenden Kleid davonlaufen. Den Fassreifen hielt es in der einen Hand, den Stab in der anderen.

»He«, rief Josephine der anderen nach, die aber einfach stur weiterging. Und jetzt hielt es auch Josephine nicht mehr. Ohne nachzudenken, lief sie los und folgte dem Mädchen. Es lief in Richtung der Straße, die die Grenze des Ortes markierte. Dahinter wohnten die Pfälzer. Das wusste Josephine, weil es, wann immer man zu Fuß oder mit dem Wagen hier vorbeikam, einer der Erwachsenen aussprach:

»Da hinten wohnen die Pfälzer.«

Sie wusste also, dass dort die Pfälzer lebten. Aber was das eigentlich war, ein Pfälzer, davon hatte sie keine Ahnung und sich auch noch nie Gedanken darum gemacht. Sie hatte sich nur über den Klang dieses Wortes gewundert: *Pfälzer. Pfälzer. Pfälzer.* Je öfter man es aussprach, desto merkwürdiger war sein Klang. Es erschien keinen Sinn zu ergeben.

Das Mädchen, dem sie folgte, überquerte die Straße, und noch ehe Josephine darüber nachdenken konnte, was sie tat, lief auch sie hinüber. Sie hatte keine Mühe, dem Mädchen zu folgen, das offenbar mit seinen schmerzenden Knien zu kämpfen hatte und dazu noch in beiden Händen seine Spielgeräte trug. Sie liefen an einem Hof vorbei, den Josephine noch nie gesehen hatte, obwohl er nur einen Steinwurf von dem Hof entfernt lag, auf dem sie selbst jetzt lebte. Aber das hier war wohl das Land der Pfälzer. Und aus irgendeinem Grund lief sie nun durch das unbekannte Gebiet und staunte über sich selbst. Bald schon hatte sie das andere Kind eingeholt, und mit einem Mal liefen sie nebeneinanderher an einem Haufen Pferdeäpfel vorbei.

Das andere Mädchen sah sie an, die Augen weit aufgerissen. Und auch Josephine starrte zurück. War das also ein Pfälzer? Sahen sie so aus: ein wenig dreckig und mit zerrissenen Kleidern, ansonsten aber ganz so wie sie selbst?

Abrupt blieb das Kind, dem sie bis hierher gefolgt war, stehen. Josephine tat es ihm gleich. Beide hörten nicht auf, einander zu fixieren. Beide atmeten schwer. Sie hatten nicht bemerkt, wie schnell sie um die Wette gelaufen waren. Und als Josephine jetzt sah, wie sie beide im gleichen Takt ihre Brustkörbe hoben und senkten, musste sie lachen. Und dann lachte auch die andere.

Plötzlich sah sie zur Seite. Josephine folgte ihrem Blick. Da war eine Hofeinfahrt. Und vor der Tür des Bauernhauses spielten zwei Jungen mit einem kleinen schwarzen Kätzchen.

»Äisch sain datt Hans Änni«, sagte ihr Gegenüber plötzlich und blickte sie herausfordernd an.

»Was?«, traute sich Josephine zu erwidern. Wie schon vorhin, als ihr der Reifen vor die Füße gerollt war, verstand sie kein Wort von dem, was das andere Mädchen sagte.

»Änni«, sagte sie jetzt und zeigte mit dem Finger auf sich selbst. »Un dau?«

»Änni?«, fragte Josephine. »Du heißt Änni?«

»Ja, un dau?«, wiederholte Änni, während sie wieder in Richtung der Toreinfahrt blickte und dabei erschrak.

Jetzt sah auch Josephine, was Änni sah. Die beiden Jungs kamen langsam auf sie zu, und sie sahen nicht sehr freundlich aus.

»Änni!«, hörte Josephine sie rufen, und sie begriff, dass es Ärger geben würde. Sie sah, wie Änni nervös wurde. Ihr Blick hüpfte zwischen den Jungen und ihr hin und her.

»Josephine«, sagte sie, und dann lief sie los. Nur kurz hatte sie Angst, dass die beiden sie verfolgen würden. Noch einmal hatte sie sich in Panik umgedreht, aber niemand folgte ihr. Dann gewann das Gefühl Oberhand, das sich nun von ihrem Bauch ausgehend in ihrem Körper ausbreitete und sie kaum beschreiben konnte. Es war warm und weich. Und es durchflutete sie, wie kein Gefühl es jemals gekonnt hatte.

Seit ihr Vater im letzten Jahr nur als halber Mann aus dem Krieg zurückgekehrt war, lebte Josephine mit ihren Eltern und ihrer großen Schwester Martha auf dem Hof des Onkels. Sie hausten in zwei engen Zimmern, die eigentlich das

Altenteil des Hofes bildeten, wenn die Alten noch am Leben gewesen wären. Aber so hatten Josephine und ihre Familie hier Unterschlupf finden können. Denn eigentlich war der Vater Bahnhofsvorsteher, man hatte in der Dienstwohnung oben im Bahnhofsgebäude gewohnt. Und eigentlich – es gab eine ganze Menge dieser Eigentlichs in Josephines Leben – gehörten zu ihrer Familie noch ihre beiden Brüder Wilhelm und Johann, jünger als Martha und älter als Josephine. Aber mittlerweile lagen sie auf dem Friedhof, der Würgeengel hatte sie heimgesucht. Das musste eine schlimme Krankheit gewesen sein, aber Josephine wollte das lieber nicht genauer erfragen. Alle in der Familie sprachen mit gedämpfter Stimme davon, wie es früher war, als die Jungen noch lebten, als der Vater noch Arbeit und vier gesunde Gliedmaßen hatte. Wenn man denn überhaupt davon sprach. Denn viel mehr, als dass man davon sprach, schwieg man über diese Dinge. Das hatte Josephine früh begriffen. Und da sie selbst noch viel zu klein war, um auf ihre eigene Erinnerung zurückgreifen zu können, blieb das Leben vor dem Krieg, vor der Diphtherie, vor dem Unheil für Josephine schemenhaft. Sie wusste nur, dass es da mal so etwas gegeben hatte, das sich besser angefühlt haben musste. Aber jetzt war es einem Leben gewichen, in dem der Vater keine Arbeit hatte und keinen Sinn mehr sah, in dem die Brüder tot waren und die große Schwester beinahe genauso schwermütig dasaß wie ihre Mutter, wenn sie gemeinsam Körbe flickten.

Und jetzt war da auf einmal dieses seltsame Gefühl in ihrem kleinen Körper. Nachts lag sie wach und versuchte ihm nachzuspüren. Aber sie konnte es nicht begreifen. Am Tag sagte sie ihrer Mutter, wie es sich tief in ihrem Bauch anfühlte. Aber die hielt ihr nur den Handrücken an die Stirn und sagte: »Kerngesund bist du. Gott sei Dank.«

Und dann zischte Martha ihr zu: »Hör auf, der Mutter Kummer zu machen! Sie hat doch auch so schon Sorgen genug.«

Sie wollte niemandem Sorgen bereiten. Schon gar nicht ihrer Mutter. Aber was ging dort in ihr vor? Jeden Abend lag sie wach und sah aus dem Fenster. Manchmal funkelten die Sterne. Sie sahen jetzt viel schöner aus, viel glänzender und fröhlicher. Früher hatte ihr die Weite des Himmels Angst eingeflößt, dass sie kaum hatte schlafen können. Jetzt konnte sie zwar auch nicht schlafen, aber alles schien viel, viel schöner, als es noch vor ein paar Tagen war.

So ging es sieben Nächte lang. Dann war wieder Sonntag. Als Josephine ihr feines Kleid anzog, um sich für die Kirche herzurichten, wurde das warme Etwas in ihr zu einem Kribbeln. Es war eine wunderbare, wunderschöne Verwirrtheit, die Josephine befallen hatte. Und noch immer hatte sie keine Ahnung, was das in ihr drin war und wie es dazu gekommen war.

Wochen vergingen. Schon lange hatte sie nicht mehr an Änni gedacht. Sie hatte sie nie mehr gesehen, und dieses Kitzeln in ihrem Bauch war irgendwann verklungen, wie die letzten Orgeltöne sonntags in der Kirche.

Ihre Mutter hatte die beiden Schwestern an den Waldrand geschickt, um Tannengrün für den Adventsschmuck zu sammeln. Es war in den letzten Tagen eine Eiseskälte über das Land gezogen.

»Immerhin«, versuchte Martha ihre bibbernde Schwester zu trösten, »immerhin geht es bald auf Weihnachten zu.«

Aber Weihnachten war kein Trost für Josephine. Es lag eine Schwere über allem. Das spürte sie. Deutschland hatte den Krieg verloren. Sie hatte die Dimensionen dieser Nachricht nicht begreifen können, aber es war eine schlechte. Sehr schlechte. Das hatte sie gespürt. Es war leicht abzulesen gewesen am Verhalten der Eltern, vor allem der Vater machte ihr Sorgen. Wochenlang hatte sie das immer gleiche Schauspiel beobachtet. Es lief jeden Tag gleich ab, und gleichzeitig wurde es von Tag zu Tag schlimmer. Jeden Mittag nach dem Essen kam der Onkel vorbei, auf dessen Hof sie Unterschlupf gefunden hatten, klopfte an die Tür der Kammer, in der sie saßen und den Herbstregen ertrugen, und hielt dem Vater die zusammengerollte Tageszeitung entgegen. Selten wechselten sie ein paar Worte, und wenn, dann sprach der Onkel über Sachen, die Josephine nicht verstand. Kriegsvokabular. Politische Fachbegriffe. Nichts für Kinderohren, aber Josephine musste nur in die Augen des Vaters sehen, und sie begriff dennoch, dass das, was der Onkel da raunte, nichts Gutes sein konnte.

Anfangs hatte der Vater noch mit dem gesunden Arm nach der Zeitung geschnappt, als wäre es das letzte Exemplar. Aber im Laufe des Herbstes wurden die Worte des Onkels rarer, die Blicke dafür umso schwerer. Und der kranke, schwache Vater brauchte endlose, quälende Augenblicke, um endlich die Hand auszustrecken und die Zeitung in Empfang zu nehmen, die er längst nur noch mit größtem Widerwillen zu lesen schien.

Und wenn der Vater dann mühsam, einhändig und ohne Bereitschaft, sich helfen zu lassen, die Zeitung auf dem Tisch ausgebreitet hatte, nahm das furchtbarste Schauspiel erst seinen Lauf. Der Vater las in der Zeitung. Und Josephine las im Gesicht des Vaters. Sie las von Gefallenen, Verwundeten, für immer entstellten Kameraden. Sie las von Hunger und Angst, von Kapitulation und Revolution. Und vor allem las sie vom Verlust. Vom Verlust der Ideale, vom Verlust der Ehre.

»Das kommt vom Giftgas«, hatte der Vater anfangs noch

behauptet, wenn aus heiterem Himmel eine Träne auf das Papier getropft und sofort in die Worte eingesickert war. Aber nicht einmal das brachte er jetzt noch heraus. Josephine starrte ihn an, und er hatte keine Kraft mehr, sie anzusehen. *Er war als halber Mann aus dem Krieg gekommen.* Das hatte Josephine sofort gedacht, als sie ihn gesehen hatte. Wie einen gefeierten Kriegshelden hatte man ihn im Frühjahr auf dem festlich geschmückten Wagen vom Bahnhof abgeholt. Aber auf Josephine hatte er, trotz der feinen Uniform, einen wenig heldenhaften Eindruck gemacht. Er war nur mit der Hilfe zweier erwachsener Männer vom Wagen heruntergekommen, er zog sein Bein nach, der rechte Arm fehlte genauso wie sein linkes Ohr. Die Haut an Schläfe und Wange sah aus wie frisch gebratener Schweinespeck. Und das Schlimmste: Sein Lächeln war verschwunden.

Das war vor einem halben Jahr gewesen. Und seitdem schien der Vater sich unter dem Eindruck der schlechten Nachrichten, die zu verschlingen er einfach nicht sein lassen konnte, noch einmal halbiert zu haben. Er war nur noch ein Viertelvater.

Wie sollte sich Josephine da auf Weihnachten freuen? Sie hatte so eine Ahnung, dass es von nun an immer weiter bergab gehen sollte. Sie zuckte nur mit den Schultern, als Martha ihr das stumpfere der beiden Schälmesser in die Hand drückte und sie in Richtung der jungen Tannen schob. Mit steifen Fingern und tränentrüben Augen fing sie an, die Zweige zu bearbeiten.

Erst sah sie nicht, was sie dort hinter der nächsten Tanne erwartete. Sie spürte es, aber begriff es nicht. War da ein Reh? Nein, ein Reh stand ja nicht auf zwei Beinen. Das war doch ein rehbraunes Fell, weiße Punkte am Saum! Ganz starr stand es da und blickte Josephine an. Aus offenen, rehbraunen Augen. Dunkle Locken lugten unter einer Wollmütze hervor. Es war dieses Mädchen. Es war Änni. Und mit einem Mal schoss eine unbeschreibliche Wärme in Josephines Körper. Sie hatte das Gefühl, von innen heraus zu leuchten. Sie sah Änni an, verfolgte ihre weißen Atemwölkchen. Dann ging Änni einen Schritt auf sie zu, dann noch einen. Und dann ging sie ganz nah an Josephine vorbei, sah ihr in die Augen und lächelte. Und Josephine wurde es noch wärmer. Fast schon so heiß, wie wenn man ganz nah ans Feuer im Ofen herangeht. Was man nicht darf.

Es war nur ein flüchtiger Augenblick gewesen, nicht einmal Martha hatte mitbekommen, dass Änni überhaupt da gewesen war. Und auf dem Heimweg fragte sich Josephine im Stillen, ob sie sich die Begegnung vielleicht am Ende nur eingebildet hatte. Schließlich waren ihre Augen vor Kälte beinahe eingefroren. Aber da war jemand gewesen. Und ein Reh war das nicht. Ganz deutlich hatte sie Änni erkannt. Dazu brauchte es weder Sprache noch ungetrübte Augen. Und noch deutlicher war dieses warme Gefühl tief in ihrem Inneren – wie bei ihrer ersten Begegnung.

Das winterliche Treffen bei den Tannen war eine unausgesprochene Verabredung. Josephine wusste, dass sie Änni wiedersehen wollte. Und sie wusste, dass es geschehen würde. Und tatsächlich: Wann immer sie in den nächsten Tagen und Wochen in das kleine Waldstück lief, traf sie auf Änni. Manchmal musste sie warten. Dann beobachtete Josephine Änni heimlich aus dem Schutz der Dunkelheit unter den Tannen, wie sie über den Feldweg gestapft kam. Meistens war Änni bereits da. Sie stand dann einfach unter einem Baum. Lächelnd. So als würde sie auch spüren, was Josephine tief in ihrem Bauch fühlte, wenn sie Änni sah.

Diese Wärme, obwohl es vielleicht noch Januar war, vielleicht Februar.

Dann zogen sie zusammen durch den winterlichen Wald und zeigten einander die Absonderlichkeiten, die sie entdeckten. Kniehoch lag der unberührte Schnee unter den blätterlosen Laubbäumen. Die Stämme der Buchen schienen über weißem Nebel zu schweben. Dort, wo die Tannen standen, war hingegen alles schwarz. Die schwache Wintersonne schaffte es kaum durch die dichten Zweige. Josephine kannte eine Stelle, wo sie mit Martha im Sommer Heidelbeeren gepflückt hatte. Jetzt war dort nichts zu sehen. Aber das war egal. Es ging nicht ums Sehen. Es ging ums Zeigen.

Als es Frühling wurde, erwachte der Wald aus einem tiefen Schlaf. Und noch immer trafen sich Änni und Josephine regelmäßig im Wald und zogen gemeinsam umher. Noch immer konnten sie einander kaum verstehen, sprachen kaum ein Wort miteinander. Erst nach Ostern begann für beide die Schule. Erst dann sollte für sie die Zeit beginnen, in der man ihnen eine fremde Sprache einbimsen sollte, die sie nun zu lernen hatten: das Hochdeutsche.

Noch waren sie wie Wesen aus zwei verschiedenen Welten. Für alles hatten sie unterschiedlich Wörter. Zeigte Josephine auf eine Wurzel, sagte Änni: »Bummstrunk.« Sahen sie still in der Ferne einen kleinen grauen Vogel, flüsterte Änni: »Makolf.« Brombeeren waren Moaden, Heidelbeeren hießen Weehlen. Josephine ahnte, was die einzelnen Wörter in Ännis Sprache bedeuteten. Manches klang komisch und absurd. Manches ähnelte den Begriffen, die Josephine selbst für die Dinge benutzte. Sie sprach die Worte nach, die Änni ihr vorsagte. Änni musste lachen. Einiges konnte Josephine sich merken. Sie legte sie tief in ihrem Gedächtnis ab. Aber wenn Änni ganze Sätze sagte, verstand Josephine kein Wort.

»Dä seeiht aus wie uusen Noaba«, sagte Änni einmal und zeigte auf einen alten, schiefen Baum mit einer riesigen Verwachsung an einem seiner letzten verbliebenen Äste.

Josephine hatte Änni nur ratlos angesehen. Aber Änni war genauso hilflos wie sie. Aus Worten ließ sich keine gemeinsame Sprache formen.

MIT SO EINER

Was?« Martha war entsetzt. »Was hast du getan?«

»Was ist denn so schlimm daran?«, fragte Josephine ihre große Schwester kleinlaut zurück und streifte sich das Sonntagskleid über.

»Das weißt du ganz genau!«

Josephine wusste, dass es verboten war. Aber einen Grund dafür konnte sie nicht erkennen.

»Aber wir haben doch nichts Schlimmes …«

»Schluss jetzt!«, zischte Martha. »Es schickt sich einfach nicht. Das weißt du doch!«

Josephine schüttelte zögerlich den Kopf.

Martha sah sie streng an. »Das sind Pfälzer. Und noch dazu evangelisch. Die sind anders als wir. Mit denen haben wir nichts zu tun. Und jetzt bind mir die Schleife!«, befahl Martha und drehte Josephine den Rücken zu. Josephine tat, wie ihr geheißen. Vielmehr versuchte sie es. Ihre kleinen Finger waren noch zu ungeschickt und die große Schwester zu zappelig.

»Ach lass! Ich mach es schon selber.« Martha riss ihr das rosa Stoffband aus den Händen.

»Aber Martha, warum …?«

»Ich will davon jetzt nichts mehr hören«, fuhr Martha dazwischen, während sie sich ihre langen blonden Haare zu einem Dutt zusammenband, der sie noch etwas strenger und größer erscheinen ließ. Josephine glaubte in das Gesicht ihrer Mutter zu blicken, wenn sie Martha ansah. Nur neigte die, anders als die große Schwester, nicht zu übermäßiger Strenge. Josephine hatte lange gezögert, sich Martha anzuvertrauen. Ja, sicher, sie hatte gewusst, dass sie etwas Verbotenes tat. Aber was konnte daran falsch sein, eine Freundin gefunden zu haben, mit der sie vormittags durch den nahen Wald stromerte?

»Nächste Woche fängt auch für dich endlich die Schule an. Dann hast du sowieso keine Zeit mehr für solche Kindereien. Und schon gar nicht mit so einer!«

Mit so einer. Es hallte in Josephine nach, als wäre sie beim Nachlaufen-Spielen mit voller Wucht gegen einen Baum gerannt. *Mit so einer.* Der Gedanke an Änni ließ ihren Magen und ihren Kopf gleichermaßen rotieren.

Martha war lange schon aus dem Zimmer gerannt. »Wir müssen los«, hatte sie gesagt. Josephine war stehen geblieben. Sie fühlte sich wie in einer Wolke. Irgendwann hatte von draußen jemand nach ihr gerufen. Zuerst der Vater. Dann die Mutter. Dann war schließlich Martha ins Zimmer gestürmt und hatte sie am Arm nach draußen gezerrt.

Das ganze Osterfest lang hatte sie nichts anderes im Sinn als Marthas Worte. Wann immer die Tante, irgendein Nachbar oder entfernter Verwandter sie ansprach, wusste sie nichts zu sagen.

»Na, bist du wohl ganz aufgeregt, weil du jetzt in die Schule kommst, was?«, sagten sie dann. Oder: »Schön brav bist du. Eine ganz Liebe. Du wirst tüchtig lernen in der Schule.« Immer nickte Josephine nur, aber sie hörte gar nicht richtig hin. Die Schule stand vor der Tür. Ja. Aber es war nicht die Aufregung wegen der Schule, die sie so benebelte. Es war Marthas Ablehnung gewesen. Es war das Gefühl, etwas Falsches zu wollen, das sich richtig anfühlte. Oder war es richtig, und alle sagten, es sei falsch? Josephine glaubte, gar nichts mehr zu wissen. Sie war noch klein. Wie sollte sie die Regeln der Erwachsenenwelt begreifen, wenn sie ihr niemand erklärte?

Josephine kam in die Schule. Von nun an verließ sie zusammen mit Martha gemeinsam jeden Morgen das Haus. So früh am Tag schien der Weg über die lang gezogenen Straßen besonders mühsam. Sie schlurfte müde hinter der großen Schwester her. Vorbei an endlosen Höfen, Hecken, Feldern.

Die katholische Schule in Hau war klein, fast fünfzig Kinder aus allen Jahrgängen quetschten sich in den engen Holzbänken. Vorne die Kleinen, hinten die Großen.

Der Lehrer Lutz redete wie selbstverständlich Hochdeutsch. Die Kinder in den ersten Reihen verstanden fast kein Wort. Manche hatten Glück, und ihre älteren Geschwister und Nachbarskinder in den hinteren Reihen zischten ihnen die Antworten zu. Manche hatten Pech und mussten wegen mangelnder Lernbereitschaft den Rest des Tages im Stehen verbringen. Wer sich vor lauter Müdigkeit abstützte oder gegen sonst eine Regel verstieß, bekam den Rohrstock zu spüren. Die Angst vor Demütigung und Schmerz ließ die meisten Kinder sehr schnell lernen. Nur Josephine verbrachte die ersten Wochen ihrer Schulzeit in ihrer undurchdringbaren Wolke. Vor den Augen aller stehen zu müssen, war ihr anscheinend egal. Und auch die Stockschläge schienen ihr nichts anhaben zu können.

Mehr als einmal hatte Martha sie auf dem Heimweg angeranzt. Ihr war die kleine Schwester peinlich, die augenscheinlich zu faul oder zu dumm war. Und noch dazu schien es Josephine egal zu sein.

»Was ist denn los mit dir?«, maulte Martha. »Ich werde es den Eltern sagen müssen.«

Aber dazu kam es nicht. Zwei Männer kamen ihr zuvor.

Am Freitag der zweiten Schulwoche – er hatte sie gerade wieder einmal den halben Tag stehen lassen – nahm der Lehrer Lutz Josephine nach Schulschluss zur Seite. Er bat

Martha, schon ohne ihre kleine Schwester zu gehen, was sie bereitwillig tat, und als alle Kinder den Schulsaal verlassen hatten, setzte sich der Lehrer zu Josephine in die erste Reihe. In breitestem Platt fragte er das Mädchen, was denn mit ihm los sei. Josephine war überrascht davon, dass der Lehrer ihre Sprache sprach. Sie sah ihn mit großen Augen an.

»Willst du denn nicht zur Schule gehen?«

»Doch, doch«, erwiderte Josephine.

»Aber?«

Josephine sah den Lehrer Lutz an. Den strengen Lehrer Lutz, der die Kinder den halben Tag stehen ließ und der sie sogar mit dem Stock auf die Finger schlug. Jetzt sah er gar nicht so streng aus. Vielleicht würde er sie ja doch verstehen. Vielleicht würde er sie aber auch ausschimpfen und strafen. Sie wusste es nicht. Aber sie wusste ganz sicher, dass sie nicht länger für sich behalten konnte, was sie so bedrückte. In ihrer Wolke wurde es zu eng. Sie sah den Lehrer an, und dann platzte es aus ihr heraus: »Aber ich will auf die evangelische Schule.«

Lehrer Lutz machte beinahe einen Satz zurück. »Auf die evangelische Schule?«

»Ja. Auf die evangelische Schule in Pfalzdorf.«

»Wie kommst du denn darauf?«

Jetzt war es raus. Jetzt konnte sie alles erzählen. Und das tat sie. Wie ein Wasserfall. Sie erzählte von der ersten Begegnung mit Änni und davon, wie sie sich zur Adventszeit im Wald wieder getroffen hatten und seitdem immer wieder trafen. Irgendwie heimlich. Aber irgendwie auch nicht. Sie erzählte, dass sie einander verstanden, ohne wirklich die Sprache der anderen zu verstehen.

»Wir verstehen uns mit dem Herzen«, sagte Josephine, und der Lehrer verzog die Mundwinkel zu so etwas wie einem Schmunzeln.

Lehrer Lutz musste keine Fragen mehr stellen. Josephine erzählte alles freimütig – alles, bis auf eine Sache: Dass sie von Anfang an dieses Kribbeln im Bauch hatte, wenn sie Änni sah, und auch jedes Mal, wenn sie nur an sie dachte. Das verschwieg sie lieber. Das war nur ihre Sache ganz allein.

Am Abend klopfte es an der Tür. Lehrer Lutz und der Pfarrer standen vor der Tür und mussten nicht lange um Einlass bitten. Hektisch räumte Josephines Mutter die noch halb vollen Suppenteller vom Tisch, wies Martha an, alles zur Kochstelle zu tragen, und schob die beiden größten Respektspersonen des Dorfes zu ihrem Mann an den Tisch. Der Vater – allem Anschein nach gewillt, den beiden Männern gegenüber weder Schmerz noch Schwäche zu zeigen – hatte sich zur Begrüßung aufgerichtet.

»Bleiben Sie doch sitzen«, sagte der Pfarrer dennoch. Und der Vater sank beschämt zurück auf seinen Platz. All das beobachtete Josephine mit offenem Mund auf dem Boden kauernd. Sie hatte vor Schreck ihr Brot fallen lassen, als es geklopft hatte, und war von der Mutter stumm zurechtgewiesen worden, das Stück sofort aufzuheben.

Lehrer Lutz winkte sie zu den Erwachsenen an den Tisch. Der Pfarrer begann sofort mit dem Gespräch. Er redete von der Sorge um Josephine, von Fürsorgepflichten, von Schulordnung, Katechismus und anderen Dingen, die Josephine nicht verstand. Sie war sich sicher, dass auch ihre Eltern höchstens die Hälfte von dem begriffen, was der Pfarrer ihnen predigte. Sie saßen nur mit gesenkten Köpfen da, erwiderten kein Wort. Josephine versuchte in ihren Gesichtern irgendetwas zu lesen. Aber Vater und Mutter machten den Eindruck, als zählten sie nur die Rillen in der Holzplatte des Tisches. Zum ersten Mal bemerkte Josephine die tiefen, dunklen Höhlen, in der die Augen ihrer Mutter saßen. Sie sah die dünne, graue Haut. Ihre Mutter war nicht mehr die junge schöne Frau, die sie vor ein paar Monaten noch gewesen war.

Lehrer Lutz trug zum Gespräch nichts bei. Er nickte nur hin und wieder. Und am Ende nickte er Josephine und Martha freundlich zu, als er seinen Hut nahm und mit dem Pfarrer wieder durch die Tür trat. Alles dauerte nur wenige Minuten. Josephine kam es vor wie ein einziger Augenblick. Man schien das Problem gelöst zu haben, von dem Josephine noch immer nicht begriffen hatte, worin es bestand.

Als die beiden Männer wieder durch die Tür verschwunden waren, sahen sich alle ratlos an. Martha mit dem Küchentuch in der Hand in der Ecke des Raumes. Mutter und Vater fahl am Tisch. Josephine traute sich kaum zu atmen. Es lag etwas in der Luft, wie bei einem heraufziehenden Gewitter, vor dem ersten Blitz, dem ersten Donner.

Es war die letzte Backpfeife, die Josephine von ihrem Vater kassieren sollte. Sie war kalt und schnell, ihr Klang spitz und hell, fast so, wie wenn man zwei Kieselsteine gegeneinanderschlug. Mehr nicht. Zwei kleine Kieselsteine. Obwohl er seine starke Hand benutzt hatte, kam ihr der Vater beinahe bemitleidenswert schwach vor. Und auch er selbst schien zu bemerken, wie sehr der Krieg und die letzten Monate der Sinnlosigkeit ihm die Kräfte aus seinem Züchtigungsinstrument gesaugt hatten.

Mit müden Augen fixierte er seine Hand, schien dem lächerlichen Klang nachzuhorchen, den sie auf Josephines Wange erzeugt hatte.

Und bevor er imstande war, eine zweite, hoffentlich eindrucksvollere Backpfeife folgen zu lassen, kam Martha von hinten an und zog ihre kleine Schwester mit sich in ihre Schlafkammer. »Ich habe es dir doch gesagt«, raunte sie und legte ihr das kalte Spültuch auf die Wange, doch Josephine streifte es ab.

Am nächsten Montag hielt der Lehrer Lutz Josephine kurz am Handgelenk fest, als sie nach der Pause als Letzte das Schulgebäude betrat. Er beugte sich zu ihr herunter und flüsterte ihr in einem verschwörerischen Tonfall zu: »Lern fleißig Hochdeutsch, dann kannst du bald auch richtig mit deiner Freundin sprechen.«

SÜTTERLIN

Irgendwann verbrachte ich jeden Sonntagnachmittag mit meiner Oma. Im Sommer saßen wir auf der Terrasse im Schatten der Markise, im Winter in ihrem kleinen Zimmer. Wir spielten Mau-Mau mit einem uralten Kartenspiel, bei dem zwei Buben fehlten, sodass man sich nur selten etwas wünschen konnte – dann aber mit umso mehr Freude.

»So ist es näher an der Wirklichkeit«, sagte meine Oma halb lachend und halb ernst. Und wie so vieles andere auch verstand ich die Weisheit dieses Satzes erst nach Jahrzehnten.

Manchmal sortierten wir meine Briefmarkensammlung neu. Ich hatte ein paar Jahre zuvor, als ich noch auf der Grundschule war, auf einem Flohmarkt einem Rentner ein altes, halb volles Album abgekauft. Mein ganzes Erspartes und alle meine Überredungskünste hatte ich dafür aufwenden müssen. Meine Mutter war nicht leicht zu überzeugen gewesen, dass ich mir das nutzlose Sammelalbum mit seinem wertlosen Inhalt zulegen durfte, ich hatte gebettelt und gefleht, der Verkäufer gewährte mir einen großzügigen Preisnachlass, und schließlich hatte sie schulterzuckend zugestimmt. Jetzt saß ich Nachmittage lang nur da und sortierte mit Omas Hilfe sämtlich Marken neu – nach Farbe, nach Größe, nach dem aufgedruckten Wert oder einfach so, wie sie mir gefielen. Es war jedes Mal aufregend, welche Idee meine Großmutter dieses Mal haben würde.

»Wie wäre es hiermit?«, fragte sie an einem warmen

Frühlingssonntag und griff zur Pinzette. »Wir nehmen diese hier.« Sie blätterte die Seite mit den Hitler-Marken auf. »Und dann mischen wir sie mit denen hier.« Dabei zeigte sie auf die Serie der Marken, die das Porträt der noch sehr jungen Königin Elizabeth zierten.

Ich musste lachen. Das klang nach einer hervorragenden Idee. Auf eine verblüffende Art und Weise passten die Marken perfekt zusammen. Wir sortierten sie paarweise zusammen: links Adolf, stramm nach rechts blickend. Daneben, jeweils zu seiner Rechten, die fast noch ernstere, einer Marmorbüste gleichende Elizabeth, Blick gestreng nach links. Hitler sah die Königin verbindlich und ernst an, und die Königin erwiderte den Blick. Am Ende fanden sich sieben perfekte Paare, die farblich hervorragend zueinander passten: Es gab den Zwölfpfennig-Hitler und die gleichermaßen rostrote Elizabeth mit der rätselhaften Aufschrift 4D. Dann fanden sich die beiden froschgrünen Exemplare mit Werten von zwölf Pfennigen und achtzehn Pence, zwei in Blau, zwei in Braun und so weiter. Es war, als wären sie füreinander gemacht gewesen: der Führer und die junge Königin.

Ich wusste, dass es ein Tabu war, mit dem wir spielten. Allein die Tatsache, dass ich dem alten Mann ein Album abgekauft hatte, das zu knapp einem Drittel aus Marken bestand, die dem sogenannten Dritten Reich entstammten, war ein kleines bisschen aufregend. Es hatte den Hauch des Verbotenen. Da waren verbotene Symbole zu sehen. Darüber sprach man nicht. Danach fragte man auch besser nie.

Es war seltsam: Da verbrachte ich jahrelang jede Woche einen ganzen Nachmittag mit ihr, und dennoch kann ich mich nicht erinnern, meine Großmutter jeweils gefragt zu haben, wie sie es denn damals gehalten hatte mit dem Führer und dem Dritten Reich. Sicher, sie erzählte mir ihre

Geschichte. Ich wusste, dass die Engländer sie ausgebombt hatten, während ihr Mann im Krieg gewesen war. Ich hörte die Verachtung zwischen den Zeilen, wenn sie jetzt, mit vier Jahrzehnten Abstand, von den Nazis sprach. Ich mochte die Geschichten, in denen sie eine von den Guten war. Ich wollte nichts von der anderen Seite wissen. Ich wollte nichts davon hören, wie viele Menschen mein Opa als Soldat getötet hatte und ob er es vielleicht sogar gern getan hatte. Ich wollte nicht wissen, wen meine Oma denn damals gewählt hatte, als man noch hatte wählen dürfen, und auch nicht, wie oft sie jubelnd bei den Paraden am Straßenrand gestanden hatte und *Heil Hitler* gerufen hatte.

Sie sollte immer eine von den Guten sein. So wie sie jetzt eine von den Guten war. Die Beste vielleicht. Sie saß bei mir. Sie spielte mit mir, alberte mit mir herum und war für mich da.

Mutter und meine Geschwister waren währenddessen immer bei der Schwester meiner Mutter, einer Frau, die ich kaum als meine Tante bezeichnen konnte. Es war selbstverständlich, dass Mutter nur mit Saskia und Christian hinging. Den Grund dafür begriff ich nicht wirklich, aber ich fühlte mich in meiner tiefen Schuld wertlos genug, um niemals nachzufragen. An guten Tagen denke ich heute, meine Familie hatte sich an der Stelle einfach in eine mütterliche und eine väterliche Seite aufgespalten. Die väterliche Seite bestand aus meiner Oma und mir. Und das war eigentlich sehr schön.

An schlechten Tagen wird mir diese Grausamkeit gewahr, die über meiner Familie lag. Die Gewalt, mit der mich die Ausgrenzung traf, die meine Mutter mir gegenüber ausübte, war kaum auszuhalten. Ich schaffte es nur dank der Liebe meiner Großmutter. Dank ihr versank ich nicht in Grübeleien und Zweifel darüber, warum sich Mutter mir gegenüber derart verhielt. Ob sie mir wirklich die Schuld am Tod meines Vaters gab? Oder ob sie durch mich auf unerträgliche Weise an ihn erinnert wurde, weil sie in mir einen Teil von ihm sah? Mehr als in meinen Geschwistern, vielleicht? Immerhin hatte man mir als Kind schon immer bescheinigt, ihm wie aus dem Gesicht geschnitten zu sein.

Ich konnte dank meiner Oma solche Fragen von mir wegschieben. Ich musste meinen Schmerz nicht betäuben, den ich seit dem Tod meines Vaters mit mir herumschleppte. Weil sie für mich da war und mir zeigte, dass ich kein so schlechter Mensch gewesen sein konnte, wie der Rest meiner Familie mich Tag für Tag glauben machte, überlebte ich überhaupt bis ins Erwachsenenalter.

»So, und jetzt aber noch Sütterlin«, sang meine Oma beinahe jedes Mal, wenn wir mit den Briefmarken oder dem Kartenspiel fertig waren. Und dann zog sie unter der Tischdecke einen Block und einen Kugelschreiber hervor und brachte mir Buchstabe für Buchstabe bei. Ich weiß nicht mehr, wie wir angefangen hatten. Manchmal kommt es mir so vor, als hätte ich die normale Grundschulschrift und diese seltsame antik anmutende Urschrift beinahe gleichzeitig gelernt. Es ging mir von der Hand, wie so etwas nur einem kleinen, neugierigen und in unendliche Konzentration versinkenden Kind gelingen kann. Ich stellte mir niemals die Frage, warum das s aussah wie ein f und wie um Himmels willen man ein x von einem y unterscheiden können sollte. Ich schrieb einfach auf, was meine Oma mir zeigte. Buchstaben, Buchstaben, Buchstaben. Dann irgendwann erste Wörter und schließlich ganze Sätze.

Von da an schrieb mir meine Großmutter jedes Jahr zu Weinachten und zu meinem Geburtstag eine Karte in Sütterlinschrift – und es war mir eine riesige Freude, Christian bei seinen vergeblichen Versuchen, sie zu entziffern, verzweifeln zu sehen.

Warum es ihr so wichtig gewesen war, mir diese Schrift beizubringen, verriet meine Oma mir nicht. Es schien keinen Anlass dafür zu geben. Und auch ich brauchte keine Begründung. Ich hatte meine Oma, und mir bedeutete die Zeit in ihrer Nähe unsagbar viel.

BRENNNESSELN

Seit über einem Jahr war Ännis Vater jetzt schon zurück aus dem Krieg. Er war nicht der erste Mann, der erste Vater, der nicht mehr zu gebrauchen war. Aber was war das für ein Trost? Er war nicht irgendein Vater. Er war doch ihr Vater. Und jetzt saß er da unten zusammengekauert auf der Stufe vor der Haustür und sah aus wie ein kleiner Junge, der im Sand spielte. Irgendetwas hatte sein halbes Gesicht zerfetzt. Er war blind und wackelig und langsam.

»Immerhin lebt er noch«, hatte Änni gesagt. Aber die Brüder hatten einander schreckliche Blicke zugeworfen. Hätten sie etwa lieber einen toten Helden zum Vater als einen lebendigen Verlierer?

Änni saß gerne bei ihm. Wann immer es ihre Zeit zuließ. Am Ostersonntag vor ihrer Einschulung war er nach Hause gekommen. Beinahe wie der Auferstandene, hatte Änni gedacht. Beinahe. Seither war Änni viel beschäftigt. Sie musste Schularbeiten erledigen, im Haushalt zur Hand gehen. Waschen, putzen und dem armen Vater helfen.

Vormittags, wenn Änni in der Schule war, verhielt der Vater sich merkwürdig. Er ging durch das Brennnesselgestrüpp am Rand des Hofs, dort, wo früher der Schweinestall stand, direkt neben der alten Eiche, und riss mit bloßen Händen Stängel aus dem Boden. Es war ein unwürdiges Schauspiel: Unsicher und beinahe verloren watschelte der Vater halb gehockt und mit noch oben ausgestrecktem Kopf und verzerrten Gesichtszügen durch die Brennnesseln. Die Arme hielt er weit ausgestreckt. Wann immer er ein paar Pflanzen zu packen bekam, riss er sie aus. Änni hatte es ein einziges Mal mit angesehen, als sie mit Fieber zu Hause hatte bleiben müssen. Es tat weh, den eigenen Vater so erleben zu müssen. Lieber ging sie krank zur Schule.

Man hatte gehofft, dass es nur von kurzer Dauer sein würde, dass er seine seltsame Leidenschaft für Brennnesseln den Winter über vergessen würde. Aber als im nächsten Frühjahr die Nesseln erneut sprossen, begannen auch wieder die Streifzüge durch das Feld am alten Stall.

Und dann saß er für den Rest des Tages mit seiner Ernte vor der Tür und verarbeitete sie weiter. Zuerst mussten die Blätter abgerupft werden.

»Sieh her«, hatte er zu Änni gesagt. »Siehst du her?«

»Ja, ich sehe.«

»Du musst den Strunk ganz eng greifen. Hier unten. Und dann ziehst du feste nach oben, bis alle Blätter ab sind.«

Der Vater hielt jetzt einen ganzen Strauß Brennnesselblätter in der Hand, die er neben seinen Beinen fallen ließ.

»Aber tut das nicht weh?«, fragte Änni und sah auf die roten, geschwollenen Hände des Vaters.

»Ein schönes Kribbeln«, sagte der lächelnd. Und Änni ahnte, dass er genau das brauchte: ein schönes Kribbeln.

»Hier«, sagte der Vater und reichte ihr einen Stängel. »Mach du!«

»Ich weiß nicht.«

»Los!«, befahl er.

Änni nahm das untere Ende der Nessel in beide Hände. Sie schloss die Augen. Und dann machte sie das, was der Vater tagein, tagaus tat. Vor Schmerz wäre sie beinahe hintenübergefallen. Es brannte und zog gleichzeitig. Ein Schwarm feuriger Wespen schien über sie hergefallen zu sein. Sie schüttelte die Hand, spuckte darauf, presste sie zwischen die Knie. Aber nichts half.

»Es geht gleich vorbei«, sagte der Vater sanft.

Änni wartete mit tränenden Augen darauf. Und als es endlich vorbei war, sah sie ihrem Vater dabei zu, wie er begann, aus je drei kahlen Stängeln ein Seil zu flechten. Es war erstaunlich, wozu diese aufgedunsenen Finger imstande waren. Ganz gleichmäßig geformte Schnüre wurden das. Wann immer einer der drei Strünke sein Ende erreicht hatte, tastete er auf dem Boden neben sich nach einem neuen und flocht ihn mit ein, bis ein langes Seil entstanden war. Oder viele kurze. Man konnte nicht sagen, wie lange ein Seil werden würde.

Irgendwann, am Ende eines jeden Tages, wurde der Vater müde und sagte: »So, das reicht. Ich muss mich hinlegen.« Er knotete die losen Enden der letzten Nesselstängel zusammen. Dann stand er auf, rollte sein neues Seil zusammen und legte es in die Kiste neben der Tür zu all den anderen. Zu all den anderen nutzlosen Seilen, mehr als einen Eimer Wasser trugen sie nicht. Sie waren zu starr und zu leicht, um damit seilzuspringen. Und sonst fiel auch niemandem ein Zweck ein. Sie waren das Einzige, was der Vater noch konnte.

Änni wollte nicht glauben, dass genau das ihr Zweck sein sollte. Eines Nachmittags griff sie sich einen mittellangen Strick aus der Kiste und zog ihn über den ganzen Hof hinter sich her. Sie lief im Kreis, lief Schlangenlinien. Sie schnalzte damit, als wäre er eine Peitsche. Sie versuchte, ihn dem Hund anzulegen, aber der knurrte nur. Schließlich lief sie gedankenverloren auf die Straße. Das Seil trug sie aufgerollt um den Arm gewickelt.

Seit sie zur Schule ging, hatte sie kaum mehr Zeit gefunden, einfach so über die Wege zu stromern. Im Wald war sie zuletzt gewesen, bevor der Vater vor mehr als einem Jahr heimgekehrt war. Josephine – fast hätte sie sie vergessen – hatte sie ebenso lange nicht mehr gesehen. Sie versuchte, sich an das Mädchen aus Hau zu erinnern. Wie automatisch ging sie jetzt den Weg entlang, den sie auch vor zwei Jahren gelaufen war. Damals war sie ihrem Reifen hinterhergelaufen. Und jetzt folgte sie ihrer Erinnerung. Sie versuchte sich Josephines Gesicht in Erinnerung zu rufen. Die rundlichen Wangen, die rosige Färbung der Haut. Sie hatte doch dunkelblonde Locken, oder? Wieso war das wunderbar geheimnisvolle Mädchen beinahe ganz aus ihrem Gedächtnis verschwunden? Wie konnte sie sie vergessen haben? Josephine verblasste. Änni erschrak beinahe über diese Feststellung. Und vor lauter Schreck geriet sie ins Laufen. Sie rannte an den Höfen vorbei. Immer die lange Straße entlang. Sie rannte, wie sie vorletzten Sommer mit dem Reifen gelaufen war. Über die Kreuzung. Nach Hau. Bis zu dem Hof, auf dem Josephine lebte.

Josephines Mutter ging es mittlerweile von Tag zu Tag schlechter. Vor Wochen war sie zum letzten Mal aus dem Bett aufgestanden. Josephine hatte jetzt einen halben Vater und nur noch die Reste eine Mutter. Die Schwestern führten den Haushalt, so gut es ging. Sie kochten, wuschen, putzten, erbettelten sich bei der Verwandtschaft, was sie brauchten und nicht im Garten ernten konnten. Der Doktor wurde mit jedem Besuch schweigsamer. Niemand konnte Josephine erklären, was der Mutter fehlte. Niemand hatte Zeit oder die richtigen Worte, um sie zu trösten. Am Schlimmsten waren die Schmerzen der Mutter. Josephine sah, wie sie schweißgebadet versuchte, sie vor den Kindern zu verbergen. Stumm flehte sie sie an, sich wieder von ihr zu entfernen, wenn sie bei ihr am Bett saßen, damit sie stöhnen und schreien konnte.

Wann immer es ging, rannte Josephine in den Garten

und lenkte sich damit ab, ein paar Möhren aus dem Boden zu ziehen. Aber in letzter Zeit verfolgten die Schmerzensschreie sie auch dorthin. Am sichersten war es in der Schule, wo sie sich für ein paar Stunden am Tag in Märchenbücher und Rechenaufgaben fliehen konnte. Aber spätestens auf dem Heimweg wuchs die Sorge um die Mutter ins Unermessliche. Schweigend liefen Martha und Josephine nebeneinanderher, nur um die Mutter wieder ein kleines bisschen elender, ein kleines bisschen kleiner vorzufinden. Der Vater saß seit Wochen nur noch schweigend da. So als warte er auf irgendetwas.

Irgendwann hörten die Schreie der Mutter auf. Und auch ihr Stöhnen wich einer dröhnenden Stille. Drei Tage lang schwieg die ganze Familie.

Dann wandte der Vater sich plötzlich an Josephine und sagte: »Geh und hol den Pfarrer.«

Josephine sah ihn verständnislos an.

»Los, lauf schon!« Seine Stimme war müde und rau. Aber einen Befehl verstand Josephine auch gekrächzt.

Sie sprang auf und rannte hinaus über den Hof und auf die Straße. Und dann stand auf einmal Änni vor ihr.

Josephine war auf sie zugelaufen, als hätte sie kaum erwarten können, die Freundin wiederzusehen. Zumindest hatte Änni das gedacht. Ihr Herz machte einen kleinen Sprung, als sie Josephine sah. Aber die wirkte erschrocken. Sie war tatsächlich blass. Nicht nur in der Erinnerung, sondern auch jetzt, wie sie so vor ihr stand. Kalter Schweiß schien auf ihrer Stirn zu stehen. Ihr Mund stand offen. Ihre Augen starrten Änni an wie einen Geist.

»Änni.«

»Josephine.« Änni lächelte, aber Josephine war wie versteinert.

Josephine sah nach hinten zum Hof, dann hektisch die Straße entlang. »Ich muss …«, stammelte sie. »Ich bin …«

»Was ist denn los mit dir?«, fragte Änni. »Du siehst ja aus, als wäre der Teufel hinter dir her.« Sie legte die Hände an Josephines Oberarme. Sie war eiskalt, wie der Tod.

Josephine sah in Ännis Augen, spürte die Wärme ihrer Hände, und plötzlich erschien ein Lächeln auf ihren Lippen.

»Ich verstehe dich«, sagte sie ungläubig.

»Und ich verstehe dich«, erwiderte Änni.

Die beiden standen einander gegenüber.

»Sag mal was«, sagte Änni.

»Ich habe dich vermisst«, sagte Josephine.

Änni lachte. »Nein, ich meine ganz normale Wörter. Ich will wissen, ob wir wirklich dieselbe Sprache sprechen.«

Sie zeigte auf die Straße, und Josephine sagte: »Straße.«

Sie zeigte auf die Schleife in ihrem Haar, und Josephine sagte: »Schleife.«

Dann zeigte Josephine auf einen Baum, und Änni sagte: »Baum.«

»Was für einer?«

»Eine Pappel, glaube ich.«

»Ja, eine Pappel«, rief Josephine lachend. »Eine Pappel.«

Sie konnten beide kaum fassen, dass sie auf einmal eine gemeinsame Sprache hatten. Wann war Josephine zuletzt so ausgelassen und fröhlich gewesen?

»Was ist das?«, Josephine zeigte auf das Seil, das Änni in den Händen hielt.

Änni sah hinab. »Keine Ahnung.«

»Das heißt Seil«, belehrte sie Josephine.

»Ja«, lachte Änni, »ich weiß. Aber ich habe keine Ahnung, wozu es gut sein soll. Mein Vater macht sie aus Brennnesseln.«

»Aus Brennnesseln?« Josephine nahm den dünnen Strick zwischen die Finger und befühlte die feinen Knoten. »Und warum macht er sie?«

»Das weiß er nicht mal selbst.«

Josephine nahm das Ende der Schnur in die Hand und streckte den Arm nach vorne. »Vielleicht zum Angeln«, lachte sie.

»Nein«, gluckste Änni und stellte sich vor, wie der blinde Vater am Flussufer saß. »Ganz bestimmt nicht.«

»Vielleicht …«, Josephine überlegte, »… ist es ein Gürtel.« Sie legte sich den Strick um die Hüften. »Nein, viel zu lang!«

»Ein Gürtel für zwei«, sagte Änni und nahm die losen Enden in die Hände. Sie trat ganz nahe an Josephine heran und legte das Seil auch um ihre Hüften. Sie zog feste zu, sodass die beiden Mädchen jetzt Bauch an Bauch gegenüberstanden. Sie legten die Arme umeinander. »Ja, das passt.«

Es fühlte sich wunderbar an, den Atem der anderen so nah zu spüren, ihr so nah zu sein. Es erinnerte Änni an dieses Gefühl, das sie damals in sich hatte, wann immer sie Josephine traf. Sie sah Josephine in die Augen, strahlte sie an. Aber Josephine schien plötzlich ganz traurig zu werden.

»Was hast du?«, fragte Änni. Aber Josephine antwortete nicht. Sie legte ihr Kinn auf die Schulter der Freundin. Änni hielt Josephine jetzt fest umklammert.

»Lass mich nicht mehr los, ja«, flüsterte Josephine.

»Was sagst du?«

»Lass mich nicht mehr los. Hörst du?«

»Ja«, flüsterte Änni. »Ich lass dich nie mehr los.«

Und dann ging alles ganz schnell. Beinahe zu schnell, um es zu begreifen. Marthas Schritte hatten sie nicht gehört, obwohl sie vor Wut stampfte. Sie hatten nicht gesehen, wie sie mit glühend rotem Gesicht vom Hof her auf sie zugerannt kam. Sie hatten die Trauer und die Verzweiflung in ihrem Blick nicht wahrnehmen können. Hinterher hätten sie nicht einmal mehr sagen können, ob sie zuerst ihren Schrei gehört oder ihren Schlag gespürt hatten.

»Du hättest den Pfarrer holen sollen!«, brüllte sie. Und ihre Fäuste trafen Änni, Josephine, ihre Zweisamkeit. Sie ließen sie zerbersten wie einen Tonkrug, den man zu Boden schmetterte.

»Du hättest den Pfarrer holen sollen!« Immer wieder. »Du hättest den Pfarrer holen sollen.« Es hallte in Josephine nach. Als Martha längst schon wieder im Haus verschwunden war, als Änni wie von einem Tier gejagt davongerannt war, als Josephine verheult und staubig, mit Schmerzen am ganzen Körper und geschwollenem Gesicht, im Dreck saß, hörte sie noch immer den Vorwurf der Schwester in ihrem Ohr.

»Du hättest den Pfarrer holen sollen.«

KARATE, KARATE

Lewin will Tomaten. Zumindest hatte ich ihn so verstanden. Und jetzt turnt und springt er durch das Gartencenter. Er weigert sich, bei mir zu bleiben. Ich verfolge ihn durch die Gänge, fahre im Slalom um andere Menschen herum und entschuldige mich in einem fort bei älteren Ehepaaren, Familien und anderen Überrumpelten, denen mein Sohn vor die Füße springt oder denen ich den Weg abschneiden muss, um ihm auf den Fersen zu bleiben. Endlich erreichen wir zufällig den Blechtisch, auf dem die Tomatenpflanzen in verschiedenen Anzuchtstadien auf Kundschaft warten. Ich bekomme Lewin am Kragen zu packen und halte ihn fest. Er stößt einen kurzen Kampfschrei aus. Aber jetzt kann er erst mal nicht mehr weg.

»Tomaten«, sage ich. »Hier«, und deute auf die Pflänzchen vor seiner Nase.

Er sieht mich fragend an.

»Ja, so sehen Tomatenpflanzen aus«, sage ich in einem Tonfall, der belehrender klingt, als er soll.

Sein Gesichtsausdruck bleibt unverändert. Dann nutzt er einen kurzen Moment meiner Unsicherheit, reißt sich mit einem Ruck los und rennt wieder den Gang entlang. Meine Energie neigt sich dem Ende entgegen. Ich entscheide mich, ihn laufen zu lassen, und widme mich den Tomaten. Alte Sorten liegen im Trend. Die Fotos auf den Etiketten, die an Plastikstäbchen in den Pflanztöpfen stecken, verheißen eine unsagbare Vielfalt in Form, Farbe und Größe. In der gegebenen Eile – zwischendurch versuche ich permanent nachzuverfolgen, wo in dem riesigen Gewächshaus Lewin gerade herumrennt – entscheide ich mich für dreierlei: gelbe Rispentomaten, birnenförmige Exemplare mit braunroter Färbung und einen winzigen Busch, der angeblich schon bald riesige Fleischtomaten mit geschwulstartiger Wuchsform tragen soll.

Als ich gerade die Pflanzen in den Einkaufswagen stelle, steht plötzlich wieder Lewin vor mir. Er scheint davon genauso überrascht und erstarrt in voller Körperspannung. Mit ausgestreckten Handflächen fuchtelt er jetzt vor mir herum und deutet mit seinen winzigen Beinchen einen Tritt in meine Richtung an.

Und jetzt begreife ich es endlich: Er wollte keine Tomaten. Er wollte Karate.

»Uh«, macht er und »ah«. Und dann sagt er es immer wieder: »Karate, Karate.« Und jetzt frage ich mich, wie ich das eben hatte falsch verstehen können.

»Du willst Karate!«, sage ich, und ihn scheint meine Verblüffung zu erstaunen.

»Ja«, stößt er hervor. Für eine Sekunde verrät sein Blick, dass er mich für ziemlich dumm hält. Aber dann fuchtelt er einfach wieder wie wild vor mir herum.

»Später«, sage ich. »Versprochen. Aber jetzt machen wir hier erst noch den Einkauf fertig.« Ich packe ihn unter den Achseln und setze ihn zu den Tomatenpflanzen in den Wagen. »Pass gut auf die Pflanzen auf. Die dürfen nicht umknicken.«

Lewin streichelt plötzlich zärtlich die Blätter der Fleischtomatenpflanze, und ich bin gerührt vor Verwunderung darüber, wie schnell er umschalten kann. Gerade noch Karate Kid, sorgt er sich jetzt ganz einfühlsam um die frischen Pflänzchen. Manchmal macht es mir Angst, wie wenig ich ihn verstehe. Nicht nur, dass er jetzt hier zusammen mit drei Tomatenbüschen in einem Einkaufswagen sitzt, weil sein dummer Vater nicht verstanden hatte, dass ihm der Sinn nach Karate stand. Nein, es ist viel mehr als das. Ich habe keine Ahnung, was eigentlich in ihm vorgeht. Ich hatte gehofft, dass das irgendwann besser würde. Er ist längst kein Baby mehr. Längst kann er sprechen. Aber noch immer ist es so, als redeten wir in unterschiedlichen Sprachen.

»Was ist los?«, fragt Lewin mit trauriger Stimme.

»Nichts«, sage ich und ziehe die Mundwinkel nach außen. Und dann nehme ich – man darf es wohl eine klassische Übersprunghandlung nennen – noch eine vierte Tomatenpflanze und setze sie zu Lewin in den Wagen. Das Etikett verheißt ganz normale rote, runde Tomaten.

Bevor wir zu mir nach Hause fahren, um die Tomaten auf den Balkon zu pflanzen, machen wir noch einen Abstecher auf den Nordfriedhof. Beim flüchtigen Blick auf den EC-Karten-Beleg war mir beim Bezahlen das Datum ins Auge gesprungen – heute ist der Geburtstag meiner Oma. Ein spontaner Entschluss. Ein Blick auf die Palette nicht mehr ganz frischer Stiefmütterchen neben der Kasse. Zum Unmut der Wartenden hinter mir greife ich mir drei Blümchen und stelle sie noch schnell vor die Einkäufe der nächsten Kundin auf das Band.

»Für meine Oma zum Geburtstag«, murmele ich entschuldigend, und die Dame hinter mir sieht mich mitleidig an.

Und jetzt laufen wir hier über die endlos langen Schotterwege des Friedhofs. Wie viele Jahre war ich nicht mehr hier? Ich kann mich nicht erinnern. Natürlich habe ich nur noch eine grobe Erinnerung daran, wo ihr Grab zu finden ist. Ich trage drei Stiefmütterchen in den Händen und habe keine Hand frei für Lewin, der immer neue Wege einschlägt, weil ein besonderer Grabstein oder eine besonders bunte Bepflanzung auf einem der »Beete«, wie er die Gräber nennt, seine Aufmerksamkeit in Anspruch nimmt. Immerhin wird ihm nicht langweilig. Und irgendwann finde ich auch die Orientierung zurück und stehe nach Jahrzehnten wieder vor dem Grab meiner Großmutter. Es ist mittlerweile völlig von einem dichten Bodendecker überwuchert. Der schlichte Grabstein steht leicht geneigt. An der Seite haftet ein gelber Aufkleber, der vonseiten der Friedhofsverwaltung darüber informiert, dass die Standfestigkeit des Steins gefährdet sei und das Fundament erneuert werden müsse. Niemanden scheint diese Information bislang erreicht zu haben. Wen auch? Der einzige Sohn meiner Oma war schließlich schon lange vor ihr selbst gestorben. Da gab es für ihn schon kein Grabmal mehr. Irgendwann war ein Brief von der Stadt gekommen: *Nutzungsdauer abgelaufen.* Und die Schwiegertochter, meine Mutter, lag nun auch schon seit einigen Jahren auf einem Friedwald irgendwo in der Eifel. Oder besser gesagt: ihre Asche. Ich kann oder will mir den Namen des Ortes einfach nicht merken. Zuletzt war ich dort am Tag der Beisetzung. Meine Geschwister hatten alles an sich gerissen, was mit ihrem Letzten Willen zu tun hatte, und ich hatte geschwiegen. Die stille Übereinkunft schien zu lauten, dass es meine Aufgabe war, sich um das Grab der Großmutter zu kümmern. Zumindest lässt der miserable Zustand dessen, was ich hier vor mir sehe, darauf schließen, dass weder Saskia noch Christian in den letzten Jahren hier gewesen sind.

Jetzt stehe ich also da, mit drei gelben Blümchen in den Händen, und es gibt keinen Platz, auf den ich sie pflanzen könnte. Ich schäme mich für meine Annahme, das Grab wäre bestimmt in einem ansprechenden Zustand und ich könnte meine Stiefmütterchen einfach so in eine Lücke setzen, die nur darauf gewartet hat. Und erst jetzt fällt mir auf, wie unpassend der Name dieser Pflänzchen ist.

»Komm, wir spielen ein Spiel«, sage ich zu Lewin und hoffe, damit nicht nur meine unangebrachten Pflanzen loszuwerden, sondern auch seinem Bewegungsdrang entgegenzukommen. »Los, wir suchen Gräber, auf die wir die hier pflanzen können.« Und bevor ich ihm sagen kann, wie die Spielregeln lauten, hat er schon drei Beete ausgewählt. Ich winke innerlich ab und akzeptiere seine Auswahl. Er hat entschieden: Eduard (1912–2001), Gino (1971–1989) und Hedwig (1923–1999) bekommen die Blümchen.

Mit den Händen buddeln wir ein kleines Loch zwischen zwei Erikabüschen auf Hedwigs Grab. Als ich die Blume einsetze, protestiert Lewin und schaut mich wieder mit diesem Blick an, als wäre ich nicht ganz bei Trost.

»Die sehen ja nur das hier«, sagt er und zeigt auf den Wurzelballen. »Die wollen doch die Blumen sehen«, sagt er mit Bestimmtheit und dreht die Pflanze auf den Kopf.

Wo er recht hat, hat er recht.

Also bekommen nun auch Gino und Eduard ihre Stiefmütterchen in totengerechter Weise gereicht: Blüten nach unten. Logisch. Ich hoffe dennoch, dass uns niemand beobachtet, dem Lewins Logik fremd ist. »Und wenn schon«, denke ich, richte mich auf und klopfe mir die Knie sauber. Lewin tut es mir gleich.

»Und jetzt Karate«, sage ich, weil ja nun sowieso alles egal ist.

Und dann springen wir vor dem Grab meiner Oma auf und ab und bedrohen einander mit wilden Gesten, schleudern Tritte in die Luft, schlagen Handkanten an Handkanten. Lewin gluckst vor Freude. Am Ende packe ich ihn am Kragen, wie schon im Gartencenter, stelle ihm ein Beinchen und lasse ihn sanft auf den Po plumpsen. Und dann sitzt er Tränen lachend auf dem Schotterweg vor Omas Grab, und ich könnte für einen kurzen Moment nicht glücklicher sein.

Aber nach dem Glück kommt immer der Absturz in Gedankentäler. Es ist, als wäre meinem Unterbewusstsein suspekt, wenn ich mich einfach nur an meinem Sohn erfreue. Zu sehr ist das Grübeln über ihn und sein Glück in mir verankert. Seit der Trennung von seiner Mutter beschäftigt mich die Frage, ob ich das Richtige für ihn tue, ob er darunter leidet, jetzt nicht mehr beide Eltern unter einem Dach zu haben. Stattdessen muss er pendeln: mal ein paar Tage hier, mal ein paar Tage dort. Das kann nicht richtig sein, denke ich oft. Und dann wundere ich mich, ihn so lachen zu sehen.

Und manchmal erlebe ich ihn in Situationen, in denen er unglaublich anstrengend ist, wie heute im Gartencenter, und denke, es liegt alles nur daran, dass wir uns getrennt haben. Alles nur meine Schuld. Alles wegen Sarah. Dann wird die vorwurfsvolle Stimme von Lewins Mutter meine eigene Stimme, die sich in meinen Kopf schiebt und dreht wie eine Schraube. Dann glaube ich ihr beinahe, dass ich das Glück meines Sohnes einer Frau geopfert habe, die gerade einmal halb so alt war wie ich. Aber das stimmt nicht. Ich wollte nichts Neues, ich wollte nur weg von dem Alten.

Sicher: Die junge, freigeistige Sarah hatte mich fasziniert. Das mit ihr war aber nach drei Monaten schon wieder vorbei. Ich war ihr nicht politisch genug, nicht ausreichend radikal, wie sie sagte. Und zu alt wahrscheinlich auch. Und dann noch dazu an einen Sohn gebunden, von dessen Glück und Unglück ich die ganze Zeit faselte. Viel zu klein für Sarahs Welt. Ich war ein Irrtum gewesen, kaum der Rede wert, und ich war einigermaßen glücklich darüber. Verliebt war ich nie gewesen. Ich hatte gerade erst eine

Frau in den Abgrund gestoßen. Das musste nicht direkt ein weiteres Mal passieren. Wie gut, dass sie die Initiative ergriff. Wir trennten uns einvernehmlich.

Ich war gerade in meine eigene, kleine Wohnung gezogen: Wohnküche und Ausziehcouch, immerhin mit Balkon, und einem kleinen Zimmer für Lewin, das noch nicht fertig eingerichtet war. Spartanisch, wie ich fand. Aber Sarah hatte es noch einfacher haben wollen. Sie hatte sich Freunden angeschlossen, die in einem besetzten Wald in Baumhäusern lebten. Das war jetzt auch schon wieder zwei Jahre her.

Viel bewegt hat sich seitdem nicht. Ich bin noch immer froh, der Enge meiner Existenz entkommen zu sein. Und noch immer grüble ich täglich darüber nach, ob ich für meinen Sohn das Richtige tue.

WELCHEN WERT HAT SCHON DIE WAHRHEIT?

Ich hatte immer das Gefühl, dass meine Oma zu mir hielt. Sie stand zu mir. Sie war an meiner Seite in all meiner vermeintlichen Schuld und tatsächlichen Zerbrechlichkeit. Und sie vertraute mir. Sie erzählte mir Dinge, von denen ich ahnte, dass niemand anders je von ihnen erfuhr. Wenngleich ich auch immer das Gefühl hatte, dass sie auch mir nicht restlos alles anvertraute, wenn es um Änni ging, ihre Freundin aus Kindheitstagen, so wusste ich doch, dass ich der Einzige war, mit dem sie überhaupt über all das redete, das sie im Innersten berührte. Ich gehörte zu ihrem inneren Kreis. Vielleicht war ich allein ihr innerer Kreis. Mit mir sprach sie auch von ihrer Zeit im Kinderheim. Aber je näher sich das Erlebte ihrer Seele zu nähern schien, desto größer wurden die Lücken, die sie mit Erfundenem, Eigenartigem oder schlicht mit einer Leere füllte, die so weiß und undurchdringlich war, dass sie mir im Nachhinein als Leinwand diente für meine eigenen Bilder und Fantasien. *Welchen Wert hat schon die Wahrheit, wenn es nur noch darum geht, zu überleben?*

Der Zeit im Waisenhaus war Josephines kleine Seele schutzlos ausgeliefert. Die Mutter gab es nicht mehr. Der Vater war hilflos. Der Krieg hatte ihn zu einem wehrlosen Krüppel gemacht, der nach dem Tod seiner Frau nicht mehr in der Lage gewesen war, sich um seine Kinder zu kümmern. Und auch von Martha war sie getrennt worden. Die große Schwester hatte man nach Holland gegeben, wo man billige Arbeitskräfte für die Plackerei auf den Feldern gebrauchen konnte. Vielleicht hatte die Familie noch ein Paar Gulden oder Mark für sie bekommen. Vielleicht hatte man auch nur das Beste für sie gewollt. Es gab niemanden mehr, der für Josephine da war. Sogar den Lehrer, der zwar streng, aber doch auf ihrer Seite gewesen war, vermisste sie jetzt. Und dann war da noch die Lücke, die Änni hinterlassen hatte.

Machtlos hatte Änni mit ansehen müssen, wie Josephine weggebracht wurde. Nachdem sie begriffen hatte, was mit Josephines Mutter passiert war, hatte sie sich zunächst nicht getraut, wieder bei ihr aufzutauchen. Aber eines Tages hatte Josephine plötzlich hinter dem Brennnesselfeld gestanden, in dem Ännis Vater gerade umherstreifte. Er hatte sie nicht bemerkt, und Josephine hatte das seltsame Schauspiel völlig in seinen Bann gezogen. Mit weit aufgerissenen Augen war Änni auf sie zugestürmt, hatte die Freundin am Arm gepackt und hinter einen Baum gezerrt. Halb überschwängliche Freude, halb peinliches Entsetzen.

»Was in aller Welt machst du hier?«

Josephine war gekommen, um sich zu verabschieden, wie sie sagte. Es fielen Begriffe wie *Heim* und *Düsseldorf* und sicher noch einige mehr. Aber es war zu viel der Worte für Änni. Sie hatte nicht glauben können, was sie da hörte. Sie hatte Josephine einfach losgelassen und ihr nachgesehen.

Am nächsten Tag hatte sie dann in ihrer Verzweiflung ihre Mutter angefleht, doch das fremde Mädchen bei sich aufzunehmen. Aber die Mutter hatte sie nur verständnislos angesehen und sich am Ende ihrer Tochter mit einer Ohrfeige entledigt.

Als das Fuhrwerk, in dem Josephine zum letzten Mal

vom Hof der Tante fuhr, Richtung Bahnhof aufgebrochen war, hatte Änni heimlich hinter einer Hecke gestanden. Sie wusste nicht, ob Josephine sie gesehen hatte.

Josephine hatte sie gesehen. Aber der Schmerz des Abschiedes war zu groß, um der Freundin einen letzten Gruß zukommen zu lassen.

Im Heim war Josephine einsam. Sie war umgeben von anderen Mädchen. Aber dennoch war sie einsam. Wie die meisten der Neuankömmlinge versuchte sie nicht groß aufzufallen und sich an die Struktur zu klammern, die das strenge Regime der Ordensschwestern vorgab: Morgengebet, Schule, Mittagsgebet. Arbeit in der Küche, der Wäscherei oder im Garten. Zwischendurch stille Mahlzeiten im riesigen, einschüchternden Speisesaal. Abends dann Einschlafen in einem Raum mit einem Dutzend anderer Mädchen. Möglichst leise sein. Nicht diejenige sein, die am lautesten wimmerte. Wer am lautesten wimmerte, verschwand recht schnell. Dann kam eine Schwester und nahm sie mit, manchmal nur für die Nacht, manchmal auch für ganze Tage. Einige, glaubte Josephine, sah sie nie wieder. Sie wusste es nicht genau. Denn sie sah niemandem wirklich ins Gesicht. Sie lernte zu misstrauen, sich niemals auf Nähe einzulassen.

Die Schwestern waren nicht gut. Das war einer der wenigen Sätze, die ihr immer wieder entfuhren, wenn sie später mit mir über die Zeit im Kinderheim sprach. Und man kann sich nur ausmalen, was diese scheinbar nüchterne Aussage aus dem Mund einer Frau bedeutete, die gelernt hatte, der Kirche und ihren Söhnen und Töchtern stets treu und untertänig ergeben zu sein. *Die Schwestern waren nicht gut* – dieser Satz war gemessen daran, wie viel Mut es meiner Oma abverlangt haben musste, sich mit den von

Gott eingesetzten Autoritäten kritisch auseinanderzusetzen, ein geradezu vernichtendes Urteil.

Das Schlimmste war die Willkür. Es konnte jede treffen, aber die Mädchen, die auffielen, waren besonders gefährdet. Wenn man die Langsamste war, die Wehleidigste, die Dümmste. Aber so manches Mädchen wurde ohne jeden erkennbaren Grund ein Opfer der Schwestern. Es schien fast so, als schöpften sie bei besonders vorbildlichem Verhalten Verdacht. Vielleicht duldeten sie auch einfach keine anderen scheinbar gottgleichen Wesen neben sich.

Als es Josephine erwischte, kam sie gerade mit anderen Mädchen aus dem Garten gerannt. Es war eine Minute vor dem Abendgebet. Die Glocke hatte bereits aufgehört zu schlagen. Draußen hatte man sie und einige andere bis zum letzten Moment das Unkraut jäten lassen. Mit den bloßen Fingern hatten sie die kleinsten Grashalme zwischen den Steinchen des Schotterweges rund um die Gemüsebeete herausziehen müssen. Jeder Blick zur Turmuhr wurde von der Aufsicht führenden Schwester, ihrem Gesicht nach zu urteilen selbst fast noch ein Kind, mit Zischen und strengen Blicken abgestraft. Und als die Mädchen dann endlich hatten gehen dürfen, waren sie – Josephine vorweg – gerannt, was selbstverständlich nicht erlaubt war. Und dennoch kamen sie nun zu spät.

»Stehen bleiben!«, brüllte die alte Schwester, die am Eingang stand, als hätte sie schon auf die Mädchen gewartet. »Woher kommt ihr jetzt erst?« Ihre sowieso schon runzelige Stirn wies nun Falten tief wie Täler auf. Der Reihe nach spießte sie mit ihrem Blick die nun völlig erstarrten Mädchen auf. Am Schluss trafen ihre Augen auch die junge Schwester, die sie zu lange im Garten hatte arbeiten lassen. Josephine war zwischen die Fronten geraten. Um der einen Autorität zu gehorchen, hätte sie sich der anderen widersetzen müssen. Vielleicht hätte sie einfach nur stillhalten und mit gesenktem Haupt dastehen sollen, so wie die anderen. Die von der Arbeit schmutzigen Hände versteckt hinter dem Rücken. Wahrscheinlich hätte Schwester Cherubine, die ältere der beiden, sie dann einfach hinfortgescheucht. Wahrscheinlich wäre es dann bei ein paar einschüchternden Worten geblieben. Aber statt zu schweigen, glaubte sie, sich der Schwester erklären zu können, die sich vor ihrer Gruppe aufgebaut hatte:

»Aber wir …«, sagte sie nur, doch weiter kam sie nicht. Dann fuhr ihr auch schon der strenge Blick der Alten in die Knochen.

»Aber?«, keifte sie. »Aber? Gibst du etwa Widerworte?«

»Nein«, entfuhr es Josephine. Und sie wusste sofort, dass es das nur noch schlimmer gemacht hatte, als es ohnehin schon war.

»Mitkommen!«, befahl die Schwester und packte Josephine am Arm, dass der Schmerz ihre anderen Sinne betäubte. Nie erfuhr sie, was mit den anderen Mädchen passierte. Sie sollte sie nie wieder zu Gesicht bekommen.

Ohne zu begreifen, wie ihr geschah, fand sie sich plötzlich in völliger Dunkelheit wieder. Es roch muffig und schimmelig. Sie streckte die Hände aus und schauderte am ganzen Körper, als sie durch Spinnweben fasste. Schließlich bekam sie eine Wand zu spüren. Sie war bröselig und feucht. Josephine taumelte. Die völlige Dunkelheit und der Schrecken über die Behandlung, die ihr gerade zuteilgeworden war, machten eine Orientierung unmöglich. Sie musste sich setzen, wenn sie nicht fallen wollte. Der Boden war kalt und lehmig. Sie wollte schreien, aber aus ihrer Kehle entwich nur ein erbärmliches Krächzen – und das hallte dermaßen fürchterlich in den Gewölben, in die man sie gesperrt hatte, dass sie sich lieber auf die Zunge biss.

Josephine war müde und erschöpft. Nichts war anstrengender, als den eigenen Zustand nicht begreifen zu können. Sie fiel in einen langen, festen Schlaf.

Welchen Wert hat schon die Wahrheit, wenn es nur noch darum geht, zu überleben?

Nach einer Ewigkeit wachte sie auf. Es kam ihr vor, als wären Tage vergangen. Und wer weiß? Vielleicht war dem auch so. Noch immer saß sie in völliger Dunkelheit. Aber es schien, als hätten sich ihre Augen im Schlaf an die Nachtschwärze gewöhnt, die sie umgab. Sie saß in einer Ecke eines lang gezogenen Kellerraumes, das begriff sie nun. Und vom gegenüberliegenden Ende schimmerte ein leichter, grauer Lichtstrahl herein. Josephine stand auf. Alle Knochen taten ihr weh vom Schlaf auf dem kalten, feuchten Lehm. Sie blickte sich um. In ihrem Rücken führte eine hölzerne Treppe mit schmalem Handlauf nach oben. Sie endete in Schwärze. Vermutlich war das der Weg hinauf ins Freie. Aber zunächst musste sie erkunden, ob es hier unten nicht vielleicht besser war als in der vermeintlichen Freiheit, die das Heim bot. Langsam drehte sie sich um und bewegte sich auf das Licht zu. Und während sie das tat, fiel ihr Blick auf die Regale, die links und rechts des Ganges standen, den sie nun durchschritt: uralte hölzerne Regale, grob gezimmert und rau gemasert. Und jedes der Regale war befüllt mit Krügen, Blechbüchsen und vor allem mit unzähligen Einmachgläsern. Sie nahm eines der Gläser in die Hand, wischte den Staub ab und betrachtete die köstlichen eingelegten Erdbeeren. Ein anderes Glas enthielt Kirschen, ein weiteres Pflaumen. Josephine schritt weiter an der Regalwand entlang. Sie nahm andere Gläser in die Hand: Rote Bete, Gurken, Schwarzwurzel. Der Gedanke an all das köstliche Obst und Gemüse ließ ihren unendlichen Hunger in ihr Bewusstsein kriechen. Und die Vorstellung, all das hier gerade für sich allein zu haben und nicht in viel zu kleinen Rationen mit den anderen Mädchen teilen zu müssen, machte sie gierig. Und Durst hatte sie. Einen unbändigen Durst. Das wurde ihr jetzt klar, als sie die herrlich schimmernden Säfte in den Einmachgläsern sah, die das kraftlose Licht nur schwach, aber dafür umso geheimnisvoller leuchten ließ. Sie konnte nicht anders. Sie löste die Spange an einem der Gläser, das sich mit einem wunderbaren Schmatzlaut öffnete, und trank den Saft der Roten Bete ab, bis ihr die Stücke der Wurzel ins Gesicht purzelten. Dann griff sie hinein ins Glas und verschlang den ganzen Inhalt auf einmal. Noch nie hatte dieses Gemüse so gut geschmeckt wie jetzt. Sie atmete tief durch. Was für ein Genuss! Sie vergaß komplett, dass sie die Gefangene im Keller eines Waisenhauses war und dass die Kälte und Dunkelheit des Gewölbes ihr eigentlich Angst hatten machen sollen.

Im Laufe des Tages – soweit sich das sagen ließ anhand des kümmerlichen Lichtstrahles, der zwischen zwei Brettern hervorkroch, die vor das einzige Fenster genagelt waren – aß sie noch ein Glas eingelegte Birnen, zwei Handvoll Sauerkraut und so viele eingekochte Möhren, wie sie noch in sich hineinstopfen konnte. Dann wurde es wieder komplett dunkel, und Josephine schlief ein.

Als sich am nächsten Morgen erneut der Schimmer zwischen den Brettern am Fenster zeigte, wachte sie auf. Und wieder öffnete sie Glas um Glas und stillte ihre Gier nach dem, was hier im Geheimen lagerte. So ging es tagelang, nächtelang. Irgendwann hatte sie völlig die Orientierung für alles Zeitliche verloren. Und als sie des Überflusses ihres Kerkers mit einem Mal überdrüssig wurde, entschloss sie sich dazu, herauszufinden, ob sie sehen konnte, woher der Lichtstrahl kam, und ob es dort vielleicht etwas Neues zu entdecken gab.

Am Anfang konnte sie beinahe gar nichts sehen. Zu hell war der Lichtschein, und zu sehr hatten sich ihre Augen an die Dunkelheit gewöhnt. Lang stand sie vor dem mit grobem Holz vernagelten Kellerfenster. Es lag zu hoch, als dass sie es mit ihren kindlichen Armen hätte erreichen können, um zu überprüfen, ob das eine oder andere Brett vielleicht zu locker säße. Eine halbe Ewigkeit stand sie da. Ganz dicht vor der feuchten Wand unterhalb des Fensters. Langsam konnte sie erahnen, was sie durch den schmalen Spalt sehen konnte. Sie sah vor allem den Himmel: blauen Himmel mit gleißend weißen Wolken. Wenn sie den Kopf ganz leicht hin und her und auf und ab bewegte, setzte sich vor ihrem inneren Auge aus den einzelnen Streifen ein größeres Bild zusammen. Jetzt sah sie die Zweige eines Baumes in der Ferne, dann seine Äste und den oberen Teil seines dicken, braunen Stammes. Sie kannte diesen Baum. Er stand auf der dem Hauptportal des Heimes gegenüberliegenden Straßenseite in Richtung Rhein. Sie hatte oft genug heimlich nachts im Mondlicht aus dem Fenster ihres Schlafsaales geschaut, um ihn nun einwandfrei erkennen zu können, obwohl sie im Augenblick nur seine Krone sehen konnte.

Alles, was sich weiter unten in Richtung Erdboden abspielte, war für Josephine nicht sichtbar. Das ließ der Winkel nicht zu, in dem sie zwischen den höhergelegenen Brettern hindurchblinzeln musste. Es sei denn, etwas oder besser gesagt jemand trat von außen ganz nah an das Kellerfenster heran.

Zuerst sah Josephine den Pullover. Einen einfachen, grob gestrickten Pullover. Darüber den offenen Mantel aus brauner Wolle. Er schien am Kragen aufgerissen zu sein. Dann sah sie ein Kinn. Ein kindliches Kinn. Ein Mädchen stand ihr genau gegenüber, nur zwei Meter über ihr und –

anders als sie selbst – draußen vor der Hauswand des Kinderheimes. Es musste eines der Mädchen sein, die mit ihr hier lebten. Zu versuchen, sie durch den Bretterschlitz genauer zu erkennen, war sinnlos. Sie hatte ja doch nie eines der Kinder näher angesehen. Wie sollte sie sie da unterscheiden, wenn sie nur einen kleinen Streifen von ihnen zu sehen bekam? Schwarze Haare sah Josephine noch. Sie wehten so schnell davon, wie sie erschienen waren, und dabei glaubte sie, ein Klirren wie von splitterndem Glas gehört zu haben.

Meine Oma wusste nichts von kindlichen Traumata. Sie hatte zeitlebens keine Ahnung von den Theorien über die Abwehrmechanismen der menschlichen Psyche zum Schutz ihrer selbst vor dem Unerträglichen. Aber sie wusste sehr wohl, dass die Wahrheit schwindet, wenn es um das reine Überleben geht. Und wann immer sie mir diese Episode aus ihrer Kindheit erzählte, blieb sie dabei, dass sie noch tagelang in ihrem Kellerverlies in nahezu völliger Dunkelheit einerseits und mit den köstlichsten Kostbarkeiten andererseits ausharren musste – ausharren durfte, bis man sie schließlich wieder hochholte.

Martha musste schuften wie ein Ackergaul. Sie hatte ein Auskommen als zweite Magd bei einer sehr fruchtbaren und vergleichsweise wohlhabenden Bauernfamilie gefunden. Von früh an hatte sie die zahlreichen Kinder mit Haferbrei und Obst zu versorgen. Sie hatte Kleinholz zu hacken, Töpfe zu schrubben, Böden zu bohnern, Wäsche zu waschen und zu glätten. Sie hatte bei der Aussaat zu helfen, wenn gesät werden musste, und sie hatte bei der Ernte zu helfen, wenn geerntet werden musste – und das alles immer auf Befehl der anderen, der ersten Magd, einer alten holländischen Jungfer, die das deutsche Mädchen schön an der kurzen Leine hielt, damit ihre Position auf keinen Fall in Gefahr geriete. Wann immer Martha auch nur einen Augenblick auf den Besen gestützt verharrte und verträumt aus dem Küchenfenster über die nebelweißen Wiesen in den Sonnenaufgang sah, konnte sie sicher sein, dass die Alte hinter ihr auftauchen, in unverständlichen Worten und gleichzeitig unmissverständlichem Tonfall auf sie einschimpfen und sie mit Zusatzaufgaben eindecken würde. Rechen flicken oder Socken stopfen.

Abends, wenn die Bauernfamilie in ihren Schlafkammern verschwand, teilte sich Martha mit der Alten die beiden Küchenbänke. Martha lag auf der kürzeren. Zwar maß sie – obwohl noch nicht ausgewachsen – sicherlich eine Handbreit mehr an Körperlänge als die alte Holländerin, aber zu widersprechen oder verhandeln wäre ihr noch nicht einmal in den Sinn gekommen. Und so lag sie dann Nacht für Nacht gekrümmt auf einer schmalen Bank in den gleichen vier mal vier Metern, die auch am Tag fast vollständig ihre Welt ausmachten. Sie fühlte sich wie in einer Bärenhöhle.

Von der Bärin hatte sie nur Ruhe, wenn der Bauer selbst sie aufs Feld schickte, um zu harken, oder auf eine der Wiesen, um das Heu zu wenden. Dann hatte sie bisweilen wirklich Zeit, um auf ihr Arbeitsgerät gestützt dazustehen und den Blick schweifen zu lassen. Dann war schlicht niemand in der Nähe, der sie herumkommandieren konnte. Und manchmal, wenn sie das Glück hatte, auf einer der nördlichen Parzellen ihrer Feldarbeit nachkommen zu müssen, konnte sie sogar einen Blick in den Park des angrenzenden Gutshauses werfen. Sie konnte die Zufahrtsstraße sehen, und manchmal sah sie einen schwarz glänzenden Kraftwagen. Und vor allem hörte sie ihn. Sein dröhnendes Knattern war nicht zu überhören. Und dann glaubte sie sehen zu können, dass dort im Wagen, schräg hinter dem Fahrer, jener Mann saß, von dem sie hier alle redeten, weil er seit einigen Jahren der mit großem Abstand berühmteste Bewohner des Ortes war. Martha verstand zwar nach wie vor nur wenige Brocken Niederländisch, aber als sich die Bauernfamilie am Abendbrottisch eines Tages über den sagenumwobenen Exilanten, der nur ein paar Hundert Meter entfernt in Haus Doorn residierte, lustig machte und ihn in seiner bekannt exzentrischen Art imitierte, wie er sich durch das Dorf kutschieren ließ, als inspizierte er seine Truppen, begriff Martha, um wen es hier ging. Dann ging es um den abgesetzten letzten deutschen Kaiser, der nach dem unrühmlichen Ende des Großen Krieges nicht wieder in sein nicht mehr vorhandenes Reich hatte zurückkehren dürfen. Und wenn dann sogar die erste Magd, die eigentlich natürlich bei Tisch zu schweigen hatte, das Wort ergriff und sich darüber amüsierte, dass Wilhelm anscheinend jeden Tag mehrere Bäume zu fällen pflegte – ob aus Langeweile, Gestaltungsdrang oder sportlichem Antrieb, wer wusste das schon? –, dann verstand Martha, dass sich die Spitzen, die diese einfachen holländischen Bauern gegen den ehemaligen Kaiser des Deutschen Reichs ausfuhren, auch gegen sie selbst, gegen *de Duitse* richteten.

Umso mehr fühlte sie sich mit dem alternden Mann verbunden, an dessen Porträt, wie es in der alten Schule in Hau gehangen hatte, sie sich noch gut erinnern konnte. Und wann immer sie also auf den Feldern arbeitete, die an den weitläufigen Park rund um Haus Doorn angrenzten, hielt sie so oft als möglich inne und lauschte nach dem Automobil. Oft genug blieb das Knattern aus. Aber beinahe jedes Mal nahm sie aus der Tiefe des Parks ein Geräusch wahr, das nur von einer kaiserlichen Säge stammen konnte, die mit majestätischer Selbstverständlichkeit durch einen alten, knorrigen Stamm getrieben wurde.

Zu Gesicht bekommen hat Martha den Kaiser in ihrer gesamten Zeit in Holland nicht ein einziges Mal. Aber gehört hatte sie ihn. Dessen war sie sich sicher. Und man kann natürlich darüber streiten, ob es nicht letzten Endes gleichgültig ist, ob man einen Kaiser mit den Augen oder mit den Ohren wahrnimmt. Aber ob es denn wirklich die Säge seiner Majestät gewesen war, die Martha hatte ratschen hören, oder einfach nur irgendeine Säge, vermochte niemand zu beweisen oder zu widerlegen.

Ich möchte ihr glauben, dass sie den Klang des Kaisers hatte heraushören können. Schon allein, weil so viele ihr später nicht geglaubt, sie verspottet und sicher auch ein wenig beneidet hatten. Und nicht zuletzt, weil Wilhelm II. erstaunlicherweise nicht der letzte Kaiser ist, der in dieser Geschichte vielleicht, womöglich, beinahe auftaucht. Aber dazu später mehr.

WIE EINE SCHLINGPFLANZE

Hatten sie nicht geschworen, einander nie mehr loszulassen? Änni plagte das schlechte Gewissen, sie verraten zu haben. Sie hatte nichts getan, um den Lauf der Dinge aufzuhalten. Sie war bei der Beerdigung von Josephines Mutter natürlich nur als Zaungast anwesend gewesen. Draußen vor der katholischen Kirche in Hau hatte sie hinter der Linde gewartet und Josephine und Martha gesehen, wie sie neben dem Vater aus dem alten Portal traten und dem Sarg folgten. Die alten Tratschweiber des Dorfes hatten einander zugeraunt, dass der Vater die Mädchen würde weggeben müssen.

Änni hatte alles gewusst. Und sie hatte nicht genug dagegen getan. Und dann war es passiert.

Es war das schlechte Gewissen. Aber das war nicht alles. Viel schwerer wog der Verlust. Josephine war weg. Sie war einfach aus Ännis Welt verschwunden. Alle Spuren waren verwischt. Josephines Mutter war tot, den Vater hatte man in ein Kriegsversehrtenheim gesteckt, ihre Schwester nach Holland geschickt.

Es war, als hätte Josephine nie existiert. Und niemand anders trauerte mit ihr. Mit ihrer Mutter hatte sie seit der Ohrfeige nicht mehr sprechen wollen. Mit ihren Brüdern war sowieso nicht zu reden, und der Vater brachte nur Unverständliches hervor.

»Lass doch«, hatte er gelallt. Oder vielleicht hatte es auch »Lass sie« geheißen. Oder einfach: »Lass mich.«

Und trotzdem war der Vater der Einzige, mit dem Änni teilen konnte, was sie bedrückte. Stundenlang saß sie mit ihm vor der Tür und sah ihm dabei zu, wie er seine Schnüre knüpfte.

»Ich vermisse sie so sehr«, sagte sie manchmal ganz leise. So als wollte sie nur ein wenig gehört werden und nicht wirklich verstanden. Und dann hörte sie seine Antworten und verstand sie ebenso wenig.

»Was auch immer«, sagte er. Oder: »Was ist schlimmer.« Es war egal, jedenfalls konnte man sich ausmalen, dass er zuhörte, ohne zu widersprechen oder sie zu ohrfeigen.

Änni nahm die Seile in die Hand, ließ sie durch die Finger gleiten und zählte die Knoten. Sie kam bis hundert. Dann musste sie von vorne anfangen.

»Das ist ein schöner Gürtel für zwei«, sagte sie, und dann kamen ihr Tränen, weil sie daran denken musste, wie sie mit Josephine auf der Straße eng umschlungen gestanden hatte, während die Mutter der Freundin starb.

»Zum Anfangen«, sagte ihr Vater. Oder so etwas in der Art.

Und dann kam plötzlich ihre eigene Mutter aus der Tür, schimpfte etwas davon, dass sie schon die ganze Zeit nach ihr rufe, und riss ihr die Schnüre des Vaters aus der Hand. Änni sah hilflos dabei zu, wie dem Vater sein Tagwerk um die Ohren flog.

»Sammle das auf«, rief die Mutter und zeigte auf die Schnüre, die unter dem Vater verteilt lagen. »Los! Und dann wirf sie ins Feuer. Ich kann sie nicht mehr sehen. Nichts als nutzlose Schnüre!«

Ihr Vater warf mit seinen toten Augen einen Blick in ihre Richtung, der zu sagen schien: »Tu, was deine Mutter sagt.« Und dann stand er auf und watschelte zu seinem Brennnesselfeld.

Den ganzen Winter über sprach Änni kein Wort. Und niemandem fiel es auf. Sie – und noch schlimmer: ihre Trauer – schien unsichtbar zu sein. Manchmal besah sie sich ihre Hand, wie um zu überprüfen, ob man schon hindurchschauen konnte. Aber sie war noch da. Sie und die Trauer. Jemand musste doch davon Kenntnis nehmen.

An einem frühlingshaften Donnerstag entschied sie sich dazu, herauszufinden, wie weit sie gehen musste. Und sie ging buchstäblich sehr weit. Anstatt zur Schule zu laufen, bog sie an der Hofeinfahrt demonstrativ in die falsche Richtung ab. Anstatt ihren Brüdern zu folgen, folgte sie der Lust, sie selbst zu sein. Sie wollte sich spüren, wenn schon niemand anders von ihr Notiz nahm. Sie wollte fühlen, was sie fühlte. Und das war nun mal vor allem der Verlust. Ihre Schritte trieben sie unvermeidlich nach Hau, zu dem Hof von Josephines Onkel und Tante, genau zu der Stelle, an die sie zum ersten Mal auf die Freundin gestoßen war, die sie nun so sehr vermisste.

Als sie vorbeilief, musste sie tief atmen, um nicht laut zu schluchzen. Und dann fiel ihr ein, dass sie weinen durfte, weil sie hier ja niemanden kannte, und weil sie ja sowieso unsichtbar zu sein schien. Und dann rannte sie mit ihren Tränen um die Wette. Vorbei an Höfen, über Straßen, durch Waldstücke, über sanfte Hügel und weiter auf Wegen, die sie noch nie zuvor gesehen hatte, von denen sie keine Ahnung hatte, wohin sie führen würden.

Irgendwann kam sie in die Stadt. Sie war schon ein paarmal in Kleve gewesen, hatte den Vater auf den Markt begleitet, aber vor dem Krieg, vor der Verletzung des Vaters, vor den Brennnesselschnüren. Sie war noch so klein gewesen. Eine wirkliche Erinnerung daran hatte sie nicht.

Sie lief oberhalb der Burgruine vorbei, die sie aus der Nähe noch nie gesehen hatte. An manchen Stellen im niederrheinischen Flachland sieht man sie auf Kilometer entfernt in den Himmel ragen. Aber so nah war sie dem alten Gemäuer noch nie. Sie konnte dem Drang nicht widerstehen, ihre Finger durch die Fugen zwischen den Steinen gleiten zu lassen. Drei Städterinnen in verblüffend unbrauchbaren Kleidern, beladen mit mittelschweren Einkaufskörben und auf eine Art und Weise frisiert, die Änni neu war, starrten sie an. Sie starrte zurück. Sie war gesehen worden. *Immerhin,* dachte sie. Und dann lief sie einfach weiter. Den Hügel hinunter, hinaus aus der Stadt. Vor ihr begannen die weitläufigen Rheinwiesen. Sie lebte so nah am Rhein, und dennoch war sie niemals hier gewesen. Es gab dazu keinen Anlass. Und so etwas wie Familienausflüge, die die Wiesen rund um Schenkenschanz hätten zum Ziel haben können, fanden in ihrer Welt nicht statt.

Von Weitem sahen sie aus wie graue Steine. Dann hörte sie das Schnattern, und dann begriff sie, dass die Wiesen übersät waren mit Tausenden von Gänsen. Vorsichtig näherte sie sich den Tieren. Aber wie langsam, wie vorsichtig auch immer sie ihnen näher kam, immer wichen sie ihr aus, als wäre sie umgeben von einer riesigen, unsichtbaren Kraft, die die Gänse vor sich herschob. Sie wollte den Tieren nichts tun. Sie wollte ihnen nur näher kommen, die Muster auf ihrem Gefieder anschauen, aber wenn sie schneller wurde, auf sie zurannte, scheuchte sie die großen Vögel nur auf. Dann erhob sich der ganze riesige Schwarm auf einmal in die Luft, und es gab ein ohrenbetäubendes Getöse. Ein Geräusch, das sich mit nichts vergleichen ließ, das Änni je gehört hatte. Sie sah den Tieren mit offenen Mund nach. Wie sie sich gemeinsam in den Himmel schraubten und dann beinahe aus ihrem Blickfeld verschwanden, um irgendwo weiter hinten einen neuen Rastplatz zu finden.

Änni stand jetzt kurz vor dem Ort, der, von hohen Mauern umgeben, inmitten der flachen Wiesen thronte. Ein Bollwerk. Drinnen die Menschen, die sich eingemauert hatten, um vor den Gefahren der Welt gewappnet zu sein. Draußen die Vögel, die in Freiheit lebten und sich bei Gefahr einfach in die Luft erhoben und davonflogen. Hätte sie die Wahl gehabt: Sie wäre lieber ein Vogel gewesen.

Am Abend kam sie pünktlich zum Essen um die Hofeinfahrt gebogen. Sie war den ganzen langen Weg zurückgelaufen. Auf dem letzten Stück hatten ihre Fußsohlen geschmerzt. Vielleicht war sie noch nie so viel an einem Tag gelaufen. Alles tat weh. Aber das war es wert gewesen. Einfach zu verschwinden tat ihr gut.

Es war tatsächlich, wie sie angenommen hatte: Niemand schien von ihrer Abwesenheit Notiz genommen zu haben. Die Mutter sagte keinen Ton, der darauf hindeutete, dass irgendetwas nicht stimmte. Und auch die Brüder schwiegen, die ihr Fernbleiben von der Schule doch bemerkt haben mussten.

Und als auch am nächsten Tag niemand etwas sagte, keine Mitschülerin und nicht einmal die Lehrerin sie fragten, wo sie denn am Vortag gewesen war, keimte in ihr eine Idee. Und sie wuchs schneller und schneller. Dem Unterricht konnte Änni nun längst nicht mehr folgen, sogar den Schulschluss verträumte sie beinahe. Ihre Sitznachbarin musste sie erst anstoßen, damit sie aufstand und ihre Sachen zusammenräumte. Änni war jetzt komplett gefangen von der Vorstellung, die sie befallen hatte wie eine Schlingpflanze.

Die Idee hatte von ihr Besitz ergriffen. Sie hatte Ängste und Befürchtungen überwuchert und sämtlichen Konventionen den Boden geraubt. Und so ging sie, Änni, das evangelische Mädchen aus Pfalzdorf, in sechster oder siebter oder achter Generation mit dem falschen Bekenntnis am falschen Ort, nachmittags zum katholischen Pfarrer in Hau und klopfte an dessen Tür, als gehörte sich das so.

Und noch bevor der Pfarrer gewahr wurde, wen er da vor sich hatte und was dieser kleine Mensch mit dem Dialekt des fremden Nachbardorfes von ihm wollte, hatte sie sich mit ihrem vollen Namen vorgestellt und ihr Anliegen in der gebotenen Höflichkeit dargelegt. Sie hatte wissen wollen, wohin genau man Josephine gebracht hatte. Er wisse schon, das Mädchen aus Hau, in etwa so alt wie sie selbst; der Vater zu schwach, um sich um sie und die Schwester zu kümmern, die Mutter vor Monaten gestorben. Natürlich wusste der Pfarrer Bescheid. Es wusste, von wem sie sprach, und er wusste, wo sie war. Und da der Pfarrer von ihrem Auftreten dermaßen überrumpelt worden war, hatte sie noch nicht einmal auf die fadenscheinige Ausrede zurückgreifen müssen, die sie sich zurechtgelegt hatte. Sie hatte nicht lügen wollen, das war schließlich Sünde. Und noch weniger hatte sie einen Mann Gottes belügen wollen, auch keinen katholischen. Das war bestimmt noch sündiger. Zum Glück verriet der Priester ihr ganz einfach und ohne zu zögern die Adresse: Josephine war in Heerdt, in Düsseldorf-Heerdt, in einem wunderbar direkt am Rhein gelegenen Waisenhaus, geführt von den Schwestern vom Orden der Dominikanerinnen. Mehr musste sie nicht wissen. Sie hatte ihre Antwort, und den Pfarrer ließ sie mit all seinen Fragen zurück, die ihm wohl einfach zu spät gekommen waren.

Beflügelt von Übermut sprang sie über die Gleise. Vor Kurzem hatte die Moderne im Ort Einzug erhalten. Vor dem Friedhof, auf dem Josephines Mutter begraben lag, hielt jetzt die elektrische Straßenbahn, die in kaum mehr als Schrittgeschwindigkeit Kleve und den Bahnhof in Bedburg-Hau miteinander verband. Änni sah zu, wie sich der kurze und hochaufragende Wagen nahezu geräuschlos näherte. Vorne und hinten war er zwar überdacht, aber zu den Seiten hin offen. Der Fahrer, der stolz mit grauem, noch immer sehr wilhelminisch anmutendem Schnurrbart und in schicker Uniform im vorderen Bereich stand und an Hebeln und Rädern drehte, erwiderte Ännis kindliches Winken auf eine weihevolle Art. Sie sah dem surrenden Ungetüm dabei zu, wie es an der Haltestelle zum Stehen kam. Eine Familie entstieg schweigend und allem Anschein nach höchst ergriffen vom Fortschritt dem Waggon.

Als sich die Bahn wieder in Bewegung setzte, kam Änni in den Sinn, worüber sie die Brüder hatte heimlich feixen hören. Sie hatte ihre Heldengeschichten und Prahlereien gehört, wie sie heimlich auf den Wagen der neuen Straßenbahn aufgesprungen und als blinde Passagiere mitgereist waren.

»Der Alte mit dem Kaiser-Wilhelm-Bart merkt gar nichts«, hatten sie einander zugeraunt.

Ohne nachzudenken, lief Änni los. Sie hatte keine Mühe, mit der anfahrenden Straßenbahn Schritt zu halten. Und auf die offene Plattform am hinten Ende aufzuspringen, war tatsächlich weitaus weniger aufregend und anstrengend, als es die Erzählungen der Brüder hätten vermuten lassen. Den beiden letzten verbliebenen Fahrgästen vor der Endstation lächelte sie offensiv verschwörerisch zu. Zwei Männer mittleren Alters mit Anzügen und Hüten nach Mode der Zeit. Der eine sah verschämt weg, der andere lächelte, wie man eben ein Kind anlächelt, das einen an die eigene, vergangene Sorglosigkeit erinnert.

Aber Änni war nicht sorglos. Und das hier war kein Spiel. Es sah vielleicht danach aus. Aber in Wahrheit war sie getrieben von der Idee, die seit heute Morgen im Schulhaus von ihr Besitz ergriffen hatte. Und sie hatte seitdem bereits zwei wichtige Dinge gelernt. Erstens: Sie wusste jetzt, wo Josephine untergekommen war. Und zweitens: Sich auf einen Waggon zu schleichen und unentdeckt mitzufahren, war einfacher, als man annahm. Jetzt galt es nur noch herauszufinden, wann genau die Züge nach Düsseldorf abgingen. Aber das war schnell erledigt. Sie hatte sich nicht einmal die Mühe machen müssen, den aushängenden Fahrplan zu studieren. Der freundliche Bahnhofsvorsteher hatte dem interessierten Kind nur allzu auskunftsfreudig den kompletten Fahrtverlauf mitsamt den Abfahrtszeiten heruntergebetet. Jetzt hatte die Schlingpflanze, die in ihr gekeimt war, alles, was sie brauchte. Und so fand sich Änni am nächsten Morgen tatsächlich im Zug nach Düsseldorf wieder.

Wieder hatte sie sich davongestohlen. Wieder hatte niemand bemerkt, dass sie in die falsche Richtung gegangen war. Wieder hatte niemand sie vermisst. Am Bahnhof hatte sie Glück gehabt – und einen Instinkt bewiesen, der sie selbst verblüffte: Als der Acht-Uhr-Zug einfuhr, hatte sie eine Mutter mit zwei Kindern und vier Koffern gesehen, die sich – die Fahrkarten in der Hand – an den Schaffner gewandt hatte. Änni beobachtete den Wortwechsel. Fragen wurden ausgetauscht. Bestätigendes Nicken. Fahrkarten wurden mit der Fahrkartenentwertungszange entwertet. Dann wurde der Schaffner von jemand anders abgelenkt, und Änni witterte ihre Chance.

»Darf ich Ihnen mit den Koffern helfen?«, fragte sie die Mutter, deren Aufregung ob der Reise mit derart viel Gepäck mit Händen greifbar war.

»Oh, das ist aber sehr freundlich von dir, mein Kind.«

Die Frau nahm den schwersten Koffer. Ihre beiden Kinder, ein dicklicher Junge und ein Mädchen mit langen

Zöpfen und offen stehendem Mund, beide sicher etwas jünger als sie selbst, nahmen je ein weiteres Gepäckstück. Änni griff sich mit einer Selbstverständlichkeit den letzten Koffer, die keinen Zweifel aufkommen lassen konnte, dass sie ein legitimer Teil dieser Familie war und dementsprechend ein legitimer Fahrgast. Sie konnte nur hoffen, dass der Schaffner sie beim Besteigen des Zuges gesehen hatte und ihr diese Geschichte wortlos abkaufen würde.

»Setz dich doch zu uns«, hatte die fremde Frau sie aufgefordert. »Wohin fährst du denn, so ganz allein?«

»Mein Vater ist schwer kriegsversehrt und vollkommen erblindet.« Das war zwar keine Antwort auf die Frage. Aber Änni schaffte es, diesen immerhin wahren Satz auf eine Art zu formulieren, die die Frau vermuten ließ, sie würde ihren Vater in einer Klinik besuchen fahren. »Ich muss nach Düsseldorf«, ergänzte sie.

Die Frau nickte und sollte für den Rest der Fahrt keine weiteren Fragen mehr stellen.

Technisch gesehen hatte Änni nicht gelogen, nicht gesündigt. Allenfalls hatte sie ein Missverständnis in Kauf genommen. Das war in Ordnung.

Jetzt musste nur noch der Schaffner mitspielen. Als Änni ihn am Ende des Waggons erspähte, wie er mit kontrollierendem Blick durch den Gang der wackelnden Bahn schwankte, wurde sie unruhig. Hier eine Frage beantwortend, dort noch einen Fahrschein entwertend, näherte er sich unaufhaltsam. Als er endlich bei ihr angelangt war, kam es, wie sie erhofft hatte: Mit vermeintlich wissendem Blick nickte der Uniformierte der Frau zu, für deren Tochter Änni sich schweigend ausgegeben hatte, und verschwand im nächsten Waggon.

Instinktiv hatte sie die perfekte Tarnung gefunden. Ihre Naivität, mit der sie in den Zug gestiegen war, hatte ihr geholfen, den Schaffner auf seinem eigenen Terrain zu schlagen. Aber als ihre Tarnmutter mit den beiden kurzzeitigen Geschwistern in Neuss wieder ausstieg und den Schaffner auf dem Bahnsteig – Änni beobachtete die Szenerie aufmerksam durch das Fenster – in erneute Fragen verwickelte, musste dem Schaffner wohl gedämmert haben, dass sich in seinem Zuständigkeitsbereich eine blinde Passagierin befand. Änni folgte seinen nervösen Blicken, die zwischen den Fahrscheinen der Frau, ihren zwei – nicht drei! – Kindern und dem Fenster hin und her sprangen, hinter dessen unterem Rand Änni sich versteckt hatte. Kurz nachdem er dem Lokführer per Trillerpfeife und Kelle das Signal zur Weiterfahrt gegeben hatte, sah sie ihn auch schon auf ihn zustürmen. Diesmal schwankte sein Gang kein bisschen, und er fixierte sie von Weitem mit seinem Blick. Sie hätte aufspringen und in den nächsten Waggon fliehen können, aber das hätte das nun Folgende nur um einen kurzen Augenblick hinausgezögert. Und vielleicht hätte es alles noch schlimmer gemacht.

»Deinen Fahrschein!«

Änni schwieg. Sie ahnte, dass es besser wäre, keine Ausreden zu erfinden. Aber die Wahrheit brachte sie nicht übers Herz. Es blieb nur Schweigen. Und dann ging alles ganz schnell: Fluchend und zeternd packte der Schaffner sie am Kragen. Änni hörte ein unschönes Geräusch. Das Reißen einer Naht. Er schien sie bei seiner Ehre gekränkt zu haben. Bei ihm, dem preußischsten aller preußischen Reichseisenbahnbeamten, hatte man nicht ohne gültigen Fahrschein zu fahren, schon gar nicht so ein kleines Mädchen. Und noch weniger hatte man ihn darüber zu täuschen. Er war ohne jeden Zweifel persönlich beleidigt. Mit entsprechender Verve warf er Änni am nächsten Halt buchstäblich aus dem Zug.

Sie konnte ihr Glück kaum fassen, als sie begriff, dass sie auf einem Bahnsteig des Düsseldorfer Hauptbahnhofes gelandet war.

Die Stadt war wild und laut. Überall bimmelten Straßenbahn, röhrten Automobile hinter Pferdefuhrwerken, drängten Fußgänger sie beiseite. Beinahe wäre sie auf der Fahrbahn gelandet, in einem Haufen Pferdemist, oder gar vor einem herannahenden Autoreifen. Aber sie kämpfte sich durch. Nicht umsonst wuchs sie mit zwei Brüdern auf, dachte sie. Sie war gewohnt daran, die Ellbogen auszufahren.

»Zum Rhein?«, hatte sie eine auffallend schick gekleidete Dame gefragt, die direkt am Ausgang des Bahnhofes auf jemanden zu warten schien. Die blonde Frau musterte sie von oben bis unten.

»Da lang.«

»Haben Sie vielen Dank«, erwiderte Änni. Aber die Dame nahm nur einen Zug von ihrer Zigarette und würdigte sie keines Blickes mehr. Gegen diese Eleganz verblassten selbst die Städterinnen in Kleve, dachte Änni.

Aber Glanz und Elend lagen buchstäblich dicht beieinander. Nur wenige Schritte war Änni gegangen, als sie über Beine stolperte, die zu jemandem gehörten, der benommen an einer Hauswand lehnte. Ein alter Mann, abgemagert und in halb zerrissenen Hosen, das Gesicht schwarz verfärbt von Ruß und Dreck. Im ersten Moment hatte Änni geglaubt, der Mann wäre tot. Aber seine Zunge bewegte sich in seinem halb geöffneten zahnlosen Mund. Es war ein Elend. Hier musste doch jemand helfen. Nicht vorstellbar, solch einen Anblick jemals bei ihr zu Hause auf dem Dorf ertragen zu müssen. Selbstverständlich würden alle mit anpacken, um dem armen Mann zu helfen, ihn mit Essen und frischer Kleidung zu versorgen.

Aber hier, das begriff Änni schnell, liefen die Dinge anders. Hier, in der großen Stadt, verstand es sich von selbst, das Elend zu ignorieren. Und Änni begriff noch eine Sache: Wenn sie vorankommen wollte, musste auch sie ausblenden, was links und rechts um sie herum passierte.

Auf ihrem Weg zum Rhein stieg sie über drei, vier, fünf Halb- und vielleicht auch Mausetote. Irgendwann zählte sie sie noch nicht einmal mehr. Man schickte sie über die Rheinbrücke, als sie nach dem Waisenhaus fragte, das der Pfarrer in Hau ihr genannt hatte. Und dann links halten.

Und tatsächlich: Nach einem quälend langen Weg entlang des Rheins stand sie tatsächlich vor ihrem Ziel. Das Kinderheim am Ufer war schon von Weitem zu erkennen. Zwischen Feldern und flachen Häuschen ragte das mehrstöckige Backsteingebäude in die Höhe wie ein Berg. Änni erkannte es, obwohl sie keine Ahnung hatte, wonach genau sie gesucht hatte. Es sah aus, wie sie sich ein Waisenhaus vorgestellt hatte. Es war eine Burg, ein Gefängnis. Die Fenster des Erdgeschosses ragten weit über ihren Kopf und verwehrten jeden Blick ins Innere. Nirgendwo waren Kinder zu sehen, nicht einmal hören konnte man sie. Lediglich das leise Klappern von Geschirr konnte Änni vernehmen. Eine Frau in einem langen weißen Kleid und mit schwarzem Schleier beäugte sie kritisch aus einem der Fenster. Änni starrte zurück. Vorhänge wurde zugezogen. Augenblicke später kamen zwei gleichermaßen weiß und schwarz gewandete Frauen um die Ecke des Heims auf Änni zu. Das mussten diese Dominikanerinnen sein, diese Schwestern, von denen der Priester geredet hatte. Änni stand jetzt dicht vor dem Haus und sah die Fassade hinauf. Die beiden Nonnen, die sich ihr von der Seite näherten, versuchte sie zu ignorieren. Sie hatte schließlich schnell gelernt, wie man sich in der Großstadt zu verhalten hatte.

»Was machst du hier, mein Kind?«

Änni schwieg.

»Mein Kind«, wiederholte jetzt die andere Schwester etwas lauter. »Was tust du hier?«

Änni zögerte. Sie war ganz allein hierhergekommen. Sie wollte ihre Freundin sehen. Ihr Plan hatte so reibungslos funktioniert, wie sie es sich erträumt hatte. Das einzige Problem war: Sie hatte keine Ahnung, wie sie zu Josephine durchdringen sollte. In ihrer Fantasie würde sie jetzt einfach hiergestanden haben. Aber in Wirklichkeit waren hier nur hohe, dicke Mauern und zwei angsteinflößende Frauen, die nicht den Eindruck vermittelten, als wäre Änni hier willkommen. Aber die beiden Nonnen waren ihre einzige Chance.

»Ist Josephine hier?«, fragte Änni zaghaft. Sie traute sich kaum, den Kopf zu drehen. Aus den Augenwinkeln sah sie zu den Schwestern.

»Welche Josephine?«, erwiderte die erste Schwester.

»Was willst du von ihr?«, fragte die andere.

Änni konnte spüren, wie sie sie von Kopf bis Fuß musterten. Noch immer sah sie die beiden nicht an, sondern erduldete still ihre Blicke. Es kam ihr vor wie Stunden. Dann kam schließlich eine der beiden auf sie zu. Sie beugte sich zu ihr herunter. Ganz nah an ihr Ohr. Und dann zischte sie:

»Verschwinde von hier! Aber ganz schnell. Hier gibt es keine Josephine.« Und dann machten beide Schwestern auf dem Absatz kehrt und ließen sie allein zurück.

Oben am Fenster bewegte sich der Vorhang. Zwei böse Augen unter einer schwarzen Haube gifteten sie an. Sie wollten nicht gesehen werden, aber Änni sah sie. Es packte sie eine kalte Wut. Und dann bückte sie sich blitzschnell, nahm einen faustgroßen Stein, der wie für diesen Zweck zu ihren Füßen platziert lag, und schmetterte ihn mit aller Kraft gegen die Fensterscheibe.

Es klirrte. Änni lief davon.

MIT KONRAD STIMMTE ETWAS NICHT

Ich höre diesen Satz immer mit der Stimme meiner Oma. Er hat sich mir eingebrannt, wie er sich auch schon in ihrem Kopf eingebrannt hatte: *Mit Konrad stimmte etwas nicht*. Viel mehr weiß ich nicht von ihm. Ich weiß nicht, woher er kam. Und ich möchte mir kaum ausmalen, was mit ihm passiert ist. Ich weiß von ihm nur diese eine kurze Episode, dieses eine Jahr, diese eine verpasste Chance.

Konrad war adoptiert worden. Mit elf oder zwölf Jahren kam er nach Horath, das kleine Dorf mitten im Hunsrück, das seine neue Heimat hätte werden können. Anna und Matthias Sauer waren kinderlos geblieben und inzwischen schon in ihren Vierzigern. Wenn sie noch einen Erben für ihren kleinen Hof haben wollten, und wenn es jemanden geben sollte, der sich im Alter um sie sorgen würde, war es höchste Zeit, dem Schicksal nachzuhelfen. Von allein und durch Gottes Zutun würde sich kein Nachwuchs mehr einstellen. Der Pfarrer hatte ihnen schließlich die Idee nahegebracht, einen Jungen anzunehmen.

In den ersten Wochen verhielt er sich unauffällig. Das Einzige an ihm, das für Aufsehen sorgte, waren sein leuchtend rotblondes Haar und sein Gesicht, das einer Spitzmaus glich. Merkmale, die man später im Dorf als Vorboten interpretieren sollte. Manche wollten in seinen Zügen von Anfang an etwas Rattenähnliches gesehen haben, aber die wurden von den meisten als Prahler abgetan.

»Man hätte es gleich wissen können«, sollte man sich

später zuraunen. Aber erst einmal hatte jeder eine Chance verdient. Und so behandelten Matthias und Anna ihn von Anfang an wie ihren leiblichen Sohn. Und auch die Dorfgemeinschaft, naturgemäß gegenüber Fremden misstrauisch, nahm ihn auf. Er ging sonntags brav zur Kirche, besuchte mit erkennbarem Fleiß die Volksschule, und auch ansonsten packte er mit großem Eifer auf dem Hof mit an. Die Sauers konnten stolz sein auf ihren Sohn.

Die ersten echten Anzeichen wurden übersehen oder ignoriert. Es war schließlich normal, wenn beim Nachbarn plötzlich ein Küken weniger mit der Henne lief, das kam vor. Und man dachte vielleicht noch, man hätte sich getäuscht, wenn das eine oder andere Mal auch ein ausgewachsenes Huhn fehlte. Und dass das Verschwinden der Hühner schon zum Thema im Dorf wurde, ja, das war schon ungewöhnlich. Aber über irgendwas musste man ja reden. Und dass der Hund sich jedes Mal mit eingezogenem Schwanz in seiner Hütte verkroch, wann immer Konrad vorbeiging, sah man vielleicht sogar noch als lustige Begebenheit. Man machte Witze darüber, dass der Köter wohl Angst vor roten Haaren hätte. Haha, wie lustig.

Erst als im Stall ein Ferkelchen verblutet dalag, kam Matthias ein Verdacht. Das konnte nicht die Sau gewesen sein. Es kam mitunter vor, dass ein Muttertier sich an ihren eigenen Ferkeln verbiss, aber das hier, das erkannte Matthias genau, das hier war eine saubere Schnittverletzung. Jemand hatte dem Tier die Kehle durchgeschnitten. Unfassbar. Das war ohne Zweifel ein Mensch gewesen. Und niemand hatte hier Zutritt, außer Anna, ihm selbst und Konrad.

»Was hast du getan?«, brüllte Matthias den Konrad an und zerrte ihn am Schlafittchen in den Schweinestall.

»Was denn?«, röchelte er unschuldig.

»Sieh her! Was denkst du dir nur dabei?«

Konrad starrte auf das tote Ferkel. Matthias sah ihm in die Augen. Er wollte sehen, ob er lügt. Aber wenn Konrad in seinem kurzen Leben eine Sache gelernt zu haben schien, dann, wie man sich zu seinem eigenen Vorteil verstellt. Matthias sah das Entsetzen in den Augen des Jungen, nur ahnte er nicht, wie gut sein Sohn spielen konnte.

»Aber Vater«, sagte Konrad. »Wieso sollte ich so etwas Schreckliches tun?« Matthias selbst hatte gewollt, dass der Junge von Anfang an *Vater* zu ihm sagte. Er hatte stolz sein wollen auf den Burschen. Aber jetzt spürte er einen Ekel in sich aufsteigen. Er ließ Konrad fallen wie eine heiße Kartoffel.

Von da an behielt Matthias Konrad im Auge und ließ ihn keinen Augenblick mehr unbeobachtet. Aber der Junge verhielt sich völlig unauffällig. Monatelang passierte nichts. Kein Huhn verschwand, kein Ferkel starb auf unerklärliche Weise. Nur der Hund blieb verstört in seiner Ecke. Konrad arbeitete fleißig im Haus und auf dem Feld. Matthias hatte längst wieder so etwas wie Vertrauen gefasst. Man konnte den Jungen auch allein auf die Wiesen schicken. Mit der Sense konnte er gut umgehen. Er entwickelte sich zu jemandem, in dem man einen würdigen Erben für den bescheidenen Hof sehen konnte, den Anna und Matthias ihm irgendwann einmal überlassen würden.

Eines Nachts, es war eine dieser finsteren Neumondnächte, erwachte Matthias von dem ohrenbetäubenden Geschrei seiner Frau. Es schoss ihm direkt ins Mark. Sofort saß er aufrecht, tastete nach ihr.

»Anna, um Himmels willen, was ist denn los?«

»Da stand er«, hechelte seine Frau. Sie zeigte sicher irgendwo hin, aber es war stockfinster im Schlafzimmer.

»Der Konrad. Splitterfasernackt. In der einen Hand seine Kerze und in der anderen das Fleischermesser.«

»Was?« Matthias sprang auf. Im Vorbeirennen schnappte er sich den Hocker, der an der Tür stand, riss sie auf und hetzte hinüber in die Schlafkammer des Jungen auf der anderen Seite des Ganges. Er stürmte in Konrads Zimmer, und ohne darüber nachzudenken, drosch er mit dem Hocker auf das Bett ein. Er spürte einen Widerstand unter der Bettdecke, und Konrad jaulte auf, wie ein Schwein bei der Schlachtung.

»Vater!«, rief er. »Aufhören! Nein!« Immer wieder: »Vater! Vater!«

»Nenn mich nicht so«, brüllte Matthias in die völlige Dunkelheit. »Ich bin nicht der Vater des Teufels.« Noch immer schlug er auf den Jungen ein, bis der Hocker in drei Teile zerbarst und Matthias nur noch mit den abgesplitterten Beinen in den Händen dastand und selbst nicht mehr weiterwusste. Er hätte ihn am liebsten getötet, diesen Satan. Wenn er ihn jetzt in diesem Augenblick sehen könnte, würde er ihm die scharfkantigen Überreste des Hockers in die Brust jagen. Konrad war das mit den Hühnern gewesen. Und auch das Ferkel hatte er auf dem Gewissen. Das stand fest. Er hatte es die ganze Zeit geahnt. Und jetzt hatte dieser Eindringling auch noch seine Frau umbringen wollen. Er war außer sich. Das Schlimmste daran war: Konrad hatte es geschafft, aus ihm, dem sanftmütigen Matthias, einen Menschen zu machen, der nicht nur voller Misstrauen war, sondern inzwischen sogar bereit zu töten.

Anna kam gerade noch rechtzeitig. Sie hielt die brennende Kerze im Halter vor sich. Als sie die schützende Hand vor der Flamme wegnahm, sah man das Chaos, das Matthias angerichtet hatte. Die Federn lagen im ganzen Raum verteilt, als hätte es geschneit, aus denen nur die

Überbleibsel des Hockers herausragten: Konrads Schlafkammer sah aus wie ein Winterwald. Der Junge bibberte zusammengekauert am Kopfende des Bettes.

Für einen Moment war Matthias irritiert. Er wusste nicht, was es war. Aber irgendetwas hielt ihn für eine Sekunde davon ab, seine Tat zu vollenden.

»Er ist ja angezogen«, hörte er Anna flüstern, so als traute sie ihren Augen nicht. Ja, das war es. Er war angezogen. Er trug sein Nachthemd und darunter die lange Unterhose. Dazu steckten seine Füße in dicken Wollsocken, und auf seinem Kopf saß die lange Schlafmütze, die er immer hatte anziehen wollen, weil er sie so gemütlich fand. Wie hatte er sich so schnell wieder anziehen können? Hatte Anna nicht gesagt, er sei splitterfasernackt gewesen?

»Wo ist das Messer?«, fragte Matthias mit rauer Stimme. Sein Mund war trocken. »Wo ist das Schlachtermesser?«

Konrad blickte auf. Er schien Angst zu haben. »Welches Messer?«, er sah abwechselnd zu Anna und Matthias. »Was wollt ihr mit dem Schlachtermesser? Ich flehe euch an, tut mir nichts!«

»Ich frage dich«, schrie Matthias. »Wo hast du das Messer versteckt?«

»Ich habe es nicht!«

Matthias riss die Reste der Decke beiseite. Er sah unter dem Bett nach.

»Aufstehen!«, befahl er. »Umdrehen!« Aber nirgends war das Messer.

»Wo ist deine Kerze?«, fragte Mattias.

Konrad deutete stumm auf die Fensterbank. Matthias befühlte den Docht: kalt und hart. Anna entzündete ihn mit ihrer Kerze und verließ wortlos den Raum. Matthias und Konrad standen einander gegenüber. Wen hatte er sich da ins Haus geholt? Konrad war eine Schande. Er musste diesen Kerl wieder loswerden. Er schloss hinter sich die Tür. Drinnen hörte er ihn bibbern und jammern.

Unten in der Küche fand er Anna. Sie hielt das Messer in der Hand. »Es war im Schrank eingeschlossen, wie immer«, sagte sie im Flüsterton. »Der Schlüssel lag hier in der Dose. Wo er hingehört.«

Matthias sah sie an.

»Du musst mir glauben«, flehte Anna. »Er war wirklich da. Nackt, mit dem Messer. Es war dieses Messer! Das mit der Kerbe in der Klinge.«

»Ich glaube dir, Anna.« Er legte seine Hand auf ihre Schulter. »Mit diesem Jungen stimmt etwas nicht. Er muss weg.«

Aber wie sollten sie das anstellen? Welchen Grund hatten sie, außer einem seltsamen Gefühl und einem vagen Verdacht? In den nächsten Wochen zeigte Konrad sich wieder fleißig und freundlich. Wieder einmal hatte er es geschafft, Vertrauen zurückzugewinnen. Niemand erwähnte mehr den Vorfall in der Neumondnacht.

Das Ende kam umso plötzlicher. Als Matthias ihm eines Tages den Auftrag gab, unten im Tal nachzusehen, ob die Kartoffeln reif waren, folgte er dem Jungen heimlich. Konrad lief den Hangweg hinab in Richtung des Ackers, zu dem Matthias ihn geschickt hatte, aber als er unten am Bach angekommen war, ging er nicht, wie er es hätte tun sollen, nach links, den Bachlauf entlang. Sondern er tat einen weiten Satz über das Wasser und stapfte auf der anderen Seite wieder den Hang hinauf. Offensichtlich fühlte er sich unbeobachtet und merkte nicht, dass Matthias es ihm gleichtat. Er hatte Mühe, mit dem Burschen Schritt zu halten, aber er sah ihn, weiter oberhalb in einem kleinen Waldstück verschwinden. Gebückt näherte er sich der Stelle, an der Konrad zwischen die Bäume gehuscht war.

Zuerst sah er die Spiegel. Es war wie in einem seltsamen Traum. An jedem Baumstamm hingen sie. Manche waren groß, lang und gerahmt, manche lediglich von Taschenformat. Manche schienen fest an den Bäumen befestigt, andere wiegten im Wind sanft hin und her. Matthias hatte noch nie so viele Spiegel auf einmal gesehen. Er fragte sich, wie sie hierhergekommen waren, oder besser: Woher hatte Konrad all diese Spiegel? Denn dass er sie hierhergebracht hatte, war fraglos. Erst hinterher sollte sich herausstellen, dass in beinahe jedem Haus im Dorf ein Spiegel fehlte. Es hatte nur niemand darüber geredet. Man kam sich ja selbst komisch vor, wenn man auf einmal erzählen sollte, dass ein Einbrecher im Haus gewesen sein musste, der allem Anschein nach nichts weiter hatte mitgehen lassen als den Ankleidespiegel im Schlafzimmer.

Matthias, von den Spiegelungen verwirrt und geblendet, entdeckte Konrad nicht gleich, der inmitten des Waldes stand. Und dann sah er ihn gleich dreimal. Was genau er Konrad tun sah, wollte er hinterher nicht sagen. Er hatte wohl auch keine Worte dafür.

»Du Satan!«, rief er und rannte auf den Jungen zu. Aber der wich ihm geschickt zwischen den Baumstämmen aus.

»Du widerwärtige Kreatur!« Erst jetzt war ihm der Gestank aufgefallen, der von der Szenerie ausging. Dutzende verwesende Tierkadaver lagen hier verstreut, manche hingen auch in Schlingen von den Ästen. Andere waren wie der Gekreuzigte an Baumstämme genagelt. Hühner, Kaninchen, Marder. Eines war sicherlich eine Katze, vielleicht sogar ein Hund. Konrad konnte nicht fassen, was er sah.

»Warte«, schrie Konrad mit Panik in den Augen. »Das hier ist nicht meins. Das ist dem Pescher Fit.«

Pescher Fit? Ja, das ist einer dieser Namen, dessen Erwähnung einen kurzen Exkurs in die Hunsrücker Tradition des Hausnamens notwendig macht: Wie in vielen Dörfern der Region üblich, gab es auch in Horath neben den offiziellen Familiennamen sogenannte Hausnamen. Ihn trug, wer in einem bestimmten Haus lebte oder aus der Familie stammte, die dort lebte. Matthias und Anna Sauer hätte im Dorf niemand so genannt. Vielleicht hätte man noch nicht einmal gewusst, um wen es sich dabei handelte. Lediglich bei ihrer Hochzeit wurden sie mit diesen Namen tituliert. Ansonsten kannte sie jeder als Bach Matthi und Bach Anna, sie lebten im Bach-Haus, denn: Im Tal unterhalb des Hauses floss ein Bach. Das ergab Sinn. Bei anderen Hausnamen konnte nach vielen Generationen niemand mehr sagen, wie sie entstanden waren. Krones war so ein Beispiel oder Schelmich. Der Pescher Fit hieß eigentlich Peter Meister. Aber alle nannten die Familie bei ihrem Hausnamen: Fescher. In besonderen Fällen, meist bei besonders respektierten, der alkoholgeschwängerten Geselligkeit zugetanen Persönlichkeiten kam es vor, dass die Anfangsbuchstaben verdreht wurden. Es scheint eine besondere Form der Anerkennung zu sein, die aus einem Johannes Schneider, Bewohner des Golden-Hauses, also dem Golden Hannes, im Laufe seines Lebens den Holden Gannes machte.

Beim Pescher Fit lässt sich das nicht so leicht erklären, schließlich war er zum Zeitpunkt dieser Geschichte selbst noch fast ein Kind. Aber vielleicht hatten seine Altersgenossen damals schon erkannt, dass er später einmal zu einer besonderen Persönlichkeit des Dorfes heranreifen würde, und ihn deshalb bereits im Voraus mit den vertauschten Anfangskonsonanten geehrt.

Der Pescher Fit war ein geborener Anführer. Einer, der wusste, wie Macht funktionierte und wie man Menschen unter Druck setzte und manipulierte. Ihn in die prekäre Lage, in der sich Konrad nun befand, hineinzuziehen, war riskant und dreist. Aber Konrad wusste wohl auch, dass sich die zukünftige Führungspersönlichkeit Fit im Dorf den Ruf erarbeitet hatte, alle Kinder zu tyrannisieren und dabei das eine oder andere Mal zu weit zu gehen. Doch Schrammen und ein blaues Auge, die man nach einer Reiberei mit dem Pescher Fit nach Hause brachte, waren etwas anderes als abgetrennte Tierschädel und ein Wald voller gestohlener Spiegel. Das wusste auch Matthias.

Noch am selben Abend weihte er in der Wirtschaft die anderen Männer ein und klagte ihnen sein Leid, auch wenn es peinlich war zu erkennen, wen er sich ins Haus geholt hatte. Und dann ging alles Schlag auf Schlag. Es wurde getuschelt. Männer liefen rein und raus. Dinge wurden organisiert, Matthias bekam einen Schnaps nach dem nächsten eingeflößt, und irgendwann lag er unter dem Tisch. Was genau dann passierte, weiß keiner mehr so genau, weil hinterher niemand darüber redete und niemand Fragen stellte. Klar ist nur: Unter Führung von Pescher Fits Vater, dem Fescher Paul, formte sich eine Meute, die dafür sorgte, dass Konrad verschwand.

Und so wurde aus Konrad kein Hoferbe, kein waschechter Horather, kein Bach Konni und schon gar kein Kach Bonni. Er blieb ein Missverständnis, eine schmerzhafte Erfahrung, eine Enttäuschung. Wieder standen die Bach Anna und der Bach Matthi ohne einen Erben und ohne eine Altersvorsorge da.

»Vielleicht dann doch lieber ein Mädchen«, sagte Anna eines Abends zu ihrem Mann.

Wie viele Morgendämmerungen Josephine jetzt schon in ihrem Kellerverlies erlebt hatte, wusste sie selbst nicht. Aber noch immer konnte sie nicht genug bekommen von all den Köstlichkeiten in den Einmachgläsern. Birne, Gurke, Rote Bete. Gerade hatte sie in den ersten Lichtstrahlen, die zwischen den Brettern des vernagelten Kellerfensters hindurchschimmerten, ein neues Glas geöffnet, da füllte auf einmal ein gleißendes Licht den Raum. Josephine erschrak. Sie musste sich die Hände vor die Augen halten und zwischen den Fingern hindurchblinzeln, so sehr schmerzte das Licht. Erst nach und nach erahnte sie die Umrisse, die oberhalb der Treppe sichtbar wurden. Es sah aus wie die Bilder von der Auferstehung des Herrn, die der Priester im Unterricht hatte herumgehen lassen: weißes Gewand vor gleißendem Licht. Sollte nun ihr letztes Stündlein geschlagen haben? Es wäre ihr recht gewesen. Sie hatte ihre letzten Tage unschuldig im Gefängnis verbracht. Und sie war satt wie nie.

Aber oben an der Treppe stand kein Christus, sondern Schwester Cherubine. Josephine erkannt sie an der krächzenden Stimme, mit der sie nach ihr rief.

»Wie siehst du denn aus, mein Kind? Das ganze Kleid vollgeschmiert. Ist das etwa Saft von den Konserven? Hast du etwa …?«, schnaufte sie. »Darüber wird noch zu reden sein! Aber jetzt lauf schnell hoch, wasch dein Gesicht, kämm dir die Haare, zieh ein frisches Kleid an! Es kommt wichtiger Besuch.«

Josephine tat, wie ihr befohlen. Die anderen Mädchen kamen ihr auf der Treppe bereits entgegen. Sie sprangen aufgeregt und hektisch die Stufen herunter. Und sie sahen Josephine dabei mit einer Mischung aus Entsetzen und Bewunderung an. Das Entsetzen begriff sie sofort. Angesichts ihres verdreckten Zustandes war es den Mädchen nicht zu verübeln, dass sie sie wie eine Aussätzige angafften. Aber die Bewunderung begriff Josephine erst viel später, als ihr klar wurde, dass die guten Konserven im Keller sie innerhalb kürzester Zeit zur wohlgenährtesten Insassin des Waisenhauses gemacht hatten – noch dazu mit der rosigsten Hautfarbe, die man sich nur vorstellen konnte.

Sie wusch sich so schnell als möglich, dennoch war sie die Letzte, die den Schlafsaal verließ, und die Letzte, die die Treppe herunterlaufen sollte. Als sie den oberen Treppenabsatz erreichte, spürte sie die andächtige Stille, die unten in der Eingangshalle herrschte, und so lief sie die Treppe nicht hinab. Sie schritt. Sie schritt die Stufen hinab wie eine Prinzessin aus einem Märchen, mit rosigen Wangen und im frischen Kleid, und beobachtete aus erhöhter Position den Besuch, den die Schwester angekündigt hatte. Das Paar stand in bester Sonntagskleidung vor den aufgereihten Mädchen. Sie müssen ausgesehen haben wie auf dem einzigen Foto von ihnen, das ich im Nachlass meiner Oma fand: weiche Gesichtszüge, wache Augen. Sie im schwarzen Kleid, den hohen Spitzenkragen von einer Brosche zusammengehalten. Die Haare nicht allzu streng zusammengesteckt. Er im Anzug mit Weste. Stehkragen, Krawatte, ein schmaler, blonder Schnauzbart.

Josephine sah, dass ihre Blicke ihr folgten. Und sie sah, wie sich auf den Lippen der Frau ein breites Lächeln formte.

»Das«, erhob Schwester Cherubine das Wort, »sind Herr Matthias Sauer und seine Frau Anna. Sie sind von weither angereist, um euch kennenzulernen.«

AM GRABE MEINER MUTTER

Anna und Matthias hatten sie bei sich aufgenommen, was Josephine ihnen ihr Leben lang hoch anrechnete. Schließlich war es nach der furchtbaren Erfahrung mit Konrad keine Selbstverständlichkeit gewesen, sich erneut auf ein fremdes Kind einzulassen, Vertrauen zu fassen. Aber sie hatten sich auf die überschwänglichen Lobesworte verlassen, die die Schwester im Düsseldorfer Waisenhaus über Josephine ausgeschüttet hatte – und auf ihren ersten Eindruck. Sie hatten das kleine Mädchen mit den roten Wangen sofort in ihr Herz geschlossen. Und hatten sie nicht bei Konrad von Anfang an große Zweifel gehabt? Diesmal sollte es anders werden. Und es würde anders werden, dessen waren sie sicher.

Aber das Dorf machte es Josephine schwer. Die Nachbarn blieben skeptisch. Für sie war sie ein zweiter Konrad. Wenn sie auf dem Weg zur Schule oder zum Laden an ihren Häusern vorbeilief, wandten sie sich entweder von ihr ab, oder sie starrten sie geradezu an. Und jeden Abend zählten sie die Küken.

Ihr schien die erste Zeit im Dorf wie eine Prüfung. Sie wusste nicht, ob sie sie bestehen würde, sie wusste nicht, was mit ihr passieren würde, sollte sie versagen, und am allerwenigsten wusste sie, warum man es ihr so schwer machte – bis der Pescher Fit es ihr erklärte. Er tat es langsam, sorgfältig, ohne Details auszulassen, und in einer Sprache, die sie verstand. Denn das wollte er. Er wollte, dass sie das kapierte: *Mit Konrad stimmte etwas nicht.* Und sie sollte nicht denken, dass sie damit durchkäme, sollte mit ihr auch etwas nicht stimmen. Ganz bestimmt würde er sich nicht noch einmal ohne Grund – und das betonte er –, ohne Grund an den Karren fahren lassen! Und schon gar nicht von so einer Göre, die hier eigentlich gar nicht hergehörte.

Josephine hatte geschluckt und war schweigend weitergegangen. Eines wusste sie jetzt sehr genau: Auf keinen Fall sollte jemals jemand von ihr denken dürfen, dass mit ihr etwas nicht stimmte. Kein Mitschüler, keine Nachbarin und auch nicht der Lehrer. Aber der Lehrer Zerwes war ein Sadist. Er wusste, wen er vor sich hatte, als er sie zum ersten Mal sah. Natürlich hatte man ihm erzählt, dass die arme Josephine ihre Mutter verloren hatte, dass sie nicht von hier stammte und es deshalb schwer haben könnte mit der Eingewöhnung. Und dann war da ja auch noch die Vorgeschichte mit dem Konrad. Er wusste, dass es galt, auf sie Rücksicht zu nehmen, aber Lehrer Zerwes' größte Furcht war es, als verweichlicht zu gelten. Er zeigte kein Verständnis. Er brach.

Als er Josephines Geschichte gehört hatte, wusste er genau, was dieses Kind brauchte. Und als Josephine eines Morgens verschüchtert und mit zu Boden gesenktem Blick zum ersten Mal das Schulhaus betrat, zeigte er ihr das von Anfang an.

»So, du bist also die Josephine«, sagte er mit einer Stimme, die den ganzen Raum sofort verstummen ließ. »Sieh mich an!«

Josephine hob den Blick. Lehrer Zerwes war groß und schmal. Er war anständig gekleidet, lediglich seine braunen Locken stellte er für den Geschmack der Zeit vielleicht etwas zu lang und exzentrisch zur Schau.

»Der Herr Pastor hat mir ja schon von dir erzählt. Und Herr und Frau …« Er nahm ein Blatt Papier vom Pult und las den Namen ab, als wären sie so unbedeutend, dass es sich nicht lohnen würde, sie sich zu merken. »Und Herr und Frau Sauer, deine Pflegeeltern, haben bereits bei mir vorgesprochen, wie du vielleicht weißt.« Er blickte sie über den Rand seiner runden Brille an.

Josephine nickte.

»Nun«, er machte eine ausladende Geste, die den ganzen Klassenraum bespielte, »möchtest du uns einmal erzählen, warum du hier bist?«

Bestimmt drei Dutzend Kindergesichter starrten sie jetzt an. Es fühlte sich an wie Hunderte. Noch immer stand sie am Eingang, den Rücken zur Tür.

Der Lehrer hatte sie noch nicht einmal hereingebeten, ihr einen Platz zugewiesen. »Nun?«, sagte er erneut. Dieses Mal etwas fordernder.

»Ich bin hier, um zu lernen«, sagte Josephine mit allem Mut, den sie fassen konnte.

Der Lehrer sah sie einen Moment an. Dann lachte er laut auf. Wie auf Kommando tat es ihm die gesamte Schülerschaft gleich. Wie eine harte Welle traf sie das Gelächter der Kinder.

»Ruhe«, sagte Zerwes mit beschwichtigender Geste, aber milde lächelnd. Das Lachen ebbte ab.

»Nun, ja. Sie hat ja recht«, sagte er an die Klasse gewandt. »Natürlich ist sie hier, um zu lernen. Aber das, mein Kind«, und dabei sah er wieder zu Josephine, »das meinte ich nicht. Deine Mitschüler sollen dich doch kennenlernen. Erzähl ihnen doch mal, warum du hier bei den Eheleuten …«, erneut blickte er auf seine Unterlagen, »… bei den Eheleuten Sauer bist. Wo sind denn deine richtigen Eltern? Woher kommst du denn?«

Josephine atmete tief durch. Dann sagte sie mit leiser, fast mechanischer Stimme den kurzen Text, auf den ihr ganzes bisheriges Leben zusammengeschrumpft war. Sie hatte ihn im Waisenhaus auswendig lernen müssen. Und sie hatte ihn behalten, weil er so schön sachlich war. All den Schmerz, den Kummer, die Trauer, die darin verborgen lagen, konnte man einfach ausblenden, solange man einfach nur sagte:

»Mein Name ist Josephine Vehreschild. Ich stamme ursprünglich aus Bedburg-Hau. Mein Vater lebt in einem Heim für Kriegsversehrte in Kempen am Niederrhein. Er gab mich weg, weil er nicht für mich sorgen konnte. Meine Mutter starb, als ich acht Jahre alt war.«

»Na bitte, geht doch«, sagte der Lehrer und bat sie zu sich nach vorne. »Alle Kinder in deiner Klasse haben die Aufgabe, bis zum nächsten Montag ein Gedicht auswendig zu lernen. Da du später hinzugekommen bist, bleibt für dich nur noch eines übrig.« Er hielt ihr ein abgegriffenes Buch hin, auf dem in blauer Prägeschrift die Worte *Deutsche Gedichte* standen, und nannte ihr eine Seitenzahl. »Und jetzt setz dich.« Er wies ihr einen Platz in der dritten Reihe zu.

Josephine wagte kaum, sich umzusehen. Und noch weniger traute sie sich, in das Buch zu schauen. Ihr Wunsch, nicht aufzufallen, war unendlich viel größer als die Neugier, wie die anderen Kinder aussahen oder welches Gedicht ihr aufgetragen worden war. Erst als sie zu Hause am Küchentisch saß, schlug sie das Buch auf. Vorsichtig, um die Seiten nicht zu beschädigen, blätterte sie vor, bis zu der Seite, die der Lehrer ihr genannt hatte. Erleichtert nahm sie zur Kenntnis, dass ihr Gedicht lediglich sechs Strophen hatte und die Seite nicht einmal ganz ausfüllte. Beim Durchblättern hatte sie so manche Ballade gesehen, die sich über mehrere Seiten erstreckte. Lehrer Zerwes hatte es wohl gut mit ihr gemeint.

»Wie heißt denn das Gedicht?«, hatte die Bach Anna gefragt, die nebendran am Herd stand und ein Huhn in einem Topf versenkte.

Josephine beugte sich über das Buch. Sie neigte den Kopf, kniff die Augen zusammen und las den Titel mit gedehnten Vokalen laut vor: »Am Grabe meiner Mutter.«

Anna sah mit offenem Mund zu Josephine herüber. Dann tat sie schnell so, als wäre nichts. Aber das Klappern der Löffel im Topf wurde lauter und hektischer. »Dieser …«, sagte sie nur, verkniff sich aber jedes weitere Wort.

Josephine hingegen war längst im Text versunken. Wort für Wort arbeitete sie sich weiter hindurch. Es war, als zöge es sie in einen Abgrund. Die Zeilen saugten sie in die Dunkelheit. Sie war wie gelähmt. Sie konnte nur noch lesen. Alles raste an ihr vorbei. An manchen Worten blieb sie hängen, wie an scharfen Kanten. Andere prallten gegen sie und hinterließen einen dumpfen Schmerz. Josephine stürzte in das Gedicht wie eine Münze in einen Brunnenschacht.

Heute lässt sich leicht recherchieren, dass das Gedicht aus der Feder des beinahe in Vergessenheit geratenen süddeutschen Dichters Wilhelm Hertz stammte. Er verarbeitete darin den Tod seiner Mutter und den Schmerz, den die Schuldgefühle in ihm verursachten, weil sie bei seiner Geburt gestorben war. Für ihn war das sicherlich hilfreich, für Josephine war es das nicht. Mit einer Stimme, als überbringe sie gerade eine Todesnachricht, las sie Anna das abscheuliche Gedicht vor:

Am Grabe meiner Mutter

Als du dem Lichte mich gegeben,
Umfing dich selbst die ew'ge Nacht;
Doch tief in meinem eig'nen Leben
Empfind' ich deiner Liebe Macht.

Wie aus des Keims verwesten Spalten
Ein Schößling treibt mit grünem Laub,
So steh' ich mächtig festgehalten,
O Mutter, über deinem Staub!

Nie hat mir deines Auges Schimmer
Der Kindheit Dämmerung erhellt,
Und fremd und todt blieb mir für immer,
Was mir das Nächste auf der Welt.

Nie hat mich klar auf dunkeln Wegen
Dein jugendschönes Bild umschwebt,
Doch deines Opfertodes Segen,
Das Schöne ist's, das in mir lebt.

Ein tödtlich Glück, ein sel'ges Schmerzen,
Das einst das Herz der Mutter brach,
Verklärt wirkt's in des Sohnes Herzen
Als Weihekraft der Dichtung nach.

Als du dem Lichte mich gegeben,
Umfing dich selbst die ew'ge Nacht;
Doch tief in meinem eig'nen Leben
Empfind' ich deiner Liebe Macht.

Josephine fand in den Worten des Dichters keinen Trost, im Gegenteil. Es traf sie ein Schmerz, der brutaler schien als alles, was ihr zuvor jemals zugestoßen war. Es war beinahe so, als wäre sie mit aller Wucht wieder hin zu dem Augenblick geschleudert worden, in dem ihre Mutter gestorben war. Alle Trauer über den Verlust ihrer Familie und die Schuld, diese unverzeihliche Schuld, weil sie damals nicht den Pfarrer geholt hatte, lagen mit einem Mal wieder offen vor ihr. Sie hatte es die ganze Zeit in sich getragen, und jetzt hatte dieses fürchterliche Gedicht ihre Seele aufgerissen und alles aufs Neue zutage gefördert.

Josephine kämpfte sich durch die Zeilen. Sie versuchte zu begreifen, dass das Gedicht nichts mit ihr zu tun hatte, dass es dort bestimmt um die Mutter des Dichters ging, nicht um ihre, und dass diese im Kindbett gestorben war und nicht an einer unheilbaren Krankheit, für die niemand etwas konnte. Aber es war unmöglich. Ihre Seele war wie entzündet. Und als sie die Zeilen zu Ende vorgetragen hatte – und zudem der Geruch des kochenden Huhns in ihre Nase stieg –, erbrach sie sich quer über den Küchentisch.

»Du musst das Gedicht nicht vortragen«, sagte Anna am nächsten Tag, als sie Josephine mit bleichem Gesicht über dem Buch brüten sah.

»Doch«, sagte Josephine leise. Das musste sie. Wenn sie versagte, sich gar verweigerte, würde am Ende noch jemand denken, mit ihr stimmte etwas nicht. Also lernte sie Strophe um Strophe, Zeile um Zeile, Wort für Wort. Am Ende versuchte sie, die einzelnen Silben zu fassen. Aber kein einziger Buchstabe blieb hängen. Selbst nach drei Tagen, an denen sie in jeder freien Minute versuchte, den Text auswendig zu lernen, hatte ihr Kopf nicht mehr als den Titel behalten.

»Ich gehe morgen zu Zerwes und sage ihm, dass du das nicht lernen wirst«, verkündete Anna, als Josephine am Sonntag jegliches Essen verweigerte, weil sie nur noch an ihr Versagen denken konnte, diese unsäglichen Zeilen zu begreifen.

»Es ist eine Unverschämtheit von diesem Lehrer«, pflichtete sogar Matthias ihr bei, obwohl es sonst ganz und gar nicht seine Art war, Autoritäten infrage zu stellen.

»Nein, bitte nicht!«, flehte Josephine. »Bitte lasst es mich wenigstens versuchen.«

Anna atmete tief ein, warf sich das Küchenhandtuch über die Schulter und verließ kopfschüttelnd den Raum. Aber am nächsten Tag ließ sie Josephine ihren Willen. Sie sollte zur Schule gehen, wenn sie es denn unbedingt wollte. Vielleicht war sie doch stark genug, um sich diesem gemeinen Widerling zu widersetzen.

Josephine wurde als Erste aufgerufen. Sicher hatte Lehrer Zerwes sich schon das ganze Wochenende lang gefreut, sie leiden zu sehen. Jetzt konnte er es einfach nicht länger abwarten.

»Josephine, hast du dein Gedicht gelernt?«, fragte er sie, nachdem die Klasse das Morgengebet gesprochen hatte.

Josephine nickte kaum merklich.

»Wunderbar, komm nach vorne und trage es vor!«

Sie stand auf. Mit gesenktem Kopf ging sie nach vorne. Im Klassenraum war es totenstill. Alles schien nur darauf zu warten, sie scheitern zu sehen.

»Los, fang an!« Lehrer Zerwes wedelte mit der Hand in ihre Richtung. Er zog die Augenbrauen hoch und warf den Kopf nach hinten, sodass seine Locken in der Luft wippten.

»Am Grabe …«

»Lauter!«, rief Zerwes.

Josephine atmete noch einmal ein. Ihre Brust bebte.

Dann legte sie alle Kraft, die sie hatte, in ihre Stimme. »Am Grabe meiner Mutter, von Wilhelm Hertz.«

Aller Augen lasteten auf ihr wie hundert Bleikristalle. Sie versuchte sich an den Anfang zu erinnern. Die erste Zeile, wenigstens den ersten Buchstaben. Aber kein Wort wollte ihr in den Sinn kommen, kein Hauch ihre Lippen verlassen. Sie hatte tausend Gedanken gleichzeitig, aber keiner davon konnte ihr dabei helfen, sich an das Gedicht zu erinnern, über dem sie die letzten Tage gebrütet hatte:

Da war die Angst aufzufallen. Auf keinen Fall sollte jemand etwas Schlechtes über sie denken. Da war die Wut auf den Lehrer, der ihr diese hinterhältige Aufgabe gestellt hatte. Da war die Angst vor den fremden Kindern und ihren starren Augen. Wie sollte sie hier jemals heimisch werden? Und wollte sie das überhaupt? Sie dachte an den Vater und ihre Schwester Martha, die sie im Stich gelassen hatten. Und natürlich dachte sie an ihre Mutter. Tatsächlich stand sie in Gedanken nun am Grab ihrer Mutter. Es war so weit weg. Die Mutter war so weit weg. Für immer unerreichbar. Sie verabscheute alle, die jemals versucht hatten, sie zu trösten. Die Mutter war nicht erlöst worden, sondern von ihr gerissen worden. Was konnte richtig und tröstlich daran sein, wenn eine Mutter starb? Josephine wünschte, ihre Mutter hätte sie nie geboren.

Das alles kreiste durch ihren Kopf. Nur das verdammte Gedicht kam ihr nicht mehr in den Sinn. Es war furchtbar. Sie stand da wie ein absonderliches Ausstellungsstück. Alle glotzten sie an. Alle wollten sie scheitern sehen.

Und sie scheiterte. Sie rannte los. Sie wollte nur noch weg. Wenn sie schon nicht verhindern konnte, geboren worden zu sein, dann wollte sie jetzt wenigstens sterben. Auf der Stelle. Einfach irgendwo gegenrennen, hinunterstürzen.

Aber nachdem sie durch den Klassenraum gelaufen, durch den kleine Vorraum geprescht war und nun die schwere Holztür aufwuchtete, als wäre sie aus Papier, stürzte sie geradewegs in die Arme der Bach Anna. Sie ließ sich in ihre Arme fallen wie in eine Schlucht. Wäre sie nicht da gewesen, hätte sie nicht dort auf Josephine gewartet, gäbe es mich nicht. Dann hätte sie sich wohl einen anderen Ort gesucht, in den sie ihren kleinen Körper hätte werfen können. Irgendeinen Felsvorsprung oder einen Brunnen. Dann hätte sie niemals Bruno kennengelernt, hätte nie ihren Sohn geboren, der drei Kinder gezeugt hätte, von denen ich das jüngste war. Und sie hätte niemals für mich da sein können, als ich sie nach dem Tod meines Vaters an meiner Seite brauchte. Es gäbe mich nicht.

Es war ein furchtbarer Beginn für die kleine Josephine in Horath. Aber sie überlebte, weil sie von der Bach Anna und ihrem Mann Matthias geliebt wurde, als wäre sie ihre eigene Tochter. Sie hielten sie abends im Arm, wenn sie weinte und nicht sagen konnte, was sie quälte. Sie sorgten für sie, gaben ihr alles, was sie brauchte, und vor allem nahmen sie sie so, wie sie war. Ihre Verletzungen gehörten zu ihr. Sie durfte sie behalten und zeigen.

Schließlich kümmerten sich Mattias und Anna um die Formalitäten, sie trieben die Sache voran und scheuten weder aufreibende Behördengänge noch Briefwechsel. Schon nach wenigen Monaten im neuen Dorf wurde aus der kleinen Josephine Vehreschild ganz offiziell eine Josephine Sauer. Und nicht nur das: Sie wurde auch zur Bach Josephine.

Was ihr neben der Liebe und der Fürsorge ihrer neuen Eltern noch geholfen hatte, um entgegen allen Widerständen in Horath heimisch zu werden, wurde ihr erst nach Wochen klar. Es war ein sonniger Sommertag, als Anna mit Josephine in den Wald gehen wollte, um Beeren zu pflücken. Sie gab sich Mühe, sich gegenüber dem Kind, das den Dialekt nicht sprach, verständlich auszudrücken, aber die hochdeutschen Worte für so alltägliche Dinge wie Brombeeren und Heidelbeeren wollten ihr nicht einfallen. Unbeholfen zeigte sie auf die Früchte. Josephine spürte, dass Anna die Begriffe fehlten. Und plötzlich verstand sie, dass sie selbst die Worte in sich trug. Es war der Klang der Sprache gewesen, der ihr hier im Hunsrück von Anfang an vertraut gewesen war. Jetzt kitzelte er hervor, was sich tief in ihrem Unterbewusstsein abgelegt hatte.

»Moaden«, sagte Josephine und zeigte auf die Brombeeren, oder »Weehlen«, wenn sie auf die Heidelbeeren deutete.

»Ja, wunderbar«, sagte Anna. »Du lernst ja schneller, als man es für möglich hält.«

Aber es war nicht die kurze Zeit im Dorf, die sie die Namen der Beeren gelehrt hatte. Es war das Mädchen Änni, die Freundin aus einer anderen Welt, aus einer anderen Zeit. Josephine hatte keine Ahnung, warum Änni, warum die Pfälzer anders gesprochen hatten als sie selbst. Sie war zu klein gewesen, um sich dafür zu interessieren. Aber hier im Hunsrück fühlte sie sich Änni auf einmal so nahe wie seit Monaten nicht. Oder waren es schon Jahre? So viel war passiert seit dem Tod der Mutter und dem Moment, als sie Änni loslassen musste, dass sie selbst nicht mehr hätte sagen können, wie viel Zeit vergangen war.

Aber eines wusste sie, und das war der einzige Trost: Sie trug die Menschen, die sie hatte zurücklassen müssen, in ihrem Herzen. Und eine davon war Änni.

ES WAR EIN REFLEX

Am Ende war alles ganz schlimm gekommen. Nicht nur hatte Änni die Freundin in ihrem Heim in der großen Stadt nicht gefunden, noch dazu war ihr Verschwinden auch alles andere als unbemerkt geblieben. Die Polizei hatte sie aufgegriffen und nach Hause gebracht. Und der Rohrstock, den die Mutter zur Bestrafung wieder aus der Ecke hinter der Küchenbank hervorgeholt hatte, sauste auf Stellen herab, die zur Züchtigung eigentlich den Jungs vorbehalten war. Auch jetzt, nach sieben oder acht Jahren, konnte Änni den Stock noch spüren. An ihrem Hinterteil – und mehr noch in ihrem Herzen.

Man kann die Sehnsucht nicht aus jemandem herausprügeln. Man klopft sie nur fest. Sie bleibt dann erst recht für immer mit einem verbunden, bleibt vielleicht verborgen unter einer dicken Schicht aus Anpassung, Respekt und Angst. Aber sie bleibt.

Ännis großer Bruder hatte den Hof übernommen und eine Großcousine aus Louisendorf geheiratet. Natürlich eine Pfälzerin, natürlich evangelisch. Und auch der andere Bruder war schon verlobt. Er würde eine Hoferbin aus der Nachbarschaft ehelichen. Natürlich eine Pfälzerin, natürlich evangelisch. Als evangelische Pfälzerin ohne eigenes Erbe konnte es für sie nur ein Ziel geben: Sie musste einen Hoferben heiraten. Einen evangelischen Pfälzer aus Pfalzdorf, Louisendorf oder Neulouisendorf. Die Liste der Kandidaten war überschaubar.

Umso überragender war dafür der Ehrgeiz ihrer Mutter, sie erfolgreich unter die Haube zu bringen. Seit der Bruder mit seiner Frau den Hof übernommen hatte, konnten die Eltern endlich dem nachgehen, was man tat, wenn man auf dem Altenteil lebte: Der Vater saß – die Hände von der Gicht geschwollen – mit auf seinem Stock aufgestützten Händen vor der Tür. Nutzlose Schnüre herzustellen, vermochte er nicht mehr (außerdem hatte der Bruder mit als Erstes nach Übernahme des Hofes das Brennnesselfeld gemäht und abgebrannt). Der blinde, geschädigte Vater, obschon noch Jahrzehnte vom Greisenalter entfernt, saß also einfach nur da und hörte den Vögeln zu. Und die Mutter, von allen Hausfrauenpflichten entbunden, zog im Hintergrund die Fäden.

Beinahe jeden Sonntagnachmittag standen nun junge Kavaliere vor der Tür. Christians aus Louisendorf, Heinrichs aus Pfalzdorf, Helmuts aus Neulouisendorf. Oder umgekehrt. Für Änni waren sie alle austauschbar in ihrer herausgeputzten Pomadigkeit. Sie alle erzählten den gleichen Unsinn von Hektar und Morgen und von soundso viel Fläche Wald und Weideland, von Stückzahlen Vieh und von Litern und Hektolitern Milch. Ihre Mutter war begeistert, sie selbst interessierte das Geprahle kein bisschen. Und noch weniger reizten sie die jungen Männer hinter den Geschichten. Sie ließ die Besuche über sich ergehen. Es half ja nichts. Sie saß da bei Rosinenstuten und Tee, versuchte, nicht allzu gut auszusehen, und überließ der Mutter das Gespräch. Änni hatte ihr Schema schnell durchschaut: Das Wichtigste war der Hof. Aber wenn der Kandidat nicht der Haupterbe war oder der Betrieb nicht gerade zu den erfolgreichsten zählte, dann versuchte sie den armen Burschen in ein Gespräch über das Leben als guter Christenmensch zu verwickeln. Ein zur rechten Zeit angebrachtes Bibelzitat ersetzte in einem gewissen Rahmen vielleicht ein paar Defizite beim Milchviehbestand. Die selbstständige Auslegung eines Gleichnisses konnte gar vollständig darüber hinwegtrösten, dass man hier nur mit einer Nummer zwei oder drei der Erbfolge beisammensaß.

Wenn der Mutter einer der Junggesellen besonders gefiel, wenn ihr Gesamturteil positiv ausfiel, schlug sie den beiden jungen Leuten einen Spaziergang durch das Dorf vor. So konnten sie einander im Schutz der Öffentlichkeit und unter vier Augen näher kennenlernen – und die Nachbarn konnten staunen, von welch ansehnlichen Heiratskandidaten die Tochter umworben wurde.

Auf dem allerersten dieser Spaziergänge passierte jedoch etwas, das alle folgenden Kandidaten – unter denen offensichtlich ein reger Austausch stattfand – erschrecken ließ, sobald die Mutter nahelegte, sich nun doch ein wenig an die frische Luft zu begeben: Änni hatte keine Ahnung gehabt, was sie tun sollte, wie sie reden, wie sie gehen sollte. Was machte man denn da? Schlenderte man herum? Lief man im Arbeitstempo und präsentierte die Fruchtbarkeit der Ländereien? Auch Heinrich – so hieß der Heiratswillige – hatte wohl keine Idee, wie das abzulaufen hatte, und stakste unbeholfen neben ihr her.

»Du kannst Heini sagen«, sagte er, während er mit der Hand verlegen durch sein schon schütter werdendes Haar fuhr.

»Heini«, sagte Änni.

Und dann liefen sie einfach schweigend weiter. Änni bestimmte den Weg. Das spürte sie, als sie ihn ohne Widerrede an den Höfen Pfalzdorfs vorbei und hinaus aus den Grenzen des Landes der Pfälzer führen konnte. Vor dem Hof, auf dem Josephine bis zum Tod ihrer Mutter mit ihrer Familie gelebt hatte, blieb sie stehen. Hinter einer Fensterscheibe bewegte sich eine Gardine, und Änni wünschte sich in diesem Moment nichts sehnlicher, als dass dort Josephine wäre, die sie und diesen Heini hier entlangstelzen sähe.

»Hier hat meine Freundin gewohnt.«

»Wer?«

»Josephine.«

»Aber«, fragte Heini unsicher, »das hier ist doch schon Hau, oder?«

»Ja, und?«

»Du hast eine Freundin, die katholisch ist?«

»Ich hatte eine Freundin. Und ob sie katholisch ist oder nicht, ist doch egal. Was spielt das schon für eine Rolle?« Zum ersten Mal sah sie Heinrich in die Augen, aber ihr Kavalier blickte schnell zu Boden, wohl auch um seine knollige Nase zu verbergen.

»Es ist nun mal nicht richtig«, sagte er leise.

Änni schnaufte, schüttelte den Kopf und marschierte davon. Sie wäre gerne einfach zurückgerannt, aber dazu war sie zu stolz. Lieber bog sie dreimal rechts ab und lief so in einem großen Bogen über die Feldwege zurück zu ihrem Hof in Pfalzdorf. Und mit ein bisschen Glück konnte sie diesen Einfaltspinsel vielleicht unterwegs abschütteln. Aber Heinrich hielt Schritt. Und da er nun einmal da war und mit seinen langen Beinen neben ihr herlief, konnte sie ihre Wut auch an ihm herauslassen:

»Wie kann man nur so verbohrt sein? Es ist nun mal nicht richtig!« Sie brüllte ihn an, als trüge er die Schuld an allem Unheil der Welt. »Wenn man einen Menschen gefunden hat, mit dem man sich versteht wie mit keinem zweiten, der einen kennt, ohne dass man sich erst erklären muss, wenn man das Gefühl hat, das ist meine andere Hälfte, wie kann es dann verdammt noch mal eine Rolle spielen, ob die Urahnen evangelische Pfälzer waren und hier in diesem scheiß platten Land hängen geblieben sind oder ob sie schon immer hier gehockt haben und nun mal katholischer sind als der Papst in Rom?«

Als er Änni derart fluchen und schimpfen hörte, riss Heinrich die Augen weit auf, aber er lief weiter neben ihr her.

»Es gibt nun mal Traditionen, die es zu bewahren gilt«, versuchte er zu widersprechen. »Wir haben es doch seit Generationen nur durch Abgrenzung von den Nachbarn geschafft, unseren Glauben, unsere Kultur und unsere Sprache zu erhalten.« Seine Stimme bebte, als er das sagte. »Wo wären wir denn, wenn wir das alles einfach hinter uns gelassen hätten?«

»Dann wären wir vielleicht längst schon in Amerika!«

»Was?«

»Das ist doch die Tradition, die wir erhalten sollten! Unsere Vorfahren wollten aufbrechen, ausbrechen aus den Zwängen. Sie wollten nicht hierbleiben und Wurzeln schlagen. Sie wollten eine neue Welt erobern. Sie wollten weg aus den Ketten dieses dunklen Landes und die Freiheit finden. Freiheit! Das sollte unsere Tradition sein. Und stattdessen sitzen wir jetzt hier zwischen unseren halb zerschossenen Vätern und haben ein Leben voller Plackerei vor uns.«

»Du redest ja wirres Zeug«, entgegnete Heini. »Du denkst zu viel.«

»Ach ja? Dann lass mich doch einfach in Ruhe. Du musst dir meine nutzlosen Gedanken nicht anhören.«

Aber Heini ließ nicht locker. Er lief weiter neben ihr her. »Weißt du, ich glaube, Gott hat unsere Urahnen hier an diesen Ort geführt. Und er möchte, dass wir hier sind.« Er sah sie an, aber sie starrte nur geradeaus. »Sicher, sie hatten andere Pläne, sie wollten nach Pennsylvania. Aber das waren nicht Gottes Pläne. Gott hatte anderes mit ihnen vor. Und wir sollten doch Gottes Willen erfüllen.«

»So ein Schwachsinn!«, zischte Änni.

Heini sah sie entsetzt an, aber ein klein wenig schien er auch fasziniert von so viel lästerlicher Gegenrede. Das war schon unerhört!

Auf dem Hof angekommen, blieb Änni abrupt stehen. »Und jetzt?«, fragte sie.

»Keine Ahnung.« Heinrich lächelte verlegen.

Sie sah ihn an. Diesen unansehnlichen Heinrich.

»Komm mit«, flüsterte Änni, und sie hatte keine Ahnung, warum sie das gesagt hatte und warum sie Heini jetzt am Ärmel hinter sich herzog. Und warum sie so geheimnisvoll geflüstert hatte, verstand sie schon gar nicht. Aber mit einem Mal fanden sie sich unvermittelt gegenüberstehend in dem engen Durchgang zwischen Wohnhaus und Geräteschuppen wieder. Sie hatte sich das immer so ausgemalt. Vor ein paar Jahren hatte sie ihren großen Bruder hier heimlich beobachtet, wie er mit der Großcousine, seiner späteren Verlobten und jetzigen Ehefrau, hier gestanden hatte. Ganz eng aneinander, die Lippen aufeinandergepresst. Und jetzt stand sie selbst hier: mit Heinrich, dem Hoferben aus Louisendorf. Dabei wollte Änni das doch gar nicht. Sie wollte nicht als Bauersfrau enden. Sie wollte nicht fest verwurzelt sein. Sie wollte keinen Hof erben, und sie wollte keinen Christian, keinen Helmut und schon gar keinen Heini.

»Was soll das?«, fragte sie mit zitternder Stimme.

»Was meinst du?«, gab Heini ebenso zurück.

»Was hast du vor mit mir? Willst du mich küssen? Willst du mich anfassen? Lass das sein! Hörst du?«

»Aber du hast mich doch hierher ...«

»Willst du, dass ich schreie? Ich kann laut schreien. Dann ist es aber schnell vorbei mit deiner Heiratsfähigkeit. Wenn sich herumspricht, dass du wehrlose Mädchen hinter dem Geräteschuppen anfasst, dann …« Sie redete sich in Rage.

»Beruhige dich doch«, flehte Heinrich. »Ich habe doch gar nichts vor mit dir!« Er versuchte sie zu beschwichtigen und legte ihr ganz vorsichtig die Hände auf die Schultern.

Es war ein Reflex. Es war nicht geplant. Es tat ihr hinterher beinahe ein wenig leid, aber andererseits war es ein echter Wirkungstreffer gewesen. Es war vielleicht ihrem bisherigen Dasein geschuldet, mit zwei großen Brüdern aufgewachsen zu sein, und ganz sicher der Wut, die sie seit Jahren in sich trug. Jedenfalls hatte sie genau gewusst, mit welcher Wucht und in welchem Winkel sie ihr Knie anzuziehen hatte, um den ungewollten Heinrich mit vor Schmerz gekrümmtem Rumpf davonhumpeln zu sehen.

Und sicher hatte sie auch geahnt, dass ein Gerücht über Tritte in die Weichteile potenzielle, von der Mutter eingeladene Interessenten einschüchtern, wenn nicht sogar vollkommen abschrecken würde.

VERTRAUEN

Das Leben hatte meiner Oma zuerst zwei Brüder genommen, dann den halben Vater, dann die Mutter, die Schwester, die Freundin und auch noch den Rest vom Vater. Und dann hatte es sie der Heimat und der Sprache beraubt und sie durch das Fegefeuer eines von Nonnen geführten Waisenhauses gehen lassen. Man kann ihr nicht verdenken, dass sie für immer Schwierigkeiten haben sollte, sich auf die Unwägbarkeiten des Lebens einzulassen. Und ich verübele ihr nicht, dass sie das Vertrauen in mich zu verlieren schien, als ich älter wurde. Dem unschuldigen Kind, dem naiven, nichts hinterfragenden Jungen hatte sie sich noch gefahrlos anvertrauen können. Aber als ich älter wurde, eigene Erfahrungen machte, die Dinge einzuordnen lernte und anfing zu urteilen, zog sie sich mehr und mehr zurück, veränderte ihre Erzählungen, schwächte ab, was zu erschütternd war. Was sie mir als Kind noch zugemutet hatte, verschwieg sie mir als Jugendlichem.

Als ich älter wurde, erzählte sie mir die folgende Episode aus ihrem Leben auf eine Art und Weise, die sie selbst als weniger schuldhaft dastehen ließ. Aber ich weiß, dass diese Version, die sie mir als Kind anvertraut hatte, diejenige war, die der Wahrheit näherkommt:

Josephine lebte bereits seit einigen Jahren in Horath und war zur Bach Josephine geworden. Jeder kannte sie unter diesem Namen. Sie gehörte zum Bach-Haus und zu Matthias und Anna. Niemand sprach mehr darüber, dass sie eine »Angeholte« war, ein Adoptivkind. Niemand stellte sie mehr auf die Probe. Sie hatte bewiesen, dass sie ein ganz normaler Mensch war, ein Kind, das eine neue Chance verdient hatte. Und an Konrad, den Jungen, der seine Chance nicht genutzt hatte, wollte sich sowieso lieber niemand mehr erinnern – mit Ausnahme von ein paar Halbstarken, dem Pescher Fit und seinem Gefolge. Sie erzählten sich – meist im Rausch – in der Wirtschaft einander noch immer die halbwahren Heldengeschichten, wie sie ihn, den unheimlichen, gefährlichen Konrad damals vertrieben hatten. Dabei hatten sie keine Ahnung, was wirklich passiert war, denn sie selbst waren damals noch viel zu jung gewesen und hatten schon in ihren Betten gelegen, als die Meute ihre Arbeit verrichtet hatte.

Josephine jedenfalls war ihren neuen Eltern eine gute Tochter geworden. Sie arbeitete fleißig mit, und eines Tages würde sie sicherlich eine gute Wahl treffen, wen sie heiraten und zum Erben machen würde. Aber noch war es dafür nicht an der Zeit.

»Der Bungert Hermann wäre ein guter Mann für sie«, hörte sie Matthias einmal zu seiner Frau sagen, als Josephine in der Küche das Essen zubereitete und von nebenan in der Stube der Pfeifentabak herüberzog.

»Der ist doch viel zu alt. Der ist doch längst schon auf Freiersfüßen unterwegs«, erwiderte Anna.

Hermann war wirklich ein guter Mann, das fand auch Josephine. Er war der jüngste Sohn eines alten Freundes vom Bach Matthias. Sie kannte ihn, seit sie in Horath war, denn er war oft mit seinen Eltern zu Besuch. Aber als einen Mann, den sie würde heiraten können, hatte sie ihn noch nie gesehen – schon alleine, weil sie sich damit noch nie beschäftigt hatte. Ihre Eltern – schon lange nannte sie sie Mutter und Vater – machten sich zwar anscheinend Gedanken zu dem Thema, aber sie spürte keinen Druck auf sich lasten.

»Du hast ja recht, aber ...«, murmelte Matthias, als Josephine den Raum betrat.

Anna gab ihm ein Zeichen zu schweigen.

Der Gesprächsfetzen, der nicht für sie bestimmt gewesen war, hatte in ihr gewirkt, aber anders, als Anna annahm.

»Du bist so still in letzter Zeit«, sagte sie einige Wochen später zu Josephine und strich ihr eine Strähne aus dem Gesicht. »Was ist denn los mit dir?«

Josephine hielt den Kopf gesenkt. Wie sollte sie es ihrer Mutter erklären?

»Du hast gehört, was wir geredet haben, richtig? Wegen dem Bungert Hermann.«

Josephine schälte stumm Kartoffeln.

»Mach dir deswegen keine Sorgen. Du hast alle Zeit der Welt, und du kannst heiraten, wen du willst. Es gibt genügend andere, die dafür infrage kommen. Hier im Dorf oder anderswo. Ich bin schließlich auch eine Eingeheiratete.«

»Ich weiß, Mutter«, sagte Josephine leise. »Das ist es nicht.«

»Aber, was ist es dann? Sag mir doch, was dich so bedrückt!«

»Ich kann nicht.«

Anna sah sie durchdringend an. Ihr Blick fühlte sich an, als könnte er Josephines Stirn durchstoßen und alle Gedanken, alle Sorgen, alle Gewissensnöte dahinter lesen.

»Ich muss noch mehr Kartoffeln holen«, sagte sie und schob sich an ihrer Mutter vorbei hinaus aus der Küche. Im Flur gab es eine Verbindungstür direkt in den Wirtschaftsbereich. Scheune und Stall lagen mit dem Wohnhaus unter einem Dach. Rechts wohnten die Menschen, links die Tiere. Öffnete man die Tür, stand man direkt in der Scheune, in der der Heuwagen, der Pflug, die Eggen und anderes

Gerät auf den nächsten Einsatz warteten. Gegenüber, auf der anderen Seite des hohen Raumes, lagen die Ställe für die zwei oder drei Kühe und die Sau mit ihren Jungen, darüber der Heuboden. Josephine bog zügig um die Ecke und lief die paar Stufen hinab, die zu einem niedrigen Keller führten, der unter dem Wohnbereich des Hauses lag. Hier lagerten die Vorräte, und dass Josephine manchmal heimlich hier verschwand, weil sie sich an diesem Ort besonders wohlzufühlen schien, war Anna nicht lange verborgen geblieben. Sie ließ sie gewähren, stellte keine Fragen und ließ Josephine in dem Glauben, die Faszination für den dunklen Keller bliebe unentdeckt. Es war die Erinnerung an den Vorratskeller im Kinderheim – dem einzig sicheren Ort in Düsseldorf –, die sie immer wieder einige Minuten länger als notwendig hier verweilen ließ. Sie kannte den Keller mittlerweile wie ihre Schürzentasche. Die Gaslaterne, die neben dem Eingang stand, musste sie meist gar nicht entzünden. Der schwache Lichtschein, der zumindest tagsüber aus der Scheune die Treppe herabfiel, reichte ihr zur Orientierung aus. Sie wusste, wo alles stand, und Angst hatte sie vor der Dunkelheit keine.

Anna war ihr stur den ganzen Weg in den Keller gefolgt. Josephine hatte sie bemerkt, aber zu ignorieren versucht. Doch jetzt, nachdem sie sich die Schürze voller Kartoffeln gemacht hatte, stellte Anna sich Josephine in den Weg.

»Josephine, sei doch nicht so. Du kannst es mir doch sagen.«

Und sie hatte recht. Hier konnte sie es ihr tatsächlich sagen. Hier war sie nicht Annas Blick ausgesetzt, und hier musste sie auch nicht ertragen mit anzusehen, wie die Gesichtszüge der Mutter entgleisten. Josephine holte tief Luft, und dann sprach sie zum ersten Mal das Geheimnis aus, das ihr zum Abschied mit auf den Weg gegeben wurde:

»Sag besser nichts davon, sonst wollen sie dich am Ende doch nicht haben«, hatte Schwester Cherubine gesagt und dabei sehr besorgt ausgesehen.

»Ich habe eine Schwester, Martha. Sie ist vier Jahre älter als ich und lebt in Holland.«

»Ich habe es immer geahnt«, seufzte Anna und nahm die Tochter in den Arm.

Es wurden Briefe um Briefe geschrieben. Anna und Matthias bemühten sich monatelang, einen Kontakt zu Martha herzustellen. Sie schrieben Pfarrämter und Bürgermeistereien an. Irgendwann kam dann tatsächlich ein Brief aus Holland, aber nicht von Martha selbst, sondern von dem Hof, auf dem sie lebte.

»Diese verdammten Halsabschneider«, hörte sie Matthias zum ersten Mal in seinem Leben fluchen.

Sie musste lachen. Es machte Josephine glücklich, dass es ihm und Anna so viel bedeutete, Martha zu sich zu holen.

Es verging noch eine lange Zeit des Wartens, Fluchens und Bangens. Aber dann kam tatsächlich der Tag, an dem Martha vor der Tür des Hauses stand, das sie bis zu ihrem Tod bewohnen sollte.

»Was für eine schöne junge Frau«, sagte Anna, als sie sie sah.

Im Nachlass meiner Oma fand ich ein Foto, das sie mit ihrer Schwester zeigt. Zwei Frauen in ihren Sechzigern, die sich wie zwei Kinder umarmen. So in etwa stelle ich mir ihr Wiedersehen vor. Reines Glück.

Später erzählte sie mir einmal eine Version der Geschichte, in der sie ihren Adoptiveltern direkt nach der Ankunft in Horath von Martha erzählt hatte. Man habe daraufhin sofort alle Hebel in Bewegung gesetzt, um auch sie auf den Hunsrück zu holen. In dieser Version der Geschichte hatte sogar der leibliche Vater, der seinen kurzen Lebensabend als halber Krüppel im Kempener Kriegsversehrtenheim verbrachte, keine Mühen gescheut und die Schwestern ein letztes Mal in ihrer neuen Heimat besucht. Aber ich fürchte, das war Wunschdenken und der Versuch, der eigenen Geschichte etwas Versöhnlicheres zu geben. Und vor allem wollte sie mir gegenüber nicht als diejenige in Erinnerung bleiben, die unbegreiflicherweise ihre eigene Schwester verleugnet, vergessen, zumindest aber verschwiegen hatte. Ich sollte nicht glauben, dass mit ihr etwas nicht stimmte.

EINE LÜCKE

Keine drei Jahre später fand im Bach-Haus ein großes Hochzeitsfest statt. Martha, dank ihrer Schwester längst ein Teil des Dorfes geworden, heiratete den Bungert Hermann, der bei ihr einzog und von nun an bis an sein Lebensende der Bach Hermann sein würde.

Im Haus wurde es nun etwas enger. Josephine hatte zwar ihre Schlafkammer, die sie zwischenzeitlich mit Martha geteilt hatte, wieder für sich. Aber Anna und Matthias räumten ihr Schlafzimmer für die neuen Herren auf dem kleinen Hof und zogen in die gute Stube, einen Raum, der sozusagen das bessere Wohnzimmer war und nur für besondere Anlässe genutzt wurde. Es war ein seltsamer Luxus, den man sich gönnte, obwohl man sonst jeden Groschen umdrehen musste. Aber von nun an musste selbst der Pastor, wenn er einmal auf einen Besuch vorbeikam, durch die Küche hindurch in das gewöhnliche Wohnzimmer geführt werden.

Mit Hermann kam Josephine gut aus, sie kannte ihn schließlich schon lange. Er war ein angenehmer Mensch, der keine Ansprüche stellte und dem der Aufwand, den die Alten veranstalteten, eher unangenehm schien. Und auch Martha nahm ihre neue Rolle mit der gehörigen Demut an. Sie war weit davon entfernt, sich als neue Patronin über Küche und Haushalt aufzuspielen. Vor wenigen Jahren noch hätte niemand von ihnen damit gerechnet, dass sie einmal in dieser Konstellation gemeinsam unter einem Dach leben würden. Aber jetzt war es für alle eine wunderbare Lösung geworden.

Nur Josephine plagten von Zeit zu Zeit Zweifel. Sie war glücklich, dass sie ihre geliebte Schwester wieder um sich hatte, dass die Familie beisammen war, so gut es eben ging. Aber nachdem Martha sich eingelebt, die Sprache gelernt hatte und alles genauso gut wusste wie Josephine, zeigten sich auch schnell wieder alte Muster.

»Du kannst doch die Mutter nicht so schwer tragen lassen«, schimpfte sie Josephine aus, wenn sie gemeinsam vom Kaufladen kamen und sich die Einkäufe gleichermaßen aufgeteilt hatten. Oder wenn sie am Abend beim Abwasch zu laut mit den Töpfen hantierte, herrschte Martha sie an, dass ihr Hermann doch jetzt seine Ruhe bräuchte. Martha blieb die große Schwester. Es spielte keine Rolle, dass sie längst keine Kinder mehr waren.

Mit Martha teilte sie ihre Geschichte. Ihr musste Josephine nicht erklären, was es bedeutete, wenn der eigene Vater als Klappergestell aus dem Krieg nach Hause kam. Ihr musste sie sich nicht erklären, was die Gefühle gegenüber der toten Mutter anging. Und sie konnten sich ausmalen, wie es der jeweils anderen in der Zeit ergangen war, die ihrem erzwungenen Wegzug aus der alten Heimat folgte. Aber dennoch fehlte es ihrer Verbindung an Tiefe, sie redeten viel zu selten. Martha war nie – das wurde ihr jetzt erst klar – ihre Vertraute gewesen. Sie sehnte sich nach einem Menschen, der sie verstand und schätzte, ohne dass sie sich erklären musste. Martha hatte diese Sehnsucht nie erfüllt.

Je mehr sie darüber grübelte und in Gedanken in ihre Kindheit vordrang, wurde ihr klar, dass in ihrem Leben eine Lücke klaffte, die weder die Schwester gefüllt hatte noch die neuen Eltern. Natürlich waren da Liebe, Fürsorge und Zusammenhalt. Aber irgendetwas fehlte.

»Vielleicht solltest du dich so langsam nach einem Mann

umsehen«, raunte Martha ihr zu, als sie wieder einmal in Gedanken verloren am Küchentisch saß und durch das Fenster die Wand des Nachbarhauses anstarrte.

Josephine schüttelte den Kopf. Noch immer konnte sie sich kaum eine Sache weniger vorstellen, als einen Mann zu haben, womöglich in ein anderes Dorf zu ziehen und Kinder zu bekommen. So weit war sie doch noch nicht. Manche glauben, wenn man früh die Eltern verliert, lässt einen das schneller erwachsen werden. Aber in Wirklichkeit raubt es einem nur die Kindheit. Kein Kind mehr zu sein, macht noch niemanden erwachsen.

»Ich spüre so eine Lücke in mir.«

»Na, sag ich doch. Du brauchst einen Mann.«

»Martha!«

Martha lief kichernd hinaus in den Garten. Nach zehn Minuten kam sie wieder hereingepoltert. Josephine saß noch immer in der gleichen Pose da.

»Hier, du kannst die Möhren putzen. Vielleicht bringt dich das auf andere Gedanken.« Laut lachend ging sie wieder hinaus. Und mehr zu sich selbst also zu Josephine sagte sie noch: »Ich muss Hermann sagen, dass er hinterm Haus mit der Sense langgeht. Da wuchert alles mit Brennnesseln zu.«

Es dauerte noch eine weitere Stunde. Ihre Mutter Anna und Martha scharwenzelten derweil um sie herum und bereiteten das Essen zu. Dann endlich fiel der Groschen. Die Brennnesseln hatten ihn ins Rollen gebracht. Eine tief verborgene Erinnerung war mit einem Mal ans Licht getreten.

»Erinnerst du dich an Änni?«, fragte Josephine plötzlich die Schwester.

Anna horchte auf, wischte sich die Hände am Küchenhandtuch ab und richtete den Blick auf Josephine. Zu selten erzählte die junge Frau von ihrer Kindheit am Niederrhein. Anna hoffte so sehr darauf, etwas über ihre Töchter zu erfahren.

Aber Martha zuckte nur mit den Schultern und rührte die Eier in der Pfanne.

»Du weißt schon. Sie war meine Freundin. Wir trafen uns heimlich, weil sie evangelisch war.«

»Evangelisch? Ich weiß von nichts.«

»Sie sprach so komisch! Und heute sprechen wir beide denselben Dialekt. Das ist doch nicht zu fassen.«

»Hunsrücker Dialekt in Hau?«, fragte Martha und runzelte dabei die Stirn.

»Nicht da, aber direkt nebenan. In Pfalzdorf. Die Evangelischen sprachen so.« Sich an Änni zu erinnern, machte ihr sichtlich Freude. Auf einmal kam wieder Leben in sie.

»Ich glaube, du fantasierst«, kanzelte Martha sie ab. »So, und jetzt sei so gut und deck den Tisch!«

Josephine nahm die Teller aus dem Schrank. »Du hast davon eben nichts mitbekommen, weil du keinen Kontakt zu ihnen hattest. Aber du musst dich doch an Änni erinnern!«

»Ich weiß von keiner Änni«, sagte Martha bestimmt. »Die hast du dir eingebildet.«

»Aber nein«, flehte Josephine. »Einmal hast du uns zusammen auf der Straße gesehen. Sie hatte diese Schnüre aus Brennnesseln dabei. Es war der Tag, an dem …« Sie verschluckte den Rest und ging ins Wohnzimmer, um den Esstisch einzudecken. Martha folgte ihr mit dem Besteck.

»Was redest du denn da?«, zischte sie ihr zu. »Eine evangelische Freundin, die Hunsrücker Platt spricht. Noch dazu heimlich getroffen. Und klingst dabei wie verrückt. Soll unsere Mutter noch mehr Kummer mit dir haben? Du sitzt da die ganze Zeit nur rum und grübelst. Und dann kommt so etwas dabei heraus.« Sie sah an der jüngeren Schwester hinab und schüttelte den Kopf.

Marthas Blick traf sie wie ein eisiger Blitz. Aber in ihrem Inneren war die Erinnerung an Änni zurückgekehrt. Und die war wunderbar warm.

JETZT WAR EINE GUTE ZEIT

Inzwischen hatten überall im Land die mit den braunen Hemden die Macht an sich gerissen. Und selbst in den abgelegensten Dörfern, in den Schluchten des Hunsrücks, war inzwischen jede Festivität mit rot-weißen Fahnen und dem schwarzen Hakenkreuz geschmückt. Häuser, Straßen, Festplatz: alles in Schwarz-Weiß-Rot.

»Woher kommen die auf einmal alle?«, fragte Josephine ihre Schwester. Martha ging bei Hermann eingehakt neben der jüngeren Schwester her in Richtung Dorfplatz. Aber Martha wusste keine Antwort, und Politik interessierte sie sowieso nicht. Sie hatte Josephine überredet mitzukommen, damit sie unter Leute kam. Und mit Leuten meinte sie vor allem die jungen Männer aus den umliegenden Dörfern, die sich dort einfinden würden, um im Schlenderschritt über den Festplatz zu wandeln. Dort sollte doch einer für Josephine dabei sein.

Die Kirmes war einmal im Jahr. Um die große Tanzfläche herum, an der eine Sechsmannkapelle spielte, hatten fliegende Händler ihre Stände aufgebaut. In der Saison zogen sie zwischen Eifel und Pfalz jedes Wochenende von Dorf zu Dorf und brachten ihre Töpfe, Tischtücher oder Scherenschleifkünste an den Mann oder die Frau. Andere verkauften kandierte Früchte, Lederwaren oder solche Absonderlichkeiten wie Kuckucksuhren oder Räuchermännchen. Die Händler kamen viel herum und brachten aus allen Gegenden des Landes Kuriosa oder Spezialitäten mit. Einmal hatte es sogar ein Zelt gegeben, in dem eine geheimnisvolle Frau bei Kerzenlicht die Zukunft aus der Handfläche voraussagte, während ihr Mann nebenan gegen Geld die Dorfjugend als Preisboxer verdrosch. Aber der Pfarrer hatte sich dafür eingesetzt, die Aberglauben stiftende Wahrsagerin für das nächste Jahr und alle kommenden auszuladen. Und die Junggesellen waren insgeheim froh, sich nicht mehr mit dem Unbesiegbaren im Ring messen zu müssen.

Die jüdischen Viehhändler gehörten ebenfalls der Vergangenheit an. Als Dorfgemeinschaft hatte man schon vor einigen Jahren entschieden, sie hier nicht mehr zu dulden. Man solle den Viehhandel wieder in »deutsche Hände« legen, hatte der Fescher Paul getönt. Aber der Bach Matthias wusste, dass der Paul nur beleidigt war, weil er sich ein krankes Pferd für viel zu viel Geld hatte aufschwatzen lassen. Schuld gewesen war nicht der Händler, sondern die Ahnungslosigkeit des Fescher Paul. Aber jetzt waren die Juden nicht mehr da. Und sowieso hatte niemand gewusst, ob es überhaupt noch erlaubt gewesen wäre, sie hier Handel treiben zu lassen, jetzt, wo der Hitler an der Macht war.

Niemanden schien so recht zu interessieren, was in Berlin passierte und was der Führer für Reden schwang. Man wollte trinken und tanzen und eine kurze Pause von der anstrengenden Heuernte genießen. Und die jungen Leute wollten sehen, wie die anderen jungen Leute aussahen, die aus den Nachbardörfern angefahren kamen. Lediglich der Pescher Fit war politisch. In Ermangelung von Konkurrenten hatte er sich an die Spitze der Bewegung im Dorf gesetzt und erschien mit seinem Gefolge in Parteiuniform. Aber selbst er hatte keine Ahnung, worum genau es den Nationalsozialisten eigentlich ging. Er war für Deutschland, adrette Fahnen und saubere Uniformen. Und er genoss es, die Leute nach seiner Pfeife tanzen zu sehen.

In der Mitte des Platzes hatte der Gastwirt Tische und Stühle aufgebaut und schenkte einen Krug Bier nach dem nächsten aus. Und auch der Riesling, den ein Winzer von der Mosel hergebracht hatte, stieß auf rege Abnehmerschaft.

Martha schob Josephine auf die Tanzfläche, während Hermann schmunzelnd am Geländer wartete. Sie drückte dem Kapellmeister ein paar Münzen in die Hand. Der nickte freundlich und dirigierte die Musikanten zum nächsten Lied. Martha führte. Sie drehte und zog die kleine Schwester hin und her und wild herum. Sie kreisten über die Bretter, dass Josephines Kleid nur so flog und sie vor Lachen beinahe das Gleichgewicht verlor.

Martha hätte genauso gut allen jungen Männern zurufen können: »Seht her, das ist meine wunderschöne Schwester! Kommt und tanzt mit ihr!«

Aber sie beließ es bei einer wortlosen Demonstration. Und die zeigte Wirkung. Wie ein Rudel Wölfe um ein waidwundes Reh scharten sich die Junggesellen des Hunsrücks um Martha und Josephine. Und als Hermann herantrat, um abzuklatschen und nun ganz gemächlich seine Frau über die Tanzfläche zu führen, standen die Männer bei Josephine Schlange.

Der Erste war ein Arthur aus Merschbach. Er war ein wenig kleiner als Josephine, tanzte aber flink wie ein Wiesel. Der Zweite war Franz aus Berglicht. Sein dünnes blondes Haar wurde an den Schläfen schon schütter, und auch sonst hatte er wenig zu bieten. Die Nummer drei, Walter, blieb ihr schon länger im Gedächtnis, er kam sogar von der Mosel. Aus Trittenheim oder Minheim, sie wusste es später nicht mehr genau. Sie hatte kaum hingehört, denn seine Zähne waren so schön. Bevor der Vierte an der Reihe war, schob Martha sich wieder dazwischen.

»Ich muss dir noch was sagen«, grinste sie und machte

eine Bewegung, bei der sich die Hände über dem Bauch wölbten.

Josephine hielt sich die Hände vor den Mund: »Nein«, rief sie und fiel der Schwester um den Hals. »Das ist ja wunderbar!«

Martha nickte mit strahlenden Augen. »Wir gehen jetzt. Ich muss mich schließlich schonen. Amüsier dich noch schön!« Während sie der kleinen Schwester zuzwinkerte, zog Hermann sie schon von der Tanzfläche.

Und dann ging es weiter mit Albert, dem bemühten Tänzer aus Veldenz. Er hatte schöne Augen, konnte sie aber nicht ansehen, so aufgeregt war er. Und dann kamen noch Theo aus Morbach, Gerhard aus Thalfang und Fritz aus Heinzerath an die Reihe. Sie alle waren geübte Tänzer, gut frisiert und ein wenig langweilig.

»Immer nur die Auswärtigen«, schob sich der Pescher Fit schließlich dazwischen. »Jetzt ist mal ein Horather Bursche dran!« Aber er marschierte eher, als dass er tanzte. Und Josephine fühlte sich von ihm mehr gezerrt als geführt. Außerdem sprach er kein Wort. Er sah mit ernstem Blick über ihre Schulter hinweg, so als erfüllte er mit diesem Tanz nur seine patriotische Pflicht. Dennoch war er nicht bereit, von ihr zu weichen, als der nächste Tänzer abklatschen wollte.

»Verschwinde, Judennase«, blaffte er den anderen an.

»Ich bin kein Jud!«

»Geh da hin, wo du hergekommen bist! Jetzt tanze ich.« Und dann stieß er den Fremden mit beiden Händen gegen die Brust, sodass dieser ins Wanken geriet, sich fing und sofort beide Fäuste hochnahm. Um den Tanzboden herum begannen Jungs zu grölen. Zwei Gefolgsleute vom Fit eilten ihm zu Hilfe.

»Aufhören«, schrie Josephine. »Sofort aufhören!« Sie

hielt den Pescher zurück, und zu dem Fremden mit der hübschen Nase und den dunklen gewellten Haaren sagte sie: »Ich tanze jetzt noch diesen einen Tanz mit dem Fit. Und dann bist du an der Reihe. Versprochen.«

Und dann zog der Uniformierte sie auch schon wieder mit Marschschritten über das Parkett, bevor dann doch der Auswärtige an der Reihe war.

»Ich bin die Josephine. Und wer bist du?«

»Bruno, ich komme aus Haag. Und es freut mich, mit dem schönsten Mädchen aus Horath zu tanzen.«

Josephine blickte verschämt zu Boden. Aber dann sah sie ihn schnell wieder an. An ihm stimmte so einiges. Seine Stimme blieb ihr noch lange im Gedächtnis.

Sie tanzte noch den ganzen Abend. Die Qualität der Tänzer nahm zwar ab, da sich am Ende erst diejenigen trauten sie aufzufordern, die sich selbst nicht zutrauten, gut zu tanzen. Aber auch mit den Schüchternen und Gehemmten machte es Spaß, zur Musik über die Bretter zu schweben.

Als um Mitternacht die Kapelle verstummte, ging sie selig taumelnd nach Hause und fiel glücklich in ihr Bett.

Am nächsten Samstag kam Bruno wieder nach Horath. Der Ort war in seinen verschlafenen Normalzustand zurückgekehrt. Nichts deutete mehr auf das rauschende Fest hin, das hier in der letzten Woche stattgefunden hatte. Die einzigen Menschen auf der Straße waren ein paar junge Männer, die auf dem Weg zur Wirtschaft waren, und wenige Kinder, die noch draußen spielten, bevor ihre Mütter sie hereinriefen. Bruno kam mit dem Motorrad, und der Klang der Maschine sorgte für Aufsehen. Als er am Dorfplatz ankam und den Motor abstellte, bildete sich rasch eine kleine Menschentraube aus neugierigen Kindern und vorlauten Halbstarken. Das war kein Horather. Das wussten alle sofort. Wenn jemand von außerhalb mit so einer Maschine mitten auf dem Dorfplatz heranknatterte, hatte das etwas zu bedeuten. Erwartungsfroh sah man ihn an, als er die Lederkappe und die Schutzbrille abnahm.

»Ach, die Judennase«, sagte einer, und als Bruno ihn scharf ansah, verschwand er schnell in der zweiten Reihe. Er stammte aus dem Gefolge des Pescher Fit, aber ohne seinen Anführer reichte es nur für einen frechen Spruch.

Bruno stieg von seinem Motorrad und klappte den Ständer aus. Er blicke sich vergeblich um.

»Was suchst du?«, fragte ein kleiner Junge mit echter Neugier.

Bruno tätschelte seine Schulter und ließ weiter seinen Blick schweifen. »Die Josephine, mit der ich letzte Woche hier getanzt habe.«

Der Junge zuckte mit den Schultern.

In der Gastwirtschaft fand sich Bruno schnell umringt von einer Horde junger Männer. Einige der Gesichter waren ihm noch von letzter Woche bekannt. Sie mussten doch wissen, welche Josephine er meinte.

»Josephine wer?«, sagten sie nur grinsend.

»Die so schön getanzt hat? Keine Ahnung, wen du meinst.«

Manche knufften einander in die Seite, feixten über den hilflosen Auswärtigen.

»Du musst uns schon auf die Sprünge helfen«, sagte einer und deutete in Richtung Tresen.

»Also gut«, sagte Bruno und orderte eine Runde für sein Publikum. Johlend ließen sie den Gerstensaft in ihre Kehlen laufen.

»Schon besser, ich glaube, ich weiß, wen du meinst, aber wie sie heißt, fällt mir einfach nicht ein. Euch, Jungs?«

Alle schüttelten grinsend die Köpfe. Einer prustete laut los und schrie dann auf, als er den Ellbogen seines Nachbarn zu spüren bekam.

Bruno seufzte. »Also gut, noch mal fünf«, rief er dem Wirt zu.

Nach der zweiten Runde fingen die Burschen an, sich über ihn lustig zu machen: »Wie war das, als der Pescher Fit dir letzte Woche eine Backpfeife gegeben hat?«

»Ja, sag schon!«

»Hat ganz schön gepfeffert, was?«

Bruno sah sich entrüstet um. »Also, eine Backpfeife war das nicht …« Aber seine Widerrede ging im Gejohle der Umstehenden unter. Sie verhöhnten ihn und lachten ihn aus, doch Bruno erduldete es. Er wollte wissen, wie er Josephine wiedersehen konnte. Und irgendwann würden sie sicherlich die Lust an diesen Spielchen verlieren und ihm endlich eine Auskunft geben, mit der er etwas anfangen konnte. Aber noch stand er umringt von zunehmend alkoholisierten Trotteln und ertrug die Lage mit einem gezwungenen Lächeln.

»Was ist denn hier los?«, donnerte es plötzlich vom Eingang her. Alles verstummte augenblicklich. Der Pescher Fit stand mitten im Schankraum, und es war sofort klar, dass dies hier nun seine Bühne sein würde. Alle Augen hafteten an ihm. Er musste nur mit den Augenbrauen in Richtung einer seiner Leute zucken, und schon bekam er Auskunft.

»Der hier«, ein Speckiger mit Segelohren zeigte auf Bruno. »Der hier sucht die Josephine.«

»Ach!«, rief Fit aus und tat so, als hätte er Bruno gerade erst gesehen. »Kennen wir uns nicht?« Er blickte sich Beifall heischend um. Geraune. Gekicher.

Bruno sah ihn an und zeigte keine Regung.

»Die Josephine suchst du? Schön habt ihr getanzt, was?«

Bruno blieb noch immer stumm. Er ahnte, dass alles, was er jetzt sagen könnte, dem Pescher Fit als Vorlage dienen könnte, um ihn fertigzumachen.

»Aber die Josephine kennt doch jeder«, sagte Fit mit zweideutiger Stimme. Ratlose Gesichter blickten ihn an. »Du kennst sie doch, oder?«, fragte er einen seiner Gefolgsleute, der zögerlich nickte.

»Und, du? Kennst du sie?«, fragte er den Nächsten und grinste dabei.

»Ja, klar!«

»Und du?«

»Sicher.«

»Siehst du«, wandte er sich wieder an Bruno. »Jeder im Dorf kennt die Josephine.« Und dann zwinkerte er ihm zu und machte mit der Zunge ganz ekelhafte Bewegungen im geschlossenen Mund. »Wirklich jeder, oder Otto?« Er fasste einem Grauhaarigen, der am Tresen saß, an die Schulter. Als er sich umdrehte, sah Bruno, dass er vollkommen zahnlos war. »Du kennst doch die Behmisch Josephine?«

»Aber schischer«, nuschelte der Alte, »hinter der Kirsche gleisch reschtsch, der tschweite Hof linksch. Rotesch Tor. Kannscht du nit verpaschen!«

Bruno legte ein paar Scheine auf die Theke und verließ begleitet von lautem Gejohle die Wirtschaft. Hinter der Kirche gleich rechts, der zweite Hof links. Er sah schon von Weitem das rote Tor. Als er vor der Tür stand, atmete er tief durch. Er war kurz davor, einfach wieder zu verschwinden, aber er war nicht mit dem Motorrad hierhergefahren, hatte den Schabernack der Einheimischen ertragen und sie auch noch alle zum Bier eingeladen, um dann zu kneifen. Der Abend war noch jung. Es war noch hell. Noch wäre es nicht unschicklich, bei einem Mädchen zu erscheinen.

Er klopfte an und trat einen Schritt zurück. Lange passierte nichts. Dann hörte er ein Schlurfen, vielleicht auch ein Schleifen. Unregelmäßige Schritte, die näher kamen. Jemand schob von innen den Riegel beiseite, und knarzend öffnete sich die Tür. Aus der Dunkelheit des Hausflurs trat eine alte Frau in dunkelblauer Kittelschürze ans Licht. Sie trug die grauen Haare streng nach hinten. Ihre Stirn lag in tiefen Falten, und sie blickte ihn durchdringend, beinahe feindselig an. Als Erstes waren ihm jedoch ihre enormen Brüste aufgefallen, die beinahe in Bauchnabelhöhe vor ihm hingen. Er zwang sich, in die starrenden Augen zu sehen.

»Ich werde nichts kaufen.«

»Nein, nein. Ich habe auch gar nichts zu verkaufen.«

»Sondern?«

»Mein Name ist Bruno Sänger. Ich komme aus Haag.«

»Und?«

»Ich bin auf der Suche nach Josephine.«

Sofort lösten sich einige ihrer Stirnfalten auf. Ihr Blick wurde heller und freundlicher, und die Brust schien noch ein wenig anzuschwellen. Sie stützte die Hände in die Hüften und lächelte: »Josephine? Das bin ich.«

Auch am folgenden Samstag erschien Bruno im Dorf. Noch einmal würde er sich nicht von diesem Pescher Fit und seinen Gesellen an der Nase herumführen lassen. Noch einmal würde er nicht zu ihrem Gespött werden. Aber gleichzeitig wollte er Josephine so dringend wiedersehen, dass er zu allem bereit war. Er hatte den Umweg über die Krackesmühle genommen, um mehr Zeit zum Nachdenken zu haben. Denn einen Plan, wie es ihm gelingen sollte, Josephine ausfindig zu machen, hatte er nicht.

Als er von unten in das Dorf fuhr, traute er seinen Augen nicht. Sein Herz machte einen Sprung. Beinahe würgte er die Maschine ab und wäre fast gestürzt, als er sie hastig in der Auffahrt abstellte. Dort, auf einem großen Findling vor einem der ersten Häuser in der Kurve, saß Josephine. Sie saß einfach da, so als erwartete sie ihn.

»Komm mit«, sagte Josephine, »wir gehen den Hang hinab. Im Tal sind wir ungestört.«

Kichernd sprangen sie über den Bach, liefen ein Stück daran entlang, erklommen den gegenüberliegenden Hang, durchquerten das kleine Wäldchen, in dem nichts mehr daran erinnerte, dass ein Junge namens Konrad hier vor Jahren sämtliche Spiegel des Dorfes zusammengetragen und Tieren unsagbare Qualen zugefügt hatte. Jetzt war eine andere Zeit. Jetzt war eine gute Zeit.

Josephine hatte tatsächlich auf Bruno gewartet. Eine Woche lang hatte sie nur an ihn gedacht. Er war der Einzige, der ihr vom Tanz wirklich in Erinnerung geblieben war. Dann hatte sie am Sonntag nach der Kirche gehört, dass er am Vortag im Dorf gewesen war und sich nach ihr erkundigte hätte. Und man hatte ihr auch erzählt, dass man ihn in die Irre geführt hatte. Sie warf dem Fit einen bösen Blick zu und erntete ein Grinsen.

Sie hatte gehofft, dass Bruno wiederkommen würde, dass er sich nicht von diesem Idioten würde abschrecken lassen. Er hatte ihm schließlich schon einmal die Stirn geboten, um mit ihr tanzen zu können. Und dann kam er tatsächlich. Was hätte schöner sein können? Sie gingen lange oben am Waldrand entlang. Bruno erzählte davon, dass er Abitur machte und bald in Bonn studieren wollte. Jura, wenn es ging. Und er erzählte von seiner Familie, Bauern nur im Nebenerwerb. Die meisten seien Lehrer geworden oder Organisten. Sein Vater war sogar beides. Oder man arbeitete in der Verwaltung, machte Karriere in Wirtschaft und Kirche. Ein Großonkel – oder war es ein

Urgroßonkel? – habe es sogar bis zum Titel des Generalvikars in Trier geschafft.

Es war beeindruckend. Aber noch mehr beeindruckten Josephine seine sanfte Stimme, sein Lächeln, das Interesse, das er ihr entgegenbrachte. So etwas hatte sie noch nie gespürt. Sie wusste, dass sie sich ihm öffnen konnte, und erzählte sogar von der Zeit am Niederrhein und im Waisenhaus. Und sie ließ nicht unerwähnt, wie gut sie es jetzt bei ihren neuen Eltern habe.

Sie liefen eine große Runde, einmal um das ganze Dorf herum. Unten sahen sie den Lichtschein von der Wirtschaft. *Dort sollten sie ruhig auf ihn lauern,* dachte Josephine. *Hier bei mir ist er sicher und richtig.* Wie aus Versehen berührten sich ihre Hände. Bruno fasste zu. Bis zum Bach-Haus liefen sie Hand in Hand.

»Gute Nacht«, sagte Josephine.

»Sehen wir uns wieder?«

»Nächste Woche?«

Bruno nickte. Und dann setzte er seine Kappe und die Schutzbrille auf, streifte die Handschuhe über und startete die Maschine. Der Scheinwerfer blendete sie. Erst als er hinter der Kurve verschwunden war, drehte Josephine sich um und ging in Richtung ihres Hauses. Für eine Sekunde war sie der glücklichste Mensch auf der Erde. Dann hörte sie den Knall.

Das Motorrad lag seitlich im Straßengraben. Von Bruno keine Spur. Sie war gerannt, so schnell sie konnte. Jetzt war sie völlig außer Atem, und der Schock hatte ihren Augen einen Tunnelblick verpasst.

»Bruno«, schrie sie. »Wo bist du?« Und als sie nichts von ihm hörte, stürzte sie sich den Graben hinab und versuchte die Maschine anzuheben.

»Hier oben«, hörte sie ihn mit schwacher Stimme.

Auf allen vieren kletterte sie den Graben wieder hinauf. Er kauerte mitten auf der Straße. Sie setzte sich ihm gegenüber.

»Hast du dir was gebrochen?«

»Ich glaube nicht«, sagte Bruno und bewegte vorsichtig seine Gliedmaßen. »Ich war zum Glück noch nicht schnell genug. Ich bin an irgendetwas hängen geblieben. Ich hing plötzlich wie ein Falke in der Luft, und die Maschine fuhr weiter. Ein Seil oder ein Draht.« Er tastete den Boden ab. Der Mond spendete schwaches Licht. »Hier«, sagte er schließlich. Er hielt das abgerissene Ende einer Schnur in der Hand.

Josephine eilte zu ihm und nahm das Seil. »Das gibt es doch nicht.«

»Das waren dieser Pescher Fit und seine Stiefellecker«, stieß Bruno hervor. »Sie müssen das Seil hier über die Straße gespannt haben. Wollen die mich denn umbringen?«

»Das ist nicht zu glauben«, flüsterte Josephine und betastete die Knoten, aus der die Schnur geknüpft war.

»Es ist ja zum Glück nichts passiert. Ich muss nur mein Motorrad wieder aus dem Graben gezogen bekommen.« Er stand auf, noch etwas wackelig auf den Beinen. »Meinst du, dein Vater kann mir helfen? Hat jemand eine Zugmaschine?«

»Ich fasse es nicht«, sagte Josephine und fuhr mit ihrem Zeigefinger an der Schnur aus Brennnesseln entlang.

EINE UNVERPUTZTE BACKSTEINWAND IN EINEM SOLINGER HINTERHOF

Mein Vater kam in Solingen zu Welt. Siegfried. Benannt nach dem heiligen Siegfried, wie meine Oma nicht müde wurde zu betonen. Niemand sollte denken, dass sie ihrem Sohn, dem Geist der Zeit geschuldet, einen urdeutschen Namen gegeben hätte. Es war ein katholischer Name. Ende der Diskussion.

Alles war anders gekommen als gedacht. Brunos Jurastudium in Bonn währte nur ein Semester. Dann hatte sein Vater erkannt, dass man es sich nicht leisten konnte, alle Söhne studieren zu lassen, und ihn auf den heimischen Hof im Hunsrück zurückbeordert.

Bruno empfand sich als Versager und als Schwindler. Hatte er nicht auf Josephine gerade dadurch solch einen Eindruck gemacht, dass er bald studieren gehen würde?

»Aber Bruno, das ist nicht wahr«, beteuerte Josephine stets. »Ich habe dich viel lieber hier in meiner Nähe. Bonn ist doch viel weiter weg als Haag.«

Ja, das stimmte. Auch Bruno war froh, seiner Verlobten in der Heimat näher zu sein, sie am Abend, wenn ihnen danach war, besuchen zu fahren, bei den zukünftigen Schwiegereltern an der Kaffeetafel zu sitzen, mit Marthas kleiner Tochter im Kinderwagen neben Josephine durch das Dorf zu spazieren. Das fühlte sich gut an. Sicherlich.

Aber er hatte doch mehr vorgehabt, in ihm steckte doch mehr als nur ein Bauer. Und vor allem wollte er nicht als Bauer heiraten. Wenn man als Bauer heiratete, dann blieb man auch einer. Wann immer es seine Zeit erlaubte, besorgte er sich Annoncenblätter, schrieb Bewerbungen und fuhr nach Trier, Koblenz oder Mainz, um sich bei Betrieben vorzustellen.

Als er endlich Erfolg hatte, musste nur noch sein Vater überzeugt werden, künftig auf Brunos Arbeitskraft zu verzichten. Es ist kaum anzunehmen, dass der stolze und heimatverbundene Dorflehrer und Organist das Flehen und Wehklagen seines Sohnes erhörte, dass er sich zu klein fühle für den winzigen Hof, der sowieso niemals mehr abwerfen könnte als ein Nebeneinkommen. Vermutlich hatte den Vater die Aussicht auf das zu erwartende Gehalt bei der Firma in Solingen überzeugt, die seinem Sohn eine Festanstellung anbot. Und vielleicht war es auch die Tatsache, dass man dort so etwas unerhört Modernes, fast schon Weltbewegendes herstellte: Räder für die Silberpfeile von Mercedes und Federbeine für kein geringeres Flugzeug als die berühmte Junkers 52, besser bekannt als »Tante Ju«.

Höchstwahrscheinlich war es aber Brunos Mutter, die ihren Mann davon überzeugte, Bruno ziehen zu lassen. Denn sie hatte längst begriffen, dass Bruno seine Josephine nicht zu einer Bauersfrau hatte machen wollen.

Und so heiratete Bruno schließlich in einem der letzten Vorkriegssommer als zukünftiger kaufmännischer Angestellter der renommierten Firma Kronprinz. Die Hochzeit fand in Haag statt, Fotos gibt es keine.

Dass kein Fotograf anwesend war, ist eher unwahrscheinlich. Sicherlich war es ein gesellschaftliches Großereignis in dem kleinen Dorf. Wahrscheinlich wurden die

Bilder bei einem der Bombenangriffe auf Solingen zerstört, die auch beinahe Josephine und ihren kleinen Siegfried getötet hätten. Man weiß es nicht. Denkbar ist aber auch die Variante, dass meine Großeltern die Bilder absichtlich hatten verschwinden lassen, weil man sich später für die Uniformen geschämt hatte; oder auf welche Art und Weise die Festgesellschaft auf den Bildern den Arm zum Gruß erhob.

Unmittelbar nach der Eheschließung siedelten meine Großeltern in die zweihundert Kilometer entfernte Industriestadt über. Für Josephine bedeutete es eine erneute Entwurzelung. Wieder war sie ohne ihre Familie in einer fremden Stadt. Sie hatte nur Bruno. Und der war so sehr mit seiner neuen Arbeit beschäftigt, dass sie ihn in den ersten Wochen kaum zu sehen bekam.

»Wir haben schon wieder drei neue Aufträge vom Rüstungsministerium«, erzählte Bruno am Abendbrottisch. »Der Minister selbst war vor Ort. Er ging direkt an meinem Schreibtisch vorbei.« Endlich war Bruno Teil von etwas Großem, Bedeutsamem. Josephine versuchte sich für ihn zu freuen, aber sie fühlte sich einsam und verlassen. Abends las ihr Mann die Tageszeitung, und dann fiel er müde ins Bett.

Josephine war nicht für das Leben als Städterin gemacht. Sie brauchte eine große Familie um sich herum. Sie brauchte Nachbarn, mit denen man sich im Vorbeigehen unterhielt. Jeder wusste von jedem, jeder kannte jeden. Jeder hatte jeden im Blick. Das war ihr Leben. Mit der Anonymität der Stadt wurde sie nicht warm. Nicht einmal die Frau im Lebensmittelgeschäft wollte sich in ein Gespräch verwickeln lassen.

»Ja, ja«, sagte sie immer nur. Und auch nach Monaten hatte sie sich noch immer nicht ihren Namen gemerkt, obwohl Josephine sich in den ersten Wochen jedes Mal mit Stolz in der Stimme als Frau Sänger vorgestellt hatte, wenn sie den Laden betrat. Irgendwann hatte sie festgestellt, dass sie die Einzige war, die das tat, und es war ihr auf der Stelle furchtbar peinlich. Sie wäre am liebsten im Erdboden versunken, zumindest aber hätte sie von da an lieber einen anderen Laden aufgesucht.

Aber Bruno hatte gesagt: »Ach was, schäm dich doch nicht vor der! Du siehst doch, du bist ihr völlig egal. Sie wird morgen schon nicht mehr wissen, dass du die komische Landpflanze mit den seltsamen Manieren warst.« Und dann lachte er. Aber Josephine war nicht zum Lachen zumute.

Alles war so seelenlos. Mit niemandem kam sie in Kontakt. Nur der alte Herr Blum, der bei ihnen im Haus ganz oben wohnte, meistens auf seinem Klappstuhl unten im Hinterhof saß und gegen sich selbst Schach spielte, sprach hin und wieder ein Wort mit ihr. Irgendwann bat Josephine ihren Bruno, ihr auch so einen Klappstuhl zu besorgen. Von da an setzte sie sich jeden Tag, wenn sie die Wäsche aufgehängt hatte oder vom Einkauf kam, unten zum alten Herrn Blum auf den Hof und erzählte. Herr Blum hörte gerne zu. Sie erzählte vom Hunsrück mit seinen tiefen Tälern und guten Menschen, ließ die schlechten aber nicht aus. Sie erzählte ihm die Geschichte vom Lehrer Zerwes, wie er sie das Gedicht über das Grab der Mutter hatte aufsagen lassen, obwohl er gewusst hatte, dass ihre Mutter gestorben war. Und dann erzählte sie von der Mutter am Niederrhein und vom Vater und der Schwester. Und auch von Änni, der Freundin aus Kindheitstagen, die ihr nicht aus dem Kopf ging.

»Das war eine ganz besondere Freundschaft«, seufzte sie. »Aber der Herrgott hat andere Pläne.«

»Hm«, brummte Herr Blum nur. Josephine hatte keine Ahnung, ob er ihr überhaupt richtig zuhörte, ob er überhaupt in der Lage war, sie zu verstehen. Aber das war egal. Er hatte zwei Ohren und einen Mund, den er in den passenden Momenten geschlossen ließ. Manchmal stellte er aus dem Nichts Fragen zu Geschichten, die Josephine Tage vorher erzählt hatte.

»Wie ist es mit dem Lehrer Zerwes weitergegangen?«

»Er wurde vom Traktor überfahren, ein ehemaliger Schüler von ihm. Aber man konnte ihm keine Absicht nachweisen.«

Herr Blum musste lachen, bis der Husten kam. »Manchmal«, sagte er, »ist das Leben doch gerecht.« Und dann hob er den Blick, als sähe er in die Ferne. Aber das hier war kein Schiff auf dem Ozean, und den Horizont bildete eine unverputzte Backsteinwand in einem Solinger Hinterhof.

Er hatte selbst viel zu erzählen. Josephine liebte seine Geschichten über die Zeit auf hoher See und in den Häfen der Welt: Singapur, Shanghai, Montevideo, Alexandria. Er war als Matrose um den ganzen Erdball gereist, hatte keine Chance ungenutzt gelassen. Warum er ausgerechnet in Solingen gestrandet war, erfuhr Josephine nie. Nie kamen sie zu dieser Stelle. Er war Witwer, das gab er von sich preis, mehr nicht. Aber Josephine fühlte seine Traurigkeit.

»Ich kann doch nicht tagein, tagaus mit einem fremden Mann zusammen im Hinterhof sitzen«, sagte sie eines Tages zu Bruno. »Was sollen denn die Nachbarn denken?«

Aber die Nachbarn dachten nichts. Sie hatten noch nicht einmal davon Notiz genommen, dass unten jemand saß. Und Bruno war es egal.

»Der Mann ist über achtzig«, sagte er nur. Bruno war es recht, wenn Josephine machte, wonach ihr war. Er selbst musste schließlich auch tun, was notwendig war – und momentan musste er, der Jüngste in seiner Abteilung, der mit der geringsten Erfahrung, durch herausragendes Engagement glänzen. Da blieb nicht viel Zeit für seine Frau. Das würde sich ändern. Irgendwann.

»Ich will ein Kind. Sofort«, sagte Josephine eines Morgens zu Bruno. Und sie bekam ein Kind.

AUF EINER NORWEGISCHEN MÜLLDEPONIE

Als ich vierzehn Jahre alt war, meldete ich mich zu einer Sommerfreizeit der evangelischen Kirchengemeinde an. Mutter war froh, dass ich in den Ferien beschäftigt war. Nach Vaters Tod gab es kaum noch Urlaube. Allenfalls besuchten wir irgendwelche Tanten im Harz.

Aber jetzt begann für mich ein Abenteuer. Ich fuhr ganz allein – also mit fünfzig anderen Jungen und Mädchen, aber ohne meine Familie – nach Norwegen. Mein Klassenkamerad Nils hatte mich eingeladen mitzufahren, er war schon im letzten Jahr nach der Konfirmation dabei gewesen und hatte nicht nur begeistert von der Natur in Norwegen, vom Kanufahren und Schwimmen im Fjord berichtet, sondern auch von der *tollen Gemeinschaft,* wie er immer wieder sagte. Sein Vokabular, sein ganzes Verhalten hatte sich in der letzten Zeit verändert. Die Einflüsse der Gemeinde waren unübersehbar. Es war mir immer ein bisschen peinlich, wenn er vor der ganzen Klasse auf einmal davon sprach, dass er sein Leben »dem Herrn übergeben« habe. Oder wenn er den Kopf senkte und ein stilles Gebet sprach, bevor er in sein Pausenbrot biss. Er ging jetzt mehrmals in der Woche ins Gemeindehaus. Mittwochs Bibelkreis, donnerstags Jugendchor, sonntags Gottesdienst.

Wir waren so etwas wie Freunde, weil wir zu denen gehörten, die nicht dazugehörten. Wir waren gleichermaßen uncool. Wir sahen die gleichen Serien, mochten Tischtennis und Wassereis. Und wir teilten einen Musikgeschmack, der sich bewusst von der Masse abzuheben versuchte. Aber die Masse interessierte sich dafür nicht.

Nils freute sich schon darauf, dass ich endlich auch das *Wirken des Heiligen Geistes* erleben dürfte. Ich wusste nicht, was ich mir darunter vorzustellen hatte. Und ich wollte mir das eigentlich auch nicht vorstellen. Was ich erst hinterher begriff: Ich war das Objekt von Nils' missionarischem Eifer. *Machet zu Jüngern alle Völker*. Ich war der Erste in der Reihe.

Es waren zwei Wochen voller Spiel, Spaß und Indoktrination. Herr Wedau, der Pfarrer, der sich von den Betreuern Werner nennen ließ, gestaltete Bibelabende oder Diavorträge. Einmal sahen wir spätabends im Essensraum einen Film, der über einen schnurrenden Projektor abgespielt wurde. In der immerwährenden Dämmerung der norwegischen Nacht, die durch die Panoramafenster schien, konnte man die dunklen Szenen kaum erkennen. Und der Ton schepperte aus der kleinen Box, die viel zu schwach für den riesigen Saal war. Trotzdem packte mich der Film, es war *Stand by Me*. Nach einer Geschichte von Stephen King, wie Herr Wedau in seiner Anmoderation stolz verkündete. Vier Freunde erlebten ein Abenteuer, ein echtes Abenteuer. Leider ohne Horror, wie die meisten von uns sicher gehofft hatten, die mit dem Namen des Autors etwas anfangen konnten. Es war eine Geschichte über Freundschaft, echte Freundschaft unter Jungs. Am Ende hieß es, man hätte nie wieder solche Freunde wie mit zwölf.

Ich wurde traurig und verwirrt und fast ein bisschen mutig. Es war alles auf einmal. Ich war vierzehn und hatte keine Ahnung, wie es sein sollte, echte Freunde zu haben. Ich hatte Nils, aber mit ihm fühlte es sich nicht so an wie in dem Film. Ich war bereit, hier und jetzt mein Leben zu ändern, mich auf andere einzulassen, meine Angst vor Fehlern aufzugeben, mein schlechtes Gewissen, das ich immer schon im Vorhinein empfand, wenn ich jemanden kennenlernte, an den Nagel zu hängen. Ich wollte mich nicht länger verkriechen. Ich wollte Freunde haben. Richtige Freunde, wie im Film. Bevor es zu spät war.

Dann machte Herr Wedau alles kaputt: Als der Projektor nach dem Abspann aufgehört hatte zu surren und es im Raum mucksmäuschenstill wurde, trat er nach vorne. Er erzählte, dass es in dem Film um Beziehungen gehe, um echte Bindungen, verlässliches Miteinander und dass wir so etwas niemals bei Menschen finden würden. Er meinte, es ginge in dem Film in Wirklichkeit um die Beziehung zu Gott und zu Jesus.

Immer ging es um die Beziehung. Das war mir auch schon vor den Sommerferien bei Nils aufgefallen. Irgendwann nach seiner Konfirmation hatte er auf dem Schulhof von seiner Beziehung zu Jesus gesprochen, und irgendjemand hatte gerufen: »Nils und Jesus sind schwul.«

Alle hatten gelacht. Ich auch. Hinterher habe ich mich bei Nils entschuldigt, der den Rest des Tages alleine saß und kein Wort mehr sprach. Aber witzig fand ich es doch – und peinlich, dass Nils so etwas erzählte.

Und jetzt saßen wir hier in dieser wunderbaren Atmosphäre, Blick auf den Fjord, Dämmerung. Und es war wirklich eine *tolle Gemeinschaft,* das musste ich zugeben. In dem Punkt hatte Nils recht gehabt. Ich hatte Freunde finden wollen, ich hätte hier Freunde finden können. Einige der Jungs hier fand ich wirklich sympathisch. Und auch mit den Mädchen konnte man reden. Aber dann erzählte der Pfarrer davon, dass es um Jesus ging und dass wir unser Leben an ihn hängen sollten und nicht auf Menschen vertrauen sollten. Denn am Ende sei alles Irdische vergänglich, nur Jesus rettet und nur Jesus währet ewiglich.

Ich musste plötzlich weinen. Und eine der Betreuerinnen, sie war vielleicht drei oder vier Jahre älter als ich, nahm mich in den Arm und streichelte mir durchs Haar. Es war im ersten Moment erschreckend. Ich war wie gelähmt, aber es fühlte sich auch schön an.

»Nimm den Herrn an«, flüsterte sie mir ins Ohr. »Ich bete für dich.«

Sollte sie doch. Mir war es egal. Es nützte ja sowieso nichts. Aber ich würde keinen Herrn annehmen. Ich würde die Lücke, die ich gerade in meinem Leben ausgemacht hatte, nicht mit einem unsichtbaren Freund stopfen, mich damit – wie Nils – endgültig zum Gespött der Schule machen und dann am Ende ganz allein dastehen.

Im Laufe der zwei Wochen wurde mir klar, dass ich hier keine Freunde finden würde. Zu der Handvoll Jungs und Mädchen, die nichts mit Jesus anfangen konnten, wollte ich mich nicht gesellen. Es waren die vermeintlich Coolen, die – obwohl Herr Wedau es verboten hatte – zum Rauchen im Wäldchen oberhalb des Hauses verschwanden. Nils hasste sie, und ich hatte insgeheim Angst vor ihnen.

Und alle anderen hatten nur Augen und Ohren für ihren Herrn. Es war ein bisschen unheimlich zu sehen, wie hier alle plötzlich zu Schafen wurden. Ich wollte kein Teil dieser Herde sein.

Am letzten Abend in Norwegen gab Pfarrer Wedau uns eine Aufgabe. Jeder von uns sollte sich still überlegen, in welcher Gruppe man sich sah: Gehörte man zu denen, die Jesus bereits seit Längerem folgten, oder war man ganz neu dabei und hatte sich möglicherweise erst hier während der Ferienfreizeit für eine Beziehung zu seinem Herrn entschieden? Oder – dritte Gruppe – war man einer der Zweifler, die von Gott nichts wissen wollten? Meine Einschätzung war klar: Ich gehörte selbstverständlich zur dritten Gruppe.

Nun gab er uns, entsprechend unsere Selbsteinschätzung, ein kurzes Gebet mit, das wir für den Rest des Abends immer und immer wiederholen sollten. Noch immer höre ich den salbungsvollen Tonfall, mit dem Pfarrer Wedau die Zeilen damals formulierte.

Zum Abschluss des Abends sollten wir stumm und einzeln über das ganze Gelände spazieren gehen und unseren Satz im Kopf unendlich oft wiederholen. Danach sollte es dann ganz leise ins Bett gehen. Die Abendsonne stand tief und orange über den Bergen in der Ferne. Alle liefen kreuz und quer durcheinander. Das Gelände erstreckte sich den ganzen Hang entlang, vom Wald oben bis hinunter zum Fjord. Alle machten mit. Nur die ganzen Coolen unter den Coolen feixten und schnitten Grimassen, wenn sie einander begegneten. Aber das störte kaum. Ich fühlte mich ein letztes Mal als Teil dieser Gemeinschaft. Eigentlich war es schön.

»Gott, wenn es dich wirklich gibt«, murmelte ich das von Herrn Wedau vorgegebene Gebet, »dann melde dich. Ich kann es einfach nicht glauben.«

Mit dem endgültigen Beweis für seine Nichtexistenz meldete sich Gott am nächsten Abend bei meiner Heimkehr. Mutter holte mich vor dem Gemeindehaus ab. Ich wuchtete den Koffer in den Wagen und sah den anderen dabei zu, wie sie sich überschwänglich voneinander verabschiedeten. Die Betreuerin, die nach dem Filmabend für mich gebetet hatte, umarmte mich zum Abschied, aber das war mir vor meiner Mutter peinlich. Ich wollte so schnell wie möglich weg.

Herr Wedau sah mich verschwinden, lief mir ein paar Schritte hinterher und schüttelte mir zum Abschied die Hand: »Ja, dann sehen wir uns bestimmt bald wieder.« Und zu meiner Mutter gerichtet sagte er lächelnd: »Ein ganz besonderer Junge. So sensibel.«

Ich stieg in das Auto. Nils winkte ich von Weitem. Ihn würde ich nächste Woche in der Schule wieder treffen. Alle anderen wollte ich nie wieder zu Gesicht bekommen. Wenn ich von dieser Sommerfreizeit etwas für mein Erwachsenwerden mitnahm, dann das Wissen darüber, dass ich einen guten Instinkt habe, wer mir guttut und wer nicht. Aber dieser Gedanke geriet schon in der Sekunde nach seinem Entstehen in Vergessenheit, denn meine Mutter startete den Motor und sagte den Satz, der in meiner Magengrube einschlug wie eine Bombe: »Oma ist gestorben.«

Ich sah sie an. »Was?«

»Schon vor fast zwei Wochen. Zwei Tage nachdem du gefahren bist. Sie ist ganz friedlich eingeschlafen. Morgens lag sie tot im Bett.«

Ich spürte, wie sich mein Hals zuschnürte. Ich konnte nicht atmen.

»Wir haben überlegt, dir eine Nachricht zukommen zu lassen, aber wir wollten dir die schöne Zeit nicht verderben.«

Wir? Wer war wir? Mutter, Saskia und Christian? Nie fühlte ich mich mehr außen vor als in diesem Augenblick. Ich konnte vor Entsetzen nicht sprechen.

»Und dass du ganz allein zurückkommst, um zur Beerdigung da zu sein, wollten wir dir auch nicht zumuten.«

»Die Beerdigung war also schon?«, flüsterte ich.

Mutter nickte.

Der Schock saß tief. Meine Oma war tot, und meine Familie hatte mir noch nicht einmal etwas davon gesagt. Sie hatten die Beerdigung einfach ohne mich stattfinden lassen. Kein Grab, keine Tränen auf dem Friedhof, kein Abschied. Ich fühlte mich betrogen vom Leben, dass es mir meine Großmutter genommen hatte. Und von meiner Mutter und meinen Geschwistern, weil sie mir den Abschied verwehrt hatten. Ich wusste nicht, was schlimmer war. Es war ein einziger Klumpen furchtbarer Gefühle, der meine Seele verstopft hatte.

Zu Hause wollte ich niemanden sehen.

»Jetzt haben wir extra mit dem Essen auf dich gewartet«, maulte Saskia, und Christian verdrehte dazu die Augen.

»Lasst ihn«, sagte meine Mutter.

»Dann nehme ich zwei Koteletts«, hörte ich Christian noch, als ich meine Zimmertür hinter mir zuknallte. Sie waren einfach schon wieder zur Tagesordnung zurückgekehrt. Saßen einfach da am Tisch und schlugen sich die Bäuche voll! Unglaublich.

Weil ich etwas tun musste, packte ich meinen Koffer aus. Aus dem vorderen Fach flatterte mir ein zusammengepresster Fünfmarkschein entgegen. Oma hatte ihn mir beim Abschied vor der Freizeit geschenkt. »Als Notgroschen«, hatte sie gesagt. Ich trage ihn noch heute in meinem Portemonnaie mit mir herum. Es war das letzte Geschenk, das ich von meiner Oma bekommen habe. Zusammen mit den Zitronenbonbons, die nicht geschmeckt hatten. Wie aus dem Nichts musste ich heulen wie ein Baby. Ich hatte sie einfach weggeschmissen – ihr allerletztes Geschenk an mich! Die ganze Tüte lag jetzt auf einer norwegischen Mülldeponie. Und mein schlechtes Gewissen lastete schwer auf mir.

In der Nacht schlich ich mich in Omas Zimmer. Die nackte Matratze leuchtete hell und leer im dunklen Raum.

Ich schaltete das Licht ein. Alles sah unverändert aus. Immerhin. Nur das Totenbett hatte Mutter abgezogen. Den Rest würde sie sicherlich auch bald entsorgen wollen, aber noch war der kleine Raum so etwas wie ein Museum meiner Großmutter.

Die komische stachelige Pflanze mit den roten Blüten auf dem Fensterbrett brauchte Wasser. Ich ging zum Wasserhahn und griff nach Omas Zahnputzbecher. Es war auf seltsame Art selbstverständlich, so sehr in ihr Privatestes einzudringen.

Neben dem Bett stand ein kleiner Nachttisch mitsamt einer stoffbeschirmten Lampe, daneben ein hellgrüner Sessel und an der gegenüberliegenden Wand ein Trümmer von Schrank. Sie hatte ihn noch aus Trier, so viel wusste ich. Ich vermute, es war damals der Kleiderschrank in ihrem Schlafzimmer gewesen, also im gemeinsamen Schlafzimmer mit Bruno, ihrem Mann, meinem Großvater, den ich nie kennengelernt hatte. Jetzt war er der Ort, in dem praktisch alles lag, was ihr zum Zeitpunkt ihres Todes gehörte. Und das waren, wie ich feststellte, als ich den Schrank jetzt öffnete, vor allem schwarze Röcke, Blusen und Kleider. Einige Stapel Unterwäsche, drei Ordner mit Unterlagen, ein dickes Fotoalbum und zwei Kisten.

In einer der beiden, einer golden und rot verschnörkelten Blechdose mit Deckel, hatte sie früher immer ihre Süßigkeiten aufbewahrt, die ich immer geliebt hatte. Aber seit einigen Jahren war sie nicht mehr in der Lage gewesen, selbst einzukaufen. Sie hatte das Haus kaum noch verlassen können, das ließen weder ihre Hüfte noch ihr Herz zu. Seitdem gab es keine Pralinen mehr.

Was in der oberen Schachtel war, wusste ich nicht. Ich erinnerte mich daran, dass ich den unscheinbaren Pappkarton als Kind gar nicht wahrgenommen hatte. Und ich erinnerte mich auch noch an den Abend, an dem meine erschöpfte Oma sich in die Höhe gereckt hatte, um nach der Schachtel zu greifen und darin einen Briefumschlag verschwinden zu lassen. Einen Umschlag, den sie zuvor bei unserem Ausflug in ihre alte Heimat dabeigehabt und seltsamerweise nicht in einen Briefkasten eingeworfen hatte. Was wohl noch alles in der Kiste lag?

Ich stand lange vor dem Schrank und sah hinauf. Mittlerweile war ich groß genug, um mühelos an die Kiste zu kommen. Ich überragte meine Oma zum Zeitpunkt ihres Todes bereits um mehr als einen Kopf. Es war nicht die Höhe, die mich davon abhielt, nach der Pappschachtel zu greifen. Es war etwas anderes. Es war auch nicht die Hemmung, ihre Privatsphäre zu verletzen. Ich hatte längst begriffen, dass die mit einem Menschen stirbt, sonst hätte ich mich nicht allein in diesem Raum aufhalten können. Vielleicht war es die Angst vor dem Geheimnis.

Ich setzte mich in den Sessel. Plötzlich war ich wieder klein wie damals. Ich sah vor meinem inneren Auge meiner Großmutter dabei zu, wie sie mir eine der Pralinen anbot. Und dann nahm sie das Kuvert aus ihrem Rucksack und streckte sich, nahm die Schachtel herunter und legte den Umschlag hinein. Und dabei sah sie die ganze Zeit zu mir, so als wollte sie sichergehen, dass ich mitbekam, was sie tat. Und dann begriff ich, was der Blick mir damals noch hatte sagen sollen.

Also stand ich auf, nahm die unscheinbare braune Schachtel in die Hand, verschloss den Schrank und nahm sie mit in mein Zimmer.

DRITTER TEIL

SCHULD UND UNSCHULD

NUR EINE ERINNERUNG

Dass ich eine Schatzkiste gefunden hatte, wurde mir schnell klar. Zu begreifen, dass meine Oma mir bereits vor Jahren den Schlüssel dazu gegeben hatte, brauchte eine Weile. Ich hatte mich wie im Rausch durch die Briefe gewühlt. Dutzende Nächte lang lag ich vor meinem Bett, die Kiste nur halb herausgezogen – aus Sicherheitsgründen, falls Mutter oder meine Geschwister plötzlich hereinkämen –, und las mich wie versessen durch die Zeilen. Erst als ich mit dem letzten Brief durch war und mit Abstand vor den Papierstapeln stand, die Arme in die Hüften gestützt, um zu begreifen, was ich da vor mir hatte, wurde mir plötzlich bewusst, dass all jene Briefe nicht nur in einer altertümlichen Sprache, sondern auch in einer Schrift verfasst waren, die außer mir hier im Haus niemand mehr hätte lesen können: Sütterlin.

Die Lektionen meiner Großmutter damals an ungezählten Sonntagnachmittagen waren so erfolgreich gewesen, dass mir die altmodische Schrift nicht einmal als Hürde aufgefallen war. Ich hatte sie einfach gelesen, als wäre es meine eigene Handschrift gewesen, die ich da vor mir liegen hatte.

Ich hatte die Schatztruhe, und ich hatte den Schlüssel. Ich wusste, dass sie das, was darin lag, für mich vorgesehen hatte. Sie hätte alles zu Lebzeiten vernichten können, aber es sollte nach ihrem Tod gefunden und gelesen werden. Und zwar von mir. Das stand fest. Es war wie ein allerletztes Geschenk. Fünf Mark, Zitronenbonbons und ein letztes, großes Geheimnis, das nur wir beide teilten.

Nach einigen Wochen hatte ich mir einen ersten Überblick verschafft. Ich war mit nichts anderem mehr beschäftigt. Ich ging zur Schule, kam nach Hause, aß und verschwand in meinem Zimmer. Irgendwann hatte ich angefangen zu sortieren und zu katalogisieren. Ich fühlte mich wie so etwas wie der Nachlassverwalter meiner Großmutter. Oder besser noch ein Historiker, ein Forscher, der einer unentdeckten Sache auf den Grund geht.

In Omas braunem Karton lagen, fein säuberlich aufgefaltet, dreißig Briefe von Änni und ein verschlossener Brief, der an Änni adressiert und mit der Absenderanschrift meiner Oma versehen war. Ich erkannte ihn sofort wieder, als ich ihn zum ersten Mal in meinen Händen hielt, obwohl ich ihn nur einmal für wenige Sekunden gesehen hatte – und das vor Jahren. Es war das Kuvert, das meine Oma damals vor meinen Augen in der Kiste hatte verschwinden lassen. Damals, nachdem wir diesen Ausflug in ihre alte Heimat gemacht hatten.

Was ich bis dahin von Änni und meiner Oma wusste, war die Geschichte zweier Mädchen, die einander gefunden hatten und durch die Umstände, die ihre unterschiedliche Herkunft mit sich brachte, nicht miteinander hatten sein dürfen. Sie waren nur wenige Hundert Meter voneinander entfernt aufgewachsen. Aber dennoch waren sie getrennt durch die Sprache, die Religion und die Grenzen, die ihre Eltern gezogen hatten, übernommen von deren Eltern und Großeltern. Ich wusste von den Erzählungen meiner Großmutter, dass die Freundschaft zu Änni für sie etwas Außergewöhnliches war. Ihre Augen hatten immer gestrahlt, wenn sie von der Zeit erzählte, die sie mit ihr verbracht hatte. Ich wusste oder nahm vielmehr an, sie wären für immer getrennt worden, als meine Oma ins Waisenhaus gekommen war.

Das Bild, das ich von den beiden Kindern Josephine und Änni im Kopf hatte, war das zweier kleiner Mädchen, Kinder von niederrheinischen Bauern, die Hand in Hand über Wiesen und durch Wälder liefen und durch die Enge ihrer Herkunft und schließlich durch Krieg und Krankheit, durch Tod und große Not auseinandergerissen worden waren.

Aber die Briefe, die Änni meiner Oma geschrieben hatte, erzählten eine andere Geschichte. Ich hatte sie alle gelesen, dann fein säuberlich nach Datum sortiert und alle schließlich noch einmal gelesen. Manches ergab zunächst keinen Sinn für mich, manches begreife ich heute noch nicht. Aber viele Stationen aus dem Leben meiner Oma spiegeln sich in den Briefen wider. Sie zeigen Ännis Sicht auf die Dinge. Sie zu lesen fühlte sich an, als hörte ich Großmutters Geschichte noch einmal – und dieses Mal vollständig.

Oma und Änni hatten offenbar nie den Kontakt zueinander verloren. Der älteste erhaltene Brief in der Sammlung – anscheinend hatte Oma die älteren nicht aufbewahrt, oder sie waren dem Krieg oder anderen Umständen zum Opfer gefallen – datierte zwar erst aus dem Jahr 1941. Da lagen der Tod von Josephines Mutter und der damit verbundene Abschied vom Niederrhein schon zwei Jahrzehnte zurück. Aber in anderen Briefen, vor allem den späten aus den letzten Jahren, erinnert sich Änni auch an gemeinsame Erlebnisse, die zwischen der Zeit am Niederrhein und dem Ende des Zweiten Weltkriegs lagen. Sie sind der Beweis dafür, dass die Verbindung nie abgerissen war.

Weißt du noch, meine liebe Josephine, wie ich dich damals in Horath besuchte? Laut aufgeschrien hast du, als du mich sahst, wie ich im Beerengebüsch im Garten auf dich wartete. Eine Nachbarin hatte herübergerufen, was denn los sei. Aber du hattest mich nur gepackt und warst mit mir in diesen kleinen Wald gelaufen, den du Spiegelwäldchen genannt hattest, weil dort dieser Junge, mit dem etwas nicht gestimmt hatte, alle Spiegel des Dorfes aufgehängt hatte. Du hättest erst am Vortag an mich gedacht, sagtest du. Nach all den Jahren sei ich dir plötzlich wieder im Gedächtnis gewesen. Und jetzt stand ich unvermittelt vor dir. Das konnte doch kein Zufall sein.

Ich hatte deine Adresse im Heim in Düsseldorf herausbekommen. Ich hatte die Oberin beknien und anflehen müssen. Ich hatte an ihre Barmherzigkeit appelliert und sie im Namen der Nächstenliebe angebettelt, mir die Adresse deiner Adoptiveltern auszuhändigen. Und am Ende hatte ich ihr sogar noch einen Geldschein aus der Schatulle gestohlen, als sie damit beschäftigt war, in den alten Akten nach der Anschrift zu suchen. Es war Jahre her, dass du dort warst. Niemand kannte dich mehr. Ich erinnere mich noch an deinen Blick, als ich dir davon erzählte. Du wärst beinahe gestorben.

»Eine Nonne beklauen«, hattest du nur gestammelt, und ich sah, wie du im Kopf ausrechnetest, wie viele Jahre Fegefeuer mir deshalb zustünden. Aber wie hätte ich denn sonst die Bahnfahrt zu dir bezahlen sollen?

Am Abend verstecktest du mich in der Scheune. Du nahmst meine Hand, zogst mich zur Leiter und schobst mich hinauf auf den Heuboden. Ich hatte so große Freude daran, mich so langsam anzustellen wie möglich, mit der möglichen Entdeckung zu spielen. Und auch dich versetzte es in eine aufgeregte Spannung. Ich musste früh am Morgen, noch vor Sonnenaufgang, wieder los. Ich musste unentdeckt durch den Hochwald bis hinunter zur Mosel laufen, um wieder in den Zug zu steigen. Wir umarmten einander zur Verabschiedung.

Als du zuvor mitten in der Nacht die Leiter hochgeklettert kamst und dich in deinem Nachthemd zu mir ins Stroh legtest, war das vielleicht – nein, es gibt keinen Grund mehr für ein »vielleicht«: Es war der schönste Augenblick meines Lebens.

»Mit uns stimmt doch alles, oder?«, fragtest du mich, als ich ging. Ja, das weißt du, meine liebe Josephine, deine Angst davor, nicht so zu sein, wie man das erwartete, lag immer zwischen uns. Unsere Liebe hat niemals größer sein dürfen, als deine Angst es zulassen konnte. Ich habe das inzwischen verstanden. Und ich akzeptiere es.

Diese dreißig Briefe waren Zeugnisse dessen, was meine Oma zeit ihres Lebens als innige Freundschaft beschrieben hatte und was Änni als Liebe bezeichnete. Ich war verblüfft und schockiert.

Ich hielt die Geschichte, die Ännis Briefe erzählte, in meinem Herzen. Monatelang beschäftigte ich mich mit nichts anderem. Und irgendwann, nach einem halben Jahr oder mehr, wurde mir plötzlich klar, dass mich der Tod meiner Oma niemals in ein tiefes Loch gestoßen hatte. Es war anders, als ich Trauer in meiner Familie bislang erlebt hatte. Die Lebensgeschichte meiner Oma trug mich über ihren Tod hinweg. In Ännis Briefen begleitete sie mich noch immer. Oma war noch immer für mich da.

Gut ein Jahr nach ihrem Tod traf ein weiterer Brief für sie ein. Ich war wie vom Blitz getroffen, als ich aus der Schule kam und den Umschlag aus dem Briefkasten fischte. Mit einem Mal wurde mir klar, dass die arme Änni gar nichts davon ahnte, dass ihre Freundin Josephine längst gestorben war. Drei Tage lang überlegte ich, was ich damit anstellen sollte. Ich hatte ihn hektisch, damit meine Mutter und meine Geschwister nichts davon mitbekamen, in mein

Zimmer gebracht und in der Kiste verstaut, die ich nun in meinem Kleiderschrank hinter einem Stapel alter T-Shirts versteckte.

Ich brauchte Rat, und aus irgendeinem Grund fragte ich Nils. Vielleicht dachte ich, als guter Christ wäre er in moralischen Fragen eine hilfreiche Instanz. Er hatte mich zwar zu seinem Missionsobjekt erkoren, aber das sprach ja irgendwie auch für eine tiefe Wertschätzung von seiner Seite.

Nachmittags trafen wir uns kaum noch. Nils hatte seine Gemeinde und ich das vor mir ausgebreitete Leben meiner Oma. In den Pausen aber standen wir fast immer zusammen auf dem Schulhof oder in der Pausenhalle, in der Ecke am Kakaoautomaten. Wir sprachen selten über Dinge, die uns bewegten oder wichtig waren. Nein, selten ist noch übertrieben. Genau genommen kam das nie vor. Manchmal hatte Nils Einladungszettel zu irgendeinem Jugendgottesdienst oder einem Gospelabend dabei. Und dann fragte er mich mit ernster Stimme, ob ich nicht doch noch mal vorbeikommen wollte, es sei schließlich nie zu spät – bis es zu spät sei. Und der Herr warte auf mich mit weit geöffneten Armen.

Ich lächelte jedes Mal freundlich mit aufeinandergepressten Lippen und schüttelte zaghaft den Kopf.

»Für mich ist das nichts, Nils.«

»Aber es hat dir doch gefallen. Die *tolle Gemeinschaft* in Norwegen.«

»Ja, schon.«

»Aber?«

Ich zuckte mit den Schultern. Die Gespräche waren uns beiden unangenehm, das spürte ich. Nils hatte einen Auftrag, in der Bibel stand der Missionsbefehl. Und ob er wollte oder nicht, er hatte mich immer wieder zu fragen. Es war schließlich Gottes Wille.

»Du musst doch anerkennen, dass es da mehr gibt zwischen Himmel und Erde, als wir uns vorstellen können«, flehte er.

»Ja, mag ja sein, aber muss das denn ausgerechnet dieser Gott sein, von dem du so überzeugt bist?«

»Jesus ist für unsere Sünden gestorben. Stell dir das mal vor! Am Kreuz!«, erregte er sich im Flüsterton und sah sich dabei mit geducktem Kopf um. Es war fast, als wollte er mir Drogen verkaufen. »Du musst nur noch zugreifen und Ja sagen.«

Der arme Nils. So unter Druck. Mein Leben hatte er zu retten. Und ich wollte einfach nicht.

Ich hätte ihn gerne gefragt, wie er sich damit fühlte. Ich hätte ihn gerne mal aus seiner Rolle herausgeholt. Aber das ging nicht. Erstens hätte er bestritten, eine Rolle zu spielen, und zweitens: Wir führten solche Gespräche nicht. Wir redeten über Fußball, die bevorstehende Geschichtsklausur, den Lieblingskaugummigeschmack. Selbst über Mädchen redeten wir nur im zaghaft verschämten Unterton der Unerfahrenen.

»Ich brauche mal deinen Rat«, sagte ich eines Vormittags in der zweiten Pause für uns beide überraschend in einem ungeübten und wohl auch etwas zu lauten Tonfall. Die Worte hallten beinahe von den Wänden der Pausenhalle wider. Waren da gerade tatsächlich die Gespräche um uns herum verstummt? Ich sah mich um. Nein. Das hatte sich nur so angefühlt.

Nils sah mich mit großen Augen an: »Ja?«

»Es geht um meine Oma.«

»Ja?«

»Du weißt ja, sie ist letztes Jahr im Sommer gestorben.«

Nils nickte. »Ich bin sicher, sie ist bei Gott. Sie war doch eine gläubige Frau, oder?«

Ich zog die Schultern hoch, atmete tief ein und aus. »Darum geht es nicht, Nils. Pass auf, hast du heute Nachmittag Zeit, dann komm doch einfach vorbei, okay?«

Nils kam einfach vorbei, und ich zeigte ihm meinen Schatz: Ich zog den Karton unter dem Bett hervor, nahm den Deckel ab, als wäre er aus feinstem Glas, und nahm das Allerheiligste heraus. Dreißig Briefe, exakt nach Datum sortiert. Dazu zwei ungeöffnete Kuverts. Eines von Änni. Und eines von meiner Oma. Letzteres ließ ich direkt wieder in der Kiste verschwinden.

»Darf ich?«, fragte Nils und nahm den Stapel Papier vorsichtig in die Hände. Er wendete die Briefe hin und her, blätterte mit dem Zeigefinger von einem Blatt zum nächsten.

»Was ist das für eine Sprache?«, fragte er. Er klang verblüfft und interessiert.

»Deutsch«, sagte ich. Ich wollte ihn noch ein wenig neugieriger machen.

Er sah mich fragend an. »Ich kann keinen einzigen Buchstaben entziffern.«

»Sütterlin«, sagte ich mit Kennerstimme.

Nils nickte wissend. »Ich kann höchstens die Jahreszahlen lesen. 1945«, sagte er und zeigte auf den ältesten, oben liegenden Brief. »Und hier«, er blätterte nach ganz hinten, »1994«.

»Ja«, bestätigte ich, »das ist der Zeitraum. Von der Zeit nach dem Krieg bis zum Tod meiner Oma. Manchmal sind es mehrere pro Jahr. Und dann wieder jahre-, fast jahrzehntelang kein einziger. Insgesamt genau dreißig Stück.«

»Wer hat sie geschrieben?«

»Eine Freundin meiner Oma.«

»Schade, dass man sie nicht mehr entziffern kann«, sagte Nils.

»Ich kann das lesen«, antwortete ich mit gespielter Beiläufigkeit.

Nils sah mich fragend an.

»Meine Oma hat es mir beigebracht.«

Er nickte anerkennend. Dann blickte er wieder auf die Briefe. »Und was steht drin?«

»Viele Erinnerungen«, sagte ich. »Vor allem in den letzten Briefen. Dinge, die sie gemeinsam erlebt haben. Und noch mehr Dinge, die sie gerne gemeinsam erlebt hätten. Ängste, Sehnsüchte, Liebe.« Ich machte eine kurze Kunstpause. »Eigentlich sind es Liebesbriefe.«

Nils legte den Stapel, den er bis dahin äußerst sachte in den Händen gehalten hatte, mit weit ausgestreckten Armen auf das Bett, als hätte das Papier plötzlich Feuer gefangen. »Wie meinst du das? Liebesbriefe?«

»Na ja«, sagte ich, »sie schreibt, dass sie meine Oma liebt und dass sie sie immer geliebt hat und solche Sachen.«

»Geliebt?«

Ich nickte.

»Richtig geliebt?«, fragte er. »Deine Oma war eine Lesbe?« Nils legte die Stirn in Falten und sah mich ungläubig von der Seite an.

»Nein, also ja«, stammelte ich. »Keine Ahnung.«

»Okay«, sagte Nils lang gezogen. Er schien schockiert. »Okay«, sagte er noch mal.

Ich nahm die Briefe in die Hand, schlug sie vorsichtig auf der Bettdecke auf Kante und legte sie zurück in den Karton.

»Pass auf!«, sagte ich. »Jetzt kommt meine Frage.« Ich nahm den Umschlag hervor, den ich einige Tage zuvor aus dem Briefkasten gezogen hatte, und hielt ihn Nils vor die Nase. »Was mache ich hiermit?«

»Was ist das?«

»Das ist auch ein Brief von ihrer Freundin. Er kam letzte Woche.«

»Und?«

»Na ja, alle anderen Briefe hat sie mir sozusagen vermacht. Die waren ja schon geöffnet. Aber der hier ist noch zu. Postgeheimnis und so. Und außerdem«, ich holte tief Luft. »Sie weiß offensichtlich noch gar nicht, dass Oma tot ist. Das ist doch irgendwie gruselig, oder?«

Nils zuckte mit den Schultern. »Mach ihn auf!«, sagte er plötzlich ganz abgeklärt. »Ist doch egal. Deine Oma ist tot, und was soll schon Schlimmeres drinstehen als in denen hier«, er zeigte auf die restlichen dreißig Briefe, und es schien fast schon verächtlich.

Ich sah ihm in die Augen.

»Jetzt mach halt auf!«, sagte er eindringlich.

»Ja, warum nicht?« Ich riss das Kuvert auf, nahm den Brief heraus, zwei Seiten, recht groß und – das sah man den Buchstaben an – mit einiger Mühe geschrieben. Änni schrieb, dass sie sich nach der geliebten Josephine sehnte und dass es sich wieder beinahe genauso anfühlte wie damals als Kind, als sie sich heimlich und auf eigene Faust auf den Weg nach Düsseldorf gemacht hatte, um Josephine im Kinderheim zu besuchen – und sie vor verschlossenen Türen gewartet hatte. Ich kannte diese Geschichte. Sie stand schon in einem älteren Brief. Jetzt im Alter, schrieb Änni, kämen viele Erinnerungen hoch. Sie lebte jetzt mehr in den Erinnerungen als in der Gegenwart. Und es sei doch wunderbar, sich auch noch einmal in den Gefühlen wiederzufinden, die man damals verspürt hatte. *Es ist alles in meinem Herzen.*

Auch ich vermisste meine Oma – wenn auch auf eine andere Art, als Änni das tat. Und ich hatte eine Ahnung davon, wie es sich anfühlte, wenn einen die Erinnerungen aus lange vergessener Zeit einholten. Manchmal, wenn auf der Straße jemand vorbeilief, der die gleiche Marke rauchte wie mein Vater damals, dann konnte ich in meinem Herzen ein klein wenig von der Geborgenheit spüren, die ich als Kind erlebt hatte, wenn ich mit ihm auf dem Sofa lag, auf seinem Bauch, mit den Fingern in seinem Bart spielend. Und gleichzeitig kamen mir dann manchmal die Tränen, weil ich wusste, dass das nur eine Erinnerung war. Nur eine Erinnerung. Vielleicht, dachte ich, sollte ich die Erinnerungen doch höher wertschätzen, immerhin schienen sie Jahrzehnte zu überdauern. Und womöglich waren sie am Ende das Einzige, was einem blieb.

»Was schreibt sie?«, riss mich Nils aus meinen Gedanken.

Ich atmete tief ein und blickte auf. »Erinnerungen. Und dass sie meine Oma vermisst.«

Nils schüttelte den Kopf. »Du weißt schon, dass das Sünde ist?«

»Was?«, fragte ich verwirrt.

»Homosexualität ist Sünde.«

»Wo steht das?«

»In der Bibel!«

»In der Bibel?«

Nils nickte wissend.

»Wo genau?«, fragte ich mit lauter Stimme, als spielte das eine Rolle. Ich hatte plötzlich das Gefühl, meine Oma und Änni und ihre tiefen Gefühle gegen die arrogante Engstirnigkeit einer sterbenden Weltreligion verteidigen zu müssen. Nils hatte doch keine Ahnung! So was stand doch nicht in der Bibel. Und wenn schon: Dann hatte eben die Bibel keine Ahnung!

»Bei Paulus«, antwortete Nils.

»Mir doch egal!« Und das war es wirklich. Vor mir lag

die Geschichte zweier Menschen, die ihr Leben lang mit ihren Sehnsüchten und den Grenzen und Zwängen gekämpft hatten, die das Schicksal für sie bereithielt. Und dann kommt irgendein dahergelaufener Nils, und dieser Typ denkt in seiner jugendlichen Verbohrtheit, er wüsste, was richtig und was falsch ist, weil es vor zweitausend Jahren irgendein dahergelaufener Spinner aufgeschrieben hat! Das war doch unfassbar. Mir kamen die Tränen. Wut. Trauer. Sehnsucht. Es kam alles zusammen.

»Leg den Umschlag hin, der bleibt zu. Und jetzt raus hier!«, herrschte ich Nils an, der das Kuvert befingerte, das noch verschlossen im Karton gelegen hatte: der Brief meiner Oma an Änni. In diesem Moment entschied ich, dass er verschlossen bleiben sollte. Zumindest so lange, bis sich bessere Gründe dafür finden ließen als die perverse Neugier eines vermeintlichen Freundes mit religiösem Moralüberschuss. Der Brief meiner Oma blieb ungeöffnet. All die Jahre.

Von Änni kamen noch mehr Briefe. Drei an der Zahl. Ich öffnete und las sie alle. Nie dachte ich mehr darüber nach, ob ich ihr damit unrecht tat. Ich verstand es als meine Aufgabe, sie zu lesen und damit die Geschichte von Änni und meiner Oma in mein Herz zu schreiben. Es waren Briefe voller Erinnerungen, glücklicher Erinnerungen, und mit erstaunlich wenig Bedauern. Ich fing sie ab, war stets mittags der Erste am Briefkasten, damit niemand anders aus meiner Familie sie in die Finger bekam. Ich las sie alle, legte sie zu den anderen in den Karton und antwortete nie.

Als ich mit neunzehn Jahren zu Hause auszog, versuchte ich einen Nachsendeauftrag zu stellen. Aber die Frau bei der Post meinte, dafür bräuchte ich eine Berechtigung, und überhaupt: vier Jahre nach dem Tod sei das doch unüblich.

Aber anscheinend blieben weitere Briefe aus. Mutter, Christian oder Saskia erwähnten nichts dergleichen, und als ich sie einmal bei einem meiner seltenen Besuche aus heiterem Himmel fragte, ob eigentlich noch manchmal Post für Oma komme, guckten sie mich an, als wüssten sie schon nicht mehr, von wem die Rede war.

ICH HABE DICH HEUTE VERLOREN

Während der Kaffee durchzog, sah Josephine kurz aus dem Fenster. Unten im Hof saß der alte Herr Blum, der meist schon am frühen Morgen alleine Schach spielte. Der Klappstuhl neben ihm blieb nun häufiger leer. Josephine hatte viel zu tun, jetzt, da sie eine junge Mutter war. Kochen, Wäsche waschen, dem Baby die Flasche geben, fegen, den Abwasch erledigen, Windeln wechseln, Fenster putzen, Einkäufe erledigen. Ihr Tag war voll. Und auch nachts kam sie kaum zur Ruhe. Noch musste der Kleine alle paar Stunden gestillt werden, und frische Windeln brauchte er nachts auch. Josephine hatte sich einen leichten Schlaf angewöhnt. Niemals wäre es für sie infrage gekommen, Bruno in der Nacht aufstehen zu lassen, um nach dem Kind zu sehen. Wenn er sie manchmal sanft anstieß, damit sie aufwachte, wenn der kleine Siegfried schrie, war es ihr danach immer ungeheuer peinlich. Der arme Bruno brauchte doch seinen Schlaf, hatte er doch eine derart anstrengende und wichtige Arbeit.

Die Zeitung hatte sie schon unten vom Treppenabsatz geholt und auf den Frühstückstisch gelegt, als Bruno – bereits in seinem besten grauen Anzug – in der Küche erschien und ihr im Tausch für die erste Tasse Kaffee einen Kuss auf die Stirn gab.

»Guten Morgen, mein Finchen«, sagte er wie immer. Es war der Kosename für seine Frau, den nur er benutzte, von dem nur er und sie wussten. Jeden Morgen grüßte er sie auf diese Weise. *Mein Finchen* – das war wie eine Erinnerung an ihr Glück.

Wie der Kosename entstanden war, wann Bruno sie zum ersten Mal so genannt hatte, wussten sie schon nicht mehr. Zumindest redeten sie nicht mehr davon, um einander vor dem Gedanken zu verschonen, dass die unbeschwerte Zeit, aus der solche albernen Neckereien hervorgegangen waren, für immer vorbei war. Der Name Finchen war ein Überbleibsel aus dieser fernen Zeit, als sie noch nicht verheiratet gewesen waren, in der Stadt lebten und einen Sohn hatten. Er stammte aus der Zeit, bevor Bruno jeden Tag zehn, zwölf, manchmal vierzehn Stunden in der Firma blieb. Und vor allem stammte er aus der Zeit vor dem Krieg.

Josephine seufzte.

Bruno wusste, was das zu bedeuten hatte. Er selbst sah ja auch jeden Morgen die Schlagzeilen der Zeitung. Er drehte das Blatt um, damit ihm die Kriegsmeldungen nicht schon am frühen Morgen ins Auge stachen.

»Mach dir keine Sorgen!«, sagte er mit ruhiger Stimme. »Ich bin doch kriegswichtig.«

Josephine wusste, dass Brunos Firma jetzt auch Kanonenrohre und Panzerketten herstellte, aber sie wusste auch, dass es nicht Bruno selbst war, der in der Fabrikhalle stand und die Maschinen bediente. Er war nur der Kaufmann, der die Geschäfte im Hintergrund abzuwickeln hatte. Aber welche Geschäfte sollten da noch gemacht werden, wenn die Firma jetzt nur noch für die Wehrmacht produzierte? Bruno war nicht unverzichtbar in der Firma. Josephine wusste das. Und sie wusste, dass Bruno es wusste.

»Schröder und Mertens sind jetzt auch in die Partei eingetreten«, sagte Bruno. »So langsam bin ich der Letzte in der Abteilung, der noch kein Abzeichen trägt. Nächste

Woche werde ich es hoffentlich auch einmal zu einer Versammlung schaffen und meine Aufnahmekarte ausfüllen.«

»Ach, Bruno, ich weiß nicht …«, seufzte Josephine.

Siegfried schrie. Und als Josephine wieder mit ihm auf dem Arm in die Küche kam, war Bruno schon zur Arbeit aufgebrochen. Das Käsebrot hatte er noch nicht einmal angerührt. Josephine seufzte. Als könnten wir uns diese Verschwendung leisten. Sie biss hinein, schließlich hatte sie noch nichts gegessen. Doch Appetit hatte auch sie nicht. Es hing eine dunkle Wolke über allem, aber es fehlte die Zeit, sich damit auseinanderzusetzen. Die Tage waren einfach zu voll. Es gab immer etwas zu tun für eine junge Mutter und Hausfrau.

Heute würde sie möglichst früh und als Allererstes zum Schneider zwei Straßen weiter gehen. Das Innenfutter von Brunos Mantel war an den Schultern völlig verschlissen. Sie war letzte Woche schon dreimal da gewesen, aber immer hatte es geheißen, diesen Stoff haben wir gerade nicht, oder das Garn ist knapp. Josephine hatte keine Ahnung, ob man sie einfach nur hatte abwimmeln wollen, weil sie keine Stammkundin war, oder ob es tatsächlich stimmte, dass zurzeit jeder Stofffetzen für die Uniformen der Soldaten gebaucht würde und es dem armen Schneiderlein wirklich nicht möglich war, an Material zu kommen. Josephine hatte die Hoffnung, dass er sie früh am Tag, wenn sie als erste Kundin am Morgen den Laden betrat, wohl kaum würde wegschicken können. Warum sollte er sein Geschäft öffnen, wenn er frühmorgens schon keinen Stoff mehr übrig hatte?

Schnell räumte sie den Tisch ab, nahm Brunos Mantel, zog Siegfried an und trug ihn die Treppen hinunter. Bruno hatte dafür gesorgt, dass sie den Kinderwagen in einem Schuppen hinten im Hof hatten abstellen dürfen. Josephine hätte ihn sonst jedes Mal die zwei Etagen nach oben wuchten müssen. Josephine sah auf ihre Uhr. In drei Minuten würde der Schneider öffnen. Sie würde geschwind über den Hof gehen, Herrn Blum mit der gebotenen Höflichkeit, aber in erkennbarer Eile einen guten Morgen wünschen, sich nicht von ihm aufhalten lassen und dann schnellen Schrittes mit dem Baby im Wagen zum Schneider laufen.

Als sie unten im Treppenhaus die Hoftür öffnete und in das helle Morgenlicht sah, spürte sie sofort, dass etwas nicht stimmte. Sie kniff die Augen zusammen. Herr Blum war nicht allein, da saß noch jemand neben ihm auf Josephines Klappstuhl. Sie sah die Umrisse der Gestalt, sie hörte die Stimmen. Das raue Krächzen des alten Herrn Blum und die andere Stimme, seltsam vertraut. Ihr Puls begann zu rasen, es zog sie diagonal über den Hof, als wäre sie ein Läufer auf dem Schachbrett des alten Nachbarn.

»Ach, guten Morgen Frau Sänger«, stieß Blum hervor.

Josephine blickte ihn und dann die andere Person mit weit aufgerissenen Augen an. Ihre Knie wurden weich. Sie musste Siegfried festkrallen, um ihn nicht zu Boden fallen zu lassen.

»Sie kommen ja wie gerufen«, krächzte der Nachbar weiter. »Wie ich hörte, kennen Sie einander. Die junge Dame wollte Sie so früh nicht stören. Wir haben uns dafür schon sehr angeregt unterhalten. Nicht wahr? Wie war noch mal der Name? Fräulein …?«

»Änni?«, stieß Josephine hervor, und dann knickten ihre Knie tatsächlich ein.

Es hat mich tief in meinem Innersten getroffen, meine geliebte Josephine, wie Du heute mit mir umgegangen bist. Du hast mich angeschrien und tief in meinem Innersten erniedrigt. Eine Landstreicherin hast Du mich genannt

und eine Lügnerin. Das war, damit Dein Herr Nachbar nichts Schlechtes von Dir denken soll. Das weiß ich schon. Er soll Dich für die brave Ehefrau und Mutter und Hausfrau halten, die Du sicherlich auch bist. Da soll kein Makel, kein Zweifel sein. Aber ist es denn wichtiger, was Dein Nachbar von Dir denkt, als was ich fühle? War es denn nötig, mich beinahe an den Haaren aus dem Hof zu ziehen?
Ich schreibe Dir diese Zeilen noch im Zug sitzend. Ich fahre wieder nach Hause, wo ich hingehöre, keine Sorge! Ich schreibe mit Enttäuschung, Schmerz und Wut in meinem Herzen. Vielleicht werde ich es später bereuen, aber Du sollst wissen, wie ich mich fühle, was Deine Worte heute in mir bewirkt haben. Ich fühle mich, als hätte man mich wie eine Spinne am Boden zertreten.
Ich weiß, mein Erscheinen hat Dich schockiert. Ich habe es Dir angesehen. Du hattest nicht mit mir gerechnet. Und, ja, wie hättest Du auch mit mir rechnen können?
Aber wie hätte ich denn weiterleben sollen, ohne jemals wieder von Dir zu hören, Dich zu sehen, überhaupt zu wissen, ob Du noch lebst? Du schriebst in knappen Zeilen, Du seist jetzt schwanger, und dann bekam ich über ein Jahr lang keine Antwort mehr von Dir. Ich schrieb Dir vier Briefe in der Zeit. Wolltest Du mich denn einfach vergessen?
Es hat mich unendlich tief getroffen, wie Du heute auf mich geblickt hast, als Du mich erkannt hast. Es hat sich in mein Auge gebrannt: Du bist zurückgewichen, hast Dich weggedreht, Deinen Buben an dich gepresst. Ich bin doch keine Hexe, die Dein Kind verfluchen will. Was denkst Du denn von mir?
Meine liebe Josephine, ja, ich gebe es zu: Ich kam heute zu Dir in der Absicht, Dich noch einmal zu fragen, ob Du mit

mir kommst. Du weißt schon, wohin. Es ist noch nicht zu spät. Wir könnten es schaffen. Wir bräuchten einen Plan. Aber wir könnten es schaffen. Wir gäben uns als Schwestern aus. Und Dein Kind, das nähmen wir mit. Ich wäre für es da, als wäre auch ich seine Mutter.
Aber jetzt weiß ich, Du wirst nicht mit mir kommen. Du hast Dein Kind und Dein Leben heute gegen mich verteidigt, als wäre ich Dein ärgster Feind. Du hast mich ausgestoßen, vertrieben, zerstört.
Josephine, ich habe Dich heute verloren. Ich bin in tiefer Trauer. Aber da ist auch diese heiße Wut auf Dich in meinem Herzen. Sie wird wieder erkalten. Das weiß ich. Deshalb schreibe ich Dir das Folgende lieber heute als nächste Woche oder in einem halben Jahr:
Meine geliebte Josephine, ein letztes Mal nenne ich Dich so. Ich werde Dich verlassen. Du wirst nie wieder von mir hören oder lesen. Ich werde Dich nie wieder aufsuchen, ob erwünscht oder ungefragt. Ich werde meine Liebe zu Dir sterben lassen. Es wird unendlich wehtun, aber Dich auf ewig vergeblich zu lieben, wird noch viel mehr schmerzen. Leb wohl.

ÜBERLEBEN

Ännis Vorsatz hielt vier Jahre. Ende des Jahres 1944 musste sie unter der Rubrik *Dem feindlichen Terrorangriff fielen zum Opfer* in der überregionalen Tageszeitung erschreckend viele Namen aus Solingen gelesen haben. Das schreibt sie Josephine verbunden mit der knapp formulierten, bangen Frage, ob die Freundin noch lebe. Mehr nicht. Es scheint, als hätte sie sich mehr nicht erlaubt, als hätte sie mit sich gerungen, Josephine nicht wieder in Bedrängnis zu bringen. In Ännis niederrheinischem Dorf waren die Ausmaße des Krieges kaum zu spüren gewesen, zumindest hatte es bis dato keine Bombenangriffe gegeben. Aber die Industriestadt zwischen Rheinland und Ruhrgebiet erlebte an zwei aufeinanderfolgenden Tagen Anfang November ihr größtes Inferno.

Bruno hatte in den Krieg gemusst. Natürlich. Alle hatten es geahnt. Er war tatsächlich kriegswichtig gewesen. Aber nicht in der Fabrik, wie er sich bis zuletzt vorgemacht hatte, sondern an der Ostfront. Wenn Josephine jetzt darüber nachdachte, wie schnell alles gegangen war, wurde ihr noch immer heiß und kalt zugleich. Auf dem Küchentisch lag noch immer Brunos Aufnahmekarte in die Partei. Er hatte seinen Namen und seine Adresse eingetragen. Er hätte nur noch Datum und Unterschrift hinzufügen müssen, da traf plötzlich der Einberufungsbescheid ein. Auf einmal gab es Wichtigeres. Auf einmal ging es hektisch zu. Ohne Umschweife hatte man ihn schon am nächsten Tag in eine Uniform gesteckt, ihm eine Waffe in die Hand gedrückt und ihn noch in der nächsten Woche auf die Krim verschickt, wo er sich im Albtraum eines Schützengrabens wiederfand.

Josephine sah dem kleinen Siegfried zu, der auf dem Küchenboden mit seinem Spielzeugauto hin und her fuhr. Neben einer selbst genähten Puppe, die Martha geschickt hatte, war es das einzige Spielzeug, das er hatte. Und er war damit glücklich. Er war noch zu klein, um zu begreifen, was um ihn herum geschah.

Dass der Vater inzwischen irgendwo in Hessen in einem Lazarett lag, begriff er kaum, auch wenn sie zweimal mit ihm dort gewesen war. Aber wer der fremde Mann dort in dem Bett war, dem ein Arm fehlte und der auch sonst von Krieg und Krankheit schwer gezeichnet war, verstand er wohl nicht. Bruno hatte nicht lange kämpfen müssen, an einem seiner ersten Tage an der Front hatte ihm eine Granate den linken Arm zerfetzt. Er war auf einer quälend langen Fahrt mit dem Zug zurück in die Nähe der Heimat gebracht worden – mit demselben, der ihn auf die Krim gebracht hatte. Er war zwei Tage lang zusammengeflickt worden und dann mit den verwundeten Soldaten zurückgekehrt. Später musste Bruno beinahe lachen, wenn er darüber nachdachte: Eigentlich war er nur kurz ausgestiegen und dann wieder zurückgefahren. Aber das Lachen blieb ihm im Halse stecken, wenn er an all die Gefallenen dachte, die nicht das Glück hatten, eine schnelle Heimreise antreten zu können. Und überhaupt: Konnte man da von Glück sprechen? Ein amputierter Arm, der noch immer von der Detonation schmerzte, als wäre er noch da. Und dann wäre er auch noch beinahe an Typhus gestorben, wie viele andere Soldaten, die Bruno – Josephine fand es beinahe abstoßend – seine Kameraden nannte.

Er hatte sich eine befremdliche Sprache angewöhnt. Er

redete über den Krieg wie die Sprecher im Radio. Er benutzte Formulierungen, die Josephine insgeheim längst als sinnlose Durchhalteparolen durchschaut hatte.

»Du musst in Solingen die Stellung halten«, hatte Bruno bei ihrem letzten Besuch an seinem Krankenbett gesagt, als sie vorsichtig die Idee hatte anklingen lassen, mit Siegfried in die Sicherheit des Hunsrücks zu fliehen.

»Ich könnte mit dem Kleinen bei Martha unterkommen«, hatte sie gefleht.

Aber Bruno hatte darauf bestanden. »Aufstecken kommt nicht infrage«, hatte er mit einer Stimme gesagt, die kraftvoll und bestimmt hatte klingen sollen und doch nur seine Schwäche offenbarte.

Auf der Bahnfahrt zurück hatte sie gewartet, bis Siegfried endlich eingeschlafen war, und schließlich Wasserfälle geweint. Zu sehr erinnerte ihr Mann sie an die jämmerliche Gestalt, die ihr eigener Vater abgegeben hatte. Auf keinen Fall sollte Siegfried dasselbe erleben müssen wie sie. Was würde sein, wenn Bruno nun nicht wieder gesund würde? Wenn er als Pflegefall zurückkäme oder auf einem Soldatenfriedhof im Hessischen endete?

Immer wieder waren diese Gedanken seitdem in ihr hochgekommen. Wann immer eine neue Gefallenenmeldung in der Nachbarschaft eintraf oder die Zeitungen Angriffe der Engländer vermeldeten, spürte sie, dass es keinen Sinn ergab, in Solingen zu bleiben. Ohne Mann, dafür in ständiger Gefahr.

Mehr als einmal hatte Josephine darüber nachgedacht, was wäre, wenn sie Ännis Drängen nachgegeben hätte. Mit ihr nach Amerika gehen – das klang auf eine bedrohliche Art verlockend. Josephine bekam Angst vor ihrer eigenen Sehnsucht, wenn sie den Gedanken daran nachspürte.

Aber dafür war es jetzt sowieso zu spät. Selbst wenn es

ihnen gelänge, das Reich zu verlassen. Wie in aller Welt sollten sie es über den Atlantik schaffen?

Die Sirenen heulten auf und rissen Josephine aus ihren Gedanken. Erneuter Fliegeralarm.

»Komm, Siegfried«, sagte Josephine, »wir spielen wieder das Laufspiel.«

»Ich will nicht«, sagte der Junge, aber Josephine packte ihn am Arm und zog ihn hoch.

»Aua!«

»Jetzt komm schon!« Josephine versuchte, ihn mit dem Ernst der Lage möglichst zu verschonen, und gab sich Mühe, ihn ihre Panik nicht sehen zu lassen. Er sollte wenigstens keine Angst haben – wenn er schon in dieser schlimmen Zeit aufwachsen musste. Aber manchmal musste sie rabiat werden. Am Ende war es doch das Wichtigste, ihn durchzubringen. Da war nicht immer Platz für Schonung.

Die Tasche stand stets gepackt im Flur. Egal, ob mitten in der Nacht oder am helllichten Tag wie heute: Es hatte schnell zu gehen. Sie warf sich die Tasche um und lief mit Siegfried an der Hand hinaus. Noch immer war der Sirenenlärm ohrenbetäubend, heute schien er eindringlicher als an anderen Tagen.

Zu ihrer Verblüffung begegnete sie im Treppenhaus Herrn Blum. Der alte Nachbar mühte sich die Treppe hinauf.

»Aber Herr Blum«, rief Josephine gegen das Heulen der Sirenen an. »Sie müssen doch runter! Los, kommen Sie mit mir!« Josephine packte ihn am Arm, aber Blum wand sich mit Bestimmtheit aus ihrem Griff.

»Nein, nein, Frau Sänger«, sagte er ruhig. »Ich bleibe hier.«

Josephine sah ihm einen Augenblick in die Augen. Sie

waren alt und vielleicht in dem Moment auch etwas feucht. Aber sie drückten mit Bestimmtheit aus, dass Josephine auf keinen Fall zu widersprechen habe, sondern sich beeilen solle.

»Sie sind noch jung. Und der kleine Siegfried sowieso. Nun machen Sie schon!«

Draußen auf der Straße war kaum noch jemand zu sehen. Vor ihr lief eine der Nachbarinnen aus dem Nebenhaus mit ihren beiden Kindern. Josephine kannte sie vom Sehen – und den gemeinsam verbrachten Zeiten im Luftschutzkeller am Ende der Straße. Man teilte für eine, manchmal zwei Stunden den beengten Raum, die spärlichen Vorräte und die Todesangst. Und wenn die Sirenen Entwarnung gaben, ging man wieder hinaus, und nichts hatte sich verändert. Dann war man wieder die Nachbarin, die man auf der Straße höflich grüßte. Mehr nicht.

Josephine versuchte, mit ihr Schritt zu halten, aber mit Siegfried an der Hand blieb der Eingang in den Bunker in weiter Ferne. Plötzlich strauchelte Siegfried, fiel hin und schlug sich beide Knie auf. Josephine versuchte ihn hochzuzerren, aber er war auf einmal schwer wie ein Sack Kartoffeln. Die Sirenen waren schon verstummt, dafür hörte man in der Ferne schon die Flugzeuge, und sogar die ersten Explosionsgeräusche hallten von Süden her durch die Stadt.

Wie aus dem Nichts näherte sich von hinten eine Gestalt, packte den kleinen Jungen am Arm und griff mit der anderen Hand auch nach Josephine. Sie kam kaum hinterher, so schnell rannte der Mann nun mit Siegfried auf dem Arm mit ihr Richtung Bunker.

Josephine sah den Aufnäher auf seinem Mantel. Das weiße P wies ihn als polnischen Zwangsarbeiter aus. Sie glaubte ihn schon einmal mit seiner Brigade gesehen zu haben, wie sie unter Bewachung zweier Gestapo-Leute durch die Straßen zu der Fabrik geführt wurden, in der sie zu arbeiten hatten.

Josephine wusste nun nicht mehr, wovor sie mehr Angst haben sollte: vor den näher rückenden feindlichen Bombern oder dem schlecht rasierten Polen, der mit ihrem Kind auf dem Arm die Straße hinunterlief. Aber bevor sie einen klaren Gedanken fassen konnte, warf sich der Mann zusammen mit ihrem Jungen in den Eingang des Luftschutzraumes. Josephine wurde schwarz vor Augen, als sie – halb gesprungen, halb gezogen – hinter ihm her in den Keller stürzte.

Die schwere Stahltür fiel ins Schloss, und schon begannen die Balken, die den Raum abstützten, zu zittern. Der Angriff dauerte endlose achtzehn Minuten. So lange hatten sie das Beben und Dröhnen noch nie aushalten müssen. Erst als es vorbei war, kam Josephine wieder zur Besinnung. Sie war vom Rennen in den Bunker derart außer Atem gewesen, dass sie bis zum Abziehen der feindlichen Flieger keinen klaren Gedanken hatte fassen können. Erst jetzt, wo sie sich im Schein der spärlichen Laterne umsah, die den Raum mehr schlecht als recht erhellte, wurde ihr bewusst, dass ihr kleiner Siegfried noch immer auf dem Schoß des Polen saß, der ihr und dem Kleinen gerade das Leben gerettet hatte. Er schien vor Schreck eingeschlafen zu sein und atmete ruhig und tief. Josephine sah dem Zwangsarbeiter in die tief liegenden Augen und bedeutete ihm, ihr den Jungen zu geben. Behutsam legte er Siegfried auf Josephines Schoß.

Sie lächelte dem Mann zu, aber er sah beschämt weg. Ohne ihn hätte sie womöglich nicht überlebt, so viel war klar. Und noch eine Sache begriff sie, als sie nun in die Runde der Überlebenden blickte. Sie alle glotzten den Polen an, als hätte er ihnen gerade ihr letztes Hab und Gut geraubt. Lebensretter hin oder her: Er hätte nicht hier sein dürfen. Zwangsarbeiter hatten sich, wenn überhaupt, in eigens dafür vorgesehene Luftschutzräume zu begeben. Womöglich war dieser hier einfach von seinem Arbeitsort davongerannt, um sich einen Platz im Bunker zu verschaffen. Josephine sah die feindseligen Blicke, und sie hätte gerne widersprochen. Am liebsten hätte sie geschrien, man solle doch einmal ein wenig Menschlichkeit zeigen. Wenn sie doch nur ein wenig stärker gewesen wäre.

Das Viertel war kaum wiederzuerkennen. Als sie am späten Nachmittag den Bunker verließen, liefen sie zwischen Trümmern und Rauchschwaden umher. Auf dem Straßenbelag lagen zwei Tote, und Josephine hielt Siegfried die Augen zu, als sie an ihnen vorbeiliefen. Josephine zählte die Häuser der Straße ab. Beinahe drei von fünf waren schwer beschädigt oder lagen komplett in Trümmern. Es war die Hölle.

Es machte sich in ihr so etwas wie Erleichterung breit, als sie ihr Haus sah, das noch stand. Lediglich das Dach war halb abgedeckt, und Fenster gab es auch keine mehr. Immerhin schien es keinen direkten Treffer abbekommen zu haben, dachte sie, als sie mit Siegfried die Treppe hochging. Sie würde sich kurz in ihrer Wohnung umsehen, und dann würde sie oben nach dem alten Herrn Blum schauen. Anscheinend hatte er einen Schutzengel gehabt.

Die Wohnung war voller Glasscherben, und Josephine fegte sie eilig zusammen. Die Schränke schienen von den Erschütterungen und Druckwellen einige Schritte durch die Räume gemacht zu haben, der Kronleuchter im Wohnzimmer war von der Decke gefallen, doch ansonsten schien ihr Heim auf den ersten Blick bewohnbar. Elektrizität gab es keine mehr, aber der Ofen schien noch funktionstüchtig zu sein. Josephine zündete ihn an und stellte einige Kerzen auf den Tisch, um in der einbrechenden Dunkelheit wenigstens ein wenig sehen zu können. Siegfried hatte sein Spielzeugauto wiedergefunden und fuhr damit nun Rennen unter dem Esstisch.

Josephine ging an die Stelle, an der bis vor wenigen Stunden noch ein Fenster gewesen war, und sah hinaus. Der Anblick war unfassbar. In der Dämmerung stiegen Rauchsäulen empor. Die ganze Stadt lag unter einer grauen Glocke, die von entfernten Feuern hier und da rotorange gefärbt wurde. Alle Häuser, die sie von hier aus sehen konnte, wiesen verheerende Schäden auf; Dächer waren eingestürzt, Fassaden in sich zusammengesackt. Gegenüber konnte sie über drei Etagen in die Wohnungen blicken. Die Möbel standen noch in den aufgerissenen Häusern. Aber leben würde dort nie wieder jemand.

Als sie ihren Blick nach unten wandern ließ, durchfuhr sie ein Schreck bis ins Mark. Der Hof war übersät mit Trümmerteilen. Anscheinend war der Schornstein eingestürzt. Und mitten in den Trümmern erkannte sie jetzt den leblosen Körper des alten Nachbarn. Josephine sah nur seine Beine, die unter dem Schutt herausragten. Aber sie steckten unverkennbar in seiner Hose und seinen Schuhen. Der Anblick war fürchterlich. Offensichtlich hatte eine Druckwelle ihn mitsamt dem halben Dach aus seiner Wohnung geschleudert.

In der Nacht schlief sie kaum. Wie sollte sie? Wie sollte sie länger hier leben können? Diese Wohnung war buchstäblich nicht einmal mehr ein Dach über dem Kopf. Also stand sie auf und packte die ganze Nacht über Sachen zusammen: Kleidung, Unterlagen, Erinnerungsstücke, Schmuck. Und dann wurde ihr klar, dass sie, wie auch immer sie es drehte und wendete, nur einen einzigen Koffer würde tragen können. Vieles würde in den Trümmern zurückbleiben müssen.

Am nächsten Morgen ging sie direkt nach Sonnenaufgang mit Siegfried vor die Tür. Es war ein Sonntag, aber davon war nichts zu spüren. Es brach ihr das Herz, ihrem Kind den Anblick der halb zerstörten Stadt zuzumuten. Aber sie musste sich einen Überblick verschaffen, welche Möglichkeiten es gab. Wo konnte sie noch etwas zu essen bekommen? Wie sah es am Bahnhof aus? Drängten die Massen bereits in die Züge? Fuhren überhaupt noch Züge?

Je mehr sie sich dem Stadtzentrum näherte, desto schlimmer zeigte sich der Zustand der Häuser und Straßen. Manche Straßenzüge waren gar nicht mehr als solche zu erkennen. Solingen glich einer Trümmerwüste.

In der Nähe dessen, was einmal die Kölner Straße gewesen war, fand sich eine Menschentraube zusammen. Alte Leute, aber vor allem Frauen mit Kindern waren, genau wie Josephine selbst, schon früh am Morgen auf den Beinen, um genau das zu erledigen, was auch Josephine vorhatte: überleben. Man tauschte Informationen über Bahnverbindungen aus, die es angeblich noch gab, raunte einander Stellen und Orte zu, an denen möglicherweise Lebensmittel zu beschaffen sein könnten. Auf Plünderungen stand Zuchthaus, aber das spielte momentan für niemanden mehr eine Rolle.

Von Weitem rief eine Frauengestalt der Menge etwas zu, das Josephine nicht verstand, aber wie eine organische Masse aus Überlebenswilligen setzte sich die Menschentraube in Bewegung in Richtung der Frau am Ende der Straße. Sie winkte hektisch. Die Leute gingen schneller. Josephine folgte ihnen instinktiv. Ohne nachzudenken, ging sie zusammen mit Siegfried in der Menge auf. An einer Kreuzung standen, einer Fata Morgana gleich, zwei weiß gekleidete Ordensschwestern mit einer fahrbaren Suppenküche. Sie schienen direkt vom Himmel herabgefahren zu sein. Ihr Anblick verhieß mit derartiger Deutlichkeit Erlösung, dass Josephine nicht einmal auf die Idee kam, angesichts der Ordenskluft an die schreckliche Zeit im Düsseldorfer Kinderheim zu denken.

Es hatte sich bereits eine Reihe Hungriger gebildet, und als auch aus Josephines Menschentraube eine Schlange geworden war, fand sie sich mit Siegfried an der Hand plötzlich in einer Realität wieder, die sie wie ein Schlag ins Gesicht traf: Sie musste anstehen, um sich etwas zu essen für sich und ihr Kind zu erbetteln. Wenn Bruno sie so sehen könnte. Er würde nicht länger erwarten, dass sie nutzlos irgendwo die Stellung hielte. Dessen war sie sich sicher.

Kurz bevor sie und Siegfried an der Reihe waren, sich einen Zinkteller mit Graupensuppe vollschütten zu lassen und dazu ein Stück Brot gereicht zu bekommen, sah Josephine plötzlich an der Seite ein bekanntes Gesicht. Drei Männer waren damit beschäftigt, mit bloßen Händen Trümmer beiseitezuräumen, damit wenigstens die Straße wieder als solche zu erkennen wäre. Einer der drei war der polnische Zwangsarbeiter, der sie tags zuvor in den Luftschutzraum gezogen hatte. Josephine sah ihn an, und er musste ihren Blick auf sich gespürt haben. Auch er sah sie an. Aber dann blickte er zu dem Wachposten, der mit umgehängter Waffe auf ihn und seine beiden Mitgefangenen aufpasste. Die drei Polen wirkten geschwächt und ausgemergelt. Dass sie diese harte Arbeit verrichten mussten, noch dazu hier, direkt vor einer Essensausgabe mit ihrem Sättigung versprechenden Duft, war nicht richtig. Aber was sollte Josephine dagegen ausrichten – jetzt, hier in dieser doch für sie selbst schon beinahe aussichtslosen Situation?

Als sie an der Reihe war, steckte sie das Brot hastig unter ihren Mantel, nahm die Suppenteller und schob Siegfried zur Seite. Sie aßen ihre Suppe auf einem umgestürzten Mauerstück, das Teil eines Hauses war, in dem gestern noch Menschen gelebt hatten. Das durfte für ihren Jungen niemals selbstverständlich werden.

Auf dem Rückweg ging Josephine ganz nah an der Gruppe der schuftenden Zwangsarbeiter vorbei. Und dann beobachtete der kleine Siegfried, der fünfunddreißig Jahre später mein Vater werden sollte, wie seine Mutter plötzlich den Mantel ein wenig lupfte, sodass das darunter verborgene Brot vor ihren Füßen auf den staubigen Boden fiel. Sie ging weiter, als hätte sie es nicht bemerkt, die Spitze ihres Schuhs tippte dabei scheinbar unbeabsichtigt das Stück Brot an, sodass es einen kleinen Satz in Richtung des polnischen Zwangsarbeiters machte. Siegfried sah zu seiner Mutter hoch. Er wollte ihr sagen, dass sie das gute Brot hatte fallen lassen, aber dann bemerkte er, wie sie mit ihrem Blick in Sekundenschnelle erst ihn anwies, still zu bleiben, dann den Polen, das Brot in seiner Tasche verschwinden zu lassen, und wie sie dann im Vorbeigehen den Wachtposten derart naiv anlächelte, dass der für einen kurzen, aber ausreichenden Moment nur noch Augen für sie hatte. Dann zog sie am Arm ihres Sohnes, als ginge es um Leben und Tod, aber Siegfried drehte sich noch um und sah, wie der Zwangsarbeiter das Brot einsteckte, ohne dass der Wachmann etwas davon mitbekam.

Ich kenne diese Episode nicht aus den Erzählungen meiner Oma. Sie ist eine der wenigen Geschichten, die mein Vater mir als Kind über seine Mutter berichtete. Ich weiß noch, dass mein Vater sie für ihren Mut und ihre Nächstenliebe bewundert hat, die sie in diesem Moment gezeigt hat. Aber ich glaube, rückblickend war es ihr angesichts der Schrecken der Nazizeit zutiefst unangenehm, dass ihr eigener bescheidener Anteil an Widerstand und Heldenmut lediglich darin bestanden hatte, ein Stück Brot an der richtigen Stelle in den Dreck fallen gelassen zu haben.

Zumal im Nachhinein mehr als unklar ist, ob die Lebensspanne des armen Zwangsarbeiters überhaupt noch ausgereicht hatte, um in das Brot zu beißen. Denn genau in dem Moment, in dem Josephine mit Siegfried am Bunker vorbeilief, ging wie am Vortag der Luftschutzalarm los. Es waren eilig herbeigeschaffte Handsirenen der Feuerwehr, vielleicht war die fest installierte Anlage der Flugabwehr beim gestrigen Angriff zerstört worden. Der Ton der Ersatzsirenen war zu leise – und er kam zu spät. Die ersten Bomben schlugen schon in der Altstadt ein, als Josephine Siegfried durch die Bunkertür schob. Sie bombardierten die Trümmer. Der Bunkerwart sah noch einmal hinaus, schnell winkte er drei weitere Leute hinein. Und dann schloss er die Tür. Jetzt saßen sie zu sechst in einem Raum, der für vierundzwanzig Menschen ausgelegt war und in dem sie auch schon mit einunddreißig Leuten ausgeharrt hatten.

Gestern hatte sie der Zwangsarbeiter gerettet, heute der Zufall. Und draußen vor der Tür starb der Held von gestern womöglich einen schrecklichen Tod.

LEBENSZEICHEN

Josephine, ich bin so erleichtert, wie ein Mensch nur erleichtert sein kann. Durch deinen Brief ist eine Last von mir abgefallen, von der ich schon dachte, ich würde mich ihrer nie wieder entledigen können. Ich war schon daran gewöhnt, nie wieder richtig Luft zu bekommen unter diesem tonnenschweren Stein, der auf mir lag, weil ich nicht wusste, wie es Dir geht, ob Du gesund bist, ob Du noch lebst. Als der Postbote vor mir stand, riss ich ihm den Brief förmlich aus der Hand. Ich erkannte sofort Dein Kuvert, Deine Schrift, Deine Art, den Brief zu frankieren. Ich hatte jahrelang jeden Brief, der mich erreichte, zuerst daraufhin überprüft, ob er ein Lebenszeichen von Dir enthalten könnte. Alles andere interessierte mich kaum.

Ich rannte hinter das Haus, obwohl ein Herbststurm tobte und die Blätter um mich peitschten, nur um ganz allein mit Deinen Zeilen zu sein. Dein Brief hat einen kleinen Umweg hinter sich, nicht zu vergleichen mit meinem letzten Brief an Dich. Ich wohne nicht mehr in Pfalzdorf. Aber dazu schreibe ich gleich mehr.

Mein Glück lässt sich kaum in Worte fassen. Ich möchte platzen vor Begeisterung, dass Du noch lebst. Ich bin so freudetrunken. Ich ahnte, dass Du in Solingen nicht mehr anzutreffen sein würdest. Aber wohin sollte ich mich wenden? Ich hatte nicht zu hoffen gewagt, dass Du es lebend nach Horath schaffst. Es gleicht einem Wunder, dass meine kurze Bitte um ein Lebenszeichen nach beinahe einem Jahr Irrweg nun ihren Weg zu Dir gefunden hat.

Bei allem Hochgefühl, das ich empfinde, da ich jetzt weiß,

meine Josephine lebt, möchte ich nicht vergessen, Dir meine Anteilnahme auszudrücken. Du bist durch eine schwere Zeit gegangen. Das Haus zu verlieren, während der Mann schwer verwundet im Lazarett liegt, und dann mit dem kleinen Siegfried – endlich weiß ich nun, wie er heißt – ganz alleine auf Irrwegen in den Hunsrück zu fliehen!
Wie gut, dass es Bruno schon wieder besser geht. Ich hoffe, er kann wirklich schon bald nach Hause kommen. Ich hoffe das wirklich, meine Josephine. Ich schreibe das nicht einfach nur so. Ich hoffe, es wird alles wieder gut bei euch. Es muss doch jetzt bergauf gehen. Der Krieg ist vorbei, Josephine! Der Krieg ist vorbei!
Es wird nun alles anders werden. Die dunkle Zeit ist vorbei. Dinge ändern sich, im Großen wie im Kleinen. Und ich weiß gar nicht, wie ich Dir das schreiben soll, auch in meinem Leben hat sich etwas verändert. Ich schrieb ja oben bereits, dass ich nicht mehr in Pfalzdorf wohne.
Nun, liebe Josephine, am besten ist doch, ich benenne die Dinge einfach so, wie sie sind.

»Du lebst also auch noch«, rief Änni und blickte ihrem Gegenüber herausfordernd in die Augen.

Heinrich zuckte deutlich spürbar zusammen. Sie hatte ihm einen ordentlichen Schrecken eingejagt. So hatte sie sich das vorgestellt. Direkt einen starken Eindruck hinterlassen. Das war wichtig.

Er stammelte irgendwas Verständnisloses.

»Erinnerst du dich nicht?«, fragte Änni.

»Doch, doch. Sicher.« Heinrich griff sich geistesabwesend mit der Hand in den Schritt. Wie ein kleiner Junge, der noch nicht wusste, dass sich das nicht schickte – schon gar nicht vor einer Frau –, kontrollierte er, ob noch alles an seinem Platz saß. Erschrocken zuckte er zurück, als er seinen Fauxpas bemerkte, und strich sich mit der Hand die Haare aus dem Gesicht.

Änni hatte ihn einige Wochen lang ausgekundschaftet, sich Informationen besorgt, wie nur sie das konnte. Heinrich war noch immer Junggeselle. Wie sie selbst war er inzwischen über dreißig und irgendwie übrig geblieben. Er war im Krieg erst spät eingezogen worden; man munkelte, es hätte mit den guten Kontakten seiner Mutter zu einem hohen Beamten in der Heeresleitung in Berlin zu tun, einem entfernten Cousin. Aber das war vielleicht auch nur Geschwätz. Jedenfalls hatte er nur wenige Monate gedient, und als der Krieg vorbei war, war er der Erste aus Louisendorf gewesen, der heimgekehrt war.

Vor ein paar Jahren war da mal eine Verlobte gewesen: Renate. Das wusste das ganze Dorf. Aber es zwar nie zur Hochzeit gekommen, angeblich hatte niemand eine Ahnung, warum.

Änni hatte Heinrich aufgelauert. Sie hatte ihn noch eine Weile beim Mähen der Wiese mit der Klappsense beobachtet, sich hinter dem Wagen versteckt und sich dabei vorgestellt, wie sie zusammen mit ihm diese Arbeit verrichten würde oder was sie jetzt kochen würde, wenn er abends matt und erschöpft vom Feld heimkäme. Änni wusste nicht, ob sie nun endlich bereit wäre – ob sie jemals bereit sein würde –, solche Gedanken in die Tat umzusetzen, aber sie hatte jedes Für und Wider ihrer jetzigen und künftigen Lebenssituation abgewogen und Heinrich auf Herz und Nieren überprüft. Er schien ein echter Sturkopf zu sein. In seinem Alter noch unverheiratet – und das als Hoferbe in einer Zeit, in der Männer heiß begehrte Mangelware waren. Irgendetwas schien bei ihm nicht ganz sauber zu sein, und vielleicht war das am Ende Ännis Chance.

Sie war also kurzerhand hinter dem Wagen hervorgesprungen und hatte ihm den Schreck seines Lebens eingejagt.

»Was willst du von mir?«, fragte Heinrich, noch immer deutlich verwirrt und um Haltung bemüht. Und dann fügte er in betonter Strenge hinzu. »Ich habe zu tun.«

»Ja, Heini, ich habe auch zu tun«, winkte Änni ab. »Um genau zu sein, habe ich sogar ein bisschen mehr zu tun, als eine Wiese zu mähen. Ich habe ein Leben zu leben. Und, wenn ich offen zu dir sein darf, ich bin jetzt in einem Alter, da habe ich keine Muße mehr, mir noch immer Woche für Woche von meiner Mutter anhören zu müssen, wann ich endlich zu heiraten gedenke.«

Heinrich sah verblüfft aus. So hatte noch keine Frau mit ihm geredet.

»Dir geht's doch auch nicht anders, oder?«

Heinrich nickte. Wenn er an die mittlerweile verzweifelten Fragen seiner Mutter dachte, wurde ihm ganz übel.

»Pass auf«, sagte Änni, »ich habe folgenden Vorschlag.« Sie kam ein paar Schritte auf ihn zu. Heinrich sah zu der Sense in seiner Hand. Er schien nicht zu wissen, ob er sie weglegen sollte, weil sich ihm eine Dame näherte, oder ob er sie zur Selbstverteidigung hochhalten sollte. Er entschied sich dafür, sich mit beiden Händen an den Stiel zu klammern, als hinge davon sein Leben ab.

»Nun …«, zögerte Änni. Plötzlich verließ sie der Mut. Sie hatte sich wochenlang Gedanken gemacht, ob Heinrich der Richtige wäre für dieses Gespräch. Und wenn sie ehrlich zu sich war, geisterte er doch schon seit Jahren immer wieder in ihrem Kopf herum. Aber jetzt, wo es so weit war, musste sie doch noch einmal kurz überprüfen, ob sich das, was sie hier tat, richtig anfühlte.

»Ja?«, fragte Heinrich.

»Nun …«

»Ja?«

»Sag mal, bist du so blöd, oder stellst du dich absichtlich an wie der letzte Trottel?«

Heinrich verstand anscheinend wirklich kein Wort.

»Wir heiraten«, sagte Änni mit einer Selbstverständlichkeit, als hätte sie Heinrich gerade mitgeteilt, dass die Erde rund ist und die Woche sieben Tage hat.

»Was? Wann?«, fragte er erkennbar überrumpelt. »Wir heiraten?«

»Unter zwei Bedingungen!« Änni blickte streng. »Bedingung eins: Du musst mir erzählen, warum du Renate nicht geheiratet hast.«

Heinrich atmete schwer aus und schüttelte den Kopf.

»Als deine zukünftige Frau habe ich einen Anspruch darauf, das zu wissen.«

»Ist das so?«

»Ja.«

»Und wenn ich gar nicht will? Wie kommst du darauf, dass ich dich heiraten wollte?«

»Jetzt erzähl schon!«

Heinrich seufzte. »Also«, holte er aus, »es war schon alles arrangiert und veranlasst. Sogar die Gäste waren schon geladen, da meinte eines Abends Renate, als wir gerade um den Dorfplatz spazierten, sie würde doch gerne vorab, also vor der Heirat … es wäre ihr wichtig, dass sie sich schon im Vorhinein … also, du weißt schon. Von wegen Zeugungsfähigkeit und so weiter.« Er blickte verlegen auf seine Stiefel.

»Ja, ja, verstehe. Und dann?«, fragte Änni gnadenlos.

»Ja, und dann stand ich vollkommen unter Druck. Ich kam mir vor wie ein Zuchtbulle. Wir waren da hinten hinaus auf die Felder gelaufen, in den kleinen Wald hinein.«

Er deutete mit ausgestrecktem Arm in Richtung Osten. »Siehst du?«

»Sehe ich.«

Er sah sie schüchtern an in der Hoffnung, das Thema damit abgeschlossen zu haben.

»Und was ist dann passiert?«, insistierte Änni.

Heinrich wurde unwirsch. »Nichts ist passiert. Jedenfalls nicht das, was passieren sollte.« Er wandte sich ab und deutete mit der Sense an, wieder weiterarbeiten zu müssen.

»Warte doch mal.« Änni lief ihm hinterher. »Das ist doch gut. Bleib doch mal stehen.«

»Was ist denn daran gut?« Heinrich wandte sich ihr wieder zu. »Du bist wirklich seltsam.« Er blickte sie skeptisch an.

»Danke.« Anni lächelte. Und dann wurde sie plötzlich sehr ernst: »Und hier kommt Bedingung Nummer zwei: Es wird keinen Hoferben geben. Das ist völlig unnötig. Es findet sich immer irgendeine Nichte oder ein Großcousin. Davon gibt es sowieso schon viel zu viele. Davon muss man nicht noch weitere in die Welt setzen. Wir werden keine Kinder haben. Wir werden es gar nicht erst versuchen, verstehst du?«

Heinrichs Gesicht schien aufzuklaren wie der Himmel nach einem Gewitter. Da lag Erleichterung in seinem Blick. »Ja, verstanden.«

»Sie können uns nicht dazu zwingen, Kinder zu bekommen«, sagte Änni, aber es klang eher wie eine Frage.

»Nein, können sie nicht.«

»Sie sollen gefälligst zufrieden sein, wenn wir heiraten.«

»Ja, das sollen sie.«

Änni ging einen Schritt auf Heinrich zu. Sie stand jetzt ganz nah vor ihm. »Ich fand dich damals eigentlich ausgesprochen nett. Ich habe oft an dich gedacht.«

»Ja, ich musste auch oft an dich denken.« Heinrich lachte und fuhr sich – dieses Mal in voller Absicht – mit der Hand in den Schritt. Dabei verzerrte er das Gesicht in gespieltem Schmerz.

»Es tut mir leid«, sagte Änni und legte ihren Kopf an seine Schulter.

GOTT LÜGT

Seine ersten Tage als Neulehrer in jeder der kleinen Dorfschulen entlang der Mosel verbrachte Bruno regelmäßig damit, kleine Kohlestücke auszuteilen.

»Holt das Lesebuch heraus«, sagte er dann in strengem Lehrerton, an den er sich selbst noch würde gewöhnen müssen. Mit seinem verbliebenen gesunden Arm stützte er sich dann auf dem Lehrerpult ab, von dem aus vor Kurzem noch die nationalsozialistische Propaganda verkündet worden war – von einem Kollegen, der nun nicht mehr hier hatte stehen dürfen, weil er den Entnazifizierungsvorschriften der Besatzungsmacht nicht genügte.

Bruno war kurz nach Kriegsende aus dem Lazarett entlassen worden und hatte sich auf direktem Weg nach Horath durchgeschlagen. Dort hatte Josephine schon mit Siegfried auf ihn gewartet. Martha und ihr Mann hatten sie aufgenommen. Endlich war die Familie vereint, aber es wurde wieder einmal eng im Haus. Die Eltern, mittlerweile beide alt und gebrechlich, lebten schließlich auch noch mit auf dem kleinen Hof.

»Es ist doch selbstverständlich«, hatte Martha gesagt. »Man hilft der Familie, erst recht in solcher Not.«

Josephine hatte die Hilfe annehmen können. Sie war sich sicher, dass sie selbst genauso handeln würde, wären ihre Schwester und ihre Familie ohne ein Zuhause. Aber Bruno tat sich schwer.

»Wir könnten doch auch nach Haag zu meiner Familie gehen«, flüsterte er zu Josephine, als sie zu dritt mit ihrem Kind im Bett lagen.

»Und was würde das ändern? Dort wäre es genauso eng.«

Bruno atmete tief ein und wieder aus.

»Ich weiß, was du sagen willst, Bruno, es ist eine schwierige Zeit für dich, uns nicht ernähren zu können und nicht in der Lage zu sein, für ein Dach über unseren Köpfen zu sorgen.«

»Aber Josephine …«

»Sei bitte leise!«, unterbrach sie ihn und deutete auf Siegfried. »So ist es nun mal, Bruno. Es werden auch wieder andere Zeiten kommen. Aber erst mal musst du jetzt wieder zu Kräften kommen.«

Bruno nickte. Er legte seine Hand auf die seiner Frau.

»Und du musst die Gastfreundschaft meiner Schwester aushalten.«

»Ja, du hast ja recht«, sagte er. Dann fügte er noch etwas hinzu, mit dem Josephine nie gerechnet hätte: »Es ist gut, dass du mit Siegfried hierhergekommen bist. Ich hätte nicht von dir verlangen sollen, in Solingen auszuharren. Weil ich zu stolz war, hätte ich euch beinahe verloren.«

»Du weißt, dass mir nichts wichtiger ist, als unseren Sohn durchzubringen. Dafür würde ich alles tun, und wenn ich dir dafür den Gehorsam verweigern muss.«

Bruno sah, wie sie lächelte, aber er wusste auch, dass sie es ernst meinte. Was für eine starke Frau er doch hatte.

Er ließ sich in den nächsten Monaten von ihrer Familie aufpäppeln. Wann immer seine Dankbarkeit in gekränkten Stolz umzuschlagen drohte, erinnerte ihn Josephine daran, dass auch er genauso handeln würde.

Im Frühjahr hatte Bruno erfahren, dass jetzt überall sogenannte Neulehrer gebraucht würden, die in einem Schnellkurs die Befähigung zum Unterrichten erhalten sollten.

»Nirgendwo gibt es noch Lehrkräfte«, hatte der Horather Lehrer ihm gesagt. »An der ganzen Mosel suchen sie verzweifelt.«

»Mach das!«, hatte Josephine nur gesagt, »wenn wir an der Mosel wohnen, sind wir in der Nähe. Nicht so weit weg von der Familie wie in Solingen.«

Es hatte keine Rolle gespielt, ob die Mitgliedschaft in der Partei aus Überzeugung oder aus Nachlässigkeit nie zustande gekommen war. Wer kein Mitglied war, galt als sauber. Brunos nie unterschriebener Mitgliedsausweis lag unter den Trümmern Solingens. Bruno war sauber. Er kam infrage.

Und kein halbes Jahr später trat er schon seine erste Stelle in einem kleinen Moselstädtchen an, dessen Einwohner dankbar waren, wieder einen Lehrer zu haben.

»Aufschlagen auf Seite zweiundzwanzig«, sagte er in seiner ersten Stunde. »Streicht die Zeilen sieben bis elf und den kompletten dritten Absatz.«

Die Schüler taten, was er ihnen befahl. Niemand widersprach. Sie schwärzten Zeile um Zeile, Absatz um Absatz, Kapitel um Kapitel. Selbst in den Mathematikbüchern fand sich Propaganda, die zu entfernen war. Wenn diese Generation von Schülern eines gelernt hatte, dann blinden Gehorsam gegenüber Autoritäten, und zu einer Autorität war jetzt auch Bruno unfreiwillig geworden. Er liebte die Arbeit mit den Kindern. Er freute sich über jedes Lächeln in ihren Gesichtern, jedes Anzeichen dafür, dass die Angst aus ihnen wich, die ihr Aufwachsen überschattet hatte. Mehr noch als die Wissensvermittlung sah er es als seine Aufgabe an, den Kindern die Furcht vor vermeintlichen Respektspersonen zu nehmen. Er baute Kontakt zu seinen Schülern auf, forderte sie zum Erzählen auf und hörte ihnen zu.

Aber jedes Mal, wenn er gerade das Gefühl hatte, so richtig mit der Arbeit beginnen zu können, meldete sich der alteingesessene Lehrer zurück in der Schulverwaltung. Man kam nicht umhin, die alten Kräfte wieder einzustellen, wenn es ihnen gelungen war, sich moralisch reinzuwaschen.

Der hat seinen Entbräunungskurs gemacht, hieß es dann. *Vielen Dank, Herr Sänger. Viel Erfolg auf dem weiteren Berufsweg.*

»Mir tun die Kinder leid«, sagte Bruno am Abend zu Josephine, als sie erfuhr, dass der nächste Umzug anstand. »Jetzt haben sie den alten Lehrer wieder, der ihnen vor zwei, drei Jahren noch ganz andere Sachen eingetrichtert hat.«

Es ging von Minheim nach Bernkastel. Von Bernkastel nach Traben-Trarbach. Von Traben-Trarbach nach Neumagen. Und so weiter.

Jedes Mal zog die kleine Familie in die freie Lehrerwohnung oder in eine andere Unterkunft, die man ihnen hocherfreut stellte. Sie waren jedes Mal hochwillkommen. Dennoch konnte es am Ende nie schnell genug gehen, bis endlich der alte Herr Lehrer wieder da war.

Der kleine Siegfried, mein Vater, war seit Ostern im Schulalter, und jedes Mal, wenn sein Vater eine neue Stelle antrat, kam auch er in eine neue Klasse. Dann saß er zusammen mit vierzig, fünfzig anderen Kindern sämtlicher Jahrgänge in einem Raum und war nicht nur der Neue, sondern auch das Lehrerkind. Das bekam er vor allem dann zu spüren, wenn sein Vater gerade wegguckte.

Und Josephine? Josephine wäre lieber dauerhaft an einem Ort geblieben. Die ständigen Umzüge machten einen permanenten Neuanfang nötig. Aber immerhin war keiner der Orte derart anonym wie die Stadt, in der sie die ersten Jahre mit Bruno verbracht hatte. Und hinzu kam: Sie war die Frau des neuen Lehrers, genauer des Vertretungslehrers, aber immerhin. Das versprach eine gewisse Anerkennung im Ort. In den Geschäften erkannte und grüßte man sie. In der Kirche saß man als Lehrerfamilie selbstverständlich ganz vorne. Es erfüllte sie mit Stolz, jetzt dazuzugehören, und sie spielte ein kleines bisschen mit im gesellschaftlichen Miteinander der Winzerfrauen. Zwar war es nicht ihre Leistung, nun die Frau des Lehrers zu sein, aber ohne ihr Durchhaltevermögen und ihre Kraft, sich den Widrigkeiten des Krieges zu stellen und sich und vor allem Siegfried aus dem Bombenhagel gerettet zu haben, wären sie jetzt nicht hier.

Sie war nicht weit weg von Horath, von zu Hause; Luftlinie nie mehr als zwanzig oder dreißig Kilometer, egal, in welchem Moselstädtchen Bruno gerade Dienst tat. Aber die Mosel und der Hunsrück waren zwei verschiedene Welten. Unten am Fluss arbeiteten die Menschen genauso hart wie oben auf dem Berg. Sie alle hatten etwas aufzubauen und dabei ihre Familien zu ernähren, aber dennoch schien es an der Mosel leichter und unbeschwerter zuzugehen. Vielleicht lag es am Riesling, den man in den steilen Hängen anbaute und der bei jedem sich bietenden Anlass ausgeschenkt wurde. Oben auf dem Hunsrück hielt man sich mit Kartoffeln, Milchvieh oder Holzwirtschaft über Wasser. Alles war einfacher und – wie Josephine empfand – ehrlicher. Trotz ihres Glücks und ihres Erfolges schlummerte ganz tief in ihrem Innersten ein Funke Sehnsucht nach dem Leben auf dem kleinen Hof. Sie war nun mal ein Bauernmädchen, ein Kind vom Lande – egal, ob sie nun an den Hunsrück zurückdachte oder an den Niederrhein. Aber zurückdrehen wollte sie die Zeit auch nicht. Sie war jetzt kein Mädchen mehr. Sie war eine gute Mutter für ihren Sohn. Reichte das denn nicht?

Sie begriff sich selbst nicht. Sie hätte doch vollkommen glücklich sein müssen. Was wollte sie denn? Es war doch alles gut jetzt. Eigentlich.

Bruno wollte sie mit solchen Verwirrungen nicht belasten. Er war so glücklich, dass er wieder ins Leben gefunden und eine Arbeit hatte, die sinnstiftend war und seine Familie ernährte. Da konnte sie ihm doch nicht damit kommen, dass sie tief in ihrer Seele eine Trübung verspürte, die sie selbst nicht verstand.

Ach, meine Josephine, es ist schön zu lesen, dass es Euch an der Mosel so gut geht. Traben-Trarbach also jetzt. Wieder muss ich mir eine neue Adresse notieren. Meine Erinnerung an meine Bahnfahrt durch das enge Tal ist noch so lebendig. Wie lange ist mein heimlicher Besuch bei Dir in Horath jetzt her? Beinahe zwanzig Jahre. Ich weiß noch, wie die Morgensonne über die Berge kroch und wie glatt sich die hölzernen Bänke in der kleinen Bahn anfühlten. Und dann habe ich sogar wieder den Duft von Deinem Haar im Heu in der Nase, so wie ich ihn damals in der Nase hatte, als ich mit dem Kopf an der Scheibe im ratternden Zug saß und mich an die wundervollen Stunden erinnerte, die wir zuvor verbracht hatten.

Der jugendliche Elan, der einen zu solchen Ausfahrten antrieb, scheint inzwischen doch etwas gedämpft zu sein. Vielleicht ist man inzwischen angekommen. Oder hat man sich nur eingerichtet?

Ich glaube Dir, meine liebe Josephine, wenn Du schreibst, dass Dir im Innersten etwas fehlt. Wer sollte das besser verstehen können als ich? Ich führe jetzt ein Leben als Bäuerin auf einem gut gehenden Hof in Louisendorf.

Wenn ich aus dem Küchenfenster sehe, blicke ich auf den Kirchturm inmitten der Linden. Es ist wunderschön hier. Es ist meine Heimat. Und dennoch ist alles, was ich immer begehrt habe, unerreichbar weit entfernt.
Die Sehnsucht verschwindet nie. Je mehr wir ihr auf den Grund gehen, desto größer wird sie. Aber wir sterben nicht daran.
Heinrich und ich besuchen jetzt tatsächlich freitags den Bibelkreis. Es ist etwas ausgesprochen Evangelisches, das würde Dir fremd sein. Als Frischvermählte hatte der Pfarrer uns eingeladen. Inzwischen sind es schon vier Jahre. Man sitzt mit anderen Eheleuten zusammen, singt einige Lieder aus dem Gesangbuch und liest die Bibel. Man wird mit der Zeit geübt darin, die schwierigen Texte zu lesen und sogar auszulegen, wenn man es regelmäßig betreibt.
In der letzten Woche lasen wir gemeinsam den Anfang, die ersten Kapitel aus dem ersten Buch Mose. Gott erschafft die Welt und alles in ihr. Er macht den Menschen und setzt ihn in den Garten Eden. Und dann redet er mit ihm. Und weißt du, was er sagt? Er sagt: Du sollst essen von allerlei Bäumen im Garten; aber von dem Baum der Erkenntnis des Guten und Bösen sollst du nicht essen; denn welches Tages du davon issest, wirst du des Todes sterben.
Ist das nicht unerhört? Ich hoffe, du begreifst meine Empörung, Josephine. Ich habe mich nicht getraut, es im Kreis der Frommen und Frömmler auszusprechen, aber es ist doch so: Gott lügt! Direkt der erste Satz, den er an den Menschen richtet, ist eine Lüge. Niemand stirbt, wenn er vom Baum der Erkenntnis isst. Gott vertreibt die Menschen aus dem Paradies, er erlegt ihnen Qualen auf, ja. Aber sie leben noch. Er hat die Menschen belogen, damit

sie Angst vor ihm haben sollen. So ist dieser Gott. Wir sollten viel weniger Angst haben.

Meine liebe Josephine, wenn wir den Dingen auf den Grund gehen, wird es manchmal hart und steinig und beschwerlich. Aber wir werden daran nicht zugrunde gehen.

Erforsche Du Deine Sehnsucht, und ich erforsche meine. Wir mögen nicht mehr jugendlich sein, aber alte Frauen sind wir noch nicht. Es ist noch nicht zu spät.

An einem Märzmorgen Mitte der Fünfzigerjahre bekam Bruno seine letzte Kündigung als Aushilfslehrer.

»Wir gehen nach Trier«, sagte er am Abendbrottisch zu Josephine und Siegfried, als wäre es eine freudige Nachricht.

Siegried blieb stumm. Er war daran gewohnt, aus seinem Umfeld gerissen zu werden. Es hatte zu oft wehgetan, um sich noch dagegen zu wehren. Und in der Stadt zu leben, klang sogar ein kleines bisschen aufregend.

»Nach Trier? In die Stadt?«, fragte Josephine.

»Es ist doch nicht Solingen«, beschwichtigte Bruno. »Du kennst doch die Stadt. Und du magst es dort.«

»Ja, aber dort leben …?«

»Ich habe ein hervorragendes Stellenangebot. Ich kann wieder in meinem alten Beruf arbeiten. Und ich werde sogar eine kleine Abteilung leiten«, sagte Bruno mit erkennbarem Stolz. »Und Siegfried kann dort sein Abitur machen.« Er legte die Hand auf die Schulter seines Sohnes. »Und studieren kann er dann dort auch.«

Josephine sah Siegfried an, dem sein Scheitel etwas zu lang ins Gesicht hing. Er war kein Kind mehr. Seit einigen Wochen rasierte er sich sogar schon. Ihr eigener Sohn! Sie sah das verhaltene Lächeln auf seinem Gesicht.

»Willst du das?«, fragte Josephine ihren Sohn. »Willst du nach Trier?«

Siegfried sah sie an und nickte stumm.

»Es kommt noch besser«, verkündete Bruno. »Die Firma gewährt mir ein kleines Darlehen. Wir werden genug Geld haben, um uns ein eigenes kleines Haus zu bauen. Ist das nicht großartig?«

ACHTECKE UND QUADRATE

Ich muss mit meinem Schwager das Heu wenden«, rief Heinrich ihr hektisch zu. »Heute Nachmittag wird es sicher gewittern. Und meiner Schwester geht es nicht gut. Sie hat Fieber und hustet die ganze Zeit. Das Kind schreit ununterbrochen. Es muss sich jemand um sie kümmern.«

Jemand war dann wohl Änni.

Heinrich verschwand durch die Haustür. So war das eben. Leben im Familienverbund. Das Dorf als Familie. Jeder kannte jeden, und man half, wo man konnte. Und wenn Heinrich sagte, wo geholfen werden musste, dann hatte sie das zu tun. Mit ihr konnte man es schließlich machen. Sie hatte ja keine eigenen Kinder zu versorgen.

Das ununterbrochen schreiende Kind hieß Uta. Und ja, das bekam auch Änni jetzt zu spüren, es schrie tatsächlich ununterbrochen. Änni war zur Schwägerin hinübergegangen, hatte ihr einen Tee gekocht, Wadenwickel angelegt und eine Suppe angesetzt. Dann hatte sie die Geräuschkulisse nicht mehr ausgehalten. In einem Haus zu sein mit der kleinen Uta war in etwa so, als lebte man im Inneren eines Sägewerkes. Sie hatte das Kind gepackt, in den Kinderwagen gelegt und war mit ihm vor die Tür gegangen. Vielleicht würde es draußen leichter auszuhalten sein. Sie hatte angefangen, im Kreis zu laufen. Immer um den Dorfplatz herum, der eigentlich kein Platz, sondern eine riesige Wiese war. Zweihundert Meter geradeaus, im rechten Winkel nach links, wieder zweihundert Meter geradeaus und so weiter. Im Inneren der den Platz umsäumenden Allee ragte die Kirche aus ihrem kleinen Lindenhain heraus. Außerhalb des Quadrates lagen die Höfe. Es ist schon ein sonderbar gebauter Ort, dachte Änni. Sie lief nun wie automatisch. Das Schreien der kleinen Uta gab den Rhythmus ihrer Schritte vor. Sie lief und lief. Vier Runden, fünf Runden. Das ganze Dorf wusste jetzt, dass Uta ein Schreikind war.

Irgendwann bog Änni an einer der vier Ecken des Dorfes in den diagonal über den Platz nach innen verlaufenden Weg zur Kirche hin ab und hielt vor dem Gotteshaus. Utas Plärren wirkte vor dem idyllischen Bild besonders fehl am Platz. Aber wo sollte sie denn hin mit ihr? Was konnte sie tun? Das Kind auf den Arm zu nehmen, kam ihr zwar in den Sinn, aber der Gedanke, diesen kleinen Wurm, der sich aus Leibeskräften seinem ganzen Dasein zu erwehren schien, an sich zu drücken, widerte sie beinahe an. Am liebsten hätte sie einfach mitgeschrien.

Es gab jetzt einen Heimat- und Verschönerungsverein, und eine seiner ersten Taten war die Errichtung eines Informationsschildes vor der Kirche gewesen. Hier konnten Einheimische, falls sie vergessen hatten, was ihnen seit Generationen von klein auf eingetrichtert wurde, nachlesen, wie es zur Gründung von Louisendorf gekommen war: Auswanderer aus dem Hunsrück. Pennsylvanien. Pfälzische Sprachinsel. Vierunddreißig Linden.

Fremde verirrten sich so gut wie nie in den Ort, aber falls in Zukunft doch einmal jemand mit seinem Rad auf dieses seltsam angelegte Dorf stoßen sollte, wüsste er innerhalb von drei Minuten, die er vor dieser Tafel verbrachte, alles über Louisendorf. Und Änni verschaffte sie jetzt wenigstens ein wenig Ablenkung von ihrer nervenzehrenden Aufgabe.

Das Schild zeigte auch eine Flurkarte des Dorfes. Zum ersten Mal sah Änni jetzt den Ort, an dem sie lebte, aus der Vogelperspektive – zumindest eine Zeichnung. Zum ersten Mal wurde ihr klar, dass die Häuser und Höfe wie ein Achteck um die quadratische Wiese angelegt waren. Die beiden Diagonalen, die den Louisenplatz durchkreuzten, teilten zudem das Quadrat in vier aufeinander zeigende Dreiecke. Es war die Dorf gewordene Botschaft an den Himmel: Hier ist alles in vollkommener Ordnung.

Und wie ich so dastand und mir vorstellte, wie Gott selbst auf das Dorf hinunterzublicken, in dessen exaktem geometrischem Zentrum ich mich jetzt befand, begannen meine Gedanken davonzuschweben. Ich war buchstäblich betäubt von Utas Geschrei, und der Gedanke, in einem perfekt arrangierten, hundert Jahre alten Muster zu leben, ließ mich nicht mehr los. Ich glitt ab. Ich schien mich in meiner Fantasie aufzulösen.

Meine liebe Josephine, ein Menschenleben ist viel zu kurz. Aber für ein paar Blatt Papier ist es zu lang und zu verflochten. Wenn wir von uns erzählen, lassen wir manches aus, von dem wir glauben, dass es uns in ein schlechtes Licht rücken würde. Und anderes lassen wir unerwähnt, weil wir es für unwichtig halten. Manches berichtigen und verdichten wir. Vielleicht erfinden wir uns auch ganz neu. Es ist eine vergebliche Mühe.

Was am Ende für uns alle gilt: Wir werden vergessen sein. In zehn Jahren vielleicht schon, in hundert Jahren wahrscheinlich, in tausend ganz bestimmt. Ganz egal, welche Geschichte wir von uns erzählen. Warum also wollten wir uns nicht den Gefallen tun und unsere Erzählung auf dem Weg ins Vergessen mit ein wenig Träumerei und Fantasie ausstaffieren?

Ich war willens und bereit, Dir die wildesten Dinge zu schreiben. Ich malte mir aus, wie mein Leben würde sein können, wenn es diese absurde Ordnung nicht gäbe, in die ich mich – in die wir uns – hineinbegeben hatten. Ich hätte einen Beruf. Ich wäre Lehrerin, oder Krankenschwester. Und ich führe um die Welt. Ich lernte Sprachen und ich machte Bekanntschaft mit allerlei Menschen in aller Welt. Ich dachte, ich würde Dir schreiben, ich hätte es endlich nach Amerika geschafft, nach Pennsylvania. Dorthin, wohin es meine Vorfahren nie geschafft hatten, weil sie lieber Achtecke und Quadrate in den niederrheinischen Sand zogen. Ich fantasierte Dich an meine Seite. Gemeinsam würden wir dem Ozeandampfer entsteigen und in ein neues Leben starten. Es war eine Idee, die mich derart erregte, dass ich gar nicht merkte, wie ich zu laufen anfing. Ich kenne das schon immer von mir. Andere verharren, wenn sie nervös werden, sie erstarren wie das Reh vor der Flinte des Jägers. Ich aber muss mich fortbewegen, wenn es aufregend wird. Ich fliehe. Obwohl es mein eigenes Innerstes ist, das mich in die Flucht schlägt, und obwohl ich meine Gedankenwelt und meine Gefühle niemals loswerden kann. Sie können genauso schnell laufen wie ich.
Zu Hause sah ich auf die Küchenuhr an der Wand. Ich hatte es versäumt, Heini seine Brotzeit vorbeizubringen. Egal, sollte er ruhig merken, dass ich nicht immer zur Verfügung stehe, dachte ich trotzig. Was wollte er schon machen? Er brauchte mich – viel mehr noch als ich ihn. Da konnte er mir auch die eine oder andere Nachlässigkeit durchgehen lassen. Ich half in Haus und Hof, so viel ich schaffte, ich hatte dafür gesorgt, dass die Fragen nach einer Braut verstummt waren, und wenn es hart auf hart kam, half ich auch nebenan bei seiner Schwester aus. Ich kümmere mich um die kleine Uta, als wäre ich selbst ihre Mutter.

Und noch während ich diesen letzten Satz mit all seinem Selbstbetrug dachte, sackten mir beinahe die Knie weg: Ich hatte das Baby, das ich noch nicht einmal hatte auf den Arm nehmen können, einfach draußen an der Kirche zurückgelassen. Die kleine Uta hatte weitergeschrien. Das wurde mir jetzt klar, als ich darüber nachdachte, wann und warum ich nach Hause gegangen war. Ich stürmte vor die Tür. Inzwischen hatte es zu regnen begonnen, und ich verfluchte jeden einzelnen Tropfen. Davon war doch vorhin noch nichts zu sehen gewesen, obwohl Heinrich ja ein Gewitter angekündigt hatte. Der Kinderwagen stand offen, ohne Verdeck neben der Kirche. Ich konnte aus der Entfernung kein Kindergeschrei wahrnehmen. Vielleicht wegen des Regens, dachte ich. Aber ich rannte jetzt umso schneller durch die nassen Bindfäden. Zur Ecke und dann die Diagonale hinein bis zur Kirche.
Vorm übernächsten Nachbarhof fühlte ich mich beobachtet. Ich verlangsamte mein Tempo, um nicht zu wirken wie jemand, der weiß, dass es um Leben und Tod geht. Aber dann rannte ich doch wieder los. Denn es ging ja schließlich doch um Leben und Tod.
Zum Glück traf ich an der Kirche auf eine unversehrte und glückliche Uta. Der Regen schien ihr sogar zu gefallen. Sie hatte tatsächlich aufgehört zu schreien und ließ die dicken Tropfen mit staunendem Gesicht auf sich einprasseln. Es ging ihr gut, aber sie war von Kopf bis Fuß durchnässt, und auch der Kinderwagen musste dringend getrocknet werden. Ich schob ihn rennend nach Hause und hoffte, dass bei diesem Wetter niemand aus dem Fenster sah.
Zu Hause saß Heinrich am Küchentisch und tropfte den Boden voll. Er atmete schwer und schüttelte nur den Kopf. »Alles hin«, sagte er nur. »Das ganze Heu dahin.«

Ich spürte, wie gleichgültig ich gegenüber seinen Sorgen war. Und auch er schien gar nicht wahrgenommen zu haben, dass ich mit der komplett durchnässten Uta ins Haus gekommen war. Ich versorgte das Kind, wickelte es in frische Tücher, brachte es wieder hinüber zu meiner Schwägerin, der es schon wieder besser ging, und kehrte zurück zu meinem Mann.

Mein Mann. Das hört sich so falsch an. Wir lebten nebeneinanderher. So war es von Anfang an gewesen. Da war keine Liebe, keine Zuneigung. Ja, es stimmt: So sollte es sein. Ich wollte Heinrich nicht lieben, und ich wollte von ihm nicht geliebt werden. Aber kein eigenes Leben zu führen, ist mir zu wenig. Ich habe mich in ein Muster pressen lassen, das mir zu eng und zu gerade geworden ist. Das Leben, das die Welt von mir verlangt, ist nicht in der Lage, mir das Maß an Freiheit und Freiraum zu geben, das ich nun einmal brauche.

Es ist mir jetzt völlig klar, meine liebe Josephine: Ich werde meine Träume verfolgen. Ich werde nicht länger auf dem Abstellgleis leben. Ich muss Fahrt aufnehmen.

»Was soll ich denn den Leuten sagen?«, hatte Heinrich mit hochrotem Kopf geschrien. Wenn er sich aufregte, bekam seine Stimme etwas heiser Quietschendes. Änni erinnerte es an die Schweine im Stall, wenn sie nach Futter lechzten. Da war keine Aggression, eher Verzweiflung.

»Sag ihnen doch, dass es deine Entscheidung ist«, sagte Änni und setzte sich zu ihm an den Tisch. Sie war ganz ruhig. Das würde ihn hoffentlich auch beruhigen. »Mir ist das egal. Sollen sie doch denken, was sie wollen. Erzähl ihnen doch, du willst, dass ich diese Ausbildung mache, damit …«

»Ja, wozu denn?«, unterbrach Heinrich sie. »Wozu solltest du eine Ausbildung zur Krankenschwester machen? Du bist eine Bauersfrau.«

»Man kann immer eine Krankenschwester gebrauchen.«

»Auf einem Bauernhof kann man aber auch immer eine Bäuerin gebrauchen.«

»Hör mir zu«, sagte Änni mit sanfter Stimme, um die folgenden Worte nicht so angsteinflößend und bedrohlich klingen zu lassen, wie sie gemeint waren. »Ich habe dich nicht geheiratet, um mich von dir einsperren zu lassen.« Sie griff sanft nach seinem Unterarm, fast so, wie man das als eine richtige Ehefrau tat. »Wir haben geheiratet, damit wir beide unsere Ruhe haben von den Fragen und dem Gerede der anderen. Und es ist mir egal, ob du einverstanden bist oder nicht. Wenn du das Spiel nicht länger mitspielen willst, dann kannst du deiner Familie gerne erklären, warum deine Frau von heute auf morgen die Koffer gepackt hat und ausgezogen ist.«

Heinrich sah Änni an. Sie meinte es ernst.

»Wo willst du denn hin?«, fragte er mit zitternder Stimme.

»Ich will nirgends hin, Heini. Aber wenn du mir nicht die Freiheit einräumst, die ich brauche, dann muss ich von hier verschwinden.«

Heinrich sah aus dem Fenster. »Gut«, sagte er nach einer endlosen Pause. »Gut, dann mach das. Geh zur Heilanstalt nach Hau und frag sie, ob sie einer verheirateten Frau über vierzig eine Ausbildungsstelle geben.« Er schüttelte den Kopf.

»Nach Hau? Heinrich, das ist eine Nervenklinik. Ich will in einem richtigen Krankenhaus arbeiten. Ich will lernen, wie man Kranke und Verletzte pflegt, wie man Wunden versorgt. Ich will in die Stadt, nach Düsseldorf.«

»Nach Düsseldorf?« Heinrichs Stimme überschlug sich? »Du willst jeden Tag die weite Strecke fahren?«

»Vielleicht werde ich auch manchmal über Nacht im Schwesternheim bleiben müssen.«

Heinrich schüttelte den Kopf. »Ich fasse es nicht. Über Nacht wegbleiben. Eine Ausbildung in der Stadt. Und was kommt dann? Was willst du noch?«

»Ich will Englisch lernen«, platzte es aus Änni heraus. Sie hatte es Heinrich eigentlich nicht sagen wollen, noch nicht. Aber so war es doch. Es war ihr Traum.

»Englisch?« Heinrich sprang auf. »Und dann willst du nach England gehen, oder was?«

»Nein«, sagte sie kleinlaut. Und sie wusste, dass sie jetzt nicht lügen würde, wenn er sie fragen würde, ob sie vorhatte, nach Amerika zu gehen. Aber er fragte nicht.

AKIHITOS LÄCHELN

Ein Kodama ist ein japanischer Baumgeist. Seit Jahrtausenden glaubt man in Japan an diese seltsam gestaltlosen Gestalten. Sie wohnen in besonderen Bäumen, solchen mit geheimnisvoller Bedeutung. Kaum einer weiß, wie sie wirklich aussehen, und es heißt, einst waren sie Götter, aber sie sind in das Reich der Geister hinabgestiegen. Mal sind sie wohlgesinnt, mal haben sie bösartige Absichten. Die Guten unter ihnen erscheinen nur denjenigen Menschen, die reinen Herzens sind. Heißt es.

Meiner Oma erschien der Kodama zweimal. Beim zweiten Mal, im Spätherbst nach dem Tod meines Vaters, war ich dabei. Meine Oma saß in Trauer versunken da. Es wurde kaum geredet. Womöglich war seit Vaters Tod auch schon mehr als ein Jahr vergangen, vielleicht zwei. Das war schwer zu sagen. Die Zeit lief außerhalb unseres Hauses in einem anderen Tempo ab als innerhalb der trauergetränkten Mauern. Ich hatte keine Ahnung, wo ich hingehörte, wer mich noch haben wollte, und saß deshalb viel neben meiner Oma auf ihrem Bett in ihrem kleinen Zimmer in unserem Haus und glotzte mit ihr auf den winzigen Schwarz-Weiß-Fernseher, der noch aus Trierer Zeiten stammte. Mir war es immer vorgekommen, als sähe Oma gar nicht die Sendung, sondern als betrachtete sie das Gerät selbst, wie ein Erinnerungsstück an eine bessere Zeit. Egal, ob wir einen alten Heimatfilm sahen, eine Samstagabendshow oder die Nachrichten, nie zeigte sie eine Reaktion auf das Gesehene.

Bis zum November jenes Jahres. In der *Tagesschau* flimmerten Szenen aus einem fernen Land über den Bildschirm. Merkwürdiges spielte sich ab. Beinahe mittelalterlich, dachte ich: Thronsäle, Schwerter, Rüstungen. Der Sprecher erzählte im Off etwas über die Krönung des neuen japanischen Kaisers, und bevor er seinen Namen verkünden konnte, sagte meine Oma plötzlich mit verblüffender Selbstverständlichkeit: »Akihito.«

In der Folge versank sie in Hunderten bunten Zeitschriften, die den neuesten Tratsch aus der Welt der Fürsten-, Königs- und Kaiserhäuser der Welt verbreiteten. Ich konnte ihre Leidenschaft nur bedingt teilen, aber da ich sowieso nicht wusste, wohin mit mir, las ich alles, was meine Oma mir hinwarf. Die Liebschaften der schönen englischen Prinzessin oder die sommerliche Ferienidylle der schönen schwedischen Prinzessinnen – und ihres leicht dümmlich dreinblickenden Bruders. Am ehesten konnte ich noch bei der schönen monegassischen Prinzessin andocken, die ihre eigene Mutter auf dem Gewissen hatte. Immerhin war ich nicht allein.

Meine Oma wollte nur die Berichte lesen, die mit dem japanischen Kaiser zu tun hatten. Und noch lieber betrachtete sie die Bilder vom Tenno und seiner Frau. Stundenlang konnte das gehen. Sie war dann in einer anderen Welt versunken.

Die Idee von dem gemeinsamen Haus in Trier hatte nur kurz Bestand. Mein Vater war früh zu Hause ausgezogen. Nach dem Abitur hatte er keine Lust mehr, bei seinen Eltern zu wohnen, oder der Studienplatz in Köln war vielversprechender. Oder Freunde gingen ebenso nach Köln. Ich weiß es nicht. Es ist eine dieser Sachen, über die kaum geredet wurde. Meine Oma hat es mir nie erzählt. Und meinen Vater konnte ich nicht mehr fragen, als es mich interessierte.

Ich kann mir kaum vorstellen, dass die Frage, warum es notwendig war, seine Eltern zu verlassen und an einem anderen Ort zu studieren, zwischen meinem Vater und seinen Eltern ausführlich erörtert wurde. Solange ich denken konnte, hatten meine Oma und mein Vater kaum miteinander geredet – und schon gar nicht über die Dinge, die ihnen auf dem Herzen lagen. Sie beide waren gut darin, sich an den entscheidenden Punkten in Schweigen zu hüllen. Gut möglich, dass es an den Schrecken des Krieges lag, die sie gemeinsam erlebt hatten. Vielleicht hatten sie in den zweifellos glücklichen Jahren und Jahrzehnten nach dem Krieg das Gute nicht herausfordern wollen. Das Schwierige, Problematische, Dunkle musste verschwiegen werden. Vielleicht würde es dann nicht zurückkehren.

Nachdem Siegfried ausgezogen war, fiel Josephine in ein Loch. Sie konnte es zwar verschweigen, aber verbergen konnte sie es Bruno gegenüber nicht.

»Er ist jetzt erwachsen«, sagte er zu seiner Frau. »Wir haben es geschafft. Und vor allem: Du hast es geschafft. Du hast ihm ein Leben geschenkt, hast ihn im Krieg beschützt, ihn versorgt und erzogen. Und jetzt hat er es geschafft. Jetzt ist er groß.«

Ja, es stimmte zwar, dass Siegfried jetzt auf dem Papier ein erwachsener Mensch war, aber die Sorgen wurden dadurch nicht kleiner. Er war jetzt auf einmal so weit weg. In einer anderen Welt. Jeden Sonntag rief er wie vereinbart an, aber das war zu wenig. Sie hatte ihn doch bisher jeden einzelnen Tag ihres Lebens um sich gehabt, und plötzlich kam sie sich so nutzlos vor. Sie begann, den Haushalt zu vernachlässigen, putzte nur noch einmal in der Woche, wo sie früher beinahe täglich gewischt hatte. Auch der Abwasch blieb öfter stehen. Sie musste sich zwingen, Bruno abends eine Mahlzeit auf den Tisch zu stellen. Für sich selbst sorgte sie gar nicht mehr.

Bruno brachte es nicht zur Sprache, obwohl er sah, wie sie litt. Zuerst dachte er, es sei nur vorübergehend. Dann wurde ihm klar, dass es nicht besser wurde. Aber es griff der bekannte Kommunikationsmechanismus: *Lieber keine schlafenden Hunde wecken.*

Immerhin war Bruno jemand, der immer weiterwusste: »Ich habe eine Idee«, sagte er eines Tages zu Josephine. Aber natürlich war es mehr als das. In Wirklichkeit hatte er schon Nägel mit Köpfen gemacht. Es war eine simple kaufmännische Rechnung gewesen: Josephine war einsam und fühlte sich nutzlos, sie hatten ein leer stehendes Zimmer im Haus, und ein wenig Geld konnten sie auch gebrauchen, um das Studium des Sohnes zu finanzieren.

»Wir werden Siegfrieds Zimmer an Studenten aus dem Ausland vermieten, die für ein Semester nach Trier kommen. Ich habe bereits ein Inserat im *Volksfreund* aufgegeben.«

Als Erstes kam ein Mädchen aus Frankreich. Josephine fand es schwierig, eine weitere Frau im Haus zu haben – und noch dazu eine so junge und hübsche. Aber immerhin brachte sie der Gast in Schwung. Sie hatte wieder eine Aufgabe: putzen, kochen und aufpassen, dass die kleine Französin ihrem Bruno keine schönen Augen machte.

Dann kam ein Österreicher, der ein wenig zu sehr in der Vergangenheit lebte. Er schien wohl gehofft zu haben, in seinen Gastgebern Gleichgesinnte finden zu können, was seine politische Haltung anging. Wenn er gegen die Kommunisten hetzte, war ihnen das noch egal gewesen, aber als er sich wieder einen starken Führer zurückwünschte und von den Zeiten schwärmte, als seine Heimat noch Bestandteil eines mächtigen Reiches war, zogen sich

Josephine und Bruno mehr und mehr aus den Gesprächen zurück.

Nach sechs Wochen verschwand der Österreicher von einem Tag auf den anderen. Er hatte vier Monate im Voraus bezahlt und all seine Habseligkeiten im Zimmer liegen lassen.

»Ich werde seine Eltern in Österreich anrufen«, sagte Josephine nach zwei Wochen.

»Er ist ein erwachsener Mann, du kannst nicht einfach seine Eltern anrufen«, erwiderte Bruno.

»Erwachsen! Er ist einundzwanzig.«

»Eben.«

»Aber wir haben doch dieses Dokument.« Josephine holte den Ordner aus dem Regal, den Bruno für die Zimmervermietungsangelegenheiten angelegt hatte. »Hier: Elternbürgschaft.«

»Er hat seine Miete gezahlt. Wenn er mit Ablauf des Mietverhältnisses nicht wieder aufgetaucht ist, können wir noch immer dort anrufen.«

»Wir tun es ja nicht nur des Geldes wegen, Bruno.«

Bruno zuckte mit den Schultern.

Am vorletzten Tag erschien der Österreicher unangekündigt, grüßte ohne weitere Erklärung, packte seine Siebensachen und verschwand endgültig. Er war wirklich rätselhaft, aber doch nur halb so mysteriös wie der dritte Pensionsgast:

»Akihito Kodama«, sagte der junge Mann, der vor der Tür stand. Er hatte sich tief verbeugt und Josephine die Hand hingestreckt.

»Wie bitte?«, sagte Josephine.

»Sehr erfreut«, sagte der Fremde mit deutlichem Akzent. »Mein Name ist Akihito Kodama.«

Im Nachhinein konnte Josephine nicht sagen, was sie so

irritiert hatte. Sicherlich war es der fremdländische Name gewesen. Sie hatte ihn zwar selbstverständlich auf dem Brief gelesen, den der neue Gast geschrieben hatte, um sich für das freie Zimmer zu bewerben, aber mit wenig war Josephine weniger vertraut als mit dem Klang japanischer Namen. Zudem war noch mehr an dem neuen Gast, das besonders war. Josephine konnte es nicht in Worte fassen, aber sein Mantel sah etwas zu teuer aus, seine Frisur etwas zu gepflegt, sein Ausdruck etwas zu erwachsen. Anscheinend sahen die Studenten in Japan anders aus als in Deutschland.

Und dann war da noch dieses Auto gewesen, eine dunkelblaue Limousine. Josephine hätte schwören können, dass man sie aus dem Auto heraus beobachtet hatte, als Akihito das Haus betrat. Als sie wenig später aus dem Fenster seines Zimmers im ersten Stock sah, war die Luxuskarosse verschwunden.

Akihito war ein sehr freundlicher und zuvorkommender Mensch, das wurde Josephine schnell klar. Jedes Mal bot er nach dem Essen an, den Tisch abzuräumen. Aber jedes Mal lehnte Josephine ab. Wenn Josephine staubsaugte, trug er ihr das schwere Gerät in die obere Etage. Und Nachlässigkeiten, wie ein liegen gelassener Hut oder ein Eselsohr in der Zeitung, kamen bei ihm nicht vor.

Sein Deutsch war und blieb während seines Aufenthaltes schlecht. Jeder Satz klang wie auswendig gelernt und aufgesagt. Aber das war egal. Irgendwie verständigte man sich schon mit dem netten Herrn aus dem fernen Osten.

Wenn er morgens am Frühstückstisch bereits in Anzug und Krawatte und frisch gestriegelt saß, strich ihm Josephine – vorausgesetzt, Bruno war schon zur Arbeit aufgebrochen – sanft über die Schulter. Akihito schien es zu genießen. Oder er war zu höflich, um ihre Berührung abzuwehren.

Tagsüber ging der Gast entweder in die Universitätsbibliothek, um die englischsprachige Tagespresse zu studieren, oder er nahm seine Ausrüstung, die er in einem zusätzlichen Aluminiumkoffer bei sich führte, mit an die Mosel und fing Fische. Es sei für eine Studie, so viel verstand Josephine von dem, was er ihr zu erklären versuchte. Aber worum genau es ging, begriff sie nicht.

»Kommen Sie mit!«, forderte er sie eines Morgens auf. Und Josephine ließ alles stehen und liegen.

Sie folgte ihm bis hinunter zum Fluss, wo er sich zwischen zwei Bäumen am Ufer direkt gegenüber der Moselinsel niederließ und seine Netze, Kescher und sonstigen Utensilien ausbreitete. Er redete kein Wort, aber mit Blicken wies er Josephine an, genau hinzusehen.

Aus vier miteinander verschraubbaren Stangen und einem Netz baute er ein feinmaschiges Fangutensil zusammen, das er in die Strömung hielt und langsam hinabsinken ließ, bis es auf dem Grund aufsetzte. Dann sah er auf seine Armbanduhr. Josephine zählte im Kopf mit. Exakt einhundertachtzig Sekunden. Er wandte den Blick keinen Moment von seiner Uhr ab. Dann, nach genau drei Minuten, zog er den Kescher heraus und breitete den Inhalt fein säuberlich auf einem vorab ausgelegten Leinentuch aus.

Josephine beugte sich über das Tuch und beäugte kritisch den Fang. Auf den ersten Blick bestand er aus nichts weiter als Steinen, Sand und Algen. Aber als Akihito mithilfe einer Pinzette begann, die Probe zu sortieren und Wertloses von wissenschaftlich Interessantem zu trennen, da sah sie, dass sich in dem vermeintlichen Haufen Dreck das Leben nur so tummelte. Akihito hielt ihr allerhand Wasserkäfer und Insektenlarven vor die Nase. Jedes Mal musste er laut auflachen, wenn Josephine das Gesicht angeekelt verzog. Und ihr bereitete es Freude, sich als besonders empfindlich gegenüber dem Anblick dieses Getiers zu zeigen.

Das Hauptaugenmerk schien Akihito aber auf die Fische zu legen. Es waren winzige Exemplare, die er ihr sogar auf die Hand legte. Josephine hatte keine Ahnung von Fischen, aber das hier waren ganz bestimmt keine üblichen Speisefische. Dafür waren sie viel zu klein. Es fühlte sich schön an, wie sie in ihrer Handfläche zappelten – und wie er mit seiner Hand ihre Finger festhielt, damit sie nicht nervös würde und den wertvollen Fang fallen ließ.

Er vermaß jeden Fisch mit einem kleinen Lineal. Bei zwei Exemplaren bemühte er ein Buch, in dem hunderttausend Fische abgebildet zu sein schienen, die für Josephine alle gleich aussahen. Dann machte er sich Notizen in seiner edlen schwarzen Kladde. Er verwendete dazu einen beeindruckend schmuckvollen Füllfederhalter und hielt alles in englischer Sprache, in gestochen scharfer lateinischer Schrift fest.

Josephine blickte ihn bewundernd an, während er die meisten Tiere wieder dem Fluss übergab. Es glich einem geheimnisvollen Ritual. Ein paar Fische, die besonders zu sein schienen, wanderten in ein blechernes Gefäß mit Schraubverschluss. Josephine fragte sich, was damit wohl passieren sollte und wann und wo in ihrem Haus er die toten Fische aufbewahrte.

Gegen Mittag packte Akihito seine Arbeitsmaterialien zusammen, suchte einen Moment lang nach der richtigen Formulierung und sagte dann: »Gehen wir nach Hause.«

Josephine lächelte ihm zu und machte sich mit ihm auf den Weg. »Gehen wir hier lang«, sagte sie und führte ihn einen Weg an der Mosel entlang. »Ein Umweg, dafür schöner.«

Akihito lächelte und verstand anscheinend kein Wort.

Trotzdem konnte Josephine nicht aufhören, ihm die Sehenswürdigkeiten der Stadt zu erklären. Sie zeigte ihm die alten Kranbauten am Ufer und die Mariensäule, die hoch oben auf dem Berg auf der anderen Moselseite über die Stadt wachte. Er nickte freundlich und blickte ihr unentwegt in die Augen. Sie waren einen kurzen Moment stehen geblieben, um mit zusammengekniffenen Augen einen Blick auf die Statue zu werfen. Und als sie weitergingen, hakte Josephine sich bei Akihito unter, als wäre es das Selbstverständlichste.

Sie waren keine zweihundert Meter gegangen, als aus dem Nichts von der Seite jemand auftauchte: beiger Mantel, dunkler Hut, Kamera vor der Nase. Er bewegte sich rückwärts auf sie zu, so als wollte er sich von seinem Motiv entfernen, um es aufs Bild zu bekommen. Anscheinend sah er Josephine und Akihito nicht. Alles ging ganz schnell. Er rempelte sie an. Akihito ließ Josephine los, um den Mann aufzufangen, der zu stolpern drohte. Und dann, ohne ein Wort der Entschuldigung, sah der Mann mit der Kamera Akihito ganz tief in die Augen. Die Situation hatte etwas Bedrohliches. Erst jetzt begriff Josephine, dass der Fremde seinem Aussehen nach offensichtlich ebenfalls Japaner war. Was für ein Zufall! Es sollte noch einige Jahre dauern, bis japanische Touristenansammlungen in Städten wie Trier ein üblicher Anblick würden. 1960 kam es statistisch gesehen noch einem Wunder gleich, am Moselufer einen Japaner einen anderen Japaner anrempeln zu sehen.

Josephine begriff kaum, was vor sich ging. So schnell, wie der Mann mit Kamera erschienen war, war er auch wieder verschwunden und mit ihm Akihitos Lächeln.

Stumm gingen er und Josephine nach Hause. Es dauerte Tage, bis Akihito wieder sprach und Josephine in die Augen blickte.

STELL DIR VOR, ES HÄTTE NICHT GEKLINGELT

Ausnahmsweise hatte Änni sich angekündigt, ein Lehrgang im Trierer Klinikum. Sie würde zwei Tage im Schwesternwohnheim unterkommen, aber zwischendurch wollte sie Josephine auf jeden Fall sehen.

Josephine hatte zugestimmt. Sie freute sich auf Änni. Oft war sie in den vergangenen Jahren bei der Erinnerung an ihre Überraschungsauftritte zusammengezuckt. Stets hatte sie Angst gehabt, dass es wieder passierte. Jetzt, da sie von Ännis Kommen wusste, war da wieder ein schönes Kribbeln in ihr. Beinahe fühlte sie sich in ihre Kindheit auf den Höfen und Wegen von Hau zurückversetzt.

Sie trafen sich an einem Mittwochmittag an der Römerbrücke, und zur Begrüßung gab Änni Josephine einen Kuss auf die Stirn. Was war das? Ein Kuss auf die Stirn! Es war gleichermaßen verblüffend wie elektrisierend. Änni wusste auch dann noch zu überraschen, wenn sie angekündigt erschien.

Sie schlenderten in Richtung Moselinsel. Vor ein paar Wochen noch war sie hier Arm in Arm mit Akihito entlangspaziert. Mittlerweile war er wieder abgereist. Sie würde ihn nie wiedersehen. Und jetzt ging sie mit Änni in die entgegengesetzte Richtung. Sie brauchten nicht viele Worte.

Als sie an die Stelle kamen, an der der fremde Japaner plötzlich aufgetaucht war, begann Josephine von Akihito zu erzählen. Sie erzählte von seiner zuvorkommenden Art, seinem zugewandten Lächeln. Und dann musste sie lachen, weil Änni sie jetzt genauso ansah, wie Akihito das getan hatte.

»Ach, nichts«, sagte sie, als Änni sie fragte, warum sie lachte. Sie deutete auf das Gebüsch, aus dem der Mann gekommen war, und erzählte die Geschichte, wie er Akihito angerempelt hatte.

»Und ihr seid Arm in Arm hier langgelaufen?«

»Ja, da war plötzlich eine große Nähe zwischen uns. Wir hatten den ganzen Vormittag am Moselufer verbracht, wo er Fische katalogisierte. Er hat meine Hand gehalten, wenn ich die kleinen Tierchen für ihn festhielt.«

»Du klingst ja regelrecht verliebt«, sagte Änni.

»Ach, was!« Josephine winkte ab. Dann merkte sie, wie verliebt das klang. »Nein, wirklich nicht.«

Sie gingen weiter.

»Weißt du«, fuhr Josephine fort, »es gab noch eine seltsame Sache: In der Woche bevor er abreiste, kam er eines Morgens nicht zum Frühstück herunter. Bruno war schon zur Arbeit aufgebrochen. Und – das war wirklich sehr untypisch für unseren Gast – Akihito schien verschlafen zu haben. Er kam sonst jeden Morgen um Punkt sieben die Treppe herunter, doch jetzt war es schon Viertel nach acht. Ich saß unten am Tisch, stand auf, ging auf und ab. Ich nahm mir vor, bis Viertel vor zu warten. Aber auch da war von ihm nichts zu hören und zu sehen. Schließlich beschloss ich nachzusehen. Es hätte ja etwas passiert sein können. Ich ging also hoch, öffnete langsam und vielleicht auch etwas zu leise seine Tür und machte einen Schritt in den Raum. Ich muss in den anderen Raum treten, um das Bett in der Ecke zu sehen.«

»Das klingt ja, als suchtest du nach einer Entschuldigung«, meinte Änni amüsiert.

Josephine zögerte. »Ja, mag sein. Ich stand jedenfalls mitten im Raum und blickte aufs Bett. Und da lag er, die Decke halb zurückgeschlagen, mit einem weißen Unterhemd bekleidet. Mit wachen Augen sah er mich an. Sein Blick hatte etwas Herausforderndes. Er traf mich ins Mark. Ich muss eine Ewigkeit so dagestanden haben und seine Arme, seine Brust, überhaupt den ganzen Akihito angestarrt haben. Er atmete ganz leicht und regelmäßig. Mein Puls pochte dagegen bis hinauf in den Hals. Ich wusste nicht, was ich tun sollte, und brachte kein Wort heraus. Er machte eine sachte Bewegung mit dem Arm, er drehte seine Handfläche nach oben, so als sollte ich meine Hand hineinlegen. Und als ich gerade einen Schritt auf ihn zugehen wollte, als ich bereit war, mich diesem fremden und doch so vertrauten Mann in seinem Bett zu nähern …«

»… diesem fünfundzwanzig Jahre jüngeren Mann!«

»Es sind dreiundzwanzig Jahre. Aber ja, diesem wesentlich jüngeren Mann! Als ich mich ihm also gerade beginne zu nähern, da klingelt es unvermittelt unten an der Haustür Sturm. Ganz schnell und schrill und laut und immer wieder. Ich zucke zusammen, mein Herz setzt einen Moment aus. Es ist, als erwachte ich aus einer Trance. Ich renne die Treppe hinunter, stürze zur Tür, reiße sie auf und: Es ist niemand da. Nicht vor der Tür, nicht neben der Tür, nicht im Vorgarten, nicht auf der Straße.«

Änni schüttelte ungläubig den Kopf. Dann sah sie auf die Uhr und erschrak. »Ich muss los, meine Pause ist vorbei. Sehen wir uns heute Abend?«

Sie trafen sich an der gleichen Stelle, an der sie sich am Mittag verabschiedet hatten.

»Weiß dein Mann eigentlich, dass wir uns treffen?«, fiel Änni gleich mit der Tür ins Haus.

»Lass uns ein paar Schritte gehen«, schlug Josephine vor. »Dahinten ist eine Bank.«

»Weiß er's?«, insistierte Änni.

»Nein.« Josephine sah die Freundin schulterzuckend an. »Mittwochs habe ich immer den Handarbeitskurs in der Volkshochschule. Da bin ich am Abend sowieso nicht da.«

Änni entkorkte eine Flasche Wein, die sie zusammen mit zwei Gläsern in einem Korb mitgebracht hatte. »Warum hast du es ihm nicht gesagt?«

»Sag ich doch.«

»Das ist kein Grund.«

Josephine runzelte die Stirn. »Bist du gekommen, um dich mit mir zu streiten?«

»Nein, ich ...« Sie lächelte. »Es ist ja eigentlich auch sehr schön, dein kleines Geheimnis zu sein. Komm, wir trinken. Auf uns!«

»Ja, auf uns«, sagte auch Josephine, aber es klang bei Weitem nicht so euphorisch wie bei der Freundin.

Es dämmerte. Die Lichter auf der anderen Seite der Mosel gingen an, und die Mariensäule strahlte im Scheinwerferlicht.

»Was hast du jetzt vor?«, fragte Josephine. »Die Ausbildung, die Sprachkurse. Ist das für etwas gut?«

»Darüber wollte ich mit dir reden. Ich werde nach Amerika gehen.«

»Du wirst was? Wirklich?«

»Ja, ich gehe nach Amerika.« Änni strahlte. »Nach Womelsdorf, Pennsylvania.«

»Womelsdorf, Pennsylvania?«, wiederholte Josephine leise.

»Ja, sie suchen dort an der Highschool eine Schulkrankenschwester. In drei Monaten sitze ich auf einem Dampfer über den Atlantik!«

»Ich weiß nicht, was ich sagen soll.« Josephine konnte nicht fassen, was sie da hörte. Seit wann war diese Idee in Ännis Kopf? Schon vor beinahe zwanzig Jahren hatte sie diesen Wunsch zum ersten Mal geäußert. Wer weiß, wie lange er ihr schon innegewohnt hatte? Das war während des Krieges. Und jetzt sollte sich die lang gehegte Sehnsucht tatsächlich erfüllen.

»Josephine?« Änni nahm ihre Hand. »Josephine, ich möchte, dass du mitkommst.«

»Was?« Josephine zuckte zurück. »Was willst du? Wie stellst du dir das vor?« Sie fasste sich an die Brust. Schlug ihr Herz noch?

»Ich weiß, dass das vielleicht alles etwas überraschend kommt. Aber sieh doch mal: Dein Sohn ist erwachsen. Das ist doch alles, was du jemals wolltest. Du wolltest ihn durchbringen. Er steht jetzt auf eigenen Füßen. Warum solltest du denn jetzt noch hierbleiben?«

»Warum ich hierbleiben sollte? Änni, ich lebe doch hier mit Bruno. Ich will doch gar nicht weg. Ich will eine Familie haben. Ich will Enkelkinder um mich haben. Ich will für alle sorgen.«

»Das willst du wirklich?«, fragte Änni zweifelnd.

»Ja! Natürlich! Es ist nicht wie bei dir und deinem Heinrich.«

»Aber wo bleibt denn deine Sehnsucht? Zieht die dich denn gar nicht in die Ferne? Was ist mit Akihito?«

»Was soll da sein?«

»Stell dir vor, es hätte nicht geklingelt.«

»Hat es aber.«

»Du kannst mir nicht erzählen, dass du für immer hier in diesem Städtchen sitzen willst, dass du glücklich bist, Abend für Abend im Ohrensessel neben Brunos Ohrensessel zu sitzen und in den Fernseher zu glotzen. Und einmal die Woche ruft pflichtbewusst dein Sohn an. Danach hast du dich gesehnt?« Da war Wut in Ännis Stimme.

»Ich sehne mich danach, glücklich zu sein. Und glücklich bin ich da, wo ich meine Liebsten um mich habe.«

»Und was ist mit mir?«, fragte Änni jetzt leise.

Josephine sah hinaus auf die dunkle Mosel. Die Spiegelungen der Lichter gegenüber tanzten auf den Wellen und verschwammen hinter ihren Tränen.

»Ich weiß es nicht.«

Meine liebe Josephine, ich bin unendlich traurig. Dein fast wortloser Abschied hat mich ins Herz getroffen. Ich hatte nicht gedacht, Dich so kalt vorzufinden. Ich bin enttäuscht. Und da ist auch ein tiefer Zorn in mir. Ich habe Jahrzehnte gewartet. Ich habe immer davon geträumt, eines Tages mit Dir wegzugehen. Ich war mir sicher, wenn Siegfried erst erwachsen ist, wirst Du mit mir gehen. Wie konnte ich mich da so täuschen? Es kommt mir vor, als wäre mein ganzes Leben falsch gewesen.
Aber mein Entschluss steht. Ich werde neu beginnen. Auch ohne Dich – so hart das auch ist. Ich gehe nach Pennsylvania.
Ich liebe Dich. Ich habe Dich geliebt, seit ich Dich zum ersten Mal gesehen habe. Es war eine kindliche Liebe. Und dann wurde sie erwachsen. Und jetzt ist sie schon alt. Sie wird unerfüllt sterben.
Leb wohl.

WOMELSDORF, PENNSYLVANIA

Änni betrat pennsylvanischen Boden am Tag nach ihrem einundfünfzigsten Geburtstag – rund zweihundertzwanzig Jahre nachdem ihre Vorfahren aus dem Hunsrück hierhin aufgebrochen, aber bereits an der holländischen Grenze gescheitert waren.

Ob es sich wie ein Triumph anfühlte, hatte der Reverend wissen wollen, als er sie mit seinem riesigen Kombi abholte und sie die Brücke über den Delaware River überquerten. Er kannte ihre Biografie, oder besser gesagt das, was sie über sich hatte preisgeben wollen. Es war nicht viel gewesen, und manches war mehr oder weniger gelogen. Dafür hatte sie in ihrer Bewerbung die Episode der verhinderten Auswanderer, von denen sie abstammte, nicht unerwähnt gelassen und in besonderer Weise ausgebreitet. Sie hatte richtigerweise geahnt, dass eine solche Geschichte die Amerikaner begeistern würde.

Ein Triumph? Sie wusste genau, was er meinte. Man könnte denken, ihr Umzug käme einer Vollendung gleich. Man könnte vermuten, deshalb sei sie hier. Aber es ging ihr nicht um das Leben ihrer Urahnen, sondern um ihr eigenes. Und da war Triumph das falsche Wort. Eher Erleichterung. Endlich hatte sie es geschafft. Es war noch nicht zu spät, um noch einmal neu anzufangen. So lange schon hatte sie nach Amerika kommen wollen, und jetzt war sie tatsächlich hier. Vor allem anderen war es unglaublich. Ihr fiel der englische Begriff dafür nicht ein, deshalb nickte sie nur und ließ den Reverend im Glauben, er führe sie an auf ihrem Triumphzug in das gelobte Land ihrer Vorfahren. Dabei war ihr eigenes Schicksal, das sich hier erfüllte, bei Weitem groß genug. Mehr Aufladung brauchte es nicht.

»Ich habe übrigens auch deutsche Vorfahren«, sagte der Reverend, ein Mann in den Vierzigern, schwarzes, kurzärmliges Collarhemd, Brille, Pomade im Haar. Und dann sagte er einen Satz, den Änni nicht wegen seines Inhaltes in Erinnerung behalten sollte, sondern wegen seiner Aussprache. Sie weckte ihre Aufmerksamkeit. Es war eine altertümliche Form eines südwestdeutschen Dialekts, der Änni sehr an die Sprache erinnerte, mit der sie selbst aufgewachsen war. Inzwischen war sie heimisch im Hochdeutschen, und während sie Englisch lernte, hatte sie einen zunehmend reflektierten Blick auf ihre Sprache gewonnen. Als sie den Reverend nun reden hörte, hatte sie sofort eine Ahnung, woher die Menschen gekommen sein mussten, die diese Sprache in die Neue Welt gebracht hatten.

»Pennsylvania Dutch«, sagte der Reverend. »So nennen sie es hier.«

Änni bezog eine kleine möblierte Dienstwohnung direkt neben der Schule, an der sie ab der kommenden Woche als Schulkrankenschwester arbeiten sollte.

»Ich wohne schräg gegenüber«, sagte der Reverend. »Meine Wohnung ist kaum größer als die Ihrige. Wozu braucht man auch mehr, wenn man alleinstehend ist, nicht wahr?«

Änni nickte, ihr Gähnen unterdrückend, als der Wagen auf der Auffahrt hielt.

Am ersten Abend, einem Freitag, war sie zwar todmüde gewesen von der langen Autofahrt und den überwältigenden Eindrücken, aber sie hatte sich dennoch aus Höflichkeit vom Reverend in ein mittelmäßiges, aber typisches

Diner zum Abendessen einladen lassen. Pommes frites und eine Frikadelle in einem weichen Brötchen. So etwas hatte Änni noch nie gesehen, geschweige denn gegessen.

Am nächsten Abend stand der Reverend mit einer Flasche Rotwein vor ihrer Tür. Als Willkommensgeschenk, wie er sagte. Sie tranken sie gemeinsam aus, auch wenn Änni sich fragte, ob es sich schickte, mit einem Mann alleine zu Hause Alkohol zu trinken, selbst wenn es der Reverend war.

Und erst als der Mann Gottes am Sonntagabend schon wieder bei ihr vor der Tür erschien – mit einer weiteren Flasche Wein und einem rührend naiv wirkenden, offensichtlich selbst gepflückten Blumenstrauß –, da dämmerte ihr, dass es womöglich eine zweifelhafte Idee gewesen war, bei dem Eintrag Familienstand in ihrem Lebenslauf gelogen zu haben. Sie hatte sich kurzerhand zur kinderlosen Witwe erklärt. Wer würde eine verheiratete Frau über den Atlantik holen, um ihr, wenn auch nur auf begrenzte Zeit und zur Probe, eine Anstellung zu verschaffen?

Sie entschied sich, sich der Avancen des Reverends fürs Erste dadurch zu erwehren, dass sie sich als pflichtbewusst und verantwortungsvoll ins rechte Licht rückte.

»Ich muss doch morgen früh schon in der Schule anfangen, Reverend.«

»Nennen Sie mich Michael.«

»Ja, Michael. Aber …«

»Ich verstehe schon. Ich lasse Sie schon in Ruhe. Ich wünsche Ihnen für morgen einen gesegneten Anfang.«

»Vielen Dank, Michael«, sagte Änni und schloss die Tür.

Ab morgen würde sie *Annie* sein. So sollte es auf ihrem Namensschild stehen, das sie als School Nurse auswies. Praktischerweise blieb die Aussprache gleich. Morgen würde ihr lang gehegter Traum in Erfüllung gehen. Sie würde selbstbestimmt leben und arbeiten – und das an einem Ort in der Welt, den kein Gott, kein Schicksal und kein Zufall ausgewählt hatten, sondern ganz alleine sie selbst. Sie hatte es geschafft. Sie ganz alleine hatte alle Hindernisse aus dem Weg geräumt, alle Erfordernisse gestemmt.

Heinrich war wütend und enttäuscht gewesen. »Siehst du«, hatte er mit Tränen in den Augen geschrien. »Ich war mit den Kursen und der Ausbildung einverstanden. Krankenschwester, Englisch lernen. Ich dachte, dann gibst du Ruhe. Und jetzt? Jetzt willst du ganz weg.«

»Es ist doch erst mal nur für drei Monate.«

»Bei dir ist alles immer erst mal nur! Was soll ich denn den Leuten erzählen?«

»Und bei dir«, schrie Änni zurück, »geht es immer nur um die anderen Leute. Wenn ich auf dem Totenbett liege und bereue, was ich alles ausgelassen habe, kommt keiner von denen zu mir und sagt, das hast du aber toll gemacht! All die verpassten Chancen! Wir sind wirklich stolz auf dich. Du hattest so ein schönes Leben.«

»Man kann auch Dinge bereuen, die man tut, nicht nur die, die man auslässt«, sagte Heinrich möglichst ruhig. Aber sein Hals pochte dabei.

»Ja, aber dann war es wenigstens meine Entscheidung. Ich will kein fremdbestimmtes Leben führen, Heinrich.«

Heinrich stand auf, ging zur Küchenanrichte, nahm das Messer in die eine und einen Laib Brot in die andere Hand. Für einen Moment lang schien er darüber nachzudenken, nicht das Brot, sondern seine Pulsadern aufzuschneiden. Dann legte er beides, das Messer und das Brot, beiseite und sah aus dem Fenster. »Ich bin dein Mann«, sagte er und drehte sich zu Änni um. »Ich könnte es dir auch einfach verbieten.«

Jetzt war auch Änni aufgestanden und langsam auf ihn zugegangen. Sie hatte im Vorbeigehen das Brotmesser gegriffen und auf Hüfthöhe gehalten, als sie Heini nun so nahe kam wie zuletzt vor einer Ewigkeit am Traualtar.

»Ich bin deine Frau«, sagte sie in erschreckend freundlichem Tonfall. »Ich könnte dir auch einfach im Schlaf dein Ding abschneiden.«

Heinrich war am ganzen Körper zusammengezuckt und mit schmerzverzerrtem Gesicht eingeknickt, als hätte sie tatsächlich vom Messer Gebrauch gemacht. Aber sie hatte die potenzielle Tatwaffe wieder zum Küchenutensil degradiert und neben dem Brot abgelegt. Änni hätte in diesem Moment tatsächlich zur Witwe werden können – nicht nur auf dem Papier. Aber die Erinnerung an die Schmerzen, die sie vor über drei Jahrzehnten in seiner Körpermitte ausgelöst hatte, reichte aus, um nicht nur Heinis aufrechte Haltung, sondern auch seine Gegenwehr zu brechen.

Das alles ging ihr nun, da sie vor Aufregung kein Auge zutun konnte, durch den Kopf: Wut, Enttäuschung und Resignation hatte sie bei Heinrich ausgelöst. Und genau das war es auch gewesen, was Josephine bei ihr selbst verursacht hatte. Sie hatte sich inzwischen, so gut es ging, damit abgefunden, dass die Freundin, die Liebe, nicht mit ihr nach Pennsylvania gewollt hatte, dass sie andere Träume und Wünsche hatte, auch wenn sie sie weder teilen noch verstehen konnte. Sie hatte sich eben in Josephine getäuscht, und jetzt war sie ent-täuscht worden.

Ach, meine liebe Josephine, dachte sie jetzt in ihrer kleinen Wohnung auf der anderen Seite des Ozeans, *wenn es doch tatsächlich nur so einfach wäre.*

Sie lag da, bis es Morgen wurde, und dann stand sie auf, wusch sich, biss in ein Stück Brot, zog ihre Schwesternkleidung an, die man ihr schon in die Wohnung gelegt hatte, und ging hinüber in die Schule.

Die ersten Tage verliefen unaufgeregt. Es geschah das, was sie erwartet hatte. Sie hatte Schürfwunden zu versorgen, eine blutende Nase zu stillen und Kinder zu trösten, die mit Bauchweh zu ihr kamen und denen körperlich doch nichts fehlte. Einmal kamen zwei Jungs zu ihr, die sich gegenseitig ein blaues Auge verpasst hatten. Kraft der Autorität ihrer Uniform schaffte sie es, nicht nur die Wunden zu versorgen, sondern auch den Streit zu schlichten.

Aus ihrem Zimmer im ersten Stock sah sie über den Schulhof hinweg über die Flachdächer der Stadt. Sie blickte hinunter und sah Amerika. Es war immer so weit weg gewesen. Und jetzt war sie mittendrin. Sie war ein Teil dieser Geschichte.

Ein Klopfen riss sie aus ihren Gedanken. Es war nicht zaghaft genug für ein wundes elfjähriges Knie und schon gar nicht für diffuse Kopfschmerzen. Es war das zielstrebige Klopfen eines Erwachsenen. Änni schreckte auf, und tatsächlich: Hinter der Milchglasscheibe zeichnete sich eine ausgewachsene, schwarz gekleidete Figur ab.

»Reverend«, sagte Änni, als er ihren Raum betrat.

»Sie wollten mich doch Michael nennen.«

Wollte sie?

Schon wieder Blumen, dachte sie, als er ihr den Strauß überreichte, den er wie ein Zauberer nicht ohne Stolz hinter seinem Rücken hervorgezogen hatte.

»Zum Einstand. Ich habe es leider nicht früher geschafft.«

Änni bedankte sich artig. Sie wollte dem ungebetenen Gast einen Platz anbieten, aber außer ihrem Schreibtischstuhl gab es nur zwei Besucherstühle auf der anderen

Seite des Tisches und die Pritsche, die sie zur Behandlung nutzte.

Michael blickte sich ebenso verlegen um wie sie selbst. Mit ihrer Hand tippte sie kurz auf den dunkelgrünen Lederbezug der Pritsche.

Nun saßen sie da. Auf eine unangemessene Art nah beieinander. Der Reverend schien nervös.

»Annie«, sagte er und räusperte sich mehrfach. »Heute Abend veranstaltet der Frauenklub der Gemeinde seinen monatlichen Bingoabend. Und ich würde Sie gerne fragen, ob Sie meine Begleitung sein möchten.«

Sie hatte es kommen sehen. Wein, Blumen. Hier eine Andeutung, dort eine etwas zu aufdringliche Frage. Es war offensichtlich: Der Reverend hatte sich nur deshalb so zuvorkommend um ihre Bewerbung und alle organisatorischen Abläufe bemüht, weil es in Womelsdorf, Pennsylvania, nicht nur eine Stelle als Schulkrankenschwester zu besetzen gegeben hatte, sondern auch eine als Pfarrersfrau. Alle Bedenken und Sorgen wegen der kurzen Dauer der Aufenthaltsgenehmigung und der Schwierigkeiten mit der Arbeitserlaubnis hatte er vorab weggewischt. Dafür würde man dann schon noch sorgen, das ließe sich alles regeln. Sie ahnte, wie Reverend Michael das hätte regeln wollen: mit einem Jawort vor dem Altar.

»Bingo?«, fragte sie bewusst naiv, um Zeit zu gewinnen.

»Oh, ja. Es ist wirklich ganz einfach. Sie kreuzen Zahlen an, und am Ende ruft jemand Bingo. Ich zeige Ihnen alles.«

Änni wurde schlecht. Die Vorstellung, sich vom Reverend alles zeigen zu lassen, widerte sie an. Und noch größere Bauchschmerzen verursachte die Vorstellung, selbst inmitten des Frauenklubs die Vorgeführte zu sein, die aller Welt gezeigt wird: Das ist also seine neue Begleitung? Was will er denn mit der? Ist sie nicht ein bisschen zu alt? Woher kommt sie? Aus Deutschland?

Am liebsten hätte sie hier und jetzt an Ort und Stelle ihren untoten Heinrich zum Leben erweckt. Wie hatte sie nur so dumm sein können, sich als Witwe auszugeben? Aber andererseits: Vermutlich wäre sie dann gar nicht hier.

»Was zögern Sie denn noch?«, fragte Michael. Er stupste sie mit dem Ellbogen an. »Das wird lustig. Die Damen sind alle sehr nett und freuen sich sicher, Sie kennenzulernen.«

»Mich?«

»Alle wollen die neue Schulkrankenschwester sehen«, sagte er und lächelte.

»Na gut«, hörte Änni sich sagen. »Dann heute Abend.«

Eine kleine Gestalt klopfte leise an die Milchglasscheibe der Tür. Der Reverend, der noch immer den Blumenstrauß in der Hand hielt, sprang auf und suchte nach einem Gefäß. Änni lief in Richtung eines Regals, auf dem alte braune Medikamentengläser standen.

»Einen Moment noch«, rief Änni in Richtung der Tür und zupfte an ihrer Schürze.

Warum nur verhielten sie sich wie zwei Teenager, die man beim Knutschen erwischt hatte?

»Also dann, Reverend«, sagte sie, als sie die Tür öffnete und sich ihr Besuch an einem Mädchen vorbeischob, das seinen blutenden Zeigefinger wie ein Mahnmal in die Luft hielt und den Reverend dabei ansah, als spräche es eine letzte Warnung aus.

Änni tröstete, zog den Splitter, wischte Tränen beiseite, desinfizierte und rollte den Verband ab.

Und dann hörte sie die Schüsse.

Sie hatte noch nie in ihrem Leben Schüsse gehört. Aber sie wusste: Das waren Schüsse. Erst drei. Dann noch mal zwei. Dann noch einer. Zwischendurch Schreie, Rufe, Panik. Dann noch mal sechs ganz schnell und rhythmisch nacheinander. Dann Stille.

Sie sah das Mädchen an, sah den Schock in ihren Augen. Auch die Kleine hatte hoffentlich noch nie Schüsse gehört und wusste anscheinend wie sie selbst, was dort draußen gerade vor sich gegangen war.

Änni ließ den frisch abgerollten Verband fallen, stürzte zum Fenster, und was sie zu sehen bekam, war entsetzlich: überall Blut und Taschen und Bücher in Blut. Und Menschen, die davonrannten und – ja es war unausweichlich, diese Wahrheit anzuerkennen – Menschen in Blutlachen. Manche bewegten sich, schienen davonkriechen zu wollen, aber von einer klebrigen Masse am Boden gehalten zu werden. Andere lagen da, als schliefen sie.

Änni drehte sich um und sah zu dem Mädchen auf ihrer Behandlungspritsche. Das durfte nicht wahr sein. Was sollte sie denn jetzt tun? Ihr Verstand schien aus ihr entwichen zu sein. Der noch immer ausgestreckte Zeigefinger des Mädchens wies in Richtung Tür.

Nun bin ich zurück, meine liebe Josephine. Mehr als vier Monate sind vergangen, seit ich wieder in Louisendorf angekommen bin. Aber jetzt erst habe ich das Gefühl, wieder langsam zurück im Leben zu sein. Die Ereignisse in Womelsdorf haben mich in eine Dunkelheit gestürzt, aus der ich erst wieder hinausfinden musste. Ich war wie gefangen in einem Bergwerkstollen unter der Erde. Da war nichts als Finsternis, und nur manchmal blitzte für einen Augenblick ein grelles Licht auf. Dann sah ich kurz und klar die schrecklichen Dinge vor mir, die in der Schule passiert waren. Dann sah ich tote Kinder am Boden liegen. Ich sah die aufgerissenen Augen des sterbenden Reverends. Dann hörte ich die grellen Schreie der verletzten Kinder, die sich nicht mehr bewegen konnten und nach ihrer Mami riefen. Und dann schaltete mein Bewusstsein wieder ab. Dann lief alles automatisch. Ich habe keine Erinnerung mehr an den Tag. Ich habe vielen Verletzten geholfen. Dafür hat man mir später gedankt. Aber ich weiß davon nichts mehr. Ich weiß auch nichts mehr von den Tagen danach. Jemand hatte eine Rückfahrt für mich organisiert. Menschen haben auf der Überfahrt an meinem Tisch gesessen und mit mir geredet, aber ich weiß davon nichts mehr. Heinrich hat mich in Düsseldorf am Bahnhof abgeholt, sagt er. Und ich glaube ihm, dass es stimmt, obwohl er das Dorf eigentlich nie verlässt. Aber ich habe an nichts mehr eine Erinnerung.

Und weißt du, was das Schlimmste ist, meine liebe Josephine? Die Welt hat davon keine Notiz genommen. Außerhalb des kleinen Städtchens hat vielleicht noch die eine oder andere Lokalzeitung davon berichtet. Aber hier in Deutschland hat nie jemand davon gehört, welch sinnloser Akt der Gewalt dort passiert ist. Da war plötzlich ein Mann auf dem Schulhof, und er hat geschossen. Ohne erkennbaren Anlass, ohne erkennbaren Grund. Obwohl er sinnlos Kinder getötet hat, war es der Welt egal. Aber wenn man selbst im Herzen getroffen ist, erscheint einem das Schulterzucken der Menschheit wie Hohn.

Ich denke dieser Tage oft an meinen Vater, wie er nach dem Schrecken des Krieges einfach nur noch dasaß und seine Bänder knüpfte. So muss ich auch ausgesehen haben. Ein Elend auf zwei Beinen, das den Verstand verloren hat.

Heini hat jeden Tag bei mir gesessen und mit mir geredet. Er hat mir erzählt, was passiert ist, als ich weg war. Welche Nachbarin gestorben ist, welches Feld er in diesem Jahr mit Weizen anstatt mit Gerste bestellen will, welche

Kuh gekalbt hat. Und irgendwann muss er es geschafft haben, dass auch ich zu sprechen begann.
Durch das Sprechen verschwand die Dunkelheit zwar nicht, aber sie hat sich nun in einen Grauschleier verwandelt. Die furchtbaren Bilder und Töne sind jetzt nicht mehr ganz so schrecklich. Das ist jetzt mein Leben. Es ist nicht so wie vorher, aber ich bin zurück im Leben.
Ich bin zurück in Louisendorf. Und doch war der Weg nach Hause kein Rückschritt. Ich habe trotz des furchtbaren Ereignisses das Gefühl, dass mein Leben weiter vorangeschritten ist.
Die Leute sagen, es wäre ein entsetzlicher Fehler von mir gewesen, nach Amerika gegangen zu sein. Aber sie haben keine Ahnung, was Sehnsucht ist. Sie wissen nicht, wie es ist, zerfressen zu werden, weil man gefangen ist in den Zwängen. Für sie ist das Leben hier kein Zwang. Aber für mich war es das. Die Bäume draußen auf der Allee waren Gitterstäbe für mich. Jetzt sind sie wieder Bäume.
Auch Heini kann das nicht begreifen, aber er macht mir keine Vorwürfe.

DEINE LIEBE KONNTE NIE OHNE MICH SEIN, MEINE NIE MIT DIR

Wasser, Brote, Schokolade. Das habe ich in den Wanderrucksack gepackt. Ich fahre mit Lewin raus. Dorthin, wo meine Oma geboren ist, wo sie auf Änni getroffen ist. Dorthin, wo Änni – bis auf die wenigen Wochen in Pennsylvania – praktisch ihr ganzes Leben verbracht hat. Vermutlich ist sie längst tot. Sie müsste jetzt schon weit über hundert Jahre alt sein. Ich rechne nach: hundertacht oder -neun, wenn ich mich nicht täusche.

Es ist eine Reise in die Geschichte meiner Oma – und auch in meine Geschichte. Denn ich will mit Lewin den gleichen Weg gehen, den meine Oma mit mir gegangen ist, als ich klein war. *Alles wiederholt sich*, denke ich. *Alles hängt mit allem zusammen*. Motive kehren immer wieder. Tomaten, Vögel, ein zur Drohung erhobenes Küchenmesser: Kein Ereignis taucht in einer Geschichte nur ein einziges Mal auf. Die Sorge um die Kinder und die Suche nach dem Neuen sind keine Erfindung meiner Generation. Und halbierte Väter gibt es zu allen Zeiten und an allen Orten. Wie um diese ewige Wiederkehr heraufzubeschwören, mache ich mich mit Lewin auf denselben Weg. Und wie damals meine Oma, habe auch ich jetzt den Brief dabei, den sie damals mitgenommen und doch nicht bei Änni eingeworfen hatte. Ich habe endlich vor, ihn zu lesen. Hier an diesem Ort, wo er gelesen werden sollte – und dann doch nicht.

Ich war damals einige Jahre älter als mein Sohn jetzt,

und den Ausflug mit meiner Oma habe ich als sehr ermüdend im Gedächtnis. Aber Lewin ist ein zäher Kerl mit viel mehr Bewegungsdrang als ich. Er wird die Strecke schon schaffen. Und wenn die Beine doch müde werden, füttere ich ihn mit Schokolade, ganz genau wie meine Oma das vor Jahrzehnten mit mir gemacht hat.

Aber fürs Erste ist das nicht nötig: Er ist eingeschlafen, wir sitzen im Vorortzug von Düsseldorf nach Kleve. Heute wie damals eine Nebenstrecke. Eine Sackgasse, sozusagen. Als ich als Kind mit meiner Oma hier langfuhr, saßen wir noch in miefigen, ratternden Waggons mit Raucherabteil. Heute wirkt alles betont sauber und hell und offen. Die Fenster der winzigen Bahn, die auf dieser Linie verkehrt, sind riesig. Die Sonne knallt herein. Aber man kann den flachen, niederrheinischen Horizont im kühlen, klimatisierten Waggon in voller Pracht genießen. Der Zug hält an jeder Milchkanne, wie es so schön heißt. Und wenn man einen Ort verlässt, kann man schon das übernächste Dorf sehen. Es stellt sich einem nichts in den Weg. Die einzigen Erhebungen sind die Kirchtürme, die wie erhobene Zeigefinger aus der Mitte eines jeden Ortes in den Himmel ragen. *Noch so ein Motiv,* denke ich.

Die Sitznachbarin von gegenüber hat ihre Zeitung liegen gelassen, und ich blättere ein wenig darin herum. Es ist eine Übersprunghandlung, denn eigentlich interessieren mich die Schlagzeilen kaum. Eigentlich wollte ich etwas ganz anderes lesen. Aber jetzt überfliege ich doch die Seiten: Jahrhundertsommer 2018, heißt es da. Mehr Sonne, mehr Dürre, mehr Hitze als je zuvor. Ich sehe aus dem Fenster auf die vertrockneten Wiesen entlang der Gleise. Dann blättere ich weiter: Ein von Aktivisten besetzter Wald steht kurz vor der Räumung, die Lage scheint sich zuzuspitzen. Kurz denke ich an Sarah und frage mich, ob sie wohl noch immer dort in einem Baumhaus wohnt. Und dann bin ich froh, dass ich niemand anderen als Lewin in meinem Leben habe, um den ich mich zu sorgen habe.

Jetzt schläft er. Jetzt ist der Moment perfekt. Jetzt sollte ich endlich den Brief lesen, den ich seit über zwanzig Jahren in der Kiste zusammen mit all den Briefen von Änni aufbewahre. Ich habe den Karton gehütet wie meinen Augapfel. Er war mein einziger Schatz. Es gibt keinen anderen Gegenstand, der mich über so lange Zeit begleitet hat, der in all meinen bisherigen Wohnungen seinen geheimen Platz hatte. Bis heute weiß niemand von der Existenz dieser Kiste, dieser Briefe. Und diesen einen letzten Brief, den ich nie las, weil ich erst dachte, das gehöre sich nicht, und weil ich dann Angst hatte, es könnte etwas Schlimmes darin stehen, und weil ich es dann einfach ein paar Jahre vergessen hatte – ihn werde ich nun lesen. Es ist ein Akt der Nostalgie, ein seltsames Ritual, eine Tradition ohne Vorbild und ohne die Möglichkeit der Wiederholung. Ich lese den Brief, den meine Oma vor – jetzt rechne ich doch genau nach – siebenundzwanzig Jahren auf genau dieser Bahnstrecke in ihrem Rucksack mit sich trug und den die Freundin nie zu lesen bekam.

Meine geliebte Änni, ich hoffe, Du verzeihst mir diese Anrede. Wie oft hast Du mich so bezeichnet? Als Deine Geliebte. Und wie oft habe ich es nicht übers Herz gebracht, Dich ebenso zu nennen? Ich habe in diesen Dingen nie Mut bewiesen. Aber wem sage ich das?
Ich möchte Dich nun dennoch so nennen. Du weißt, ich habe Dich immer geliebt. Mal mit dem Herzen, mal mit dem Kopf, mal mit dem Bauch. Ich habe auch aus der größten Distanz immer an Dich gedacht. Alle Jahre lang habe ich mich von dem Gedanken leiten lassen, wie Du

wohl über mein Leben urteilen würdest. Ich weiß, dass Du nicht alles verstehen wolltest und konntest, weil Deine Liebe immer eine andere war als meine: stärker und schwächer zugleich. Deine Liebe konnte nie ohne mich sein, meine nie mit Dir.

Wir waren füreinander gedacht, aber nicht füreinander gemacht. Es ist nicht Deine Schuld. Und es ist nicht meine Schuld. Ich weiß, dass Du Dein Leben lang mit der Tatsache gehadert hast, dass es immer wieder einen neuen Grund für mich gab, nicht mit Dir zu gehen. Und dennoch glaube ich tief in meinem Innern, dass Du Dich auch immer mit mir gefreut hast, über mein kleines Glück mit Bruno, über meinen Sohn Siegfried und darüber, dass ich ihn großgezogen habe, und nicht zuletzt auch über meine Enkel.

Und ich weiß, dass Du mit mir getrauert hast über den Tod von Bruno und den viel zu frühen Tod von Siegfried. Auch ich habe mit Dir getrauert um Heinrich. Und dennoch konnte es auch danach kein Wir geben. Wir blieben getrennte Königskinder, weil ich inzwischen eine andere Aufgabe hatte. Auf einmal brauchten mich die Enkelkinder, vor allem Niklas macht mir Sorgen. Er spricht mit niemandem. Ich hoffe, er wird eines Tages verstehen, dass er an Siegfrieds Tod keine Schuld trägt. Er ist so ein lieber Junge, ein großer Eigenbrötler, aber sehr wachsam. Er würde Dir wirklich gefallen. Schon von klein auf haben alle gesagt, er habe meine Augen.

Jetzt, im Alter, kann ich sagen: Du warst immer meine Sehnsucht, und ich weiß auch, ich war Deine. Aber wir waren einander nie das einzige Verlangen. Mich hat immer der Drang vorangetrieben, meinen Sohn und meine Enkel glücklich zu sehen. Und Dir war es immer das Wichtigste, frei und unabhängig zu sein.

Was hatten wir doch ein Glück! Zumindest einen kleinen Teil unserer innigsten Wünsche hat der Herrgott in Erfüllung gehen lassen. Das ist doch nicht selbstverständlich!
Es mag klingen wie ein Resümee, wie ein Ende. Und das soll es auch sein, meine liebe Änni. Ich möchte Abschied nehmen. Für immer.
Schreib mir nicht mehr! Ich schreibe Dir auch nicht mehr. Wir sind alte Frauen, und der Tod schleicht sich an. Lass uns jetzt, da wir noch glücklich sind, den Zeitpunkt setzen, wo wir einander sterben lassen und uns hoffentlich noch ein paar Jahre Zeit geben, in den Erinnerungen an das Gemeinsame und der Trauer über das Verpasste zu schwelgen.
Lebe wohl, meine Geliebte.

»Warum weinst du denn, Papa?«, fragt Lewin, als er aufwacht.

»Alles gut«, sage ich, weil mir nichts Besseres einfällt. Wir fahren gerade in den Bahnhof von Bedburg-Hau ein. »Hier müssen wir raus!«

Die Bezeichnungen *Bahnhof* und *einfahren* sind wie bei allen Orten an dieser Strecke eine maßlose Übertreibung, aber immerhin steht das alte Bahnhofsgebäude noch immer. Heute liegt es etwas abseits. Die Gleise ähneln einer größeren Bushaltestelle und liegen heute etwas weiter zur Mitte hin. Aber es ist auch nach Jahrzehnten noch zu sehen, wo einst mein Urgroßvater gestanden haben muss und die abfahrbereiten Dampflokomotiven mit Kelle und Pfeife verabschiedete. Heute steht dort die Wirtin der kleinen Gaststätte und nimmt bei ein paar Ausflugsgästen, die draußen sitzen, die Bestellung auf.

»Hier hat dein Ururgroßvater gearbeitet«, sage ich zu Lewin, als ich ihn aus der Tür des kleinen Zuges schiebe.

»In der Kneipe?«, fragt er mit seiner niedlichen Kinderstimme.

Wie sollte er es auch begreifen? Warum erzähle ich ihm das? Ich versuche eine Erinnerung an ihn weiterzugeben, die schon im Bewusstsein meiner Oma kein frisches Andenken mehr war, sondern nur noch eine weitergereichte Trockenblume, die sie pflichtbewusst kultivierte.

Und trotzdem ist da dieser Trost, den ich empfinde: Solange der Ururgroßvater meines Sohnes, auch wenn er seit neunzig Jahren tot ist, noch in seinem kleinen Kinderkopf existiert, ist er nicht wirklich gestorben. Und das gilt auch für meine Oma, meinen Vater und auch für mich selbst. Wir leben fort in den Geschichten, die unsere Nachkommen über uns erzählen. Ob Lewin dabei denkt, der Ururopa hätte Bier ausgeschenkt, oder ob er begreift, was sein wirklicher Beruf war, ist vielleicht nicht so wichtig.

Es ist jetzt schon viel zu heiß. Keine Wolke am Himmel. Kein guter Tag, um mit einem kleinen Jungen über plattes Land zu wandern, ohne Schatten. Ich muss auf jeden Fall zwischendurch Wasser auffüllen. Und ich muss hoffen, dass die Schokolade nicht komplett schmilzt.

Ein alter Opel biegt um die Ecke, ein älteres Modell. Der Fahrer fährt hupend an uns vorbei. Ein Mann, vielleicht zehn Jahre älter als ich. Er winkt und lächelt in meine Richtung wie zu einem Freund, den er lange nicht gesehen hat. Ich sehe ihm verwirrt hinterher.

»Los«, sage ich zu Lewin. »Lass uns mal ein paar Meter machen. Sonst schaffen wir nicht, was wir uns vorgenommen haben.«

Das muss man ihm nicht zweimal sagen. Schon rennt er vor, als wäre ein Monster hinter ihm her. Er ist so anders als ich. Ich bin langsam und überlegt und interessiere mich für die Dinge und Eindrücke links und rechts des Weges.

Für Lewin gibt es nur eine Richtung und eine Geschwindigkeit: volle Kraft voraus. Wann immer die Energie zur Neige geht, schiebe ich ein Stück Schokolade nach. Auf diese Weise kommen wir ebenso schnell voran wie ich damals mit Oma.

Wir laufen entlang der geraden Straße, die in Richtung der alten Kirche verläuft. Heute befinden sich hier ein Radweg und eine Gedenktafel für die alte Straßenbahn von Kleve nach Bedburg-Hau. Die Haltestelle, die hier einst gewesen sein musste, trug den Familiennamen meiner Oma: Vehreschild. Größer lässt sich Verwurzelung wohl kaum ausdrücken, als dass man heißt wie der Fleck, an dem man geboren ist, denke ich. Bei dem Gedanken an das viel zu kurze Glück, das meiner Oma hier an dieser Stelle vergönnt war, wird mir ganz mulmig.

»Wie klein doch die Häuser sind«, sage ich zu Lewin, als wir uns der Kirche nähern. »Und wie groß die Bäume.«

Wir sind an dem Teil des Ortes, den ich für den alten Dorfkern halte. Ganz schlau werde ich aus Bedburg-Hau nicht. Es ist mit meinen Vorstellungen eines Dorfes nicht in Einklang zu bringen. Heute besteht der Ort zum größten Teil aus Neubausiedlungen, der Psychiatrischen Landesklinik und einigen weit verstreuten Höfen mit ausgedehnten Wiesen und Feldern. Früher muss es nur diese Höfe gegeben haben. Und hier, wo die alte Kirche steht, die alte katholische Dorfschule und die Feuerwehrstation, wird das Zentrum des Dorfes gewesen sein, das eigentlich kein Dorf ist, sondern eine Ansammlung von Aussiedlerhöfen. Die Wirtschaft gegenüber der Kirche, in der ich mit meiner Oma damals die vielleicht köstlichste Fanta meines Lebens getrunken habe, ist geschlossen. Ruhetag. Einer von zahlreichen Ruhetagen in der Woche, wie es aussieht. Ich versuche, Lewin meine Enttäuschung nicht zu zeigen.

Auf dem alten Friedhof setzen wir uns auf eine Bank und essen ein Brot. Lewin sammelt Eicheln und schleudert sie, so weit er kann, über die Rasenfläche. Es stehen kaum noch Grabsteine auf dem alten Gelände, und die wenigen verbliebenen sind verwittert und mit Moos überwachsen. Alles scheint eher wie ein Park als eine Begräbnisstelle, und dennoch wird mir plötzlich klar, dass dies der Ort ist, an dem im Laufe der Jahrhunderte vermutliche Dutzende meiner Vorfahren und Verwandten begraben worden sind. Die Brüder meiner Oma, ihre Großeltern, nicht zuletzt ihre Mutter. *Am Grabe meiner Mutter*. Hier ist der Ort.

Aus den Backsteinmauern und den gotischen Fenstern der kleinen Kirche dringen seltsam monotone Orgeltöne.

»Komm mal mit«, sage ich zu Lewin und klinge dabei so ehrlich überrascht, dass er sofort aufmerksam hinter mir hertigert. Der Eingang der Kirche liegt um die Ecke. Ich hatte nicht damit gerechnet: Die Tür steht einen Spaltbreit offen. Und jetzt ist die Orgel deutlich zu hören: lange und monotone Klänge. Irgendwie schräg und schwankend. Ich drehe mich um. Darf man hier jetzt einfach so rein? Vor der Tür parkt ein Lieferwagen mit der Werbeaufschrift eines Orgelbauers. Lewin nimmt mir die Entscheidung ab und schiebt sich blitzschnell durch den Türspalt. Ich wuchte vorsichtig die alte Holztür auf. Während meine Hand die Klinke berührt, rast ein weiterer Erinnerungsfetzen in mein Hirn: Meine Oma hatte damals auch versucht, die Tür zu öffnen, aber sie war verschlossen. In dem Moment war etwas von Erleichterung in ihr zu spüren. Wie sensibel Kinder doch für solche Signale sind, denke ich und laufe Lewin hinterher.

»Guck mal hier!«, ruft er lautstark, als er den riesigen Kronleuchter sieht, der inmitten des Kirchenraumes von der Decke hängt.

Die Orgel verstummt. Ich drehe mich um und blicke hinauf zur Empore.

»Entschuldigung.« Ich zucke unsicher mit den Schultern.

Der Orgelbauer lächelt nur und zeigt mir mit erhobenem Daumen, dass meine Bedenken unbegründet waren. Und dann setzt er seine Arbeit fort und spielt minutenlang jeweils jede einzelne Taste in jedem einzelnen Register des alten Instruments.

Mit dem Zeigefinger vor dem Mund bedeute ich Lewin, leise zu sein, und betrachte staunend den alten Kronleuchter.

Die Kirche ist von innen noch kleiner, als sie von außen erscheint, und verblüffend gut in Schuss. Frisch gekalkte Wände. Die Sockel des Säulengewölbes sind liebevoll in blassbunten Farben und mit glänzendem Gold gestrichen. Üblicherweise mache ich mir nicht viel aus Gotteshäusern. Die bunten Fenster, die verschnörkelten Ornamente in den Altarschnitzereien, die dunklen Heiligenfiguren aus altem Holz, die bedrohlich von ihren Sockeln herabstarren. Das stößt mich normalerweise ab. Aber hier begreife ich sofort, dass ich inmitten meines Familienheiligtumes stehe. Hier wurden alle wichtigen Feierlichkeiten begangen. Taufen, Hochzeiten, Trauerfeiern. Vor meinem inneren Auge sehe ich sie vor mir stehen. Meine Ahnenreihe. Ich stelle mir vor, wie meine Oma als kleines Mädchen zusammen mit ihrer Schwester und ihrem schwer kriegsversehrten Vater dem Sarg folgte, in dem ihre Mutter durch das Portal hinaus auf den Friedhof getragen wurde. Vielleicht war es ihr letzter Besuch in diesen Mauern. Ich spüre ihren Schmerz. Und gleichzeitig auch den ihres Vaters, der wusste, dass er nicht nur seine Frau verloren hatte, sondern auch seine Kinder verlieren würde – und sie ihn.

Jetzt begreife ich, warum es meine Oma damals in diese Kirche gezogen hatte – und warum sie anscheinend froh gewesen war, dass die Tür sich nicht hatte öffnen lassen.

Es reißt mich aus meinen Gedanken. Wo ist Lewin schon wieder? Ich blicke mich hektisch um. Solange er Geräusche macht, weiß man wenigstens, dass er noch atmet. Jetzt ist es, abgesehen von den langen, einzelnen Orgeltönen, so seltsam still.

Lewin liegt mitten im Kirchenschiff, direkt vor den Stufen zum Altarraum auf dem schachbrettartig gekachelten Boden, und starrt an die Decke. Er spürt meinen Blick, hebt den Kopf und winkt mich heran. Ich muss lachen. Woher soll er auch wissen, dass sich so etwas nicht gehört? Und wieso sollte es sich nicht gehören, zu wunderbar beruhigenden Orgelklängen auf dem herrlich kühlen Fliesenboden zu liegen und das geschwungene Gewölbe zu betrachten? Ich lege mich zu ihm und schaue mir mit ihm zusammen die Dreiecke und Rauten und die grauen Flächen an, die dieses Gesamtkunstwerk formen. Ein Abbild des Himmels. Das ist genau der Anblick, den Generationen meiner Vorfahren sahen, wenn die Eltern sie bei ihrer Taufe im Arm hielten oder wenn sie bei ihrer Beerdigung im Sarg lagen. Genau dort, wo Lewin und ich jetzt liegen.

Wir müssen weiter. Wir haben den Großteil des Weges noch vor uns.

Draußen erschlägt uns fast die Hitze des Sommertages. Aber Lewin ist wieder aufgeladen. Er läuft voran, als wir die alten Höfe von Hau passieren. Ich erinnere mich an die Blicke, mit denen meine Oma die Gemäuer angesehen hatte. Da waren Wehmut und Trauer zu spüren. Nach all den Jahrzehnten.

Wir überqueren eine Hauptstraße. Die meisten Wege, auf denen wir laufen, sind bessere Feldwege: schnurgerade, schmale Straßen ohne seitliche Markierungen oder Gehwege. Wenn uns – was selten passiert – ein Auto entgegenkommt oder überholt, springen wir in die Randstreifen der Felder. Die Einheimischen fahren auf ihren Pisten, so schnell sie können.

Wir gehen. Wir gehen weiter und weiter. Über gerade, schmale Straßen, über Felder und Weiden. Unter Bäumen oder in der prallen Sommersonne. Ich gehe den Weg, den ich offensichtlich gehen muss. Und Lewin schafft es tatsächlich ohne Probleme, mir folgen zu können. Er ist nicht mehr der kleine Junge, der von allem viel zu schnell überfordert ist. Er kann durchhalten.

Aber wir brauchen Wasser ohne Ende. Und die Schokolade reiche ich Lewin mittlerweile in Form von knetgummiartigen Fäden. Ihm ist es einerlei, er nimmt alles, was Energie bringt. Und sicherheitshalber gebe ich ihm alles, was ich an Energie bei mir habe. Auf meinen Zuckerhaushalt achte ich kaum. Und auch an Flüssigkeit mangelt es meinem Körper.

Am Nachmittag erreichen wir Louisendorf. Nach einer endlosen Aneinanderreihung frei stehender Höfe im platten Land ist der Mittelpunkt des Ortes beinahe so etwas wie ein Dorf, wenn auch eines mit einem besonderen Grundriss. Die vier Straßen des Ortskernes, alle schätzungsweise so lang wie zwei Fußballfelder, liegen rechtwinklig zueinander angeordnet. Und in der Mitte des Quadrates, das sie bilden, thront, fast schon etwas einsam, die von Bäumen umringte Kirche. Sie könnte ein Motiv von Caspar David Friedrich sein.

Wir laufen gegen den Uhrzeigersinn um das Quadrat herum. An den Ecken führen diagonal über das innen liegende Feld verlaufende Wege in die Mitte zur Kirche hin. An einer der Ecken sage ich zu Lewin: »Komm, wir zählen die Bäume«, und biege mit ihm ab in das Zentrum des Dorfes.

Lewin tollt im Schatten der Linden herum und gibt sich allergrößte Mühe. Immer wenn er zehn gezählt hat, kommt er zu mir, und ich muss sie dann zusammenzählen. Ich lese mir derweil die Aushänge im Schaukasten vor der Kirche durch. Gottesdienstzeiten, Todesanzeigen, Hochzeitstermine, ein buntes Plakat der Konfirmandengruppe. Und ein Zeitungsartikel mit der Überschrift: *Mehr als ein Jahrhundert in den Pfälzerdörfern.* Weil Lewin sich nicht merken kann oder will, welche der Bäume er schon gezählt hat, und weil ich gleichzeitig versuche, mich – überhitzt, unterzuckert und dehydriert – auf den Artikel im Schaukasten zu konzentrieren, kommen wir am Ende auf insgesamt einhundertneun, was mit Sicherheit nicht stimmt. Ich weiß, dass es vierunddreißig sein müssen. Und ich weiß inzwischen auch, dass man die vierunddreißig Linden zu Ehren der preußischen Königin Luise angepflanzt hatte, die mit vierunddreißig Jahren gestorben war.

»Moment«, sage ich. »Einhundertneun?«

»Ja, ganz schön viele Bäume«, sagt Lewin und stemmt die Hände in die Hüften, als hätte er die Linden selbst gepflanzt.

»Warte, Lewin«, sage ich und wende mich dem Schaukasten zu. Mein Zustand ist nicht dafür gemacht, mich auf einen lieblos zusammengeschriebenen Artikel aus der Lokalzeitung zu konzentrieren. Aber, wenn ich das richtig verstehe, dann … Nein, das kann nicht sein. Das muss ein Hirngespinst sein. Meine Sinne machen mir etwas vor. Ich reibe mir mit den Händen durchs Gesicht, versuche irgendwie den letzten Rest Konzentrationsfähigkeit in meinen Kopf zu massieren. Aber mein Kopf reagiert nicht, wie er soll. Mir wird schwarz vor Augen. Meine Knie zittern. Ich bekomme Panik. Nein! Jetzt nicht zusammenbrechen. Innerhalb von Sekunden schießt eine Million Gedanken durch meinen Kopf. Wasser, Herz, Kreislauf. Lewin ist jetzt in dem Alter, in dem ich war, als mein Vater starb. Auf einer einsamen Wanderung, vor meinen Augen. Das darf sich nicht wiederholen. Der arme Lewin. Wo ist er eigentlich? Lewin? *Die Hitze klebt am Berg.* Nein, nein, nein! Atmen. Niklas, atmen! Ich röchle, bekomme kaum Luft.

»Papa«, ruft Lewin und guckt mich mit großen Augen an.

Ich konzentriere mich auf seinen Blick. Und das bringt mich wieder zurück. Ich atme ganz ruhig, weil ich ganz ruhig atmen muss, das bin ich ihm schuldig. Das hier ist meine Panikattacke, nicht seine.

»Ja, Lewin. Es ist alles gut«, sage ich stimmlos. »Ich habe mich nur verschluckt.«

»Trink was.«

Ich nehme den letzten Schluck Wasser aus der Flasche.

»Alle, alle«, sagt Lewin und lächelt.

»Ja«, sage ich und zucke mit den Schultern. Jetzt müssen wir irgendwo einen Wasserhahn finden.

»Dahinten ist einer«, sagt Lewin und deutet auf den Seiteneingang der Kirche, bevor er mir die Flasche aus der Hand reißt und verschwindet.

Ich atme tief ein und aus. Ich bin wieder da. Ich war nie weg. Mein Körper hat mich nur getäuscht. Es ist alles in Ordnung. Ich war nur kurz überfordert.

Aber was habe ich da gelesen? Stand dort wirklich, was ich denke? Erneut widme ich mich dem Zeitungsausschnitt. *Mehr als ein Jahrhundert in den Pfälzerdörfern.* Von Hand hat jemand ein Datum auf den Rand geschrieben. Der Artikel ist genau vier Wochen alt. Die älteste Frau im Kreis Kleve feiere ihren einhundertneunten Geburtstag, heißt es dort. Geboren sei sie in Pfalzdorf, aber seit nunmehr sieben Jahrzehnten lebe sie in Louisendorf. Sie blicke auf ein bewegtes Leben zurück. Ihren Mann Heinrich habe sie schon vor vierzig Jahren zu Grabe getragen. Mittlerweile werde sie von ihrer Nichte Uta gepflegt, die aber selbst auch schon im Rentenalter sei. Den Namen der Jubilarin weiß ich, bevor ich ihn lese: Änni Graven.

ICH WEISS, WER DU BIST

»Guten Tag, mein Name ist Niklas Sänger«, stelle ich mich an der Tür vor.

Die Frau, die mir geöffnet hat, guckt mich fragend an. Ich weiß, dass sie Uta heißt und dass sie als Baby, also vor ungefähr siebzig Jahren, ein Schreikind war, wie ich aus dem Brief weiß, den ihre Tante meiner Oma vor vielen Jahrzehnten geschrieben hat. Aber das möchte ich ihr ungern erklären.

»Ich bin Schriftsteller«, sage ich so, als würde es stimmen.

Uta sieht mich noch immer fragend an. Sie blickt zu Lewin. Er verschwindet hinter meinem Bein.

»Mein Sohn«, sage ich. »Lewin.«

»Wie kann ich Ihnen helfen?«, fragt sie.

»Ich bin auf Rechercheriese«, sage ich, weil ich hoffe, dass das ein wenig beeindruckend klingt. »Und ich würde mich gerne einmal mit Ihrer Tante unterhalten. Sie sind doch die Nichte von Änni Graven?«

»Ja«, sagt Uta erstaunt. »Das bin ich.«

»Wissen Sie«, sage ich in einem etwas wichtigtuerischen Tonfall, für den ich mich sofort schäme, »in meinem Buch soll es um die Sehnsucht gehen und um die Frage nach Schuld und Unschuld.«

Völlig zu Recht sieht sie mich fragend an.

»Eigentlich«, ergänze ich und finde zum Glück meinen Tonfall wieder, »handelt es von den Pfälzer Auswanderern, die nach Pennsylvanien wollten und hier gestrandet sind. Ich würde mich deshalb gerne einmal mit Änni, also mit Frau Graven unterhalten.«

Uta mustert mich von oben bis unten. »Kann ich mal Ihren Ausweis sehen?«

»Sicher.« Ich setze hektisch den Rucksack ab, krame in Butterbrotpapier und Schokoladenpackungen nach meinem Portemonnaie. Alles ist mit Schokospuren verschmiert, jetzt auch meine Hände. »Schokolade«, sage ich sicherheitshalber, als ich ihr den Ausweis reiche.

Sie nimmt ihn mit den Fingerspitzen, mustert mich erneut, gleicht mein Gesicht mit meinem Abbild im Ausweis ab. Dann schaut sie zu Lewin und lächelt.

»Sie wollen mit ihr reden?«, fragt sie.

Ich nicke.

»Dann kommen Sie zu spät.«

Ich zucke zusammen. »Ist sie …?«

»Nein, sie lebt noch, aber sie redet schon seit Jahren nicht mehr. Sie ist schwer dement. Sie kann nur noch daliegen und warten. An guten Tagen sieht sie mich an, folgt mir mit ihren Augen. An schlechten noch nicht einmal das. Dann liegt sie da wie tot.«

»Das tut mir leid«, sage ich und bin gleichzeitig unsicher, ob das die richtige Floskel ist. Schließlich ist sie ja nicht tot. Aber es tut mir ehrlich leid.

»Heute ist einer der schlechten Tage«, ergänzt Uta.

Ich blicke zu Boden, atme tief durch. Dann sehe ich sie wieder an. »Kann ich sie bitte trotzdem sehen?«, frage ich. »Manchmal muss man gar nicht reden. Dann reicht auch ein Eindruck.«

Uta zögert. »Ich lasse eigentlich keine Fremden herein.«

»Ich verstehe. Ich wollte Sie auch nicht so … überfallen. Ich habe den Aushang hinten an der Kirche gesehen, den

Zeitungsartikel über Ihre Tante. Und wo ich jetzt schon mal hier bin …«

In Uta arbeitet es. Sie reicht mir den Ausweis zurück. »Na, gut«, sagt sie schließlich. »Sie sehen ja nicht aus wie ein Verbrecher. Kommen Sie! Ich zeige Ihnen, wo es langgeht. Schuhe aus, bitte! Und du, mein Junge, wartest hier bei mir in der Küche. Magst du rote Grütze?«

Lewin schaut mich fragend an. Ich nicke ihm lächelnd zu.

»Danke«, sage ich und folge Uta den Gang entlang.

Und als ich sie dann sehe, kann ich es kaum fassen. Bis vor wenigen Minuten dachte ich, sie wäre längst tot. Sie war nicht mehr als eine Geschichte, eine Erinnerung im Leben meiner Oma. Aber hier vor mir liegt ein lebendiger Mensch in einem höhenverstellbaren Krankenbett inmitten des altmodisch eingerichteten Zimmers. Auf den ersten Blick erinnert es mit seinen dunklen Möbeln und der grau-braun gemusterten Strukturtapete an das Zimmer meiner Oma in unserem alten Haus.

Änni sieht aus, wie man sich eine Hundertneunjährige vorstellt: Haut wie Pergamentpapier, Haare weiß wie Schnee und dünn wie Seide. Ihre Wangenknochen zeichnen sich deutlich ab. Sie scheint dem Tod näher als dem Leben.

»Änni«, ruft Uta beim Betreten des Zimmers, als befände sich ihre Tante weit entfernt. »Das hier ist Herr Sänger. Er schreibt ein Buch. Und er will dich sehen.«

Änni zeigt keine Reaktion.

»Sehen Sie«, sagt Uta jetzt mit leiser Stimme und an mich gerichtet. »Heute bekommt sie wieder nichts mit.«

Wir bleiben einen Augenblick nebeneinander stehen und betrachten die alte Frau in ihrem Bett.

»Ich gehe mal in die Küche, Ihr Sohn wartet ja. Sie kommen dann gleich?«

»Ja, vielen Dank! Das ist wirklich sehr freundlich von Ihnen.«

Ich warte, bis Uta vorne in der Küche verschwunden ist und ich sie mit Lewin reden höre. Dann gehe ich ganz nah an Änni heran. Auf dem Nachttisch steht eine stoffbezogene Schirmlampe. Ich schalte sie an. Ich beuge meinen Kopf zu ihr hinunter. Sie riecht erstaunlich gut, denke ich. Ich hatte befürchtet, der Tod würde schon aus allen Poren kriechen.

»Änni«, sage ich und halte dabei meinen Mund nah an ihr Ohr. »Ich bin Niklas, der Enkel von Josephine.«

Ich zucke zusammen, als sie ihren Kopf plötzlich in meine Richtung dreht, und mache einen halben Schritt zurück. Aber dann sehe ich, dass es keinen Grund für Schrecken gibt. Im Gegenteil. Änni sieht mich an. Ganz eindeutig. Es ist der Blick, der mir sagt: *Ich weiß, wer du bist. Ich sehe Josephine in dir.*

Und dann ist da beinahe so etwas wie ein Lächeln um ihre Mundwinkel. Ich trete noch einmal näher an sie heran und nehme ihre kalte, knöcherne Hand in meine. Sie schließt langsam die Augen, und dann öffnet sie sie wieder.

Ich habe mir jede Form der Spiritualität abgewöhnt. Aber ich kann nicht anders, als in diesem Moment die Liebe meiner Oma zu spüren, die aus mir heraus in Änni strömt – und zurück.

Mehr braucht es nicht. Keine Worte, keine Erklärungen. Keinen Brief, der sie nie hatte erreichen sollen. Was gäbe mir jetzt das Recht, ihr vorzulesen, was meine Oma nicht über das Herz gebracht hatte, ihr zu sagen? Dasein reicht. Ihr Dasein, mein Dasein.

Ich verlasse den Raum, ohne mich noch einmal umzublicken. Ich brauche kein Bild der Erinnerung, ich trage Änni sowieso schon in meinem Herzen.

In der Küche sitzt Lewin mit rot verschmiertem Mund. Er scheint die rote Grütze von Uta zu lieben. Ich bedanke mich erneut überschwänglich. Und dann schaffe ich es, meinen Sohn von seiner süßen Speise loszureißen. Wir haben schließlich noch einen langen Weg vor uns.

Und ich habe ein Buch zu schreiben.

DIE SCHERBEN AUFSAMMELN, DAS WASSER WEGWISCHEN

Sechs Wochen sind seit unserem Ausflug nach Louisendorf vergangen. Der Sommer neigt sich dem Ende entgegen, aber die Tomatenpflanzen auf meinem Balkon erleben ihren zweiten Frühling. Nach der ersten Ernte im Juli stehen sie jetzt wieder in voller Blüte.

Ich sitze in jeder freien Minute an meinem Küchentisch und sortiere Briefe, mache mir Notizen, entwickle Handlungsstränge. Heute turnt Lewin um mich herum. Es macht mir nichts aus. Im Gegenteil: Ich kann mich sogar besser konzentrieren, wenn ein gewisser Geräuschpegel herrscht. An den Tagen, an denen er bei seiner Mutter ist, lähmt mich die Stille bisweilen. Dann sitze ich nur da und starre die Wand an. Und am Ende des Tages habe ich nur einen neuen Highscore bei irgendeinem sinnlosen Handyspiel aufgestellt, denn mein Vorsatz, mich nicht ständig mit meinem Telefon zu beschäftigen, ist längst meiner Trägheit zum Opfer gefallen.

»Papa, komm mal!«, ruft er vom Balkon.

Ich stehe auf und gehe zu ihm.

»Guck mal da.« Er zeigt auf einen kleinen grauen Vogel, der im Park gegenüber seitlich an einem Baumstamm sitzt. Ich habe Mühe, auf die Entfernung etwas zu erkennen.

»Ein Eichelhäher?«

»Quatsch, Papa! Das ist ein Gartenbaumläufer.«

Ich sehe ihn fragend an. Er kann noch nicht richtig lesen und schreiben, aber Vogelarten bestimmen, von denen ich noch nie gehört habe.

»Toll, was du alles schon weißt«, sage ich und streichle ihm durch das wuschelige Haar.

Ich mache mir einen Kaffee und Lewin einen Kakao. Wir sitzen eine Weile stumm zusammen da und genießen die Spätsommersonne auf unseren Nasen. Ich lege meinen Arm um seine Schulter, und er legt seinen Kopf auf meinen Bauch. Manchmal ist es perfekt.

Ich begebe mich wieder an den Küchentisch. Lewin fragt mich nach einer Badewanne für seine Legomännchen. Ich gebe ihm ein Schüsselchen und befülle es mit Wasser. Er ist zufrieden. Und auch den Legomännchen scheint es zu gefallen. Sie jauchzen fröhlich mit Lewins Stimme, wenn sie in die »Wanne« hüpfen.

Dann ist es lange still, und ich arbeite ruhig vor mich hin. Die Sonne ist schon um die Ecke verschwunden.

»Lewin?«, rufe ich irgendwann. Und im selben Moment kommt er zur Balkontür herein. In der Hand balanciert er vorsichtig die Schüssel. Er strahlt.

»Ich habe dir einen Blumenstrauß gepflückt.«

Ich sehe genauer hin. Die Schüssel ist über und über mit kleinen gelben Blüten befüllt.

»Was hast du gemacht?«, rufe ich und springe auf. Lewin sieht mir erstaunt nach, als ich zum Balkon hechte. Die Tomaten. Ich wusste es. Keine einzige Blüte ist mehr an den Sträuchern.

»Spinnst du?«, schreie ich ihn an und bereue noch in derselben Sekunde, so mit meinem Sohn zu reden. Aber es ist zu spät. Er lässt das Schüsselchen aus der Hand fallen, das in einer Pfütze aus Wasser und Tomatenblumen zerschellt. Er schreit und weint, und ich versuche alles auf einmal: die Scherben aufsammeln, das Wasser wegwischen, Lewin trösten, mich entschuldigen. Am Ende gelingt mir gar nichts davon.

»Mama!«, ruft Lewin jetzt. »Ich will zu Mama!«

Das hatten wir schon lange nicht mehr. Kurz nach der Trennung hat er so etwas häufiger gefordert. Zu spüren, dass ich für meinen Sohn in manchen Momenten nicht der Richtige bin, versetzt mir noch immer einen Stich ins Herz.

Ich knie vor ihm, nehme ihn in den Arm. Er ist steif wie ein Brett.

»Es ist nicht deine Schuld«, sage ich zu ihm, aber er scheint mich gar nicht zu hören.

Nach einer endlosen halben Stunde hat er sich beruhigt, von Zeit zu Zeit schluchzt er noch. Es ist in größer werdenden Abständen sogar dann noch zu hören, als alle Tränen schon getrocknet und wir auf dem Weg zum Supermarkt sind. Wir kaufen Tomaten. Herkunftsland: Niederlande. Geschmacksrichtung: keine. Egal. Heute muss es Tomatensalat geben. Lewins Lieblingsessen. Wer braucht dafür schon eigene Tomaten auf dem Balkon?

Am Abend schläft er früh ein. Ich liege noch lange bei ihm im Bett und streichle ihm den Rücken. Ein schöner Vater-Sohn-Tag geht zu Ende. Was wird ihm davon in Erinnerung bleiben? Dass ich stolz darauf war, welche Vögel er schon kennt? Dass er Kakao in der Sonne getrunken hat? Dass es Tomatensalat gab? Oder wird ihm später nur in Erinnerung bleiben, dass ich ihn angeschrien habe, weil er die Blüten der Tomatenpflanzen ausgerupft hat, obwohl er mir doch nur eine Freude hatte machen wollen?

Wir alle leben unser Leben in den Zwängen und Chancen unseres Wollens, Könnens und Müssens, denke ich. Was kann ich für das schwache Herz meines Vaters? Was kann

Lewin für das unstete Herz seines Vaters? Was konnte Josephines Vater für den Krieg? Was konnte Änni für ihre Liebe?

Und dann flüstere ich noch einmal diesen Satz in Lewins Ohr. Am liebsten möchte ich es ihm tagtäglich zurufen. Und ein bisschen sage ich es nicht nur meinem Sohn, sondern auch meinem Vater, meinen Geschwistern, meiner Mutter, meiner Oma, Änni und all deren Vorfahren, sei es am Niederrhein oder auf dem Hunsrück. Und – auch wenn es am schwersten fällt – ich sage es auch zu mir:

»Es ist nicht deine Schuld.«

DANKSAGUNG

Vielen Dank an alle, die zugehört, gelesen, inspiriert, reflektiert, gebremst, motiviert, fotografiert, korrigiert, redigiert, verhandelt, vermittelt, organisiert, sortiert, mitgedacht, hinterfragt, gelacht und geweint haben und damit für die Entstehung dieses Buches unverzichtbar waren:

Johanna Bedenk stellvertretend für den Verlag, Sabine Langohr und alle von der Keil & Keil Literatur-Agentur, Sebastian Hesse, Lydia Möcklinghoff, René Stein, Frida Trowe, Juli Trowe, Nelly Trowe, Lena Trowe und Heinz-Werner Wagner.

Von der Suche nach Heimat und uns selbst

ANDREAS WAGNER

JAHRESRINGE

Roman

Heimat, das ist für Leonore vor allem der Wald nahe dem kleinen Dorf zwischen Köln und Aachen, in dem die aus Ostpreußen Vertriebene Zuflucht gefunden hat. Unter den hohen Bäumen findet sie Trost und neuen Lebensmut. Doch als Leonores Sohn Paul zwölf Jahre alt ist, muss der Wald dem Braunkohleabbau weichen, das Dorf wird umgesiedelt. In der seelenlosen Neubausiedlung zieht Paul zwei Kinder groß – die sich schließlich als Gegner gegenüberstehen: Denn während Jan einen der gigantischen Schaufelradbagger steuert, schließt sich seine Schwester Sarah den Waldbesetzern im Hambacher Forst an.

»Eindringlich beschreibt Wagner, was es für die Menschen im Braunkohleabbaugebiet bedeutet, ihr Zuhause, ihre Häuser, ihre Nachbarn zu verlieren und andernorts Wurzeln zu schlagen.« *Kölner Stadt-Anzeiger*